蘭陵王傳奇

張雲風◆著

目錄

序言

漆黑夜空一流星

吴玟

大地出版社隆重推出張雲風先生新創作的長篇歷史小說《蘭陵王傳奇》。

蘭陵王本名高孝瓘，又名高長恭、高肅，爵號蘭陵王，西元六世紀北朝東魏、北齊時期人。《北齊書．文襄六王》和《北史．齊宗室諸王》載有蘭陵王列傳，內容僅六百多字。張先生以此列傳為基礎為線索，參閱有關文獻，展開合理想像和虛構，將其演繹、發展成二十多萬字的小說，講述了一個悲劇故事，塑造了一個悲劇人物形象。結構緊湊，語言平實，情節曲折跌宕，傳奇色彩濃厚，讀來饒有興味，引人入勝。

蘭陵王出身皇族。祖父高歡、父親高澄同為東魏權臣，死後分別謚神武皇帝、文襄皇帝；三個叔父高洋、高演、高湛和兩個堂弟高殷、高緯，皆為北齊皇帝。而他的母親卻是個身分微賤，沒有留下姓氏（「不得母氏姓」）的女人。蘭陵王八歲時，高澄謀劃禪魏自立而遭家奴刺殺，因此他是在母親的關愛、呵護、撫育下長大的，各個方面深受母親的影響，較少皇族王子通有的那些惡習。顯赫皇族出身和微賤母親影響，使他從小到大都處在複雜的尖銳的矛盾狀態中，思想矛盾，性格矛盾，心理和言行舉止矛盾，欲放則收，欲開則合。他「忠心事上」，忠誠於皇帝皇權，又因沾了「皇」字的邊而惴惴不安，小心謹慎；他渴望創建功業，又時時擔心、提防遭人疑忌，放不開手腳；他奉行收斂鋒芒、低調做人的原則，又偶爾鋒芒、高調一回，本色畢現；他高官顯爵，大富大貴，又仁愛向善，有善心有愛心，同情窮苦民眾，體諒下屬；他淡泊錢財，又故意貪婪，踐行「巧妙的同流合污」，自汙自穢；他奉命征討農民起義，又不認為農民起義軍是「賊匪」，拒絕用武力鎮壓；他恪守愛情誓約，又被動地收了一個女子做偏房；他正年富力強，獨善其身不能，又不得不裝病，以求安身避禍……小說謀篇布局，運用豐富多彩、錯落有致的細節，對主人公所處的矛盾狀態，進行了生動的細膩的描寫與刻劃，從中可以看出：蘭陵王屬於皇族王子中的「另類」，身上具有很多有別於其他皇族王子的優良品質。這個藝術形象，像是漆黑夜空的一顆流星，用耀眼的光芒在天宇劃出一條美麗的亮線，瞬間隕滅。流星很亮很美，但不能也不可能改變夜空的漆黑，給予人的只是剎那間的驚詫、驚異、驚奇，並留下美好的回憶、回想、回味。

張先生小說中寫有主、副兩條線。主線著力寫蘭陵王母親的身世，蘭陵王出生、成長、學文習武、娶妻封王、從政為將的喜怒哀樂與艱辛，體現真善美。副線著力寫高氏家族、北齊政權的腐朽與靡爛，體現假惡醜。高歡、高澄權勢薰灼，已為改朝換代積累了足夠的實力，高洋建立北齊順理成章。從高洋到高緯，北齊五任皇帝，人人荒淫無恥，個個瘋狂變態，追逐權力，驕奢淫樂，兄弟、叔侄、君臣之間，猜忌殺戮，血腥殘酷程度令人髮指。後宮生活更是淫亂淫穢到了極點，駭人聽聞。小說中多次提到：「皇宮是世上最黑暗、最腐爛、最醜惡最骯髒的地方。」此言不虛。副線種種，構成了主線人物生存、生活的典型環境與社會背景，決定了蘭陵王的悲劇命運。魯迅先生指出：「悲劇將人生的有價值的東西毀滅給人看。」（《再論雷峰塔的倒掉》）蘭陵王的悲劇在於生不逢時，濁世醉世，使他只活了三十二歲，「人生的有價值的東西」，就被封建專制制度、北齊一

夥丑類「毀滅」了。人類社會發展進程，從總體上說是真善美不斷戰勝假惡醜的過程。但在一個特定時期裡，一個局部範圍內，假惡醜也是會戰勝真善美並壓制住真善美的。閱讀《蘭陵王傳奇》，可以得到這樣的警示。

《蘭陵王傳奇》寫到蘭陵王冤死和北齊滅亡為止。關於蘭陵王死後的史事，需要提及三點：

一、蘭陵王身材偉岸，長相俊美，是著名的美男子。《北齊書．文襄六王》：「貌柔心壯，音容兼美」；《蘭陵忠武王碑》：「風調開爽，器彩韶澈」；《隋唐嘉話》：「白類（像）美婦人」。典籍中的這些記載，對蘭陵王之美均持肯定和讚賞態度。上世紀末，有人評選「中國古代十大美男」，蘭陵王入選其列。人們熱愛、推崇美男，一如熱愛、推崇美女，是一種文化現象，表達了對於美的嚮往與追求。

二、蘭陵王是有後人的。蘭陵王列傳記述蘭陵王有王妃鄭氏，但並未記述他有子嗣。西元一九九九年，考古工作者在洛陽龍門石窟發現兩尊菩薩像龕，「造像題記」中清楚地記道：「大唐永隆二年（西元六八一年）歲次辛巳五月巳朔十五日癸未，蘭陵王孫高元簡奉為亡妣（母親）趙敬造地藏菩薩、觀音菩薩各一區供養。」這一題記提供了這樣的信息：蘭陵王是有兒子的，兒子可能是庶出（非王妃所生），所以不能嗣襲其父爵號，後娶妻趙氏，趙氏生子高元簡，高元簡就是蘭陵王的孫子。至於高元簡有沒有後人，那就不得而知了。

三、蘭陵王傳於後世，影響最大的當是樂舞《蘭陵王入陣曲》。蘭陵王生前，精通武略，曾率五百名頭戴假面（一稱大面、代面）的騎兵，赴洛陽抗擊入侵的北周軍隊，取得邙山大捷。軍中將士據此題材，創作了男子獨人樂舞，「共歌謠之，為《蘭陵王入陣曲》是也。」一名演員扮作蘭陵王，頭戴假面，手執兵器，隨著樂曲旋律舞蹈，風格雄壯、陽剛。隋代至唐初，這部樂舞被正式列為宮廷樂舞。《舊唐書．音樂志》：「代面出於北齊。北齊蘭陵王長恭，才武而面美，常著（戴）假面以對敵。嘗擊周（北周）師金墉城下，勇冠三軍，齊人壯之，為此舞以效其指揮擊刺之容，謂之《蘭陵王入陣曲》。」《教坊記》：「大面，出北齊。蘭陵王長恭，性膽勇，而貌婦人，自嫌不足以威敵，乃刻為假面，臨陣著之，因為此戲，亦入歌曲。」《樂府雜錄》：「有代面，始自北齊。神武（高歡）孫，有膽勇，善戰鬥，以其顏貌無威，每入陣即著面具，後乃百戰百勝。戲者，衣紫腰金執鞭也。」唐代中期以後，《蘭陵王入陣曲》褪去武曲特色，演變為「軟舞」。南宋時又演變為樂府曲牌名，稱《蘭陵王慢》，「殊非舊曲矣」。其後，《蘭陵王入陣曲》在中國失傳。幸運的是，該樂舞在唐代時傳入日本。日本視其為「雅樂」，常在一些公眾場所演出，並流傳至今，使之保留了幾分原始的真實面貌。優秀的文化藝術沒有國界。西元一九九二年，日本奈良大學雅樂團應邀訪問中國，在河北磁縣蘭陵王墓前，演出了原汁原味的《蘭陵王入陣曲》。樂舞傳至異國他鄉又回歸故里，令人欣喜也令人感慨。

北齊政權殺害蘭陵王，等於自毀長城，誠如《北齊書》作者李百藥所評述的那樣：「縱咸陽賜劍，覆敗有征，若使蘭陵獲全，未可量也，而終見誅翦，以至土崩，可為歎息者矣。」

新的時代，春風化雨，萬象更新。讓我們打開塵封的史冊，穿越歲月的煙雲，回到一千四百多年前，瀏覽和領略一個鮮為人知的傳奇故事，認識和了解一個撲朔迷離的傳奇人物——俊美的蘭陵王，威武的蘭陵王，仁愛的蘭陵王，矛盾的蘭陵王，悲情的冤死的蘭陵王。

二〇一三年六月於臺北

漁家蘭女

西元五世紀至六世紀，中國政治版圖發生重大變化。南方，東晉滅亡，宋、齊、梁、陳四個朝代更迭，均建都建康（今江蘇南京），統稱南朝。北方，鮮卑族人建立的北魏由統一走向分裂，分裂成東魏、西魏兩個政權，東魏建都鄴城（今河北臨漳）、西魏建都長安（今陝西西安），接著北齊取代東魏，北周取代西魏，北周再攻滅北齊，統稱北朝。南朝和北朝相對峙，歷時一百七十年，史稱南北朝。本書主人公蘭陵王生活在東魏末年及北齊時期，他只活了三十二歲，短促的一生充滿傳奇色彩，千百年來為人津津樂道。

蘭陵王的傳奇故事，要從他的生母蘭女說起。

東魏雖然是個地方政權，但疆域很大，基本佔有今中國北方廣大地區，西面以北南流向的黃河與西魏對峙，南面以水量豐沛的淮河與南朝的梁代分界。浩瀚黃海與渤海則是東魏的領海。

渤海之濱有一座碣石山，山勢崔嵬，怪石嶙峋，自陸地延伸至海中，形成突兀半島，就像一隻尖尖的楔子，扼海聳立，氣象萬千。碣石山因適宜觀賞渤海海景而成一座名山。秦始皇當年東巡郡縣，曾經在這裡登山觀海，並派方士去海上尋找神仙，尋求長生不死之藥。東漢末年，曹操也曾經在這裡登山觀海，但見一片汪洋，無邊無際，巨浪滔天，洶湧澎湃，猶如千軍萬馬，奔騰呼嘯，其勢似乎可以動搖天地山岳，吞沒日月星辰。他興之所致，遂寫下千古名詩《觀滄海》：「東臨碣石，以觀滄海。水何澹澹，山島竦峙。樹木叢生，百草豐茂。秋風蕭瑟，洪波湧起。日月之行，若出其中。星漢燦爛，若出其里。幸甚至哉，歌以詠志。」

碣石山南側，山下平坦地帶，依山面海，坐落著一個叫蚌蚌灣的村莊。上百戶人家，散落而居，全都以捕魚謀生。村莊其實因海域而得名。那一片海域，從碣石山上鳥瞰，活像一個碩大的海蚌，略呈扇形，彎曲鋪展，故名蚌蚌灣。蚌蚌灣灣大水深，向陽避風，冬天不結冰，所以成了漁船聚集的理想駐地。漁民隨漁船到此安家落戶，久之，村莊也叫了蚌蚌灣。數里以外有個蛤蜊鎮，那裡設有魚市和魚行。蚌蚌灣的漁民捕了魚，挑到鎮上去賣，然後買回糧食、油鹽、布帛及各項日用品，祖祖輩輩都是如此，過著一種簡簡單單、平平淡淡的純樸生活。

蚌蚌灣一帶，海潮每天兩漲兩落，很有規律。漲潮時，海風怒號，濁浪排空，水天一色，日月隱曜，山岳潛形；落潮時，潮水緩緩退去，露出十餘里寬的坡狀沙灘，金黃色的沙粒細密純淨，赤腳踩在上面，宛若踩著鬆軟的沙毯，異常舒適和愜意。這年夏日的一天，巳時左右，又是落潮時節。沙灘上有許多小孩在奔跑在玩耍。男孩專門找積水處，捉魚捉螃蟹；女孩膽小，只撿貝殼。沙灘上的貝殼真多啊！千奇百態，五顏六色，鬼斧神功，晶瑩玲瓏；而且永遠撿不完。因為剛剛撿過，又會漲潮落潮，大量的貝殼還會源源不斷地接踵而來。

「爺爺爺爺，你看，這貝殼多漂亮！」一個女孩手舉一枚貝殼，跑向坐在一邊的爺爺，興高采烈地說。女孩大約十歲，短袖紅衣，捲腿紫褲，頭髮紮成兩個羊角，粉面桃腮，唇紅齒白，全身透著秀氣和靈氣。她的聲音稚嫩、清脆，就像輕敲玉磬發出的音響，沒有絲毫雜質，分外悅耳動聽。

爺爺滿臉含笑，接過貝殼仔細端詳，點頭說：「嗯，這貝殼的確漂亮，式樣好看，色澤鮮豔，

人見人愛。看來，我家蘭女越來越能幹，撿貝殼撿出門道來了！」

顯然，蘭女就是女孩的名字了。蘭女受到爺爺的誇獎，小臉紅樸樸的，雙眼放射光彩，一扭身，一蹦一跳的，又和其他女孩一起去撿貝殼了。

爺爺疼愛地看著蘭女嬌小的背影，思如潮湧，歷歷往事，一幕一幕浮現在眼前……

爺爺姓施名善，祖上長期住在蚌蚌灣。二十多年前，還是北魏的後期，皇帝昏庸，朝政腐敗，苛捐雜稅，災荒頻仍，廣大百姓掙扎在死亡線上，苦不堪言，各地都爆發了農民起義，社會動盪，人心惶惶。施善當時四十六七歲，自顧捕魚賣魚，不大關心紛擾的世界。春末的一天，他在蛤蜊鎮漁市賣了魚，買了小米、麵粉和油鹽，打算回家。忽見一個年輕漢子，衣服襤褸，蓬頭垢面，大概走了很長很長的路，步履蹣跚，搖搖晃晃，又像多日沒吃東西，憔悴枯槁，面黃肌瘦。走著走著，一個踉蹌，一頭栽倒在地上，再也起不來了，形如僵屍。行人駐足觀看，擔心惹事生非，不敢過問。施善心地善良，放下所擔的擔子，向前探了探漢子的鼻息，鼻息尚存，知道這是餓到了極限，才會暫時暈死。他要救人，忙去附近炊餅店買了兩個炊餅，討了一碗水，回來呼喚漢子，讓他趕快把餅吃了把水喝了。漢子慢慢睜開眼，他確實餓壞了，見了炊餅，也顧不上客氣，狼吞虎嚥，風捲殘雲般地把炊餅吃了，又把一碗水喝了。他覺得身上有了力氣，抬頭看呼喚自己吃餅喝水的人，見是一位和靄可親的長者，遂趴在地上磕頭，說：「感謝大叔救命之恩！」

施善這時看清，漢子也就是二十歲出頭的樣子，身體壯實，長相端正，說：「別別，不過是兩個炊餅一碗水，舉手之勞，感謝就免了。我見你年紀輕輕的，怎會落到這步田地呢？這世道，人能活著就不易，快起身趕路，忙你的事去吧！」

「起身趕路」，「忙你的事」？漢子茫然。他有什麼路可趕，什麼事可忙呢？

施善擔起擔子，準備離去。漢子又趴在地上磕頭，說：「大叔，不瞞你說，我現在是有國難投，有家難回呀！瞧大叔是個好人善人，就請收留我吧！我願給大叔當牛做馬，侍奉、孝敬大叔一輩子，只求有個安身處就成。」

「這……」施善萬沒想到會出現這樣的情況。

「大叔，我對你若有歹心或二心，必遭天譴，不得好死，天打雷劈！」漢子以手指天，發下毒誓。

施善再打量漢子，見他神情嚴肅，態度誠懇，全然沒有虛假、奸偽的成分，不像壞人，想了想，說：「那好，跟我走吧！」

「感謝大叔，感謝大叔！」漢子又磕了兩個響頭，起身，搶過擔子擔著，跟隨大叔到了蚌蚌灣。路上交談，漢子得知大叔姓名，是個漁民，前些年死了妻子，無兒無女，孤身一人。施善詢問漢子姓名。漢子似乎有難言之隱，說是說出姓氏，有辱先祖名聲，懇請大叔只把自己喚作余生就行了。施善全不計較，說：「行，我就叫你余生。」

施善的家是兩間草房。門上和窗上掛著草簾，牆上掛著漁網。揭開門上草簾，進入房內。房內很暗很亂，最能體現偏僻漁村單生男人的生活特點。快到夏天了，鍋灶還在房內，連著土炕。土炕上鋪著葦席，被子胡亂半捲著。煮飯的鍋沒有洗，泡了半鍋水和碗筷。滿地柴草，有兩片木材是燒了一半從灶膛裡抽出的，所以半截焦黑，呈灰燼狀。另一邊放滿大大小小的竹筐，那是裝魚用的，

散發出刺鼻的魚腥味。

施善指了指房內的一切，不好意思地說：「瞧這亂的！」

余生並不介意，說：「滿好，再亂也是個家！」

施善要洗鍋洗碗，生火做飯。余生說：「大叔，你就坐著歇著，所有的事，我來幹！」他身手敏捷，幹活麻利，諸事請示大叔，不一時就把熱騰騰的小米飯和炒青菜、鯽魚湯端到大叔跟前。施善吃飯，感慨地說：「哎呀，多年來都是一個人做飯吃飯，一人吃飽，全家不餓。沒料想，今天吃上了你做的飯菜。」

「大叔，我說了，我要侍奉、孝敬你一輩子，此話絕不食言。只要你不嫌棄，家裡大活小活，我全包了！」余生一邊吃飯，一邊認真地說。

飯後，余生請大叔在一邊坐著看著，摘去門上和窗上的草簾，將房內大小物件挪至房外，然後從房樑到牆角到窗臺到地上，齊齊地打掃了一遍。再將物件擦拭、整理、歸位。頓時，原先又暗又亂的景象不見了，房內變得亮堂了許多，乾淨了許多。施善左看右看，笑呵呵地說：「這個破家，讓你一收拾，還有模有樣哩！」

余生也笑了，說：「大叔，為了報答你的救命之恩和收留之恩，我定要讓你過上好日子！」

當晚，余生燒了熱水，讓大叔美美地洗了個澡。他也洗了澡，不過不用熱水，而用涼水。他說，多年來自己都是用涼水洗臉洗澡的，早習慣了。他的衣服多處破爛。施善找出自己兩件舊衣服，讓他換上。他推辭不了，只好照辦。隨後，他把大叔和自己的衣服都洗了，晾在房外的柴垛上。

從這一天起，蚌蚌灣便多了一個名叫余生的年輕人。這個年輕人誠實厚道，幹起活來不惜力氣，而且是個多面手，好像什麼活都敢幹都會幹。他徵得大叔的同意，在房外另搭了個草棚，把鍋灶移到草棚裡，這樣就有了廚房，草房裡大大寬敞了，也清爽了。他圍繞草房，用竹製籬笆圈了個約半畝大的院落，安上柴門，這樣就有了單家獨戶的味道。院落裡翻土開畦，可以種植蔬菜；壘個雞窩，可以養雞下蛋。附近山上長有很多野生蘭花。他去挖了上百株回來，精心栽在籬笆內側，他說等到蘭花成活，盛開綻放，那會滿院落飄香。

施善是個漁民，必須以捕魚維持生計。數天後，余生隨施善出海捕魚。施善的漁船很小，只能在近海作業，每次捕二三十斤魚就滿足了。令施善驚異的是，余生也會捕魚，划船掌舵，撒網收網，有板有眼，很是在行。返回時，余生說：「大叔，這漁船太小，每次捕不了多少魚。」

施善說：「是呀！不過這樣也好，捕一次魚，賣了買米買麵，夠我吃十來天的，挺好。」

施善的習慣是典型的三天打魚兩天曬網，不緊不慢。余生要讓大叔過上好日子，主張抓緊夏、秋季，多出海多捕魚。捕魚的活很苦很勞累，他力勸大叔在家休息，只由他一人出海，而且到了深海。深海魚多，一網往往能捕七八十斤，三網四網便能捕二百多斤，早早回家。施善十分驚詫，因為余生一天捕的魚比自己一月捕的魚還多。余生把魚擔去蛤蜊鎮賣，除了買小米、麵粉、油鹽外，又給大叔買了新鞋新衣服，還買了二斤狗肉二斤酒。錢還有剩的，他全部交給大叔，自己一文不留。施善試穿新鞋新衣，吃肉喝酒數錢，好生激動，他這輩子，何曾這樣風光過開心過？

也就是兩個月的光景，施善己積攢下數千文錢了。余生提議，把小漁船賣了，買一隻較大的漁船。施善欣然同意，還添置了新漁網。於是，余生駕著新漁船出海捕魚，捕的魚更多，最多的一次超過千斤。余生捕的魚全變成了當時通用的五銖錢。施善積攢的五銖錢裝滿一個陶罐又一個陶罐，

除了吃飯穿衣，後來居然不知該怎樣花銷了。

第二年，還是余生提議，住了多年的草房該翻新了。一句話提醒了施善。他說：「對，翻新草房。」南北朝時期，農村居民建房，大多用土坯壘牆，麥草或稻草苫頂。施善因為手頭比較寬裕，所以決定用磚頭砌牆，茅草苫頂，而且要建三間正房，兩間廚房。余生一手經辦，買磚頭，買木料，買茅草，尋工匠，約請左鄰右舍幫忙。熱熱火火忙了兩個月，施善家共五間灰磚牆、茅草頂的新房建成了。這種房屋結實牢固，冬暖夏涼，惹得蚌蚌灣人羨慕不已。蚌蚌灣人知道，余生是施善上年收留的落拓漢子，正是此人，有良心有本事，拚命掙錢，才使施善住上了這樣安穩這樣寬敞的房屋。人比人，歎死人。余生這個人，不簡單哪！

三間正房坐北向南。房後新栽了兩排槐樹，還有幾株桃樹和杏樹。院落裡，一畦畦蔬菜，水靈靈的，鮮嫩鮮嫩。養的母雞下蛋了，雞蛋根本吃不完。籬笆內側的蘭花生長茂盛，狹長的葉片碧綠碧綠，有的含苞，有的開花了，清香幽幽。施善有時坐在窗明几淨的正房裡，有時站在雞鳴花香的院落裡，總有一種夢幻的感覺。自從余生出現以後，僅僅一年多功夫，變化怎會這樣大呢？余生腦子靈活，只顧幹活，他到底是個什麼人？他雖然說過要侍奉、孝敬自己一輩子，但那話能算數嗎？他會不會有朝一日，突然離開自己，消失得無影無蹤呢？施善為人，以善著稱。他喜歡余生，讚許余生，他和余生之間，已經結下了情同父子，不可分離的緣分。他反反覆覆考慮，決意給余生娶妻成家，通過此舉，長期留住余生的心余生的人。

施善主意既定，這一天突然臥炕不起，裝起病來。余生嚇壞了，取消了出海捕魚的計畫，留在家中伺候病人，還要去蛤蜊鎮上請大夫。施善伸手拉住余生，讓他坐在炕沿，說自己有話要說。余生坐下。施善哼哼了兩聲，緩緩地說：「余生啊，大叔我這一生命苦啊！從小死了爹娘，風裡雨裡長大，三十歲才娶了妻子，可是婚後不滿一年，她就得病死了，也沒給我留下個半兒半女。這麼多年，我孤孤單單，獨自一人，饑飽冷暖，誰管過？誰問過？傷風感冒咳嗽生了病，只能扛著，扛過去了是造化，扛不過去是命，閻王爺把命收去就是了。我這個人愛做善事，大善事做不了，只能做雞毛蒜皮的小善事。善有善報，這話果真靈驗。這不？老天爺讓我遇上了你。你的身世你的來歷，你不說，我也不想知道。但看得出，你是個能人和奇人，是個看透了世事，能屈能伸的能人和奇人。我這個窮漁民這個破家，若不是你，哪會像現在這樣，吃的穿的住的都比別人家強？是你，不辭勞苦，忙裡忙外，才讓我活得這樣滋潤這樣體面呀！」

「大叔，去年請你收留我，我就說過，願給大叔當牛做馬，侍奉、孝敬大叔一輩子，只求有個安身處就成。後來又說過，要讓你過上好日子。我這個人一言九鼎，說過的話都要兌現的。」余生說。

施善不明白一言九鼎的意思，但知道那是一句很重的話。他說：「大叔和你相處一年多，非常相信你的人品。不過，有時候又不能不懷疑，你這樣有本事有出息，和我非親非故，憑什麼要侍奉、孝敬我一輩子呢？我老擔心你會離我而去，想啊想啊，所以就想出病來了。」

「滴水之恩，當以湧泉相報。大叔，余生絕非言而無信之徒。」余生說。

這話，施善更加不明白意思。善人也有善人的小聰明小伎倆。施善偷看余生一眼，說：「余生啊，只要你答應我兩件事，我的病立刻就好。」

「大叔請講。」

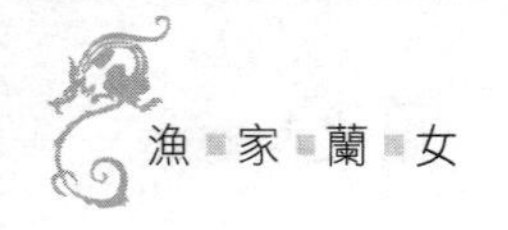

「第一件，不許再叫我大叔，得改個叫法。」

「怎麼叫？」

「叫爹！我要你做我的兒子。」

余生對此似乎早有思想準備，說：「這個不難。」他當即把施善扶坐在炕上，隨後跪地叫了三聲爹，磕了三個頭。施善滿臉堆笑，說：「好，好，這樣我心裡就踏實了。」

余生重新在炕沿坐下，說：「請大叔，啊不，請爹講第二件事。」

「第二件，爹要你娶妻成家。」

「這……」

「兒呀，你今年二十三四歲了不是？該娶妻成家啦！蚌蚌灣和你同年齡的，孩子都好幾歲了。爹老了，單身慣了，你這樣年輕力壯，哪能也單身呢？再說，爹也想在有生之年，能早日抱孫子啊！」

余生緊抿嘴唇，默想許久，說：「娶妻成家之事，我歷來看得很淡。爹既然提出，我也不便反對，但我有個三不娶的原則：官宦人家的女子不娶，富貴人家的女子不娶，過分美貌的女子不娶。若合這三條原則，我可以考慮娶妻成家。」

施善覺得「三不娶」有點怪，但余生答應娶妻成家了，自己的目的達到了。他忙起身下炕。余生說：「爹，你的病……」施善樂呵呵地說：「我的病好了，好了！」他興沖沖地穿鞋出門，拜訪鄰居王瞎子夫婦，商量事情去了。

王瞎子其實並不瞎，只因常害眼病，害病時怕光，愛用黑布把雙眼包住，所以人稱瞎子。別人叫王瞎子，他是有叫必應，並不認為有什麼不敬之處。王瞎子的妻子人稱王嫂，性格開朗，樂於助人，在當地算是個有名的消息靈通人士。施善和王瞎子夫婦為鄰多年，關係濫熟，天天見面，無話不談，就像是一家人。施善進了王家大門，臉上仍有笑容。王瞎子說：「我們兩口子正說你呢，你就來了。」

施善說：「說我什麼？」

王嫂說：「說你和余生唄！你一個善人，遇著余生一個能人，善人和能人加在一起，又是買船，又是建房，出盡鋒頭，不止在蚌蚌灣，就連在蛤蜊鎮，也都叫得噹噹響了。」

施善自己搬了個凳子坐下，說：「嘿嘿，我正要和瞎子哥和嫂子說余生的事哩！剛才，就是剛才，我讓余生改口，叫我爹了。」

「他改口叫啦？」王嫂問。

「叫了，叫了三聲，還跪在地上磕了三個頭呢！」

「這就好這就好。你老擔心他會離你而去，這下該把心放到肚裡了。他事實上已成了你的兒子，自會如他所言，必會侍奉、孝敬你一輩子的。」王瞎子說。

「還有呢，」施善抑制不住內心的興奮，又說，「我讓他娶妻成家，他也答應了。」

「真的？」王瞎子、王嫂同聲驚呼。略停，王嫂又說：「施善呀施善，你祖上積了什麼陰德，為何天下好事全叫你沾上了？」

施善擺手，說：「不過，余生提出個三不娶的要求。」

「三不娶？什麼三不娶？」王嫂急急地問。

施善原原本本，說了余生的「三不娶」。王瞎子沉吟，說：「這個余生，說話做事就是特別，跟常人不一樣。我猜想，他是幹過大事，見過場面的，好像又受過打擊和刺激，所以把一切看得很開，只想做個普通漁民，於世於人無爭。」

王嫂撓腮，說：「前兩個不娶倒也說得過去，說明余生討厭官宦、富貴人家。第三個不娶就沒有道理了，自古以來，哪個男人不希望娶個美若天仙的女子做妻子？」

王瞎子故作高深狀，說：「不，我以為最出彩的正是第三個不娶。余生是要娶妻成家，不是買花瓶當擺設，懂嗎？女人太美，容易出事，婚姻很難持久。男人和女人，尤其是女人，不如長相平平，或長得醜一點，就像你嫂子這樣，倒能夫妻恩愛，白頭到老。」

王嫂不樂意了，衝著王瞎子說：「你說我長得不漂亮？呸，那是你王瞎子瞎眼，不識金鑲玉。想當年，我在村裡也是……」

王瞎子說：「又老王賣瓜了。想當年，你在村裡也是一枝花，外號叫賽西施，對不？」

「本來嘛。只可惜嫁給你，一枝花插在了牛糞上。」

這話說得王瞎子和施善放聲大笑，王嫂也跟著笑了。笑過，施善說：「余生答應娶妻成家，那就得趁熱打鐵，省得生出枝節。王嫂心眼好人緣好，又能說會道，這媒妁之言，就非你莫屬了。」

王嫂手拍胸脯，說：「咱倆家，誰跟誰呀！施善兄弟，你放一百二十個心，余生娶妻的事，包在我身上！」

王嫂未免過於自信。在其後大約半年的時間裡，她辛辛苦苦盡了媒人的責任，卻未能完成任務。她生怕有負於施善兄弟，所以尋找女方時，總會不自覺地往官宦方面靠，往富貴方面靠，往美貌方面靠，這恰恰不合余生的原則。王嫂提說一個不行，提說一個不行，大傷面子，有些氣餒。施善很是著急，說：「兒呀，到底怎樣的女子才合你的意呀？」余生笑著說：「爹，這事急不得，緣分這東西，可遇不可求啊！」他不受干擾，完全按照自己的節奏做事，捕魚，種菜，務花，侍奉和孝敬爹，從容不迫，有條不紊。

有心栽花花不發，無意插柳柳成蔭。一個偶然的機會，余生遇上賣身葬母的貧苦女子珍子，珍子遂成了余生的妻子。

那是越年開春，余生頭次出海，就捕了一千多斤魚。施善和余生高興，同去蛤蜊鎮把魚賣了，打算再買一張大一點的漁網，正走著，忽見一群人圍著一個跪地的女孩，指點議論。女孩脖上懸掛幾縷稻草。那叫草標，古代賣人的特有標誌。就是說，這個女孩跪在這裡，是為了出賣自己。余生駐足，略略打量，忽然對施善說：「爹，這女孩正合我意，她可能成為你的兒媳。」

施善大驚，說：「世上女孩千千萬，你怎會看上個賣身的女孩呢？」

余生說：「第一，她賣身，肯定是家貧，表明跟官宦、富貴沾不上邊；第二，她不算美貌，但也不醜陋，最適宜做妻子。」

施善這才認真看那女孩，十六七歲，灰衣灰褲，低首斂眉，五冠端正，可是營養不良，面有菜色。施善向前詢問女孩情況。女孩垂淚，低聲回答。施善聽明白了，原來女孩叫珍子，家住石砭峪，父親被官府徵服徭役，死在洛陽；母親百病纏身，無錢醫治，前天夜間也死了。母親屍體還停在家中，一無葬衣，二無棺材，自己一個孤弱女子，無親無故，只能賣身葬母……

施善把情況告訴余生。余生說：「爹聽說過董永賣身葬父麼？董永是個孝子。珍子賣身葬母，

想來必是個孝女。爹，我們先幫她把她母親埋葬了再說。」

施善自然同意，隨著珍子先去石砭峪。一個時辰後，余生雇用十來個專門辦理喪事的仵工，買了棺材等喪葬用品，也到了石砭峪。珍子的家，只是兩間四面透風的草棚而已，草棚裡沒有一件像樣的東西。珍子跪地，只是哭泣。余生指揮仵工殮屍，包括穿衣、入殮、封棺等環節。珍子家沒有土地，也就沒有墳地。余生徵求珍子意見，讓仵工在村外河溝旁挖了個墓穴，把棺材抬去埋葬了。喪事當天辦完。珍子無依無靠，跟隨施善、余生到了蚌蚌灣。

珍子進入施家，等於從黃蓮罐跳進了蜂蜜罐。敞亮的房屋，寬大的院落，整齊的樹木，蔥綠的菜園，美麗的蘭花等，都是她過去想也不敢想的。施善、余生反覆說明，他們不是買了珍子，而是收留了珍子，珍子完完全全是個自由人自由身。施善給她買了好幾身新衣服。余生堅持把正房西房讓給她住，自己住進廚房。這些，使珍子激動，使珍子感動，她稱施善為爺爺，稱余生為叔叔，眼含熱淚，拼命幹活，覺得只有這樣，才能報答好心人的關愛。

施善又去王瞎子家，敘說了珍子的來龍去脈。王瞎子直搖頭，說：「余生的作為，總有點怪怪。」王嫂說：「我見珍子，一臉苦相，比我說媒的那些女孩差遠了，余生怎會偏偏中意她呢？真讓人看不懂，看不懂。」

珍子很快擺脫了喪母、賣身的悲痛陰影。優裕的環境，自由的生活，使她如沐春風雨露，整個身心都得到充分發育和發展。她的面龐豐滿了紅潤了，眼睛明亮了清澈了，長髮烏黑，體態苗條，說話輕聲慢語，並有笑樣了，笑得靦腆，笑得甜美，惹人疼愛。更重要的是珍子性情好脾氣好，勤快，麻利，做飯洗衣，收拾房裡房外，照料施善、余生的飲食起居，讓人挑不出一點兒毛病。王瞎子、王嫂不由嘖嘖稱奇，說：「余生看人，好眼力，不佩服不行哪！」

施善十分滿意珍子的為人，鄭重拜託王嫂說媒提親。王嫂說：「嗨，這還不是十拿十穩的事！」於是，她去見珍子，提說婚事。珍子紅著臉，羞羞答答，哪有不願之理？接著按照六禮程序，逐一進行，余生和珍子喜結良緣，成了夫妻。大喜之日，施善把蚌蚌灣所有鄉親都請到家中吃喜酒，圖個喜慶和熱鬧。鄉親們帶來慶賀，帶來祝福，歡聲笑語，喜氣洋洋。這一天，據說是蚌蚌灣歷史上最喜慶最熱鬧的一天！

余生和珍子婚後恩恩愛愛，甜甜蜜蜜，侍奉、孝敬施善，精心周到，無微不至。一年後，珍子十月懷胎，順利生了個女孩。女孩降生的時刻，院落裡的蘭花開得格外豔麗，紅色黃色白色粉色，清香馥郁。余生興奮地請爺爺給孫女起名字。施善笑顏逐開，手指盛開的蘭花，說：「蘭花既美且香，我的孫女就叫蘭女，可好？」

「好，好，好！」余生笑著點頭，連說了三個「好」字。

蘭女，蘭花似的嬌女，一個多美的名字啊！

蘭女的出生，給這個家帶來了喜悅、歡樂與幸福。施善、余生、珍子都視她為心肝寶貝，希望她平平安安，快點長大。施善成了名副其實的爺爺，他的名字中突然多了個「老」字，人稱施老善或老善爺爺。余生幹活渾身是勁，老想發笑，因為他已當了爹，已是一個女孩的父親。珍子餵養女兒，乳水充足，蘭女一天一個模樣。她臉上的胎毛褪盡了，額上的皺紋平展了，小胳膊小腿動起來了，皮膚逐漸變白了，又黑又亮的眼眸忽閃閃地轉動，頭髮也長長了。四個月或五個月後，她會笑

了，會爬了，會翻身了，會「呀呀」了。啊，一個多麼可愛的小生命哪！

懷抱蘭女在院落裡漫步，那是施老善和余生最大的樂趣。爺爺懷抱孫女，父親懷抱女兒，跟她說話，告訴她什麼是藍天，什麼是太陽，什麼是蜜蜂蝴蝶，什麼是花草樹木，不管她聽得懂聽不懂，說者總會不厭其煩，自得其樂。大約一年過後，突然有一天，蘭女會跌跌撞撞走路了，會吱吱呀呀叫娘叫爹叫爺爺了。三個大人，那分激動，那分歡喜，那分開心，無法形容。

施老善常抱蘭女去王瞎子家串門。王瞎子、王嫂一家人都愛蘭女，誇她長得既像余生，又像珍子，長大後定是個美女，傾國傾城。施老善回家，把這一讚譽告訴余生。余生緊鎖眉頭，說：「爹，我可不希望蘭女傾國傾城，那樣不是福而是禍。西施傾國傾城，怎麼樣？越王拿她使美人計，送給吳王，使她受盡了屈辱。王昭君傾國傾城，怎麼樣？漢代皇帝讓她赴匈奴和親，先嫁一個單于，單于死後，又嫁單于的兒子，最後死在荒寒大漠。她內心的苦，內心的痛，有誰知道？跟誰說去！」

施善笑了笑，說：「就是這麼一說，我們家蘭女，哪會傾國傾城？」

有苗不愁長。蘭女兩歲時斷奶，吃小米粥，吃雞蛋羹，吃鮮魚湯。這些食物營養豐富，促使小傢伙健康成長。轉眼間長到六歲，只見她小臉蛋白裡透紅，紅裡透白，眉毛彎彎的，眼睛大大的，笑起來，兩腮兩個酒窩，那裡面滿是稚氣、無邪和純真。她跑前跑後，叫娘叫爹叫爺爺，聲音清清亮亮，甜甜的，好聽極了。蘭女有四五個小夥伴，都是近鄰窮人家的女孩。她去過她們的家，發現她們吃的穿的住的都不如自己。這使她困惑不解：小夥伴們為什麼都很窮呢？她的爹告訴她說：「這個世界很大，也很不公平。少數壞人欺、壓、搶、騙，把所有好東西都佔為己有，這樣多數好人就變成了窮人。我們家原先也很窮，這些年靠捕魚掙錢，方才有了這個院落這幾間房。」蘭女太小，不明白這些道理，但幼小的心靈已受到薰陶，朦朧懂得：窮人都是好人，窮人不欺不壓，不搶不騙，靠雙手勞動，捕魚種地，過著簡簡單單的日子，維持普普通通的生活。

入夏以後，余生幾乎每天都出海捕魚。珍子有時同去，充當幫手。珍子起初是不敢出海的，鍛練了幾回，膽子大了，光想出海。反正蘭女留在家中，由爺爺看管照料，那是絕對放心的。這一天，蘭女早上尚未起床，余生、珍子就駛船出海了。正逢落潮，船隨潮勢，駛向深海，如箭一般平穩快捷。余生掌舵，珍子整理魚網。海風陣陣，清爽中帶著淡淡的鹹味。余生注視妻子，說：「珍子，我能娶你為妻，真是幸運哪！」珍子回望丈夫，說：「不，真正幸運的是我。七年前若不是遇上你和爹，我還不知被誰買去，落個什麼結局呢？」

「男人有個家真好！」

「女人更是這樣，丈夫和孩子，就是女人的全部。」

「我們還有爹呢！」

「誰說不是？若不是爹，沒有你的今天，更沒有我的今天。」

「我過去說過，要讓爹過上好日子，現在要加上你和蘭女，讓你們三人過上好日子。」

「我覺得我們的日子夠好的了，蘭女有你這個爹，真是她的福氣。」

夫妻二人說著話，船已抵達深海。那裡的海水藍中見黑，無風三尺浪，浪浪相接，無邊無際。附近還有幾隻漁船，漁民放大嗓門高喊，算是彼此打過了招呼。珍子改而掌舵。余生在船艙甲板上站定，雙臂一揚，漁網撒出一個大圓，落入海中。不一時收網。網近水面。余生猛一使勁，將網提

到甲板上。海水四流，各種海魚銀鱗閃閃，活蹦亂跳，企圖掙脫網的束縛。余生笑著說：「夥計，你們跑不了啦！」他提起漁網，一抖兩抖，海魚齊唰唰地落進了船艙。

珍子見丈夫這股一氣呵成的麻利勁，心喜心甜，說：「這一網捕了不少吧？」

余生說：「大概百十來斤。」

「嗯，開網大吉，十網可超千斤。」

「是啊，今天可以早早回家。」

大海上的天氣像娃娃臉，說變就變。剛才還是陽光燦爛，晴空萬里，漸漸風變大了，浪也變大了。忽然，天空出現眾多海鷗，盤旋鳴叫。余生臉色突變，說：「不好，有風暴！海鷗就是風暴將至的信號。」海上各漁船都看到了海鷗，互相高喊或敲擊船舷，傳遞信號，意思是回岸來不及了，可速到近處太平島一帶避風。余生急急收起漁網，急急划槳。瞬間，遠處的烏雲遮住半個天空，風和浪大了許多。珍子手指左前方，驚呼說：「看，掛龍！」所渭掛龍，就是海上龍捲風，旋風將海水捲起，捲上天空，形成粗大的旋轉的黑色長龍，威力強大無比。掛龍移動，海風呼嘯起來，海浪隨之變得凶惡和猙獰，一浪壓過一浪，一浪高過一浪，其勢如牆垮山坍。一貫沉穩的余生，這時也心裡發慌，向著珍子高喊道：「過來，快過來！」珍子嚇得面色煞白，聽到喊聲，丟了船舵，爬到丈夫身邊。余生伸手抱緊妻子，說：「有我在，別怕，別怕！」船已完全無法控制，就像一片樹葉，任由惡浪擺布，顛簸沉浮。尖銳刺目一道閃電，緊接著一聲震天撼地的炸雷，暴雨嘩嘩，瓢傾盆潑一般。龍捲風像魔鬼一樣捲過掠過。余生、珍子以及漁船，被捲上半空，飛出去三四里遠，又跌落在海中。船體碎了，如山的巨浪吞噬了兩個微不足道的身軀……

這一天，余生和珍子出海以後，施老善老感到什麼地方不對勁，眼皮老是跳，心神不寧。蘭女起床，梳洗吃飯，幾個小夥伴找來，她和她們在院落裡玩耍，好像在捉蘭花上的蝴蝶，歡快地叫著笑著，開心得不得了。施老善卻坐也不是，站也不是，洗碗時打碎一個碗，擦桌子時打碎一個杯子。怪了，這是怎麼回事？

施老善感覺得到，天氣變了。他知道海上天氣驟變的厲害，希望余生、珍子快點回家，可是正值落潮，他們是回不來的。海風變大了，烏雲瀰漫了，特別是出現了掛龍現象。施老善變得焦躁起來，不安起來，掛龍，可是漁民最忌諱最害怕的呀！

暴風暴雨，閃電炸雷。施老善禁不住心驚肉跳。小夥伴回家去了。蘭女跑回正房，問：「爺爺，爹和娘怎麼還不回來呀？」

「快了快了，快回來了。」施老善不知是在安慰孫女，還是在安慰自己。

蘭女不時便問一句：「爺爺，爹和娘怎麼還不回來呀？」問話逐漸帶有哭腔。施老善將蘭女抱起，還是「快了快了」的回答，回答越來越沒有底氣。

暴風肆虐，暴雨如注。院落的柴門倒了，籬笆倒了，菜畦畦埂毀壞，蘭花葉殘花落，髒兮兮的雨水橫流，狼藉一片。施老善想像得到，在無遮無擋的大海上，那會是個怎樣的情景？

余生、珍子能抗住風雨嗎？能逢凶化吉脫險嗎？能平安回家嗎？蘭女好像意識到了什麼，哭泣起來了，又是眼淚又是鼻涕，說：「爹，娘，你們快回家呀，回家呀！」施老善一陣心痛，抱緊蘭女，張了張嘴，卻沒說出話來。

兩個時辰過後，風停，雨也停了。施老善抱著蘭女，腳踩泥濘和積水，一路小跑，跑向海邊。海邊已有不少人，人人遙望海上，神色凝重。漲潮了，往日正是漁船歸來，卸魚秤魚的時候，忙碌而又歡快。今天，沒有一隻漁船歸來，只見澎湃的海水，泛著灰黃色的泡沫，一次一次，有節奏地衝擊海岸，激起高高的浪花，發出嘩嘩的聲響。水面上有折斷的船槳、破損的船板、變了形的竹籃柳筐等物，浮浮沉沉，來回漂蕩。施老善也遙望海上，希冀出現奇蹟。然而，海天混沌，蒼蒼茫茫，除了幾隻海鷗飛翔外，不見一物。蘭女放聲大哭起來，呼喊道：「爹！娘！」回答她的只是海水衝擊海岸的嘩嘩聲，單調，乏味，陰沉，無情。

人們都知道了蘭女的爹娘當天出海，沒有回來。沒有回來就等於永遠回不來了，但這話不能明說。王瞎子夫婦專門來到海邊。王瞎子輕拍施老善肩膀，想說什麼，卻說不出口。王嫂見蘭女不停哭泣，想抱過去哄一哄。蘭女不讓，只是蜷縮在爺爺懷裡，繼續哭著喊著：「爹，娘！爹，娘！」施老善心如刀割，如果余生、珍子能回到蘭女身邊，那麼自己寧願去死，用一條老命換回兩條年輕的命。

海風習習，殘陽如血。王瞎子夫婦硬拉著施老善回家。王嫂煮了小米粥，要老善和蘭女吃一點飯。施老善失魂落魄，不吃。蘭女哭爹哭娘，也不吃。王瞎子說：「老善兄弟，為了蘭女，哪怕是天塌下來，你也得挺住撐住啊！」施老善終於失聲痛哭，老淚縱橫，說：「老天，怎麼會是這樣啊，怎麼會是這樣啊！」蘭女聽爺爺痛哭，自己哭得更凶了。

入夜，蘭女哭累了，哭啞了，哭泣變成啜泣，躺在爺爺懷中睡著了，眼角掛著豆大的淚珠。王瞎子輕聲說：「老善，還是那句話，你得挺住撐住。古語：天有不測風雲，人有旦夕禍福。已經出事了，又有何法？萬一你再倒下，蘭女怎麼辦？靠誰去？你，你務必要想開呀！」王嫂說：「老善，你是蘭女的爺爺，哪怕天坍地陷，你也不能倒下，不能倒下！」

施老善點頭，說：「老哥老嫂子放心，為了蘭女，我不會倒下。」

王瞎子夫婦告辭離去。施老善靠著炕頭，就讓蘭女睡在懷中，注視著她，撫摸著她，思前想後，通宵未眠。

施老善失去兒子兒媳，蘭女失去爹娘，這個家剩下一老一幼，祖孫二人相依為命。開始，蘭女適應不了殘酷的現實，以為爹娘還活著，去了遠方，總有一天會回來的。直到爺爺在山坳間建了個墳墓，將她爹娘穿過用過的幾件衣物埋在墳墓裡，她才確信，爹娘死了，除了爺爺外，她再沒有親人了。她的童年由此發生改變，過早地承擔了一個女孩不該承擔的悲痛、孤苦和憂傷。爺爺給了她無窮無盡的愛，日日夜夜守著她護著她，給她做飯，給她梳頭，給她洗衣，盡量使她心靈所受的傷害，降到最低程度。蘭女八歲那年，施老善生了一場病。蘭女好像猛然發現，爺爺兩年來蒼老了許多，鬢髮花白，額上和眉角皺紋刀刻似的，牙齒掉了三顆，背明顯駝了。蘭女想到爺爺為自己付出的一切，鼻子發酸，險些落下淚來。正是從這一年起，蘭女好像一下子長大了，懂事了，改而由她照料爺爺了。她學做飯，學洗衣，學做所有的家務。為了讓爺爺高興，她把悲痛、孤苦和憂傷埋在心底，從不提說爹娘，而且臉上有了笑容，有時還給爺爺唱一唱當地的民歌。施老善知道，蘭女這樣做是為了寬慰自己，是裝出來的。其實，蘭女心中一直想念爹娘，多次做夢呼喚爹娘，醒來眼淚汪汪。

倏忽又過去兩年，蘭女長到十歲了。她似乎忘記了四年前的那場災難，忘記了爹娘，心目中只有爺爺。這一天，她又和幾個女孩在海灘上撿貝殼，率情任意，天真爛漫。施老善坐在一邊，看蘭女長得越來越像珍子，不由自言自語地說：「余生啊，珍子啊，你倆說要侍奉、孝敬我一輩子的，為何言而無信，說走就走了啊！你倆撇下可憐的蘭女，讓她受苦受痛，忍心嗎？哦，忍心嗎？」施老善說著，眼中滲出幾滴老淚。

「爺爺爺爺，你看，我捉了一隻螃蟹。」

蘭女玉磬一樣的聲音，打斷了施老善的思緒。施老善看去，見蘭女雙手捧著一隻指甲蓋大的小螃蟹，螃蟹雖小，八腿兩鉗卻一個不少，笑著說：「我家蘭女膽大了，螃蟹也敢捉了，真是好樣的。快，把螃蟹放在貝殼裡，帶回家去養著。」

蘭女發覺爺爺眼中的淚滴，說：「爺爺，你怎麼哭啦？」

施老善忙用手指抹去淚滴，掩飾說：「爺爺沒有哭，剛才是海風吹瞇了眼睛。來，讓爺爺背著蘭女，我們回家去！」

蘭女說：「不用背，那樣爺爺太累。」她堅持自己走，還拉著爺爺，邊走邊唱流傳很廣的《大海謠》：「大海大，大海藍。大海無風三尺浪，大海有風浪滔天……」

禍從天降

施老善和蘭女，老的關愛幼的，幼的照料老的，相依為命，度過一天一天，一月一月，一年一年。蘭女已分房單住，住正房西房。她睡不慣爹娘睡過的土炕。施老善就把土炕拆了，替她支了一張木床。蚌蚌灣最有學問的是一個叫許楠的老者，年輕時舉孝廉，當過一個縣的書吏，致仕（退休）後居家從事著述，據說正著一本關於《孝經》的書。許楠的孫女叫碧玉，自小沾染了文氣，認識字，讀過家中的藏書，知道歷史上不少事情。她十七歲出嫁，二十歲死了丈夫，無兒無女，回到娘家孀居。為了打發無聊時光，她整天繡花，繡花的技藝居然達到一流水準。村裡的女孩好生羨慕，每當她繡花的時候，都會去看。蘭女也去看了，一看便喜愛上了這活計。碧玉正閒得發慌，樂於傳授技藝。因此，蘭女和好幾個女孩，眉開眼笑，跟著碧玉學習起繡花來。

施老善十分贊同蘭女學習繡花，認為這樣可使孫女岔岔心分分神，不必老想著她爹她娘遇難的往事。一個花季女孩，整天生活在悲痛、孤苦和憂傷的重壓下，那太殘忍了。施老善領著蘭女，去蛤蜊鎮買了繡花用的綳子，以及布料、花樣、絲線、繡花針等物。蘭女說：「爺爺，小梅家裡很窮，我們多買些布料、花樣、絲線、繡花針，送她使用，好嗎？」施老善笑著說：「好，好！還是我家蘭女想得周到，懂得關心別人。人與人之間尤其是窮人之間，就應當互相關心互相幫襯的。」

從那以後，每天未時一個時辰，蘭女和另外幾個女孩，都會聚集在碧玉閨房中，學習繡花。碧

玉告訴女孩們說，繡花關鍵是要心靜心細，要用巧勁而不是猛勁，更不是蠻勁，還要有耐心有恆心，絕不可心浮氣躁和虎頭蛇尾。碧玉示範，讓女孩們把布料綳在綳子上，再貼花樣。初學繡花的花樣比較簡單，一般是用薄紙剪成的桃花、杏花、小鳥、小魚等，圖案簡潔，顏色單一。貼好花樣，選擇絲線穿針，然後左手持綳子，右手飛針走線，從背面刺向正面，再從正面刺向背面，反反覆覆，千針萬線，萬線千針，方能繡成一件繡品。包括蘭女在內的女孩們，長期幹燒火、做飯、洗衣、掃除之類的粗活，基本上是笨手笨腳，一旦拿起繡花針來繡花，還真不是一件易事。有人綳不了綳子，有人捏不住花針，有人老是掉線和亂線，一根小小的花針和幾縷細細的絲線，就是不聽使喚。碧玉微笑著，講技藝，講要領，手把手地傳授，手把手地糾正，不厭其煩。數天後，女孩們都繡出第一件繡品。繡品雖然粗糙，但那是她們的處女作，她們羞澀而笑，滿意和開心都寫在紅樸樸的粉臉上。

女孩們親熱地稱碧玉為碧玉姑姑，知她肚裡有墨水，所以在學習繡花的同時，還常央求碧玉給她們講故事，講皇宮裡那些稀奇古怪的故事。碧玉為了顯示文才，總是有求必應。蘭女等女孩們，正是從碧玉姑姑所講的故事中，獲得歷史、國家、朝代、宮廷、京城、帝王將相、后妃等概念和知識的。

一天，蘭女問碧玉說：「碧玉姑姑，我們魏國京城聽說在洛陽呀，怎麼前些年改為鄴城了？」

「嗨，你說的那個魏國（北魏）早滅亡啦！」碧玉邊繡花邊說，「那個魏國亡了，出了兩大權臣，一叫高歡，一叫宇文泰。高歡在鄴城立了元善見為皇帝，宇文泰在長安立了元寶炬為皇帝，國號都叫魏。這樣，鄴城的魏國就叫東魏，長安的魏國就叫西魏。我們這裡呀，屬於東魏。」

「碧玉姑姑，聽說魏國皇帝是鮮卑族人，是不是？」那個叫小梅的女孩怯生生地問。

「是。」碧玉回答說，「我們這些人都是漢族人，漢族很大，相比較而言，鮮卑族很小，所以他們是少數民族。魏國皇帝原先姓拓跋，後來實行漢化，才改姓元的。」

「人還有姓拖把的？」女孩們睜大眼睛，感到奇怪。

碧玉笑了，說：「不是拖把，是拓跋，拓跋，懂嗎？」她的解釋沒有用，因為女孩們根本不明白「拓跋」與「拖把」有什麼區別。

一個叫小菊的女孩等不及了，說：「碧玉姑姑，你還是講皇宮裡的故事吧，那些故事好玩好懂。」

女孩們全都附合小菊的提議。

「行，我給你們講故事。不過你們要一邊繡花一邊聽，聽了故事走神，忘了繡花或扎了手，那就划不來了。」

「是，一邊繡花一邊聽。」女孩們齊聲說。

碧玉清了清嗓門，說：「我爺爺說過，世界上最黑暗最腐爛的地方就數皇宮。那裡從表面看是高牆深院，富麗堂皇，骨子裡其實最醜惡最骯髒。」

這一開場白使女孩們相當吃驚。她們一直想像，皇宮是天堂，那裡的人不幹活，吃好的穿好的，想方設法玩樂，怎麼會是最黑暗最腐爛最醜惡最骯髒的呢？

「你們不信？那好，我給你們講講秦始皇他娘的故事。」

碧玉於是講了起來，大意是說：那時還是戰國時期，天下共有七個諸侯國，各國都有自己的國王。趙國京城邯鄲（今河北邯鄲）有一歌伎姓趙名姬，花容月貌，能歌善舞。韓國大商人呂不韋在邯鄲做生意，迷上趙姬的姿色，將她納為愛妾。秦王（昭王）有個孫子叫嬴異人，在趙國當人質，窮愁潦倒，落拓不堪。呂不韋非常精明，看到嬴異人有利用價值，認為奇貨可居，決定棄商從政，做一件立國定君的大買賣。他出重金結交嬴異人，又去秦國京城咸陽（今陝西咸陽東）活動，使秦國太子、太子妃承認嬴異人是嫡嗣——親生兒子。呂不韋返回邯鄲，嬴異人對他感激不盡，承諾如能顯貴，必重重報答呂不韋。一次飲宴，趙姬獻舞。嬴異人突然請求呂不韋，將趙姬賞賜給他做夫人。趙姬已懷身孕。呂不韋本不願意，但一心想做大買賣，只好忍痛割愛，同意把懷了自己孩子的趙姬，賞賜給嬴異人。

碧玉講到這裡，女孩們都停住針線，看著碧玉，眼神裡流露的疑惑是：世上會有這種事？

碧玉說：「丫頭們，繡花呀！你們以為，把懷了孕的愛妾送給別人，感到奇怪不是？往下聽，奇事和怪事還多著哩！」

碧玉接著講：沒多久，趙姬臨盆分娩，生了個男孩，取名趙政。嬴異人以為趙政是自己的骨血，將其改姓嬴，叫嬴政。秦國和趙國打仗，呂不韋設法，讓嬴異人、趙姬、嬴政到了咸陽。嬴異人改名為子楚，對太子、太子妃很是恭敬和孝順。後來，秦王死了，太子繼位為秦王（孝文王），嬴子楚當了太子，趙姬當了太子妃。僅過一年，秦王又死了，嬴子楚繼位為秦王（莊襄王），趙姬搖身一變成了王后，嬴政則成了太子。新秦王兌現當初的諾言，拜呂不韋為相國，封文信侯，食邑達十萬戶。什麼叫食邑？食邑就是王侯的封地，百姓交納的賦稅歸王侯所有，還要替王侯服徭役。新秦王也很短命，在位三年就死了。這樣，年僅十三歲的嬴政，就成為新的秦王，她的娘趙姬年紀輕輕的就成為太后，人稱秦太后。

蘭女停住針線，說：「這麼說，秦國的國王實姓呂，是呂不韋的兒子，對不對？」「可不？」碧玉說，「呂不韋的兒子當了秦王，呂不韋的愛妾當了太后，呂不韋自己官拜相國，尊號仲父，呂家人實際上擁有了秦國天下。」

碧玉繼續講：秦太后盛年守寡，難耐宮闈寂寞，又與呂不韋重拾舊歡，還是一對恩愛夫妻。秦王嬴政一年年長大，性格凶狠暴戾。呂不韋擔心他和太后的私情暴露，不好收場，所以和太后串通，找了個身體強壯的男人，假作閹割，弄進王宮，冒充宦官，侍奉太后。

小梅、小菊同時提問：「碧玉姑姑，什麼叫閹割？宦官是什麼東西？」

「這……」碧玉不知該怎樣回答。她伸頭去門外看了看，確定無人偷聽，方才低聲以閹割公豬為例，說明什麼叫閹割，進而說：「宦官不是東西，而是一夥人，一夥閹割了的男人。」

女孩們似懂非懂，羞得耳熱心跳，說：「哎呀，醜死了，醜死了！」

碧玉繼續講：那個男人叫嫪毐，長得五大三粗，荒淫好色。秦太后得到嫪毐，身心大快，樂不可支。不久，寡居的秦太后懷孕了，醜事將要暴露。秦太后很有主意，找了一個藉口，離開咸陽，帶著嫪毐，徙居雍城（今陝西鳳翔境）大鄭宮，避開眾人耳目，一心一意快活去了。她在那裡生了個雙胞胎，兩個男孩，更加滿足。她要抬高情夫的身價，讓嬴政封嫪毐為長信侯，主管宮廷事務，權勢幾乎與呂不韋不相上下。小人得志，必然猖狂。嬴政二十二歲那年，按照定例前往雍城蘄年宮舉行加冕典禮，隨後親政。嫪毐一次醉酒後，竟得意忘形地說：「我是何人？我是太后的情夫，秦王的假父！」嬴政聽了此話，派人調查，發現了駭人聽聞的一系列醜事：嫪毐原來是假宦官，太

后和這個假宦官私通，生有兩個兒子，揚言說秦王駕崩後，便由他們的兒子繼位為秦王，而且事情牽扯到呂不韋。嫪毒自知酒後失言，闖下大禍。他為了保命，索性狗急跳牆，發動叛亂，率領黨羽攻打蘄年宮。嬴政發兵鎮壓，活捉嫪毒，將他五馬分屍。嬴政又去找太后，把雙胞胎裝在布袋裡摔死，把他娘遷居至條件簡陋的棫陽宮，發狠話說母子從此不再相見……

漁家女孩們孤陋寡聞，哪裡聽過這樣曲折離奇的故事？碧玉住口了，她們仍沉浸在故事當中。蘭女第一個回過神來，說：「碧玉姑姑，秦王嬴政後來怎樣了？」

碧玉說：「嬴政很了不起，後來統一了天下，自稱皇帝，他就是秦始皇，幹了很多大事好事，也幹了很多壞事。」

在其後幾個月裡，碧玉先後給女孩們講了兩漢、魏晉宮廷一系列的故事，皇宮裡的陰謀、爭鬥、污穢和血腥，驚心動魄，駭人聽聞。蘭女當時只是聽聽而已，沒料想自己日後竟然成為皇族成員，用親身經歷，見證了碧玉爺爺的「四最」說（最黑暗最腐爛最醜惡最骯髒），那是多麼深刻多麼精闢的概括啊！

平平靜靜又一年，蘭女十二歲了。這天夜間，她覺得小肚子隱隱作痛。早晨醒來，發現內褲和床單上，留有殷紅的血跡。她嚇壞了，以為是得了什麼病，用被子裹住身體，坐在炕上發呆。她想的是，自己若果真得病，那麼誰來照料爺爺？爺爺那麼大年紀了，已是風前燭瓦上霜了呀！施老善見孫女沒像往常一樣按時起床，推開房門，問蘭女怎麼啦？蘭女嗚嗚地哭了，說：「爺爺，我得病了。」施老善嚇了一跳，說：「好端端的，怎會得病呢？」蘭女挪了挪身體，讓爺爺看床單上的血跡。施老善立即明白了是怎麼回事，笑著說：「傻蘭女，不是得病，不是得病，你是……」下面的話，他一個老頭子很難說得清楚，忙去許楠家，請來了碧玉姑姑。

碧玉關緊房門，坐上床沿，悄聲悄語告訴蘭女：她是來紅了，所有女孩到了她這個年齡，都會來紅的，以後會每月來一次，又稱月經。這表明，她快要成為大姑娘了，再過幾年，還要出嫁，還要懷孕，還要生兒育女呢！碧玉一番指點，說得蘭女面紅耳赤，羞羞怯怯，原來女孩在成長過程中，還有這樣的講究！

女孩們學習繡花，由簡到繁，由淺入深。花樣的圖案逐漸複雜了，顏色逐漸豐富了，進入較高的層次。這時已不僅僅是動手，更要動腦，要思考，要揣摩，要體會，要用細膩縝密的針法和五顏六色的絲線，繡出所繡之物的美感和風韻來，術語叫做有形有神，形神兼備。碧玉告訴女孩們說，繡花技藝沒有止境，自己繡了多年的花，也才不過算是剛剛入門，距離形神兼備的境界，還差十萬八千里。這話說得女孩們直吐舌頭，她們說：「天哪，繡花也這樣難哪！」

蘭女買的花樣中，有不少蘭花花樣。因為她愛蘭花，自家院落裡種有很多蘭花，那是她爹的遺物，她的名字也由蘭花而來。蘭花默默生長，默默開放，體現一個「幽」字，這正符合蘭女的性格。蘭女開始繡蘭花，集中思想和精力，用心去繡，用愛去繡，怎樣選線，怎樣用針，仔細琢磨，一絲不苟。她觀察過，蘭花的葉片是綠色的，但有濃綠、淡綠、深綠、淺綠、碧綠、油綠、黃綠、嫩綠之分。蘭花的花冠，形狀和色彩多種多樣，就拿紅色花來說，就有大紅、淡紅、淺紅、粉紅、紫紅、桃紅、橘紅等，花瓣的中央和邊沿部位，紅的程度又有所不同。她根據觀察的結果，選線配線，有的絲線用上百針，有的絲線只用兩三針。結果繡出的蘭花，圖案優美，色彩絢麗，絲線的光

澤煊染出蘭花葉片與花冠的光澤，閃閃發亮，熠熠生輝。小梅說：「蘭女繡的蘭花，絕了，簡直跟真蘭花一樣！」小菊說：「可不，看這蘭花繡品，好像都能聞到香氣了！」碧玉輕拍蘭女的後腦勺，說：「真不錯！你要再用功一些，繡技會越來越好！」

蘭女把蘭花繡品拿回家給爺爺看。施老善笑得老臉開花，說：「這是繡品？呀呀呀，我看比真蘭花還像蘭花呢！」

這年夏天，渤海一帶又遭遇一場災難，尤其是在海上，風狂雨驟，電閃雷鳴，出現三條掛龍，昏天黑地持續了兩個多時辰。不知又有多少漁船、商船遇難，老天爺真是殘酷啊！

風停雨住，蚌蚌灣的人大多到了海邊，引頸放目，遙望海上。這是多年來形成的習慣，或是為了期盼出海捕魚的人能平安歸來，或是為了看一看議一議災難的後果。施老善和蘭女也到了海邊，所見景象就像是六年前那種景象的再現。澎湃的海水，灰黃色的泡沫，浪花，聲響，船槳、船板、竹籃柳筐，一樣的狼藉和慘烈。忽然有人高聲喊道：「啊，海水沖上來一個人！」於是，眾人向喊聲方向跑去。

施老善和蘭女也跑過去了，只見渾濁的海水來來回回地衝擊著海岸，一塊木板上趴著一個人，人的身子是用布條綁在木板上的，看那身材，尚未成年，穿的衣服比較考究。海水力量很大，猛地將木板沖上岸邊沙灘，海水退回去，下一個浪頭有可能再將木板捲回海中。木板上的人好像死了，一動不動。人們見此狀況，不知所措。施老善跨步向前，大聲說：「快，把木板拖上來！」幾個人七手八腳，拖上木板。施老善指揮，讓木板上的人頭向大海方向，身子有一個下傾的坡度。他飛快地解掉綁人的布條，然後雙手使力，壓迫那人後背，讓那人吐出腹中的海水。施老善一壓一壓，那人吐水一口一口。施老善不知那人是死是活，所做的只是救人的善心、本能和經驗罷了。也不知過了多久，那人口中不吐水了。施老善停止壓迫，將那人的臉扳過來，發現那是一張少年的臉，因泡了海水，有點腫脹。他用手指探少年的鼻息，似乎有了一絲抽氣，遂大聲說：「人還活著，快，救人要緊！」海邊要啥沒啥，怎麼個救法？施老善果決地說：「來幾個人，把他抬到我家去！」幾個人又是七手八腳，連木板帶人，抬到了施老善家的院落裡。

施老善估計少年腹中沒有海水了，命將少年翻過身子，又吩咐蘭女說：「蘭女，快煮一碗薑湯來。」蘭女照辦。施老善用小勺舀了薑湯，放在嘴邊嘗了嘗，餵那少年。少年沒有反應。施老善用手扳開少年嘴巴，餵了薑湯。少年嘴巴動了動，多半薑湯流在嘴巴外面。幾個回合下來，總有些薑湯會進入了少年胃裡的。

少年鼻息略略變大，漂白的臉色有所緩和。施老善命將少年抬起，放在自己睡的土炕上，說：「看來，他有望活過來，現在要睡覺，是吉是凶，三天後可見分曉。」

那幾個抬少年的人離去。施老善擔負起看護少年的責任。蘭女熟知爺爺樂善好施的品德，充當了爺爺的幫手。頭一天，給少年餵薑湯；第二天，餵紅糖水；第三天，餵小米粥上面的米油。第四天出現奇蹟，少年甦醒，睜開雙眼，拖著哭腔，喊出第一句話：「爹啊，娘啊！」

施老善顯得高興，說：「好啊，總算活過來了。」

少年見自己睡在陌生的土炕上，炕前站著一個慈眉蓋目的老人和一個嬌小纖弱的女孩，驚恐地問：「這是什麼地方？我怎會在這裡？你們又是何人？」

施老善說：「少年人哪，你在鬼門關走了一遭又回來啦！」於是便把三天來的情況，詳詳細細

敘說一遍。少年一聽，一骨碌起身，跪在炕上磕頭，說：「感謝爺爺和小姐救命之恩！」蘭女聽少年稱自己為小姐，噗哧一聲笑了。

施老善說：「躺下躺下，你還沒緩過勁來，需要休息。蘭女，去盛一碗小米粥來，讓他吃。」

少年坐在炕上吃了小米粥，身上有了力氣。施老善說：「現在你可說說你的來歷，為何綁在木板上隨海浪漂流的呢？」

「爹啊，娘啊！」少年又哭喊一聲，淚流滿面，講述了海上遇難的可怕一幕。

原來，少年姓藍名京，這年十四歲，家住遼東柳城。父親是個商人，每年購買柳城特產玉石、獸皮，南渡渤海，運到蓬萊一帶銷售，再購買蓬萊特產絲綢、瓷器，北渡渤海，返回柳城，一來一去，賤買貴賣，獲利頗多。將近二十年了，順順當當，平安無事。今年，藍父帶了妻子和兒子一起到蓬萊，賣了玉石、獸皮，買了絲綢、瓷器，租賃一隻商船回家，沒料想在海上遭遇了龍捲風。在狂風巨浪顛覆、摧毀商船的那一刻，藍父藍母首先想到兒子，情急中將被單撕成布條，把兒子綁在一塊木板上，哭泣著說：「兒呀，爹娘顧不上你了，生死由天，看你造化了！」大山一樣的惡浪壓下來，藍京沒來得及和爹娘說一句話，商船消失，木板沉進波谷。後來，他和木板是怎樣漂流的，他一無所知。

施老善詛咒地罵道：「又是龍捲風，可憎可恨！」

蘭女想起死於海難的爹娘，扭過頭去悄悄擦淚。

施老善說：「蘭女，把藍京的衣服取來，讓他換上。」

藍京這才發現身上穿的不是自己的衣服，驚呼說：「呀，我的護身符？」

施老善說：「護身符？得是那枚玉佩？大前天，你的衣服泡了海水，我替你換了一身衣服，讓蘭女把你衣服洗了。洗衣時，見衣服口袋裡有一枚玉佩，替你保管著哪！」

蘭女取來衣服和玉佩。藍京忙將玉佩貼在胸前，說：「護身符啊，你果真護佑了我呀！」

施老善和蘭女不解地看著藍京。藍京於是說起他的護身符：藍父每年都要渡越渤海，好幾次遇到大霧天氣，霧霾漫天，不辨東西南北，商船迷失方向，無法前行。每次，船前總會出現一條鯨魚，背鰭藍色，游來游去，搖頭擺尾，有時還躍出水面，翻一個大大的跟頭。藍父猜想，鯨魚是要給商船引路，吩咐商船跟隨鯨魚前進，嗨，每次都能化險為夷，平安渡越渤海。這樣，藍父就說鯨魚是神魚，有靈性，藍色的藍正是自家的姓，鯨魚的鯨又與兒子的名同音，所以特意買了兩片玉石，請玉匠刻了鯨魚圖像，塗作藍色，製成玉佩，一枚自戴，一枚兒子戴，作為護身符。藍京說：「這一回，護身符護佑了我，卻沒能護佑我爹我娘啊！」

施老善看那護身符，玉石上等，潔白無瑕，晶瑩透亮；鯨魚圖像形態逼真，雄健優美，通體藍色，藍得純淨。施老善意識到那是個好東西，說：「既然是護身符，你得把它保管好，千萬別弄丟了。對了，下一步你如何打算呀？你該回家去看看，報個平安吧？」

藍京頓時又淚流滿面，說：「爹娘在，我算有家；爹娘不在了，我哪還有家？遼東柳城連一個親戚也沒有，回去靠誰？那裡雖然有房產有地產，但沒有親人，要它們何用？因此我不回去了。我相信爺爺和小姐是好人，就請收留我吧，收留我吧！」說著，又跪在炕上磕起頭來。

施老善心想，這事怎麼都讓我撞上了？十多年前收留了余生，現在又有個藍京。他拿不定主意，轉看蘭女。蘭女見藍京仍稱自己為小姐，還磕頭，覺得好笑。她和藍京的爹娘都是因海難而死

的，二人算是同病相憐吧？所以當爺爺看她的時候，她自覺不自覺地點了點頭。施老善畢竟心善，最可憐孤苦伶仃、無家可歸的人，遂說：「那好，你暫在這裡住下吧，想回家去，招呼一聲，隨時隨刻都可以走。」

藍京高興極了，連連磕頭。藍京當天知道，救他性命並收留他的爺爺叫施老善，那個所謂的小姐是爺爺的孫女蘭女，蘭女比他還小兩歲呢！

藍京長得端端正正，標標緻緻，是那種討人喜歡的男孩。他很快就和爺爺、蘭女親密無間，就像原本就是自家人一樣。他愛幹活，擔水、劈柴、翻地、掃除之類，全包了，絕不讓爺爺、蘭女插手。他說：「重活粗活髒活，就應當由男子漢幹，跟老人和女孩無關。」這樣一來，施老善和蘭女倒是清閒了許多。藍京還想學捕魚，讓爺爺給買一隻小船和一張漁網，以便下海。施老善又搖頭又搖手，說：「別，別！自打蘭女爹娘死後，聽到『海』、『魚』二字，我就心慌。捕魚無非是為了掙錢養家，但我害怕，怕再出事。蘭女爹娘當初掙了些錢，我們省吃儉用，種菜種瓜養雞，光買糧食油鹽等，支撐三五年還不成問題。到時候，蘭女出嫁，我就心安了。」

蘭女聽爺爺當著藍京面說自己出嫁事，羞紅了臉，嬌嗔地說：「爺爺！」

藍京讀過兩年私塾，認識不少字，還會寫字。一天，他用竹棍在地上寫了自己和蘭女的名字。蘭女看了好久，說：「噯，你名字第一個字和我名字第一個字怎麼不一樣啊？」

藍京指點著說：「我姓藍，藍是藍顏色的藍。你叫蘭女，蘭是蘭花的蘭。這兩個字讀音相同，寫法和意思是不一樣的。」

蘭女說：「原來這樣啊？」

藍京說：「此外還有竹籃子的籃，圍欄的欄，阻攔的攔，讀音都一樣，寫法和意思卻不一樣。再比如我名字中的京字，是京城的京，另外還有鯨魚的鯨，吃驚的驚，精神的精，佛經的經，水晶的晶等，也是讀音都一樣，寫法和意思卻不一樣。」

蘭女驚訝地說：「哎呀，這樣複雜，區分起來寫起來多難呀！」

「這跟你繡花一樣，熟能生巧，熟了就不難了。來，你也寫個字看看。」

「我？寫字？啊，不不，我不會。」

「不會學唄，我教你。」

藍京硬將竹棍硬塞給蘭女，然後抓住她的右手，在地上寫了個大大的「蘭」字。這是第一次有男孩抓住蘭女的手，蘭女好生緊張，手心都冒出汗來。她覺得，她的手被抓得很緊很緊，好像有一股熱流從手背湧向全身，癢癢的痳痳的酥酥的，「蘭」字到底是怎樣寫出來的，她全然不知。

蘭女藏有很多從海灘上撿回的貝殼。晴天，她把貝殼一枚一枚地擺在地上，既是晾曬與透風，又是展示與觀賞。那些貝殼，造型奇特，各種各樣，在太陽的照射下，赤橙黃綠青藍紫，放射出璀璨、眩目的光芒，美麗極了。其中一枚是半個海蚌，手掌一樣大，內側晶瑩，像玉像瓷，中央圖案恰似一株蘭花，三片狹長的綠葉，拱出一莖，莖上有兩朵花，一花淡黃色，一花粉紅色，純淨幽雅。蘭女最喜歡這枚貝殼，給它取了個名字叫蘭花貝殼。藍京觀看滿地的貝殼，興奮得手舞足蹈，驚歎說：「呀，這麼多這麼美呀！」

藍京和蘭女，不算是青梅竹馬，但算得上是兩小無猜，在施老善身邊，在這個院落裡，平靜地

生活，歡快地成長。藍京叫蘭女為蘭女妹，蘭女叫藍京為藍京哥，親親熱熱。兩個小孩就像春末夏初麥苗拔節、金蟬脫殼一樣，精力旺盛，努力往高裡長往壯裡長。眨眼四年過去，一個長成壯壯實實的大小夥子，一個長成亭亭玉立的大姑娘了。

藍京，這年十八歲，高高的身材，方方的臉盤，寬額濃眉，一雙眼睛炯炯有神。幹活使他體格健壯，胳膊上和胸前的肌肉，鼓鼓的突突的，很有力量。他的性格也好，不多事不惹事，自到蚌蚌灣後，人人都誇他是個好孩子，懂事的孩子。蘭女，這年十六歲，正是花一樣的年齡。她身段苗條，面龐紅潤，長髮彎眉俏眼，娉娉婷婷，文文靜靜。她的姿色，談不上國色天香，傾國傾城，但完全可以用嫵媚、清純、亮麗等詞語來形容。在公開場合，她一出現，見者自會眼前一亮，會想到含苞待放的花蕾，蘭花、荷花、海棠花、芍藥花的花蕾，清新，嬌豔，含蓄，賞心悅目。

蚌蚌灣的好心人迫不急待地把藍京和蘭女放在一起規劃了。一天，施老善去王瞎子家串門。王瞎子說：「老善，我看藍京這孩子不錯，本分，勤快，足可以做你的孫女婿。」王嫂說：「藍京和蘭女，一個金童，一個玉女，天生的金玉良緣。老善，你可得成全他倆，早早把婚事辦了，老嫂子我還等著喝喜酒哪！」

其實，施老善心中早有這種考慮。他觀察了幾年，發現藍京這孩子確實不錯，除本分、勤快外，對自己對蘭女，那是一百二十個體貼和關心。尤其是他把蘭女當作妹妹，時時事事讓著她護著她，誰敢欺侮妹妹，他會和那人拚命的。但是施老善也有擔心，擔心藍京有一天會回老家去，回遼東柳城去，一旦招他為孫女婿，蘭女豈不是也要同去？蘭女是施老善的命根子，他是斷不會讓蘭女離開自己的。

施老善就這個問題詢問過蘭女。蘭女嬌羞，不作正面回答，只是說她不會離開爺爺。在她看來，她未來的夫婿，自然而然，肯定是藍京哥，這還用問嗎？藍京也很喜歡蘭女，只是嘴上不說罷了。一天晚上，施老善試探著問藍京說：「藍京，想沒想過回老家去看看呀？」藍京回答得很乾脆，說：「不想。我的爺爺、蘭女妹在蚌蚌灣，我的家就在這裡，回老家去幹嗎？那個老家，對我來說，早不存在了！」蘭女聽了這話，心裡甜得像裹了蜜。夜裡，她做夢了，夢見她和藍京哥手拉著手，在鮮花盛開的草地上猛跑，跑到一個隱蔽處，二人緊緊擁抱，嘴嘴相對熱吻起來了。激情正酣，蘭女身子一動，夢醒了，夢醒回味夢境，羞得面紅耳赤，芳心亂跳。她在黑暗中用食指刮自己的鼻子，心裡說：「蘭女，羞不？羞不？」

藍京表示不會回老家去。施老善的擔心變成放心。他去找王瞎子和王嫂，亮明態度：這年秋後，他會把蘭女嫁給藍京，還得請王嫂當媒人。王嫂滿口應承，笑著說：「好哩！蘭女她爹她娘結婚，是我當的媒人，現在蘭女和藍京結婚，又是我……」

王瞎子眼瞪老伴，斥道：「說什麼哪？」

王嫂自知失言，輕打自己嘴巴，說：「瞧我這張破嘴，怎麼提說起蘭女爹娘了？」

「沒關係沒關係，」施老善說，「蘭女六歲那年，余生、珍子遇難，一晃十年了。唉，真是做夢一樣，做夢一樣啊！」

純樸人家純樸百姓。施老善老人和藍京、蘭女兩個年輕人，本應該有他們的純樸生活的，可是世道黑暗，禍從天降，社會底層小人物承受的，只能是悲慘的命運悲慘的結局。

農曆三月初三是傳統的上巳節。從周代開始，就有上巳節祓祭的習俗，人們到野外去到水邊去，或舉火，或戲水，據說這樣可使身心純潔，除凶祛惡，全年無病無災。蘭女和小梅、小菊幾個夥伴約定，上巳節要去蛤蜊鎮好好地遊玩半天。藍京本來是要同去的，但這天天氣特別晴朗，他徵得爺爺同意，要利用晴天掃除正房，並用石灰粉刷粉刷牆壁。牆壁好幾年沒粉刷了，斑斑駁駁，很不好看。他對蘭女說，他粉刷完牆壁，下午會去蛤蜊鎮接她。

蘭女和幾個夥伴上路了。她們脫去穿了一個冬天的臃腫的衣褲，穿上春日的夾衣長裙，輕鬆輕快輕盈，活像初次展翅飛翔的小鳥。且看蘭女，粉底紅花上衣，藍底紫花長裙，上衣繡邊，長裙褶幅，配上繡有蘭花的白底黑幫布鞋，清清爽爽，本色雅致。烏黑的長髮後垂，束一方淡藍色手帕，手帕隨著步履晃動，宛若不安分的蝴蝶。她體態勻稱，眉毛彎彎，目光清澈，面頰粉潤，唇朱齒白，不用化妝，不用任何首飾，處處顯示出特有的青春美和自然美。

春風和煦，陽光明媚。路邊柳樹，枝條尖端綻出嫩黃色的淺綠。桃樹和杏樹尚未生出葉片，粉紅色粉白色花蕾綴滿枝頭，團團簇簇。空氣中瀰漫著泥土和青草的氣息，猛吸幾口，啊，好香好甜好清新啊！

蘭女和夥伴說說笑笑，片刻便到了蛤蜊鎮。蛤蜊鎮瀕臨一條小河，市井不大，但在方圓幾十里內也算是個熱鬧地方。蘭女看到，有人在河邊生起篝火，一面喝酒，一面吃烤牛，高談闊論。有人脫去上衣，跳進河裡，從這邊游到那邊，又從那邊游到這邊，高喊著說：「河水不冷，快下來游水戲水呀！」

蘭女等在河邊遇到碧玉姑姑，她也是到鎮上遊玩散心的。蘭女說：「碧玉姑姑，那幾人說河水不冷，你信嗎？」

碧玉說：「河水冷與不冷並不重要，重要的是他們在演示傳統的習俗，並體會其中的樂趣。」

蘭女、小梅、小菊幾乎同聲發問：「游水戲水也是習俗？」

碧玉笑著說：「不錯，是習俗。《詩經鄭風》裡有一首詩叫《溱洧》，溱洧是兩條河流的名字，寫的就是上巳節這一天，青年男女在溱河、洧河邊遊玩的場景的。」她隨口背出那首詩來：「溱與洧，方渙渙兮。士與女，方秉蘭兮。女曰『觀乎？』士曰『既且。』『且往觀乎？洧之外，洵訏且樂。』維士與女，伊其相謔，贈之以芍藥。溱與洧，瀏其清矣。士與女，殷其盈矣。女曰『觀乎？』士曰『既且。』『且往觀乎？洧之外，洵訏且樂。』維士與女，伊其將謔，贈之以芍藥。」她估計蘭女等聽不懂，說：「那首詩大意是這樣的：溱水洧水向東方，三月春水正上漲。小夥姑娘來春遊，手握蘭草求吉祥。姑娘說道看看去，小夥回說已經逛。再去看看又何妨？瞧那洧水河灘外，實在寬大又舒暢。小夥姑娘來春遊，盡情嬉笑喜洋洋，互贈芍藥情意長。溱水洧水向東方，三月春水多清涼。小夥姑娘來春遊，熙熙攘攘滿河傍。姑娘說道看看去，小夥回說已經逛。再去看看又何妨？瞧那洧水河灘外，實在寬大又舒暢。小夥姑娘來春遊，盡情嬉笑喜洋洋，互贈芍藥情意長。你等聽聽，多麼生動、活潑、有趣！」

蘭女等領會不了那首詩的妙處，但對碧玉姑姑的文才，敬佩至極。她們邀請碧玉和她們同行，看到鎮上比平日增加了很多地攤，賣什麼的都有，鍋碗瓢盆，油鹽醬醋，衣服布匹，花樣絲線，大米小米，兔肉狗肉，農具刀具，木材藥材，香粉胭脂，梳子篦子籃子筐子鳥籠子，還有算命的占卦的看手相的剃頭的，等等。有人高聲吆喝，有人討價還價，吵吵嚷嚷，盡顯集鎮節日風情。她們

在一個捏糖人的老者跟前站定。只見老者腳邊一個火爐，火爐上置銅鍋，銅鍋裡熬著糖飴；老者手抓少許糖飴，左手倒到右手，右手倒到左手，然後一拉，一搓，放在嘴邊吹了吹，這裡捏捏，那裡捏捏，三下五除二，便捏出個小糖人來。老者把小糖人立在細柴棍棍上，往身旁草架上一插，發一聲喊：「哎，小糖人，一文錢一個來！」小糖人呈金黃色，很薄，透明，黑髮黑眉，五冠齊全，有胳膊有腿，脖上還圍紅色圍巾，唯妙唯肖，栩栩如生。眾人喝采。再看老者，雙手動得飛快，不一時又捏出好些小狗、小貓、小鳥來，插在草架上，一派生機。碧玉嘖嘖稱讚說：「好手藝，好手藝啊！」

她們繼續前行，到了鎮中心的廣場上。那裡很多人圍成一圈正看耍猴。蘭女等擠進人群，只見一個漢子手持銅鑼，敲得噹噹響。一隻小猴身穿花衣，抓耳撓腮，眨眼吐舌，隨著鑼聲，跳躍、旋轉、翻跟頭，身手敏捷，形象滑稽，引起人們陣陣笑聲。尤其是孩子，張大嘴巴，笑得前仰後合。漢子把銅鑼交給小猴，向四周一抱拳說：「本人和小猴置身江湖，闖蕩四方，今日前來貴地尋口飯吃，還請父老鄉親多多賜教，有錢捧個錢場，無錢捧個人場，見笑了見笑了！」漢子話音剛落，小猴就反端銅鑼，繞場收錢。幾人往銅鑼裡丟錢，丟的都是一文錢。蘭女也要丟錢，一摸衣兜，卻沒有一文錢，只有一枚爺爺給她零花的五銖錢。蘭女對勞苦人歷來慷慨，毫不猶豫地把那五銖錢丟到銅鑼裡。小猴好像認識一枚五銖錢相當於一百文錢，特意向蘭女深深鞠了一躬。這一舉動惹得滿場哄笑，不少人熱烈鼓起掌來。蘭女羞紅了臉，藏到了碧玉姑姑身後。耍猴的漢子向前，準備向慷慨的姑娘道一聲謝。恰在這時，有人高聲喊道：「不好啦，官兵來啦，快跑啊！」這一聲喊猶如晴天霹靂，廣場上炸鍋了亂套了。

說時遲那時快，百餘名身穿鎧甲的士兵，騎著高頭大馬，手執刀劍、馬鞭，旋風似的呼嘯而至，包圍了廣場，廣場上無人能跑脫。一個小頭目模樣的人手揚馬鞭，指揮眾人，高聲說：「聽好：男人退去，女人留下！」

士兵的話就是命令，不容質疑和反對。男人離開，只剩下女人。小頭目又說：「十五歲左右的女子留下，其他人退去！注意，十五歲左右，主要指十四歲至十八歲，這個年齡段的必須留下，若想開溜，立殺不誤！」

碧玉有幸離開。剩下的只有蘭女、小梅、小菊以及其他二十多個少女。她們不知道會發生什麼事情，一個個嚇得心驚膽戰，低著頭，大氣也不敢出。官兵隊中還有一輛漂亮馬車，馬車上躍下一人。那人相當年輕，身材高大，軍官模樣，銀盔銀甲，黑色長統皮靴，還戴著白布手套，瀟灑幹練，一看就是個有來頭的大人物。小頭目去軍官耳邊低語數句。軍官大步走向站成一排的少女，伸出戴著手套的右手，逐一托起少女面龐，端詳審視。連看十幾人，無一中意者。當托起蘭女面龐時，他的眼睛一亮，嘴角露出笑意。他朝小頭目略略點頭，意思是說：「就是她了！」軍官回到馬車上去。小頭目手指蘭女，宣布說：「你留下，其他人等退去！」小梅、小菊等少女，像受驚的小鹿，跑開了。蘭女尚未反應過來，兩個兵卒一左一右，逼她上馬車。蘭女這才意識到情況不妙，嬌聲說：「光天化日，你們要幹什麼？」兵卒不回答她的問話，硬拉著她上馬車。蘭女拼命掙扎，不起任何作用。她既無力又無助，淚流滿面，只能回望碧玉，哭喊著說：「碧玉姑姑，碧玉姑姑！」然而，碧玉一個婦道人家，又如何救得了她？眨眼間，蘭女被塞進馬車，百餘名兵卒打一聲呼哨，驅馬護擁，呼喇喇而去，馬蹄下車輪下塵土滾動，看去像是一條翻捲著的黃色惡龍。

這些兵士從出現到離去，也就是半炷香工夫。碧玉許久才清醒過來，急急地對小梅、小菊說：「快，你兩人跑得快，快回去告訴老善爺爺，就說蘭女被官兵搶走了！」

小梅、小菊撒腿就跑，跑回蚌蚌灣，滿身是汗，氣喘吁吁。她倆見到施老善，上氣不接下氣地說：「老、老善爺爺，不、不好了，蘭女被一夥官兵搶走了！」

施老善一聽這話，好比五雷轟頂，兩眼一黑，連吐幾口鮮血。藍京正在和白灰水，聽了這話，心火騰起三百丈，隨手操起一根短棒，要去救回蘭女。他跑出十餘步，猛聽得身後一聲響，回頭一看，見是爺爺栽倒在地上。藍京返回，快步撲向爺爺，發出撕心裂肺的呼喊：「爺爺，爺爺！」

天空一片烏雲遮住太陽。颯颯風聲響起，天氣變了，好像要下雨了。

駙馬搶美

馬車疾馳，車輪飛滾。坐在馬車上的蘭女，感覺到馬車疾馳的高速，感覺到車輪滾動的顛簸，感覺到馬車前後，有百餘名兵卒騎著百餘匹大馬，護擁奔馳。她不知到底發生了什麼事情，暈頭轉向，只是哭泣，邊哭邊說：「我要回家，我要回家！」

「別急，我們正在回家的路上。」

蘭女聽到這個聲音，方才感覺到馬車上另外還有個男人，就是那個用白色手套托起自己面龐的軍官。那個軍官正坐在自己右側，好像一直在注視自己，並發出欣賞的微笑。蘭女飛快地掃了一眼車廂，車廂是木製的，很寬敞很豪華，前面是門，左右開窗，後面一張能坐能臥的寬榻，並有斜式靠背；車廂內壁皆裹以錦繡，鑲金飾玉，寬榻和靠背裡面大概填了絲棉，坐著靠著，鬆軟而舒適。蘭女長這麼大，除了爺爺、爹和藍京外，從未和其他男人單獨相處過。她羞極了，也窘極了，只看腳下，任由淚水流淌，還是邊哭邊說：「我要回家，我要回家！」

那個軍官照舊安慰她說：「別急，我們正在回家的路上。」軍官朝她身邊靠了靠，還試圖拍拍她的右腿。蘭女像被蜂螫了一樣，向左挪再向左挪，直挪至寬榻邊沿，再也無法挪了。軍官揶揄地說：「挪呀！要不要把寬榻邊沿和車廂邊框拆掉？那樣再挪，就掉到車外去了！別怕，我不是老虎獅子，我不會吃了你！」

蘭女心裡罵道：「該死的軍官，這時他還有心思取笑！」

軍官再沒有往她身邊靠，說：「餓了吧，要不要吃點點心？」他像變戲法似的，不知從什麼地方變出一碟黃燦燦的點心來。蘭女不看不理，自顧流淚擦淚。

軍官尷尬地笑了笑，把點心放回原處，問道：「你姓什麼？叫什麼名字？」

蘭女低頭哭泣，拒絕回答。軍官似乎很有涵養，並不生氣，說：「你不回答沒有關係，不過最好別哭了，那樣會哭紅眼睛，有損容顏。實話告訴你，我已看上了你，你一旦坐上這輛馬車，就是我的女人。做我的女人好啊，你會有享用不盡的榮華富貴的。」

「不，不要！不要！不要！」蘭女覺得受了侮辱，雙手捂耳不聽，搖頭連說了三個「不要」，接著仍是那句話：「我要回家，我要回家！」這話已重複無數遍，她的聲音漸漸嘶啞，尾音漸漸低沉，表明她已意識到，她是回不了家了。她想起家裡的爺爺和藍京，肯定為她憂慮為她焦急。她恨不得拿刀殺了那個搶她的軍官，可哪有刀啊？她恨不得跳下馬車，插上翅膀，飛到爺爺和藍京身邊，可車廂嚴嚴實實，她是無法跳下去的。

那個軍官始終注視著車廂裡的女子，並發出欣賞的微笑。他斷定，女子不會超過十六歲，而且是個沒開過葷的雛。他欣賞她的身段、容貌和神態，用一個詞語來概括，就是：清純。瞧她哭泣的樣子，流淚的樣子，傷心的樣子，無奈和絕望的樣子，恰似海棠沐風，梨花帶雨，最可憐惜。他認為，他是個懂得憐香惜玉的男人。今天搶來的這個女子，清純得像是剛出水的芙蓉，值得他憐值得他惜，值得值得啊！

烏雲遮住太陽，卻並未下雨。傍晚時分，士兵們好像進入一個小城，馬車的速度明顯慢了下來。「吁——」車夫忽然拉住韁索，馬車止住了，不再顛簸了。百餘名兵卒跳下馬背，牽馬佇立。那個軍官笑了笑，說：「這裡是樂亭，我們到家了。全國各地都有我的家，當然，以後也是你的家。」

家？蘭女聽得一頭霧水。她的家在蚌蚌灣，此外哪有什麼家？她的喉嚨很乾，眼淚也已流乾，低著頭，不想說話。車門打開，軍官先下了車。不一時，一個四十多歲的婦人，前來請姑娘下車。婦人不知蘭女的名字，稱她姑娘，說這是駙馬吩咐的。駙馬？駙馬是誰？想必就是那個軍官吧？蘭女聽碧玉姑姑講過，皇家女子如皇帝的姐姐、妹妹嫁了人，丈夫叫做駙馬。那麼，那個駙馬把自己搶來，還說坐上馬車就是他的女人，難不成他要……蘭女身上打了個冷戰，不敢往下想。她覺得下了車反而不安全，所以不願下車。怎奈婦人反覆催促，不由她不下車。她遲遲疑疑下了車，婦人將她領進一間大房。大房很大，陳設華美，精巧的器物都是她從未見過的。兩個十二三歲的女孩，顯然是侍女，一人端來臉盆，請姑娘洗臉；一人端來托盤，請姑娘喝水。蘭女不想洗臉，卻想喝水，從托盤裡取一小碗水喝了，火燒火燎的喉嚨略略好受一些。婦人和顏悅色，請姑娘在一張圓桌旁落座。兩個侍女端上點心來。婦人請姑娘吃點點心。蘭女低頭搖頭，默不吭聲。婦人長長歎了口氣：「唉！」

天漸漸黑了，侍女點亮了燈。燈是大紅蠟燭罩上大紅紗罩，整個房裡都是紅色的。婦人請姑娘沐浴更衣。蘭女不知沐浴更衣是何意。婦人說：「就是洗澡換衣服。」蘭女聽了這話，嚇得臉色煞白，雙手緊抱胸前，生怕別人脫她的衣服。她自記事以來，就很害羞，即使在爺爺跟前，也從未裸露過自己的身體。婦人總不能強脫姑娘衣服，把她摁進浴盆吧？所以，沐浴更衣只好作罷。

婦人請姑娘進入另一間繡房。繡房顯然是臥室，房裡紅燈閃亮，一張大床，一個衣櫃，還有鑲著銅鏡的梳粧檯，所有物件都是新的，精緻，潔淨。婦人說：「姑娘，你在這裡等著，駙馬一會兒就來。」

蘭女嚇得魂飛魄散，發瘋似的要衝出繡房，喊道：「不！我不住這裡，不住這裡，我要回家，我要回家！」

婦人說：「姑娘，你既然到了這裡，怕是回不了家啦！」

「不！不！我要回家，我要回家！」

「這不是到家了嗎？怎麼還鬧著要回家呀？」

說這話的正是駙馬。他剛吃了飯喝了酒，身穿睡衣，一手扶著門框，堵住了繡房房門。蘭女一見駙馬，驚恐萬狀，嚇得直往後退，跌坐在床沿上。婦人趁勢退下，掩了房門。駙馬微笑著走向床沿。蘭女顧不上脫鞋，以手撐床，向後挪動，挪至床上一角，像是面對惡狼的羊羔，戰戰驚驚，瑟瑟發抖。駙馬脫去睡衣，說：「躲呀！床就這樣大，你能躲到天上去？」他上了床，伸手去扯她的衣裙。她把自己護得緊緊的，拚命掙扎，拚命反抗，用手抓他，用腳蹬他，用嘴咬他。然而，他是強者，她奈何不了他。駙馬扯下她的上衣和肚兜，扯下她的長裙和內褲。她的心力和氣力耗盡了，再也掙扎和反抗不了了，赤身裸體，一絲不掛，豎陳在床上，死了一般。駙馬對女人，相當內行，欣賞並撫摸她的胴體，那樣修長，那樣白皙，那樣光滑，那樣細膩，絕對的鮮嫩和水靈。兩個乳房渾圓，就像小巧的山巒，形態秀美；乳頭紅豔豔的，就像剛成熟的櫻桃，極富誘惑力。可以聞到，她身上散發出一股清香，那是淡淡的幽幽的蘭花氣味。當然，最誘人最迷人的地方，還是兩腿間的那片芳草地，他迷戀的他渴求的不正是那片芳草地麼？他欣賞的微笑變成得意的微笑，熱血沸騰，迫不及待地壓上了她的胴體。正如他所斷定的那樣，她確實是個雛，因而格外亢奮，翻雲覆雨，樂不可支。

不知過了多久，蘭女恢復了知覺，知道發生了什麼事情，羞愧、難堪、恥辱、憤懣、仇恨等一齊湧上心頭。她又產生出念頭，務必要殺死身邊這個男人，可是她拿什麼殺他，又怎能殺得了他？她已失身於人，失去貞操，還有什麼臉面見爺爺見藍京哥？罷了罷了，只有自己一死算了，死後去找陰間的爹娘，她和爹娘已經十年沒見面了呀！她一摸身上，方知一絲不掛，這樣怎麼去陰曹地府，去見爹娘？她伸手拉過自己的衣裙，坐起身，悄悄穿上，鞋襪就不必穿了。她朝四周看了看，只有床架的立柱還算堅硬，於是，兩眼一閉一使勁，一頭向立柱撞去……

睡得死沉死沉的駙馬，猛聽得咚的一聲響，醒了，睜眼看了看，發現他佔有了但還不知姓名的女子，穿上了衣服，匍匐在床上，額上流出血來。他意識到是怎麼回事，忙跳下床，穿上睡衣，朝門外喊道：「郭婆子，進來一下！」

郭婆子就是招呼蘭女的那個婦人，推門詢問：「駙馬叫奴才何事？」她在駙馬跟前自稱奴才，可見是個伺候人的下等人。

駙馬朝床上努嘴示意，邊繫睡衣邊說：「她好像要尋死，你幫助處理一下，別讓她死。告訴她，我是誰，我爹是誰，她做我的女人，是她的福氣。」說罷，他穿上鞋逕自走了。

郭婆子趕忙去看那姑娘，她也不知姑娘的名字。因為姑娘是坐著撞向床柱的，距離近，力量不

大，所以只是撞破前額，尚無性命危險。

她朝房外喊道：「小雲小翠，快打些溫水來，把紅花油拿來。」小雲小翠，就是和她一起招呼蘭女的那兩個侍女。

郭婆子盤腿坐上床，把姑娘的頭攬在懷中，用沾了溫水的毛巾，輕洗前額，拭去血污，再抹上紅花油，包紮上潔白的絲質紗布。姑娘是知道有人在救護她的，像是嬰兒躺在母親懷裡，安安靜靜，一動不動，眼角滾下大顆大顆晶瑩的淚珠。郭婆子替她擦拭淚水，說：「可憐的孩子，我知道你心裡很痛很苦，這裡沒有外人，你想哭就大聲哭出來吧！」

小雲、小翠看到這樣的場景，鼻子發酸，倒想哭出聲來。

郭婆子輕理姑娘零亂的長髮，說：「孩子，你就這樣躺著，別動。看得出，你是駙馬搶來的，他不知你的姓名，你也不知他的姓名，他就把你糟蹋了，唉，缺德呀，作孽呀！駙馬剛才說，不讓你死，又讓我告訴你，他是誰，他們高家是誰。那好，我就說說他和他們高家。說之前，你得先知道我是誰，是不？我姓郭，在高家當侍女、女傭快三十年了，他們都叫我郭婆子。還有這兩個，」她手指站在床前的小雲和小翠，說，「一個叫小雲，姓裘；一個叫小翠，姓冉。她倆年齡可能比你還小，還是孩子，卻已是高家的侍女了，就是被人踩在腳底下，供差遣供使喚的丫環。」她停了停，接著說：「孩子，現在我告訴你，那個搶了你又糟蹋了你的男人叫高澄，當朝駙馬；他的爹叫高歡，就是那個打一個噴嚏都會地動山搖的渤海王啊！」

蘭女昏昏沉沉，好像聽清了高澄、高歡這兩個名字，又好像沒聽清。郭婆子不緊不慢，把她所知道的高家父子的情況，和盤托出。

高歡，祖籍渤海蓨縣（今河北景縣），徙居懷朔（今內蒙古包頭東北）。祖上原是漢族人，他因長期居住在鮮卑族人控制的塞北地區，思想和生活習慣完全鮮卑化，成了鮮卑族人，還用鮮卑語取了個字，叫賀六渾。他成人後，輕財重士，結交豪俠，曾為北魏官府的信使。一次送信到洛陽，受到凌辱，因而參加了葛榮領導的起義軍。葛榮失敗，他投奔鮮卑秀容部首領爾朱榮，以其智謀和勇敢受到重用，升任將軍，有了自己的一支兵馬，出任晉州刺史。北魏孝莊帝元子攸殺了專權霸道的爾朱榮，高歡成了爾朱榮弟弟爾朱兆的部下。他看到爾朱兆無德無能，一心想謀取自立。恰好，有二十多萬參加過葛榮起義的流民，流落在并州一帶，無人管束，為非作歹。爾朱兆認為是個麻煩，問計於高歡。高歡說：「這些流民，不可盡殺。最好的辦法是派一能幹的心腹，去統領他們，不鬧事就行。萬一鬧事，只罪其帥，用不著殺太多的人。」爾朱兆覺得這個主意不錯，說：「善！誰可行也？」將軍賀跋允在座，插話說：「高將軍就很合適。」高歡求之不得，但卻假裝生氣，大聲說：「你胡說什麼？我們都是大王的鷹犬，這樣大的事情，只有大王才能作主，何必你來多嘴？」說著，掄起拳頭，朝賀跋允打去，打落對方一顆牙齒。高歡自比「鷹犬」，使爾朱兆大為感動。爾朱兆當下決定，就由高歡前去統領那些流民。高歡歡喜不盡，擔心爾朱兆後悔變卦，趕緊率兵星夜離去。

高歡到了并州，按照軍隊的建制，組編流民。流民的成分相當複雜，既有漢族人，也有鮮卑族人和其他各族人。高歡圓滑世故，在鮮卑族人面前，自稱鮮卑族人，講鮮卑語，說：「漢族人是你們的奴婢，男人為你們耕田，女人為你們紡織。他們送給你們駑馬粟帛，使你們溫飽，你們不應當欺侮他們。」在漢族人面前，自稱漢族人，講漢語，說：「鮮卑族人是你們的雇客，接受你們的粟帛，替你們打仗。他們出生入死，使你們安居樂業，你們不應當仇恨他們。」他兩面討好，得到流民的擁護，勢力一下子壯大起來。

開始，高歡對爾朱兆繼續表示忠誠。爾朱兆絕對相信高歡，二人殺馬為盟，誓為兄弟。高歡有計劃有步驟地擴展地盤，注重軍紀，禁止掠奪，百姓歸心。他被封為渤海王，嫡妻婁氏封王妃，有了更大的號召力。北魏長廣王元曄時，以爾朱兆、爾朱隆為代表的鮮卑族人在朝廷鬧起內訌。高歡部下鼓動起兵，討伐爾朱兆。高歡說：「起兵可以，須推一人為主。」眾人說：「你就是我們的頭呀！」高歡說：「不行不行！你們這些人，驕橫散漫慣了，難以管理。不見葛榮嗎？他的手下，號稱百萬之眾，因為紀律鬆弛，賞罰不明，所以被人家打得稀裡嘩拉。現在，你們推我當頭，得有規矩。一，不能欺侮漢族人；二，凡事須聽我的號令。這兩條，你們同意，我就幹；不然，我就不幹。」眾人異口同聲，表示同意。於是，高歡殺牛饗士，宣布起兵，討伐爾朱兆。他說：「討賊，大順也；拯時，大業也，吾雖不武，以死繼之，何敢讓焉。」為了師出有名，他臨時立了渤海太守元朗為皇帝，自任丞相、大將軍。高歡的軍隊很能打仗，三下五除二，便攻佔了鄴城。元朗大喜，提升高歡為大丞相、柱國大將軍、太師。

爾朱兆氣壞了，調動各路兵馬二十萬，征剿高歡。高歡率領三萬步兵、二千騎兵，在鄴城附近的韓陵山布陣迎戰。臨戰時，高歡命把運輸物資的牛和驢，拴在一起，趕到剛才走過來的路上。這樣，歸途被堵死，士兵們想退都退不回去，只能拼死向前，奮勇作戰。爾朱兆責備高歡忘恩負義，高歡斥責爾朱兆專權禍國，雙方展開大戰。這一仗，爾朱兆居然慘敗，潰不成軍，逃回晉陽。高歡乘勝進軍洛陽。洛陽城裡，一些大臣趁機起來，殺死爾朱隆，迎接高歡。高歡大軍進了洛陽，把正統皇帝元恭和自己立的皇帝元朗全廢了，另立一個元修為皇帝，就是北魏孝武帝。元修上臺，高歡把持了軍政大權，食邑高達十萬戶。他再統兵討伐並殺死爾朱兆，爾朱氏家族的勢力徹底完蛋。

高歡的權勢大極了。元修感覺到了權臣專權的危險，準備發兵除掉高歡。高歡及時覺察元修的企圖，火速從晉陽趕回洛陽，興師問罪。元修嚇得要死，三十六計走為上，帶領幾位朝臣，逃往長安，投靠宇文泰去了。他這一逃，標誌著北魏的滅亡。

洛陽沒了皇帝。高歡乾脆再立一個，就是北魏皇室清河王元亶之子元善見，遷都鄴城，這才有了東魏。元善見當時只有十一歲，高歡立他為帝，就是為了容易駕馭和控制。高歡自任相國（丞相），都督中外軍事，仍封渤海王，劍履上殿，入朝不趨，代行皇帝大部分職權，皇帝只是個傀儡而已。所以有民謠說：「可憐青雀子，飛來鄴城裡，羽翮垂欲成，化作鸚鵡子。」「青雀子」和「鸚鵡子」，分別指元善見和高歡。

高歡兄弟十二人，俱封爵或為王為公。高歡嫡妻婁妃和眾多的妾，共生了十五個兒子，這些兒子均在朝廷擔任要職。高歡的兄弟、兒子以及整個高氏家族成員，佔了朝廷官員總數的一半。高家的大本營在晉陽，顯貴地在鄴城，於是在晉陽和鄴城，大興土木，建造府第，一家比一家豪華，一家比一家氣派，勝過皇宮。所以又有民謠說：「晉陽也高，鄴城也高，高高壓元，天下必高。」意思是高家終究會取代元氏，擁有東魏天下。

郭婆子正說著，蘭女在她懷裡動了動，嚅了嚅乾灼的嘴唇。郭婆子立刻說：「小雲小翠，取水取勺來，她想喝水。」小雲、小翠照辦。郭婆子用小勺舀水，放到姑娘嘴邊。姑娘果真輕輕將水喝了。郭婆子很高興，說：「孩子，這就對了，要喝水，要吃東西，不能死，更不能尋死。命是你的，只有一條，要珍惜，懂嗎？別人可以決定我們生死，但我們自己不能尋死，糊裡糊塗，不明不白地死了，不值得！孩子，你仍靜靜躺著，別動，再聽我跟你說說高澄這個人。」

蘭女努力集中思想傾聽講述，因為正是高澄，她才落到了如今的境地。聽著聽著，她逐漸明白了，原來高澄是淫棍，是色狼，是強盜，是土匪，是披著人皮的畜牲。

高澄字子惠，高歡長子，婁氏親生。高歡封渤海王的時候，高澄還是少年，就被封為世子，明確規定他日後是要接他爹的班的，包括爵號與官職。高澄十二歲時，仗著他爹的威勢，就出任朝廷的侍中，按照三司規格設立官署，叫什麼開府儀同三司。那一年，他就大婚，娶了皇室成員元善見的姐姐元嫚為妻子。北魏滅亡，高歡立了元善見為皇帝，東魏開張。元善見封元嫚為馮翊長公主。這樣，高澄就成了皇家駙馬。高澄和元嫚大婚時年齡太小，元嫚還比高澄大兩歲，遲遲沒有懷孕生育。高澄嫌她是不會生蛋的母雞，所以不怎麼喜歡她，樂得四處尋花問柳。他十六歲時，又娶了兩個妾，都是官宦人家女子，一個姓宋，一個姓王。第二年，宋妾、王妾各生了個兒子，就是高澄的長子和次子，高歡給取的名字，分別叫高孝瑜和高孝珩。接著，元嫚也生了個兒子，取名叫高孝琬。元嫚是嫡妻是公主，生的兒子卻排行第三，心中老大不快。

高澄揚言，他這一生要娶很多很多妻妾，讓妻妾生育很多很多兒女。他懶得去記妻妾姓名，而是按妻妾過門時間為序，分稱老大、老二、老三。他說，以後會有老四、老五、老六，一直排下去，至少排到老一百。他還說，《周禮》規定，「天子立一后，三夫人，九嬪，二十七世婦，八十一女御。」加起來共一百二十一個后妃；自己雖然不是天子，但可以仿照天子娶妻娶妾，妻妾排序，排到老一百二十一，那時就心滿意足了。

高歡是朝廷天字一號權臣，全力培養、提攜世子，所以高澄是順風順水，官運亨通。歷任尚書令、并州刺史，加領左右、京畿大都督，又攝吏部尚書。他既管政又管軍，愛到全國各地巡行，實際是搜羅、培植忠誠於他的黨羽。他巡行時，從不帶妻妾，專幹搶掠美貌民女的勾當，他說這樣做才刺激才有味道。那些騎馬的大兵，都是他的親信，既當保鏢，又當搶美的搶手。他搶來美貌女子，只享用一夜淫樂，次日便將人家當作破抹布一樣扔掉，揚長而去。當然，他會給女子留下幾枚五銖錢，說那是他賞給人家的「破瓜錢」（古時女子破身俗稱「破瓜」）。

郭婆子說到這裡，又重重歎了口氣，說：「唉，缺德呀，作孽呀！孩子，你或許會問：高澄既然那樣壞，那麼你們跟著他幹什麼，豈不是幫助壞人幹壞事？唉，孩子，我們也沒法呀！鄴城周圍，方圓幾百里，都是渤海王高歡的邑戶，要交納賦稅，要服徭役。我十二歲那年，又是旱災又是蝗災，莊稼顆粒無收，爹娘交不起二斗小米的租賦，高家就硬把我拉到他們家當侍女，充抵租賦。五年後升為管侍女的女傭，每月掙六枚五銖錢的傭錢。十八歲時嫁給一個男傭，男傭為高家打深井，深井坍方，把他活活埋在井下了。我再未嫁人，靠掙一點傭錢養活我爹娘，還有死鬼丈夫的老娘。這麼多年，經過的見過的太多太多，一言難盡哪！因為我勤快本分，嘴巴嚴實，從不爛嚼舌頭，所以高澄挑選了我，帶著小雲小翠，隨他巡行。小雲小翠也是爹娘交不起租賦，被強迫到高家當侍女的，要當五年啊！高澄規定，我們的任務就是招呼、伺候他所搶的女子。我們願幹這事嗎？不願，一百個不願，一千個不願。可不願又能怎樣？人在屋簷下，焉能不低頭？唉！反正我們不做傷天害理的缺德事，就對得起天地良心了。」

郭婆子理了理自己的頭髮，繼續說：「嗨，瞧我，扯到哪去了？還說高澄。高澄今年剛滿二十歲，又升官了，當了大將軍、中書監，聽說權勢僅次於他爹高歡。上個月，他外出巡行，在邯鄲搶了個美貌女子，在滄州又搶了個美貌女子，只睡一夜，第二天就都遺棄不管了，好像各給了二十枚五銖錢。所以說，孩子，你受此凌辱，不是第一人，也不會是最後一人，天長日久，還不知多少女孩會遭殃會蒙羞呢？」

沉默，死寂，繡房裡只有紅燈一閃一閃，紅亮如血。「郭媽媽，你說我該怎麼辦，怎麼辦呀？」蘭女忽然坐起身，抱住郭婆子，嗓音嘶啞，放聲大哭。

郭婆子聽姑娘叫她郭媽媽，也流下淚來，淒然地說：「怎麼辦？說實話，我也不知道。這要等到天明，看高澄的態度。他若帶你走，那麼事體或許會有轉機；他若扔下你，那你只能像其他女孩一樣，自認倒楣。但有一條，孩子，你要記住：千萬莫尋死。你還年輕，來日方長，人一死，可什麼都完啦！你可回家去，如實把事情真相告訴爹娘，然後……」

這話說到蘭女心痛處。她的哭泣更加厲害，淚水滂沱。她早沒了爹娘，如何跟爹娘說事情真相？她只有一個爺爺和一個藍京哥，說事情真相，開得了口啟得了齒嗎？蘭女的精神近乎崩潰，欲活不能，欲死不能。皇天后土，你們怎能這樣折磨、摧殘一個花季女孩呀？

許久，郭婆子說：「孩子，總是哭泣、流淚，不頂用呀！是福是禍，天明再說。現在，來，讓郭媽媽給你把衣裙穿好，把頭髮梳梳，再喝點水，吃點東西。對了，孩子，你能告訴我，你到底叫什麼名字嗎？」

蘭女憑著少女的直覺，判斷郭媽媽是個好人，故用低得不能再低的聲音，說出了自己的名字：「蘭女。」

郭婆子聽清了，把蘭女抱得緊緊的，說：「唉，蘭女，可憐的孩子，苦命的孩子！」

折騰了大半夜，郭婆子讓蘭女睡一會兒，她和小雲、小翠各找了個合適的地方靠一靠，權當休息。蘭女哪能睡得著？腦子裡混混沌沌，滿是漿糊。她罵高澄，恨高澄，想殺死高澄，可是無法改變這樣一個事實：她實際上已是高澄的人。高澄帶她走，她是高澄的女人；高澄扔下她，她只是個被男人睡了失去了貞操的女人，捨此又是什麼呢？她忽然擔心天明時，高澄會扔下她，那時恐怕只有一死了，即使不想死，生路又在哪裡？她又想起爺爺和藍京哥來，從昨天到現在，他們見不到自己，怕是快急死急瘋了吧？

金雞幾聲長啼，夜幕退去，晨曦泛起，天明了。郭婆子、小雲、小翠睜眼就忙，吹滅蠟燭，收拾房間，打水掃地，生火做飯。郭婆子讓蘭女洗了臉，還勸她吃了一碗小米粥和兩塊點心。蘭女像是一個囚犯，等待判決，反倒豁出去了，不再哭泣和流淚，洗臉就洗臉，吃飯就吃飯，隨後坐著發呆，一言不發。

高澄派了昨天指揮搶美的那個小頭目前來察看、詢問情況。郭婆子代為回答，說那姑娘尋死，撞破前額，尚無大礙。半個時辰後，小頭目又來到繡房門外，手捧一個首飾盒子，滿臉帶笑，說：「高駙馬說：新人受驚了！高駙馬還說：新人已是他的老四，特賞一盒首飾。」

蘭女端坐，沒有任何反應。郭婆子替蘭女接過首飾盒，並致謝。小頭目離去。郭婆子、小雲、小翠同時跪在蘭女跟前，說：「祝賀四夫人，恭喜四夫人！」

蘭女驚惶失色，說：「這是幹什麼？」

郭婆子說：「剛才那人不是說了嗎？高駙馬已將姑娘定為老四，老四就是他的四夫人哪！我等都是高家的奴僕，自然要祝賀、恭喜四夫人。」

蘭女嚇得心驚肉跳，又羞得面紅耳赤，忙也雙膝跪地，說：「郭媽媽，不可不可啊！我是被高澄搶來的蘭女，不是什麼老四，更不是什麼四夫人。我和你們一樣，都是窮苦人，下等人，不幸的人。蘭女六歲時死了爹娘，是爺爺既當爹又當娘把我拉扯大的。今天淪落至此，身邊沒有一個親人。日後如何，我也說不清楚。郭媽媽，你就讓我叫你媽媽吧！還有小雲小翠，我們就以姐妹相稱吧！請答應我，求你們了，求你們了！」蘭女說著，珠淚滾滾，一下一下磕起頭來。

郭婆子伸手抱住蘭女，說：「使不得，使不得！」

蘭女掙扎，說：「那我就不起來，還磕頭。」

郭婆子無奈，說：「罷了罷了，我答應你。但在公開場合，你得叫我郭婆子，我得稱你四夫人。小雲小翠也一樣，關起門來，怎麼叫都可以，但在大庭廣眾之下，必須稱你四夫人。」

她們起身。郭婆子打開首飾盒子，盒子裡有一支金釵，一支銀釵，一對白玉耳環，一副碧玉手鐲。蘭女看也不看，鄙夷地說：「那些玩意兒，跟我無關。」

不一會兒，小頭目又來了，送來一百枚五銖錢，說是高駙馬賞給老四買衣服的。蘭女這才想起，她已從姑娘變成了女人，原先的衣服穿不成了。她不想要那些錢，嫌錢髒，但總得買兩身衣服呀！郭婆子替她把錢收了，並要和她一起去買衣服。她堅決不去，央求郭媽媽辛苦代勞，交代說絕不要絲綢和鮮豔的，只要粗布和樸素的，不帶花，純色的最好。郭媽媽買回兩件上衣，一件淡藍色，一件月白色；兩條粗布長裙，一條紫色，一條灰色。都是粗布的。還有兩雙鞋，白底黑幫，沒有繡花。這些，正合蘭女的心意。

蘭女換上剛買的衣、裙、鞋，心頭翻江倒海，百感交集。她和很多少女一樣，嚮往過憧憬過自己的終身大事，父母之命，媒妁之言，六禮程序，迎親送親，紅衣紅鞋紅蓋頭，花轎鑼鼓鎖吶，一拜天地，二拜高堂，夫妻對拜，送入洞房，親朋入席，新郎敬酒，歡聲笑語，熱鬧非凡……而現在，一無所有，一無所有，不清不楚，不明不白，自己就從姑娘變成了女人，變成了一個淫棍，一個色狼，一個強盜，一個土匪，一個畜牲的女人。天哪，這到底是為什麼呀？我蘭女上輩子到底作了什麼孽，竟要受到這樣的羞辱和懲罰呀？

白天匆匆過去，掌燈時分，高澄又到繡房來了。他一進門便說：「郭婆子告訴我，你叫蘭女是不是？這名字好，蘭者蘭花也。孔子說蘭花當為王者香，還說芷蘭生幽谷，不以無人而不芳；君子修道立德，不為窮困而改節，所以我最喜愛蘭花。」

蘭女端坐，既未看他，也未理他。郭婆子、小雲、小翠輕輕退出，掩了房門。高澄見蘭女穿得那樣樸素，又說：「你該買些絲綢的鮮豔的衣裙穿嘛，那樣好看。」

蘭女依然不看他不理他。他也不惱，大大咧咧地坐到床邊，說：「老四，我跟你說過，全國各地都有我的家，但真正的家在京城鄴城。今晚早早休息，我們回鄴城去。我說話算話，你已是我的女人，包你會有享用不盡的榮華富貴。」

「高澄」，蘭女心中的怒火爆發了，直呼其名，冷若冰霜地說，「你知道我在想什麼嗎？我想殺死你！你仗著你是駙馬是世子，當強盜當土匪，搶了多少糟蹋了多少良家女子！我想殺死你，就是想為受凌辱的女子報仇。可我知道，我根本殺不了你，反而得聽從你的安排。你說帶我去鄴城，行，我去。不過，我要告訴你，我窮日子過慣了，不稀罕什麼榮華富貴。你若還有一點人性的話，可給我一間草房，二畝薄地，我種糧種菜，自食其力，不勞你賞我錢賞我物，我嫌它們髒！還有，我不認為自己是高家的什麼人，沒有必要和高家人來往，更沒有必要講什麼禮數。這些，你同意，我跟你走；不同意，你可把我殺了，或把我扔了。昨夜，我還尋死來著，現在我不尋死了，你若不殺我，我就進尼姑庵削髮為尼，敲木魚誦佛經，等著看著你遭報應的那一天！善有善報，惡有惡報。像你這樣的惡人，不遭報應，天理不容！」

這番話說得直率、尖銳而有鋒芒，擲在地上都能迸出火花來。郭婆子在房外聽得真真的，嚇得面色如土，心想完了完了，蘭女這孩子閱歷太淺，竟敢去摸老虎屁股，去拽蛟龍鬍鬚，豈不是找死嗎？奇怪的是高澄，不氣不惱不怒，還輕輕拍手，說：「好，說得好！多少年來，沒有人敢直呼我的名字，沒有人敢這樣跟我說話，你是頭一個，而且說得透徹，有特點，有個性。我這個人，各樣都好，就一點不好：風流花心，好淫好色。我是搶了糟蹋了不少女人。這能怪我嗎？誰讓她們和你一樣，長得漂亮，討人喜歡來著？你剛才所言，我全依你，我也要看看，我這個惡人，到底會遭怎樣的報應？」

「你，你……」蘭女沒料到高澄會這樣厚顏無恥，氣得說不出話來。房外的郭婆子如釋重負，知道蘭女死不了。高澄站起身，伸了伸雙臂，笑著說：「好啦，明天要趕路，現在睡覺！」他把蘭女一拉，拉入懷中，扯去衣裙。蘭女自知掙扎、反抗無濟於事，也就不再掙扎、反抗，緊閉雙眼，只當自己是一副軀殼，一具僵屍，任由那人擺弄和輕薄……

第二天，高澄騎馬，加入到那些大兵的行列。蘭女和郭婆子、小雲、小翠乘坐馬車，馬車夾在大兵中間，前往鄴城。馬車疾馳，車輪飛滾。蘭女像在做夢，不知鄴城在什麼地方，更不知到鄴城後的命運。她又想起爺爺和藍京哥，心裡說：「爺爺，藍京哥，你倆在哪呀？我，蘭女，落入魔掌，真是生不如死啊！」

鄴城，瀕臨漳河，長期是冀州的治所，南北朝時已是中國北方一座重要城市。蘭女隨高澄到達鄴城的時候，只覺得它很大很美，巍峨的城牆，密集的房屋，寬闊的街道，繁華的市井，尤其是紅牆黃瓦、金碧輝煌的皇宮，比起蛤蜊鎮來，果真是夢幻般的天堂。蘭女說過，她不認為自己是高家的什麼人，不要高澄賞錢賞物，只要一間草房，二畝薄地。因此，鄴城的大和美跟她沒有關係，她只想看看，高澄到底如何安頓自己。

馬車終於停下。高澄留下兩名侍從，其他大兵散去。他領了蘭女進入一個庭院，說：「按你所說，你先住這裡。這裡有房有地，你儘管種糧種菜，自食其力，別過於勞累就是。」他轉而對郭婆子說：「郭婆子，老四是我的女人，你，以及小雲小翠，留在這裡，負責照顧她和伺候她，若有差池，我拿你是問。老四雖然不要榮華富貴，但我不會虧待她，她的月儀等同老大、老二、老三，每月會有人按時送來，由你接收和管理。安全不成問題，我會派士兵暗中護衛這裡的。聽明白了嗎？」

「是！聽明白了，聽明白了！」郭婆子連連點頭。

高澄又對蘭女笑了笑，說：「老四，這個家只是臨時的，你若想要，我可以給你安排一個皇宮似的家。我很忙，不會經常到這裡來，郭婆子對你若敢怠慢，告訴我，我扒了她的皮！」

蘭女還是不看他不理他。高澄毫不介意，由兩名侍從護衛，騎馬疾馳而去。

高澄給蘭女安排的遠不是一間草房，二畝薄地，而是一個佔地約七八畝的大庭院。庭院有大門有圍牆，包括前、中、後三個院子。前院有樹木花草，荷池假山。中院是兩個四合院，一大一小，房屋都是磚瓦結構，並非草房。各房裡均配備了器物，大四合院左側的廂房是廚房，鍋碗瓢盆、柴米油鹽俱全，隨時可以生火做飯。後院有水井有馬廄，一大片空地，長滿雜草，略加整理，便可種糧種菜。郭婆子引蘭女在庭院裡看了看，說：「這裡是鄴城西關，緊挨西城門和護城河，大門外便是西關正街。高駙馬府第在鄴城南街，離這裡大概有七八里路。那個府第大了去了，大夫人、二夫人、三夫人各住一個庭院，每個庭院的男傭女傭和侍女，不少於二十人。」

庭院的大門一關，庭院裡便自成一統，蘭女和郭婆子、小雲、小翠生活在這裡，倒也安寧平靜。她們一老三小，都是女的，夜間有點害怕，但想到高澄會派士兵暗中護衛庭院，也就放心了。郭婆子、小雲、小翠要伺候蘭女。蘭女死活不幹，說自己有手有腳，要人伺候幹什麼？若非伺候不可的話，應由她和小雲、小翠共同伺候長輩郭媽媽。郭婆子急得跺腳，說：「使不得使不得，那樣，高駙馬非扒了我的皮不可。」幾經商量，還是採納了蘭女的意見：大門一關，人人平等，沒有什麼主僕之分；郭媽媽年長，應當盡量少幹體力活。夜晚，四人同住大四合院裡，蘭女和郭媽媽住正房，小雲和小翠住前房。郭婆子、小雲、小翠見蘭女根本不把自己當下人看待，激動感動，熱淚盈眶。

蘭女落腳於鄴城，最牽掛的人是爺爺，最信得過的人是郭媽媽。夜深人靜之時，她請郭媽媽設法，派個可靠的人去一趟蚌蚌灣，打聽一下一位名叫施老善的老人，只是打聽，不能讓老人知道自己已被高澄佔有的實情。郭婆子聽蘭女曾說到過爺爺，心想施老善就是她爺爺吧？郭婆子已把蘭女的事當作自己的事，滿口答應。恰好，她有個本家侄兒，是個補鍋匠，常年走村串寨，打聽個東家長西家短什麼的，最為拿手。於是，她利用回家送月錢的機會，見了那個侄兒，塞給兩枚五銖錢，按照蘭女的吩咐，催他趕緊去蚌蚌灣走一遭。

高澄多日沒有露面，派人送來了很多錢，以及金銀珠寶、綾羅綢緞之類，說是老四的月儀。郭婆子清點收過，告訴蘭女。蘭女說：「我不稀罕他的錢物。他既然送來，你和小雲小翠儘管花儘管用就是。」

郭婆子說：「月儀是你的私房錢，別人是不能隨便花用的。」

蘭女說：「私房錢？那好，我把它全給你和小雲小翠。郭媽媽，你為高家當牛做馬，辛辛苦苦一個月才掙六枚五銖錢，家裡要供養三個老人，多不容易！小雲小翠也是，當侍女充抵租賦，五年裡拿不到一文錢，這個高家，簡直是吃人肉吸人血呀！」

郭婆子嚇得直擺手，說：「好蘭女，這話說不得說不得，萬一讓高家人聽了去，還不定惹出什麼是非呢！」

蘭女把心思集中在庭院後面的空地上，規劃如何種糧種菜。她渴望幹活，幹體力活，每天出幾身大汗，只有這樣，才能沖淡、撫平心靈的創傷。一個月後，郭婆子又回家送月錢，帶回了她的侄兒打聽到的施老善的消息——

施老善原名施善，是蚌蚌灣一帶出名的好人、善人。二十多年前，他收留了一個落拓的年輕人，那年輕人不知姓什麼，只知名字叫余生。余生好像見過大世面，很能幹，出海捕魚掙錢，給施老善建了當地最好的五間房。後來，余生認施老善為爹，娶了賣身葬母的珍子姑娘為妻，珍子生了個女兒叫蘭女。一家四口過了好幾年和和美美的日子，蘭女六歲時，余生、珍子夫妻出海捕魚，遭遇龍捲風，喪命在海上。從那以後，施老善撫養蘭女，祖孫二人，相依為命。蘭女十二歲時，施老善又救了並收留了一個少年叫藍京。藍京比蘭女大兩歲，把施老善的家當家，也稱施老善為爺爺。藍京和蘭女漸漸長大，一個是壯實的小夥，一個是美貌的少女，當地人稱他倆是金童玉女，天設地造的金玉良緣。施老善已有打算，打算今年秋後讓二人成婚。不想上月初三禍從天降，蘭女和幾個女孩到蛤蜊鎮遊玩，突然出現一隊大兵，硬把蘭女給搶走了。誰搶的？有人說是官府，有人說是海盜，有人說是山大王，沒個準頭。施老善聽此禍事，一頭栽倒在地上，口吐鮮血，片刻身亡。藍京要去救助蘭女，見爺爺如此，又返回痛哭，呼天喚地。藍京數日水米未進，披麻戴孝，埋葬了爺爺。過了頭七二七，藍京用水和黃土，在大門上寫下「報仇去」三個大字，從那以後在蚌蚌灣消失，誰也不知他去了哪裡……

蘭女聽著聽著，早已肝腸寸斷，痛徹肺腑，哭成了淚人。她沒想到，爺爺在她被搶的當天就急死了，她還沒來得及報答爺爺的養育之恩哪！而自己，反而斷送了爺爺的老命。還有藍京哥，感謝你埋葬了爺爺，可你聲稱報仇去，你知道仇人是誰？這個仇你報得了嗎？藍京哥呀藍京哥，無論如何也先要保護好自己呀！

郭婆子這時才知道，蘭女心中多麼苦多麼痛，又有多少仇多少恨。她也和蘭女一起流淚。蘭女反倒止住哭泣了，說：「郭媽媽，請你替我買些白色蠟燭。今生今世，我要常年點燃它，懷念和祭奠爺爺。」

郭婆子有點擔心地說：「你別忘了，白色蠟燭是辦喪事用的，權貴人家很忌諱的。」

蘭女堅定地說：「不怕！我懷念和祭奠爺爺，跟他高家何干？高澄若敢計較，我還要跟他算帳，不是他，我爺爺不會死，不會死！」

從此以後，蘭女住處正房堂屋的中央條桌上，總是點燃一支白色蠟燭，春夏秋冬，日日夜夜，常明常亮。高澄知道這是老四用來懷念和祭奠爺爺的，不予理會，一笑置之。

再過一個月，蘭女吃飯時突然一陣噁心，想嘔吐卻嘔吐不出來。郭婆子立刻明白，蘭女懷孕了。蘭女恨得咬牙切齒，猛捶腹部。天哪，難道要為高澄生出個孽種來不成？

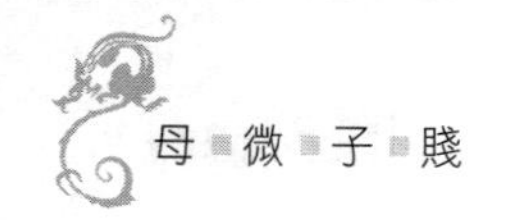

母微子賤

蘭女懷孕，使她深感意外和恐慌。她雖說已是高澄的女人，但要為高澄再生個小高澄，實在無法接受。高澄是什麼東西？是淫棍，是色狼，是強盜，是土匪，是披著人皮的畜牲，自己竟為這號人傳宗接代，豈不是笑話！因此，她不顧郭婆子、小雲、小翠勸阻，不吃飯，不喝水，故意幹翻地、劈柴等重活，力圖讓自己小產。然而，一切都無濟於事，她漸漸顯懷了，所穿的衣裙明顯顯得窄小了，只能欲哭無淚，望天長歎。

蘭女懷孕是大事，郭婆子不敢不報告高澄。高澄一聽喜出望外，說：「太好了，老四真行！」他當天便來見老四，要老四注意保胎。蘭女氣呼呼地說：「高澄，我殺不了你，我就生個兒子殺死你！」

高澄大笑，說：「行哪！不過，你見過有兒子殺老子的嗎？」

蘭女語塞，一時還舉不出個例子來。高澄想留下過夜。蘭女說：「噁心，滾！」高澄笑著，訕訕離去，片刻間，派人送來了人參、燕窩、桂圓、蓮子等一大堆補品。特別叮囑郭婆子說：「好生伺候老四，伺候好了有重賞！」

蘭女像往常一樣幹活。她按照蚌埠灣老家的樣式，經營庭院後面的那片空地。雜草除去，土壤翻過，整理成一個個長方形小畦。她本來是想種些麥子、粟子的，但時令不對，所以都種上了蔬菜。庭院圍牆內側，還有四合院前後，全部栽植了蘭花。另外還搭了雞舍，郭婆子買回四五十隻雞娃，放在裡面餵養。那些雞娃羽色金黃，眼睛黑亮，爭食搶食，煞是好看好玩。其實，高澄已為蘭女提供了充裕的錢和物，她是用不著親自勞作的。她之所以這樣做，既有習慣的成分，又有賭氣的成分。她說過要自食其力，那麼就必須兌現，不能落空。再則，高澄的錢和物，肯定是窮苦人的血汗，她花用起來，於心不忍不安。

她突然想到，應拿高澄的錢為郭媽媽和小雲、小翠做點好事。一天，她向高澄宣布，從即日起，她用月儀「買」一下郭婆子和小雲、小翠，她們三人不再是高家的女傭、侍女，而是她的家人；三人和她同吃同住，若不順心，隨時隨刻可以離去。高澄同意。從此，這四人組成一個特殊的家庭，蘭女不知姓氏，另三人分別姓郭、裴、冉。郭婆子、裴雲、冉翠喜極而泣，她們說她們不會離開蘭女，她們要和她同甘苦共患難一輩子。

閒時和雨天，蘭女和郭婆子、小雲、小翠就聚在房裡做針線活。一年四季的衣裙鞋襪，都是自己縫製。蘭女的衣、裙、鞋不再繡花，但她會教小雲小翠繡花。小雲小翠見她繡花的技藝非常嫻熟、高超，驚訝得不得了，說：「沒想到蘭女姐還有這樣一手絕活！」

她們的飲食也是很不錯的，沒有大魚大肉，都愛吃麵食，吃得很有水準。中國東漢和魏晉南北朝時期，北方飲食中的麵食蓬勃發展，麵條、饅頭、包子、餃子等，都是在那個時期產生的。蘭女在蚌蚌灣時就學會做飯，尤善做麵條。到了鄴城後，手藝更精，郭婆子、小雲小翠跟著學會了。當時的麵條稱湯餅，將和了水的麵粉，擀成細條狀或片狀，下到鍋裡煮熟，加上蔬菜，佐以調料，即可食用。蘭女在此基礎上略加改進，做出了油潑湯餅、炸醬湯餅、旗花湯餅、寬頻湯餅等不同麵

食，令人百吃不厭。夏天，天氣炎熱，人不想吃飯，蘭女做出了一種漿水湯餅：將芹菜煮成八九分熟，切成小段，加調料烹炒，加湯裝盆，放在太陽下曬半個時辰，使之發酵發酸，成為「漿水」；然後，用繩子吊盆，懸掛於井中，使漿水冷卻如冰。中午時分，驕陽似火，熱浪滾滾。這時，煮好湯餅，盛在碗裡，澆上漿水，放點蔥花、薑末、辣椒油等，吃起來涼、酸、辣、香、清、爽，美味可口極了。高澄一天專門到老四住處吃漿水湯餅，連吃三大碗，樂得直拍肚皮，說：「嗯，勝過熊掌魚翅，好吃好吃！」

夏天和秋天，蘭女住處別有風光。蘭花開成一片，繽紛絢麗，清香濃郁。菜畦裡全是蔬菜，青菜、韭菜、辣椒、茄子、豆莢、黃瓜、冬瓜、南瓜，青的綠的紅的黃的，長的彎的圓的扁的，滿目琳琅。雞娃長大了，母雞下蛋了，每天的雞蛋吃不完，小雲、小翠常拿了去換柴米油鹽。

不管蘭女的主觀意願如何，她的肚子是越來越大了。郭婆子、小雲、小翠嚴厲阻止她再幹任何重活，規定她的任務就是吃飯、睡覺、走路，到時候順順當當地把寶寶生下來。到了這時候，蘭女也無話可說，因為她所懷的寶寶是無辜的，她不能狠心讓無辜的寶寶胎死腹中。寶寶到底是男的好還是女的好？她心情矛盾，模模稜稜。生男孩，她怕兒子成為又一個高澄；生女孩，她怕女兒重蹈自己的覆轍。唉，無法選擇，無法選擇，只能由老天去打點去確定吧！

風雪寒冬匆匆而過。過了年是東魏天平元年（五四一年）。農曆正月末的一天，十七歲的蘭女臨盆分娩，順順當當生了個七八斤重的男孩。高澄在第一時間趕來看望，懷抱襁褓裹著的兒子，笑顏逐開，說：「瞧小傢伙，天庭飽滿，日角龍額，像我，像我，像我！」

蘭女筋疲力竭，昏昏而睡。昏睡中做夢，夢見一張大弓，很長很長，上方好像直入雲端。醒來後，她把夢境告訴郭媽媽，說：「我兒名字就叫長弓吧！」

郭婆子說：「這，恐怕得由駙馬決定。」

第二天，高澄再次前來，興沖沖地說：「老四，老爺子知道他又有了個孫子，高興得很。像孝瑜、孝珩、孝琬一樣，他給我們兒子取了名字，孝子輩，叫孝瓘。瑜、珩、琬、瓘，都是玉石玉器名稱，很吉利的。」高澄說的「老爺子」，指的是他的爹高歡。

蘭女否認不了這樣一個事實：她生的兒子姓高，其爹是高澄，其爺爺是高歡。但她不喜歡孝瓘這個名字，以為「孝瓘」是「笑罐」，冷冷地說：「我兒可不是笑罐子。我昨天做夢了，夢見我兒名字叫長弓。」

高澄把「弓」理解成「恭」，說：「長恭就長恭唄，長久恭敬，這名字也不錯。這樣，我們的兒子一出生就有兩個名字，一叫高孝瓘，一叫高長恭，好，好！」

這位高孝瓘或高長恭，就是日後的蘭陵王。蘭女不識字，數年後發現「弓」、「恭」之誤，哭笑不得，木已成舟，也就用不著更改了。因此，蘭陵王一生，使用的多是高長恭這個名字。

蘭女生了兒子，母性的溫柔，母性的仁慈，母性的愛心，像火山噴發一樣，集中爆發出來。她把全部心思、精力放在兒子身上，兒子就是她的生命，兒子勝過她的生命。然而，母微子賤，由於蘭女出身低微，又非明媒正娶，影響到兒子，所以童年和少年時代的高長恭，備受歧視，一路走來，磕磕絆絆，很不順暢。

在蘭女懷孕期間，所住庭院的西面，又新建了兩個庭院。三個庭院並排、同向，共用一個大門，成為高澄的又一處府第。郭婆子很快打聽明白，那兩個庭院裡各住進一個女人，是高澄的老五和老六。老五姓陳，原是廣陽王家的歌伎，愛打扮，會唱歌。高澄一天在廣陽王家飲宴，陳伎奉命獻歌，賣弄風騷，眉目送情。高澄喝醉了酒，當夜留宿於廣陽王家，酒醒時發現身邊睡著陳伎，二人都是赤身裸體。天明時廣陽王送客，說願意成人之美，將陳伎送給大將軍作妾，但提出個小小要求，請大將軍高抬貴手，把他的小兒子從州尉提升為州刺史。老六姓燕，據說是鮮卑族人，父親經商，家裡富得流油。燕氏饒有姿色，心高氣傲，聲稱非天下英雄不嫁。燕父挑來選去，認定渤海王高歡之子，又是駙馬又是大將軍的高澄年輕有為，是天下英雄，於是託人說媒，一說即成。燕氏在婚後方知，她所嫁的天下英雄已有五房妻妾，自己排在第六位，故稱老六，後悔不迭，怎奈生米已成熟飯，又有何法？陳伎和燕氏很快懷孕，就在蘭女生了高長恭這年夏天，二人也各生了個男孩。不知為何，高歡沒有給這兩個孫子取名。高澄只好自己取，把陳氏生的兒子叫高延宗，把燕氏生的兒子叫高紹信。

郭婆子把這些情況告訴蘭女。蘭女說：「高澄就是那德性。他不是說要把他的女人排到老一百二十一嗎，這才排到老六，還差得遠呢！」

高澄的府第一直稱駙馬府。這時，他對這個稱法反感起來，下令改稱大將軍府。鄴城裡的府第稱南街大將軍府，西關的府第稱西關大將軍府。老五老六也講排場，把男傭女傭和侍女擴充至二十人。唯獨蘭女例外，除郭媽媽、小雲、小翠外，不讓生人住進她們的庭院。排場對於她來說，一錢不值。

這個庭院裡，一老三小，四個女性，一心一意照料著呵護著一個小孩，就是高長恭。蘭女把兒子叫弓兒。高澄把兒子叫恭兒。到底是弓兒還是恭兒？小名隨大名，那就統一叫恭兒吧！

恭兒出生時個頭大，頭髮黑，皮膚白淨，五冠端正，眼睛睜開時清澈明亮，像是夜空的星星；小胳膊小腿，藕段似的，讓人想去摸它和親它。蘭女太愛兒子恭兒了。她看到他睡覺的樣子，吃奶的樣子，啼哭的樣子，嘴角上揚，情不自禁地笑了起來。她已很長時間沒有笑過了，現在笑起來分外美麗動人，以致郭婆子說：「蘭女一笑，滿堂生輝。」

恭兒來到這個世界，除了高歡給取個名字外，龐大的高氏家族沒有任何反應。新生嬰兒滿月的時候，按照習俗，爺爺奶奶、姑姑姨姨等應送銀項圈、銀鎖之類，表示祝福。但是，恭兒滿月的時候，沒有收到高家人的任何禮物。倒是郭婆子從月錢中分出三枚五銖錢來，買了綴有銀鎖的銀項圈，銀鎖上一面鑄「長命百歲」，一面鑄「富貴吉祥」，戴在恭兒脖子上。小雲、小翠也送了禮物，那是一副綴有小鈴噹的銀製手鐲。蘭女抱著恭兒，動情地說：「恭兒戴了奶奶送的項圈，姑姑送的手鐲，夠了，足夠了。」高澄事後知道兒子過了滿月，手拍腦門，說：「哎呀，我把這事忘了。」作為補償，他給了老四雙份月儀。蘭女不屑一顧，冷笑說：「你不覺得你的補償可笑嗎？」

高氏家族中也有人關注恭兒，那就是南街大將軍府的老大、老二、老三。她們關注恭兒，實是由關注老四生發出來的。老四住進西關大將軍府一年了，而且生了兒子，她們尚未見過她的芳容，有點不解，也有點好奇。不過，她們聽說了，老四只是個渤海邊上的漁家女子，連個姓也沒有，可見出身之低微；駙馬爺將她搶來睡了一夜，她便成了老四，可見品行之下賤。她們還聽說，老四土得掉渣，不穿綾羅綢緞，不戴金玉首飾，不化妝不打扮，只穿粗布衣裙，整天翻土種菜，灌水施肥，還養雞，足以讓人笑掉大牙。這種女人生的兒子能有什麼出息？也只能是個土包子、愣頭青而已。老爺子真是昏了頭了，還給土包子、愣頭青取名叫孝瓘。孝瓘，跟孝瑜、孝珩、孝琬並列，哼，他並列得了嗎？

南街大將軍府的老大、老二、老三，數老大元娉最為刻薄。她是長公主，又是高澄的嫡妻，所以很神氣很傲氣。她的兒子孝琬，出生在老二兒子孝瑜、老三兒子孝珩之後，相當不快和懊惱，但為了攻擊、詆毀老四，她需要和老二、老三結成統一戰線。老二宋氏、老三王氏出身於官宦世家，也不是省油的燈。二人非常鄙夷老大，譏笑她是狐假虎威的「公豬」（公主）、狗仗人勢的「蝗（皇）蟲」，但在攻擊、詆毀老四問題上，她倆和老大還是有共同語言的。一天，老大、老二、老三碰在一起，話題自然而然集中到了老四身上。老大說：「你倆知道嗎？老四的兒子滿月了，駙馬爺給了老四雙份月儀。」老二說：「我就弄不懂，駙馬爺為何那樣偏袒老四？」老三說：「偏袒？不，我看是偏心偏愛。」

老大說：「對，是偏心偏愛。我派人跟蹤調查了，駙馬爺上個月在兩處府中共住了十二夜，我們三人處各二夜，老五老六處各一夜，而老四處竟四夜。這，這像話嗎？」

老二說：「我還是弄不懂，駙馬爺為何會迷上老四。一個漁家丫頭，一沒有父母之命，媒妁之言，二沒有六禮程序，拜堂成親，駙馬爺一搶一睡，她就成了老四，還壓過了我等，豈有此理！」

老三說：「母以子貴，老四有了兒子，壓過我等的日子怕是還在後頭呢！」

「休想！」老大勃然變色，說，「我出身金枝玉葉，我兒孝琬是當今皇上的親外甥，我們母子豈能叫她名不正言不順的微賤母子壓過？」她說這話時，只見老二、老三相視撇嘴，方知失言，忙笑了笑，說：「我的意思是，我們三人都是出身名門，又都是明媒正娶嫁到高家的，孝瑜、孝珩、孝琬是正宗高家子孫，她老四母子幾斤幾兩，哪能壓過我等母子？」

老二、老三假意陪笑，說：「那是那是。」

老大沉思片刻，又說：「我想了，我們三人得找個機會，聯手教訓教訓老四，包括她的那個賤種兒子。」

老二贊同，說：「這事得由老大挑頭，我和老三敲邊鼓，搖旗吶喊，絕不落後。」

老三說：「對，把老五老六也叫上，人多力量大嘛！」

老大點頭，說：「好，一言為定！」

不過，老大要教訓老四母子，心中還是有顧忌的，顧忌高澄會翻臉。因此，她找機會找了好幾年，也沒敢輕舉妄動。

幾年裡，恭兒一天天長大，一年年長大。他吃的是粗茶淡飯，但與同齡孩子相比，他的個頭要高一些，體格要壯一些，眉清目秀，唇紅齒白。由於生活環境的限制，他的性格比較內向，不怎麼活潑，不大愛說話。五歲之前，他沒有可以一起玩耍的小夥伴，常隨小雲、小翠姑姑在庭院裡跑前跑後，玩捉迷藏之類最簡單的遊戲。蘭女、郭婆子常給恭兒講故事，如《狼來了》、《黃鼠狼給雞拜年》、《金斧頭銀斧頭鐵斧頭》等。恭兒正是從這些故事中接受了原始的啟蒙教育，朦朧懂得誠實、善良、正義、關愛等是人世間最可貴的品格。

高澄自小受過良好的教育，也很注重兒子的教育。高歡規定，高家兒孫五歲時必須上學。因此，高澄兩年前就聘請塾師（老師），在南街大將軍府辦了私家庠序（學校），供他前三個兒子孝瑜、孝珩、孝琬上學。長恭、延宗、紹信五歲時，他又聘請塾師，在西闕大將軍府辦了私家庠序，供後三個兒子上學。老五陳氏庭院裡有男傭，所以庠序就設在那個庭院裡。這樣，恭兒就和弟弟延宗、紹信成了同學和朋友。

庠序塾師姓黃，五十一二歲，人很正派，學識淵博。從西漢末到南北朝前期，庠序所用的啟蒙識字課本，多是漢元帝時黃門令史游編纂的，共一千三百九十四字，分別用七言、三言句式編排，首句為「急就奇觚與眾異」，故名《急就章》或《急就篇》。該書文字排列沒有什麼規律，孩子們認、讀、記都比較困難。南朝梁武帝時，員外散騎侍郎周興嗣，奉旨從王羲之書法中選取一千個字，編纂成韻文，每句四字，字、詞皆有含義，稱《千字文》。此書一出，迅速流傳到北方。黃塾師教學生識字，用的課本就是《千字文》，收效特好。另外，黃塾師還給學生講五帝，講夏、商、周，講老子、孔子、孟子等，又教學生寫字，充分盡到了教書育人的責任。延宗、紹信貪玩，學的少，玩的多。恭兒不同，上學用心，放學後，蘭女必督促兒子，把當天所學再讀再背再寫一遍甚或多遍。如此這般，恭兒的學習成績自然就比延宗、紹信高出一截了。

武定四年（五四六年）秋天，高歡心血來潮，要見見所有的孫子。他的妻妾共為他生了十五個兒子，每個兒子又有多個兒子，那麼他的孫子就有三四十人或四五十人，排行居前的幾個孫子都是長子高澄的兒子。高歡的兒子悉數到場，兒媳到了一半以上，其中是少不了高澄一房老大、老二、老三的。會見在渤海王府正房正廳舉行，正廳的陳設猶如皇宮的金殿。高歡這年五十一歲，堅挺的絡腮鬍鬚像是刺蝟的尖刺，端坐於一張錦榻上，威嚴中帶著幾分慈祥。高歡嫡妻婁妃雍容富態，坐在榻旁一個繡杌上，微微含笑。高歡兒子、兒媳們沒有座位，只能面向老爺子老夫人站立，圍成一個大大的半圓。

高澄指揮，長孫高孝瑜打頭，其他孫子按長幼次序隨後，魚貫進入正廳，自報大名，向爺爺奶奶行禮請安。高孝瓘即高長恭排在第四位，一出場一報名，便吸引了所有人的目光。他才五歲，然而卻和高孝瑜、高孝珩、高孝琬一樣高。只有他穿的是粗布衣褲，衣褲剪裁、縫製得好，所以特別合身和中看。面龐紅潤，眼睛有神，雖然怯生生的，但並不怯場，很有點不亢不卑的氣概。

高歡看著一大堆可愛的孫子們，滿面笑容，溫和地說：「你們都在上學是嗎？上學好啊，上學能學到知識學到本領。對了，你們上學都念什麼書啊？」

「回爺爺話：我們念的書叫《急救章》。」長孫孝瑜、次孫孝珩、三孫孝琬同聲回答。

高歡點頭，說：「嗯，你等各背兩三句我聽聽。」

於是，孝瑜背：「急就奇觚與眾異，羅列諸物名姓字。」孝珩背：「分別部居不雜廁，用日約少誠快意。」孝琬背：「宋延年，鄭子方。衛益壽，史步昌。周千秋，趙孺聊。爰展世，高辟兵。」三人只是死記硬背，所以背得很不連貫，還有的結巴。至於那些字、句的含義，無一人能聽懂。高歡略略皺眉。這時，高孝瓘朗聲說：「爺爺，我們念的書叫《千字文》。」

「哦？《千字文》？你也背幾句我聽聽。」高歡對此大感興趣。

「爺爺，《千字文》，我能從頭背到尾。」

「是嗎？那就全背，全背。」

好個高孝瓘，張口就來：「天地玄黃，宇宙洪荒。日月盈昃，辰宿列張。寒來暑往，秋收冬藏。……謂語助者焉哉乎也。」二百五十句一千個字，一口氣背完，洋洋琅琅，沒停頓沒重複沒錯

誤。全場大人小孩、男人女人都驚呆了，瞠目結舌，難以相信。高歡高聲讚了個「好」字，站起身，走到孝瓘跟前，拍了拍他的小臉，笑著說：「孺子可教也！」

高延宗、高紹信念的也是《千字文》，也背了開頭幾句，隨後便說以下的內容忘記了。

高澄的三個女人老大、老二、老三把這一切看在眼裡，聽在耳裡，渾身不自在。她們無法想像，那個下賤的高孝瓘怎會強過自己的兒子呢？

高歡回坐到錦榻上，又說：「聽說你們都會寫字，那好，每人都寫一兩個字來我看看。」

正廳一側有條桌，條桌上放有文房四寶。高孝瑜等提筆，大多寫的是「福」、「祿」、「壽」、「昌」等字，粗粗細細，歪歪扭扭。唯有高孝瓘寫了兩行八個大字：「上善若水，大愛無聲。」八個字是隸體，橫豎點撇捺，筆筆工整。

高歡對眾多孫子的書法大作一眼掠過，只對高孝瓘的八個字看了很久。他問：「孝瓘，你懂這兩句話的意思嗎？」

孝瓘回答說：「懂一點。黃塾師和我娘常講，人要有善心和愛心。最高的善心像水一樣，造福天下；最大的愛心像春雨一樣，滋潤萬物，無聲無息，不圖任何回報。」

高歡手捋鬍鬚，點頭微笑。婁妃也連連點頭，顯然是滿意和讚許。高歡又說：「孫子們，爺爺再給你等出一個動腦筋的題，看誰答得出來？」

這倒有趣，所有人都豎耳聆聽。高歡說：「聽好：一個醫生給病人瞧病，開了三粒藥丸，叮囑說一個時辰服一粒。那麼問：病人將藥丸服完，共用多長時間？」

嗨，就這麼個動腦筋的題，太簡單了。老大、老二、老三各伸出三個手指，示意她們的兒子：

「快答，三個時辰！」因此，孝琬第一個回答：「三個時辰。」孝瑜、孝珩等也回答：「三個時辰。」孝瓘手摸耳朵想了想，說：「不對，應是兩個時辰。」

老大、老二、老三抿嘴而笑，意思是：瞧他，這樣簡單的問題都答錯了，那麼書背得好、字寫得好，又有什麼可顯擺的？沒料想老爺子卻問孝瓘說：「為何是兩個時辰呀？」

孝瓘右手指扳著左手指，說：「這樣的：比如病人辰時初服第一粒藥丸，巳時初服第二粒藥丸，午時初服第三粒藥丸，從辰時初到午時初，藥丸服完，剛好是兩個時辰，而不是三個時辰。」

「啊？啊！」眾人恍然大悟。孝琬、孝瑜、孝珩拿眼瞪他們的娘。老大、老二、老三有點羞臊，神情尷尬。高歡十分高興，哈哈大笑，一拍手說，「好，我高家後繼有人也！賞，賞給孝瓘狼毫毛筆十枝，鮮卑彎刀一把！」

此話一出，全場皆驚。高家後繼有人，這是多麼高的評價！狼毫毛筆在當時是最上等的毛筆，價格昂貴；鮮卑彎刀是朝廷專為高歡製作的，刀背上鑄有「渤海王高歡之刀」字樣，獲賞彎刀，那可是天大的榮耀啊！

高澄比獲賞的孝瓘還要開心，一把把兒子抱了起來。老大、老二、老三見狀，渾身更加不自在。尤其是老大，鼻子不是鼻子，眼睛不是眼睛，輕蔑地哼了一聲，拉了兒子孝琬憤憤回家去了。

蘭女是從高澄得意忘形的講述中，得知高歡會見孫子，以及恭兒獲賞的情況的。她聽後異常冷靜，沒有任何表情。其實，她心裡是有喜有憂的。喜的是兒子恭兒有出息，得到了高歡的認可，這對恭兒日後的前程，只有好處沒有壞處；憂的是高家人眼睛都長在頭頂上，他們是不可能瞧得

起自己和恭兒的，恭兒越出彩，他們會越忌恨，自古以來就是貴者重賤者輕哪！好在蘭女在來鄴城之前就對高澄說過：「我不認為自己是高家的什麼人，沒有必要和高家人來往，更沒有必要講什麼禮數。」這是她賴以自慰的本錢和底氣。她是賤者，賤者和貴者沒有關係，井水在井裡，河水在河裡，各不相犯，足矣。況且，她經過這五年的摔打和磨練，變得堅強多了，自信多了，什麼人物什麼事情不能對付？這樣一想，她既不憂，更不懼，只求平平靜靜的生活，只盼恭兒快快長大。

然而，井水不犯河水，河水卻非犯井水不可。那一天，高孝瓘大出鋒頭，在長相上在才氣上，完全壓過他的三個哥哥，大獲高歡的讚賞。老大元娉、老二宋氏、老三王氏自覺臉面丟盡，肺都要氣炸了。尤其是老大，自認為兒子高孝琬是高歡的嫡孫和皇帝的外甥，高貴無比，怎麼著也不能處在賤種高孝瓘之下。她忌恨高孝瓘，自然而然就牽扯到高孝瓘的娘老四。幾年前，她就打算教訓老四母子，只因顧忌高澄，所以沒敢輕舉妄動，現在該抓緊動一動了。高府規矩，每月朔日（農曆初一），高歡的兒媳要到渤海王府拜見老夫人婁氏；每月望日（農曆十五），各個兒子的偏房（妾）要登門拜見正房（嫡妻）。高澄記著老四說過的話，擔心生出麻煩，徵得高歡特許，蘭女可以不拜見婁氏；他則特許，蘭女不必拜見元娉。對此，元娉氣得恨得牙根都是癢的。十月十四日，高澄外出巡行。元娉暗喜，忙派侍女到西關大將軍府通知，第二天望日辰時，老四、老五、老六必須到南衙大將軍府拜見長公主大夫人，接受訓誡，誤者處以家法。蘭女接到通知，嗤之以鼻，說：「什麼長公主大夫人，跟我何干？」

通知拜見，是老大製造的教訓老四母子的由頭。她明知老四是不會拜見她的，所以在望日巳時，夥同老二、老三，拉了老五、老六，各乘馬車，趕往老四住處，氣勢洶洶，興師問罪來了。

蘭女手持鐵鍬，準備去菜畦翻地。老大等下車，命人狠敲庭院大門。郭婆子說：「來者不善呀！」蘭女說：「不做虧心事，不怕鬼敲門。郭媽媽，把門打開。」她乾脆不翻地了，搬了長凳放在正房門前，昂然落座，有意將鐵鍬斜靠在長凳上。

一大群女人湧進庭院。她們驚奇，這裡的蘭花真多，真豔，真香！女人們通過前院，湧進中院，湧進大四合院天井，為首者便是老大。老大穿綾著緞，大模大樣，佩金戴銀，珠光寶氣。她當天帶了五名侍女：一人端繡杌，一人端茶具，一人端臉盆，一人捧銅鏡，一人捧痰盂。老二、老三、老五、老六跟在老大後面，她們各帶一名侍女。蘭女端坐未動，冷眼靜觀不速之客。老大示意，侍女放下繡杌，她落座，就坐在蘭女的對面。蘭女看老大，長相還算可以，不過已是半老徐娘，全靠首飾脂粉和裝腔作勢支撐門面。老大看老四，粗布純色衣裙，沒有任何雕飾，正值妙齡青春，純樸，健康，天然風韻，光彩照人。老大自覺年齡上姿色上已輸給老四，決心在說話上氣勢上壓倒老四。另外四個侍女輪番伺候。她先照銅鏡，正了正金釵；繼取濕毛巾，抿了抿嘴角；接過茶碗，去掉碗蓋，先飲一口，吐在痰盂裡，再飲一口，嚥進肚裡。她慢條斯理地顯擺夠了，才說：「老四，我到這裡，你居然不起身迎接，不跪地行禮，一看便知沒見過世面，沒教養。我下了通知，你居然不理不睬，小瞧我，藐視我，該當何罪？呃？」

蘭女故意左看右看，說：「老四？誰是老四？且慢，你是誰？你們是誰？青天白日，跑到這裡，幹嗎來了？」

老大聽了這話，差點沒氣死，厲聲說：「老四，別裝糊塗！你，不過是個微賤的漁家丫頭，我們家駙馬爺把你搶來，睡了一夜，你就成了精了？瞧你這土裡土氣的窮酸相，還想和我等一樣，成

為高家的夫人？呸，做夢去吧！還有你那個兒子，賤種野種雜種！會背幾句書，會寫幾個字，也成了精了？龍生龍鳳生鳳，老鼠生的兒子會打洞。你那個兒子，只是打洞的本事打洞的命，還想勝過我兒子孝琬，呸，做夢去吧！再有……」

「打住，打住，」蘭女伸手制止，說，「我好像聽出來了，你大概叫什麼元娉，就是高澄的那個大女人是不是？」

老大正色說：「哼！元娉、高澄的名字是你叫得的嗎？得叫公主、駙馬！」

蘭女微笑，說：「對不起，我出身微賤，沒見過世面沒教養，不知什麼公豬母豬、駙馬駙驢的。姓元的，你說我是老四？高家的夫人？你呀，太抬舉我了，我不配。就說我是老四，高家的夫人，你該去問高澄，跑這兒來撒什麼野？你罵我兒子是賤種野種雜種，罵得好，但你該當著高澄的面罵才對，背後逞什麼能耐？姓元的，我告訴你：所謂人的貴賤，沒有固定的標準。你以為你高貴，我卻以為你卑賤；你以為我卑賤，我卻以為我高貴。我一不偷二不搶，三不欺四不騙，說自己的話，做自己的事，隨遇而安，堂堂正正，何賤之有？你呢？你做得到嗎？你弟弟當皇帝，你就高貴了？你嫁給高澄當大女人，你就高貴了？你穿一身漂亮衣服，佩戴金銀首飾，帶幾個侍女外出炫耀，你就高貴了？我看未必。你除了爭風吃醋、擺譜拿大外，還會什麼？有句話叫鳳凰落架不如雞，就說你現在是鳳凰，誰敢保證你不會落架？世事無常，只怕到時候你連雞都不如，哪還有什麼高貴可言？」

蘭女性格原本是很綿很溫的，但殘酷的現實和閱歷，使她變得剛了烈了，甚至潑了蠻了。老大何曾受過這樣的奚落和嘲笑，勃然大怒，說：「反了反了，這個賤人竟敢這樣跟我說話！來人，給我掌這個賤人的嘴，先掌二十！」

「不准打我娘！」正房裡的恭兒掙脫小雲、小翠的懷抱，衝了出來，伸開雙臂，擋到娘的面前。

老大狠狠一笑，說：「呵，小賤種也在，那好，也掌嘴二十！」

郭婆子站出來護住蘭女和恭兒，說：「不可以不可以。」小雲、小翠也伸開雙臂，站在恭兒前面。

蘭女遽地起身，把鐵鍬抓在手裡，大聲說：「姓元的，你敢動我恭兒一個指頭，我一鐵鍬掄過去，包打得你滿臉開花，滿地找牙，信不信？」

老大也起身，還是那句話：「反了反了！」她催促侍女掌老四母子的嘴，侍女哪敢向前？她又對老二、老三說：「你們也上呀，難道光讓我當惡人不成？」老二、老三坐山觀虎鬥，並不急於參戰。侍女無所適從，天井裡一時亂哄哄的。老大可要把威風抖到底，擄衣捲袖，意欲去抓恭兒。猛聽得一聲斷喝：「放肆！」這聲斷喝，猶如晴空霹靂，驚天動地。老大、老二、老三、老五、老六及侍女們，循聲看去，只見高澄身穿睡衣，從正房裡走了出來。她們一下子懵了傻了，兩腿一軟，跪在地上，說：「駙馬爺！」

高澄怒聲說：「什麼駙馬爺，叫大將軍！」

眾人於是改口：「大將軍！」

高澄為何出現在此時此地呢？原來，他頭天外出巡行，途中忽然感到腹痛，所以返回，沒有進城，就在老四處過夜，望日上午睡了個懶覺，恰恰撞上老大等前來鬧事。老大的囂張和跋扈，他看

到了聽到了，這才現身。他坐到長凳上，並拉老四坐下，把恭兒攬在懷中，說：「老大，你不是要掌老四和恭兒的嘴嗎？來，我看著，你掌呀！」

老大低頭，不敢吭聲。高澄手指著她，斥責說：「你，口口聲聲說你是公主，金枝玉葉，如何如何高貴。要叫我說，你是狗尾巴草，高貴個屁！是我爹把你弟弟立為皇帝的，我爹照樣能把你弟弟廢了，我也可以把你休了，那時你還有什麼？還高貴嗎？老四說得對，你除了爭風吃醋、擺譜拿大外，什麼都不會。老四礙著你什麼了？為何興師動眾，到此尋釁，滿口噴糞？恭兒是我兒子我的種，你罵他是賤種野種雜種，這是罵我高澄，罵我們高家，真反了你了！老大，我警告你：你若敢動恭兒一個指頭，那就不是滿面開花、滿地找牙那麼簡單，我要讓你，讓你全家，死無葬身之地！」這話說得很惡，老大不禁打了個冷戰。

高澄讓恭兒坐到老四身邊，自己站起，圍著跪地的妻妾轉了一個圈，又說：「你們說我對老四偏心偏愛，我承認，是偏心偏愛。為何？因為她和你們不同。她敢直呼我的名字，敢罵我是淫棍，是色狼，是強盜，是土匪，是披著人皮的畜牲，敢說要殺死我，你們敢嗎？她敢說跟高家沒有任何關係，不稀罕榮華富貴，不要我賞的錢和物，你們敢嗎？她種菜、養雞，自食其力；她不用女傭和侍女，尊郭婆子為長輩，稱小雲小翠為妹妹，幾個人合力照料、教育恭兒，你們做得到嗎？俗話說：無欲則剛。欲是欲望，是私心是私利。老四沒有什麼私心私利，所以敢這樣。而你們呢？滿腦子滿肚子的私心私利，千方百計討我歡心，要這要那，還求我關照你們的爹，你們的兄弟，你們的親戚，要官要錢，要房要地。你們這樣，剛得起來嗎？硬得起來嗎？你們這樣，也影響我的兒子。孝瑜、孝珩、孝琬、延宗、紹信上學，為何不及恭兒？都是你們幾個當娘的，白當了！」他又手指老大，說：「老大，你說恭兒是打洞的本事打洞的命。而我敢說，恭兒日後的前程，不會比孝琬差！再有，你們嫌老四土，穿粗布衣裙，不化妝不打扮。老四土嗎？我看不土。告訴你們，這才是女人的美，美在本色，美在天然，懂嗎？瞧你們，一個個會化妝會打扮，講究穿講究戴，像是從綢緞店、金銀鋪走出來似的；搽粉，白得像石灰牆；塗口紅，紅得像猴屁股。這樣美嗎？自己做作，虛假，還說別人土，真是混帳！」

老二宋氏覺得需要說幾句話：「大將軍，我是老大強拉來充數的，現在看是上當了，錯了。」老三、老五、老六立即附和，也說是被老大強拉來的。老大見她們落井下石，把責任推得一乾二淨，氣得嘴唇哆嗦，說：「你等，你等……」

高澄真想拿腳踹死她，怒喝道：「滾，別讓我再看到你！」

跪地的女人撐地而起，灰溜溜地退出天井。最倒楣的是那幾名侍女，無端受罪，陪著主子白跪了這麼長時間。

這天風波，高澄是完全站在蘭女母子一邊的，這使蘭女覺得很舒心很解氣。她不禁想，高澄儘管很壞很壞，但他對自己對恭兒還是不錯的，自己就當他的老四，跟他過一輩子算了。不過，這個想法只是一閃念而已，她立刻就將它否定了。高澄說到底是淫棍，是色狼，是強盜，是土匪，是披著人皮的畜牲。是他，毀了自己的青春；是他，使爺爺死於非命；是他，使藍京哥失去蹤影。自己和他不共戴天，又怎能跟他過一輩子？可是，恭兒卻是他的兒子，得到他的關愛和呵護。唉，事情怎麼會是這樣呢？

這天的風波，恭兒第一次經歷了人與人之間的激烈衝突。他還弄不明白激烈衝突的原因，但明白娘愛他，爹也愛他，娘和爹不容他受到任何傷害。至於他娘和他爹像是一家人，又不像一家人，那種特殊的微妙的關係，他就又不明白了。

老大元娉這天窩囊透了，受了老四的奚落和嘲笑，受了高澄的斥責和羞辱，老二、老三、老五、老六隔岸觀火，在緊要時刻又出賣了她，使她成了孤家寡人，就像落水狗一樣，回到了家中。她越想越氣，越想越惱，當晚進了皇宮，找到弟弟皇帝元善見，大訴委曲，大倒苦水。

元善見這年二十三歲，在位剛滿十二年。他身材不高，神情慵懶，因酒色過度的緣故，臉上肌肉鬆弛，看去像是浮腫。他摒退左右，接待姐姐。元娉一把鼻涕一把眼淚，把白天的情況敘述一遍，末了說：「現在，是人都敢欺侮我，都不把我這個長公主放在眼裡。所以，皇上，你得給姐姐作主。」

元善見緊皺眉頭，說：「朕如何給你作主？」

「好辦！你頒一道聖旨，把他高澄大將軍職務給撤了。對了，把他高歡渤海王封號和相國職務也給撤了。還有，把那個老四以及他的兒子抓起來，下獄，流放，最好處死。」

「胡扯！荒唐！」元善見氣得一拍桌子，說：「難怪人人都不把你放在眼裡，瞧你說話做事，哪像個長公主的樣？高澄說的沒錯，我這個皇帝是高歡立的，高歡隨時隨刻都可以廢了我。我坐在金殿上，只是個木偶、傀儡，聾子的耳朵——樣子貨。東魏天下，看似姓元，其實姓高，你懂嗎？高歡，以及他的兒子高澄、高洋、高演、高湛和整個高氏家族，哪一個是好惹的？你讓我頒旨撤高歡、高澄的封號和職務，豈不是找死？只怕聖旨尚未頒出，我的腦袋就搬家了。現在，到處都唱著民謠：晉陽也高，鄴城也高，高高壓元，天下必高。元家天下遲早會變成高家天下。我所能做的，只能是得過且過，說不好聽的，叫苟延殘喘，能在皇位上多坐一天就多坐一天，如此而已。你呀，就別添亂了，再添亂，我下臺，改朝換代更快！」

「這，這……」元嫂沒想到問題這麼嚴重。

「不是我說你，」元善見又說，「你正應了那句話：女人家頭髮長見識短。你想，你本是長公主，又是高澄嫡妻，大夫人；高澄是渤海王世子，你是世子夫人；高澄日後必為渤海王，那時你就是渤海王妃。你兒子孝琬，雖然在兄弟排行中列第三位，卻是高澄的嫡子，朕的外甥，高歡的嫡孫，高澄為渤海王，孝琬必為渤海王世子，前途無量，誰比得了？哼，你倒好，跟一個微賤女人爭風吃醋，還要打人家母子，自討沒趣，一腳把得天獨厚的優勢全踢了，至於嗎？高澄好淫好色，你不知道？他睡過的女人成百上千，你都上門鬧去？還有，那個女人的兒子跟孝琬一樣，也是高澄的兒子，你竟罵人家是賤種野種雜種，口無遮攔，形如潑婦，高澄能不發火能饒你嗎？」

「事已至此，那該怎麼辦？」元嫂有點後悔，低頭詢問補救方法。

元善見苦笑，說：「怎麼辦？朕是泥菩薩過河，自身難保，哪知你該怎麼辦？唉，聽天由命吧！你先回去，裝出閉門思過的樣子，千萬別再惹事生非。近日，高歡要統兵出征，朕只有求求他，請他幫忙，壓壓高澄的火氣再說。」

元嫂進皇宮時是氣惱，出皇宮時是沮喪。她一時還轉不過彎來：自己果真錯了麼？元家天下果真會變成高家天下麼？

蘭女的生活，並未因一場風波而發生改變。她照樣在菜地裡忙碌，督促恭兒按時上學和複習功課。小雲、小翠已經十七歲，有了婆家，小雲未婚夫叫姜柱，小翠未婚夫叫蘇山，都是軍人。蘭女對軍人沒有好感，因為高澄搶美，依仗的搶手就是大兵。小雲、小翠說，姜柱、蘇山歸將軍斛律光管轄，斛律光治軍，最講軍紀，手下無一人敢禍害百姓。因此，蘭女反覆催促，並給了厚禮，讓二人回家把婚事辦了。二人婚後不到十天就又返回，說丈夫歸隊了，她倆離不開姐姐和恭兒。蘭女氣得沒法，說：「快去，把小四合院正房收拾出來，你倆就在那邊住。不然，妹夫休假回來，你們睡大街上去不成？這個院子的南房，剛好給恭兒住。」

郭婆子的爹娘兩年前死了，婆婆這年也死了。她回去安葬了婆婆，從此再無家庭拖累，全部身心放在蘭女和恭兒身上。蘭女堅決不讓郭媽媽照料自己，自己反而要照料郭媽媽。郭婆子常說，她祖上積了德了，所以她才能遇上蘭女這樣的好人。

老五陳氏、老六燕氏很少再和老大、老二、老三往來，主動到老四的庭院來串門。她倆也學會樸素了，盡量不穿鮮豔耀眼的衣裙，也不濃妝豔抹，講究起本色美和天然美來了。論年齡，陳氏、燕氏比蘭女略大些，故直接稱蘭女的名字，蘭女則稱她倆為姐姐。三個大人的關係趨於密切，恭兒、延宗、紹信三個小孩最為高興，他們放學後可以在三個庭院裡隨意奔跑和玩耍，生活空間驟然大了許多。

這時朝廷出了大事：西魏發兵進攻東魏，東魏西部各州郡紛紛告急。渤海王高歡官任相國，都督中外軍事，理所當然要統兵出征，命令各軍速至晉陽會合。高歡行前，專門召見長子高澄、次子高洋，密授機宜，叮囑務要監視皇帝的一舉一動，保證京城方面萬無一失。

高歡到達晉陽時，西魏軍隊已東渡黃河，攻佔了玉壁（今山西稷山縣），其主將是晉州刺史韋孝寬。高歡決心奪回玉壁，雙方展開大戰。大戰相當慘烈，韋孝寬部下死了七萬人，高歡部下也死了近五萬人，形成對峙態勢。十一月末一天夜間，忽然有一顆流星，好像墜入東魏軍隊大營，眾驢眾馬同時鳴叫，將士們無不驚懼。第二天，高歡就病倒了。高歡在病中致信韋孝寬，提議休戰。韋孝寬損兵折將，表示同意，率部回了西魏。

高歡臥病在馬車上，下令班師，且回晉陽。他預感到病情嚴重，所以密遣心腹回鄴城，通知高澄速赴晉陽，由高洋獨自鎮守京城。高澄晝夜兼程，趕到晉陽，拜見父親，垂淚請安，面有憂色。高歡問：「兒呀，你擔憂什麼？」高澄說：「兒一憂父病，二憂侯景。」高歡點頭，說：「看來，你可以接我班了。」

侯景是羯族人，時任河南刺史，經營以洛陽為中心的廣大地區，驕縱狂傲，蓄有野心。東魏君臣中，他只敬畏高歡一人，元善見、高澄等根本入不了他的法眼。他說過：「高歡在，我不敢妄動；高歡死，我不能與鮮卑小兒共事。」正因為如此，高澄才有「一憂」、「二憂」之說。

高歡病重，世子高澄代行統帥職權。高澄以高歡名義，召侯景到晉陽議事。侯景拒絕前來，發動叛亂的跡象暴露無遺。年底，高歡已氣息奄奄，只能對高澄說：「侯景專制河南十四年，常有異

志，只顧忌我一人，你是駕馭不了他的。我死後，不要急於發喪，針對情況，妥善應對。」新的一年是武定五年（五四七年），正月丙午日，高歡病死，死年五十二歲。

高澄謹遵父囑，祕不發喪。侯景迫不及待，公然發動叛亂，潁州刺史司馬世雲回應，整個東魏陷入驚恐和動盪之中。高澄坐鎮晉陽，仍用高歡名義，調集兵馬平叛。侯景叛軍向西北可進攻晉陽，向東北可進攻鄴城，可是他卻一路向南去了。這是為何呢？原來，侯景和南朝梁武帝蕭衍的侄兒、臨賀王蕭正德早有勾結，蕭正德力圖借用他的力量，奪取叔叔的皇位。梁武帝稀裡糊塗，竟派蕭正德扼守長江天險。蕭正德連夜調用大船，把侯景八千名士兵和數百匹戰馬，接過長江，趁勢包圍了建康皇宮，最終造成梁代滅亡。所以，侯景叛亂源起於北方東魏，而嚴重遭受禍害的卻是在江南地區。

在鄴城，除婁妃和高洋外，無人確知高歡已經病死。侯景叛軍南下，使高澄大大鬆了口氣，也使他贏得了處變不驚、調度有方的好名聲。六月，形勢稍稍穩定，高澄方在晉陽發喪，告喻天下，說渤海王病故已逾半年，並扶靈柩回鄴城。皇帝元善見及文武百官、高氏家族成員，全穿孝服，出城迎靈。恭兒由陳伎、燕氏帶領，和延宗、紹信等一起，參加迎靈以及其後的喪禮活動。老大元嫮時時可見恭兒出現在孫子輩隊伍中，長相和舉止最為醒目，有怒有恨卻不敢言。

高歡喪禮的規格等同漢代大司馬大將軍霍光，贈假黃鉞（代行皇帝部分權力的斧狀信物）、使持節（持有代行皇帝部分權力的印符）、相國、都督中外軍事、齊王璽紱，轀輬車、黃屋（車蓋用皇帝用的黃色）、左纛、前後羽葆、鼓吹、輕車、介士（侍衛），兼備九錫（皇帝賜予最高權臣的九種器物）殊禮，謚獻武王。高歡作為人臣，生前和死後的榮寵都達到了極致。

高歡死後，二十七歲的世子高澄，順理成章地襲封渤海王爵號，任使持節、大丞相、大將軍、都督中外諸軍、錄尚書事，劍履上殿，入朝不趨，掌控朝廷軍政大權，成為又一個高歡。高澄兩處府第改名了，南街大將軍府改稱南街渤海王府，西關大將軍府改稱西關渤海王府。新渤海王也是要立渤海王妃和世子的。那麼，高澄會立誰為渤海王妃和世子呢？人們拭目以待。這期間，最後悔最鬧心的莫過於老大元娉。誠如元善見所說，她是高澄的嫡妻，本該立為渤海王妃，她的兒子是高澄的嫡子，本該立為世子，而她上年那麼一鬧，一腳把這些全給踢了。唉，真是失策呀失算呀！老二宋氏想入非非。她在高澄妻妾中的地位僅次於老大，而她的兒子孝瑜卻是高澄的長子。現在，高澄將立渤海王妃和世子，那麼好運會不會落到自己和孝瑜身上呢？在西關渤海王府，陳氏、燕氏十分看好蘭女和恭兒。蘭女啼笑皆非，說：「王妃？世子？什麼呀？若是那樣，我和恭兒就跳進漳河淹死！」

其實，新渤海王高澄根本就沒想過要立什麼渤海王妃和世子。他有天大的抱負天大的追求，他正和他的心腹幹將祕密謀劃著天大的事情哩！什麼事情？答曰：禪魏（東魏）自立，改朝換代。

高澄的心腹幹將共有三人：高洋、陳元康、崔季舒。高洋字子進，高歡次子，高澄胞弟，亦為婁氏所生。他比高澄小十歲，長相醜陋，生性凶悍。高澄曾譏笑說：「高洋若能大富大貴，那麼相面術就一錢不值。」高洋其貌不揚，辦事卻很果決，極有主見。一次，高歡為了測試諸子的智識，取來一堆亂麻，讓他們整理。高澄等一根一根梳理著，而高洋則抽出佩刀，一刀將亂麻斬斷，說：「亂者須斬！」高歡見狀，稱讚說：「此兒日後必有大作為！」高洋十幾歲時，就和高澄一樣，擔任朝廷要職：散騎常侍、領軍將軍、開府儀同三司、左光祿大夫，封太原郡公。高澄襲封渤海王，高洋升任尚書令、中書監、驃騎大將軍、協助哥哥處理軍政要務。高洋最瞧不起元善見，說他只配當一個縣的書吏，哪配當皇帝？現在，高澄謀劃禪魏自立，改朝換代，他是舉雙手贊成的。陳元康、崔季舒是最早進入高澄官署的兩個人，一胖一瘦，通曉歷史和禮儀，擅長出謀劃策，時任侍郎。他倆唯高澄馬首是瞻，自然也是極力主張高澄早承大統的。

這天夜間，高澄約高洋、陳元康、崔季舒在官署飲酒並議事。酒過三巡，高澄說：「三位，你們知道我現在想什麼嗎？」

高洋說：「哥哥在想軍國大事唄！」

陳元康說：「王爺在想四個字：禪魏自立。」

崔季舒說：「四個字也可叫：改朝換代。」

高澄大笑，說：「英雄所見略同啊！」

高洋說：「早該這樣了。我爹在時，我就勸他廢了元善見，自己當皇帝，可他就是不幹。我爹不在了，兄王大權在握，禪魏自立，改朝換代，正當其時。」

陳元康說：「王爺禪魏，好比曹魏禪漢、司馬晉禪魏（三國之一魏國），天經地義，合情合理。想那曹操，一代英雄，功高蓋世卻不當皇帝，死後由兒子曹丕開國建魏。司馬懿和司馬師、司馬昭父子也是一代英雄，輔佐曹魏，創立基業，司馬昭就有機會當皇帝的，可惜突然病逝，他兒子司馬炎掌權，立即開國建晉（西晉）。俗語：前人栽樹，後人乘涼。實際上是說，父親栽樹，兒孫乘涼。曹操、司馬懿打天下，曹丕、司馬炎坐天下，這是人情，也是規律！現在的情況和歷史上的情況非常相似。王爺亡父高歡王爺，戎馬一生，規略宏遠，正像曹操、司馬懿，為王爺打下了天下。王爺呢？就應像曹丕、司馬炎那樣，當仁不讓，果斷出手，大展宏圖。」

崔季舒說：「王爺亡父高歡王爺，當年立元善見為帝，實是權宜之計。元善見無德無能，在皇位上已坐了十三年，也該把位置騰出來了。民謠不是唱『天下必高』嗎？高氏取代元氏坐天下，順應天意民心。」

高澄頻頻點頭，說：「我所考慮的，不是要不要禪魏自立，改朝換代的問題，而是如何禪魏自立，改朝換代的問題……」

高洋插話說：「我率兵入宮，把元善見一刀砍了，兄王往皇位上一坐，不就得了！」

高澄搖手，說：「不，不，那樣會落下弒君篡逆的惡名。我要做的是個『禪』字，要他元善見乖乖地騰出位置，還要指名由我出任皇帝。這樣，改朝換代既名正言順，又不致引起不必要的麻煩。」

陳元康說：「王爺考慮的甚是。世人傳統觀念，在位皇帝不管怎樣無德無能，都碰他不得，一碰就是篡逆。王爺禪魏，可不能落下這個惡名。」

崔季舒說：「我剛才說到民心問題，王爺還要在這上面作作文章。比如可以提出辭去大丞相、大將軍職務，表示謙遜。再比如可以提出減少一些食邑，表示愛民。他元善見當然不會批准，也不敢批准，而王爺卻贏得了民心。東漢皇帝禪位給曹丕，魏國皇帝禪位給司馬炎，曹丕、司馬炎故意推辭三次，這才接受。王爺到時候也應這樣做，以顯示胸懷和氣度。」

高澄哈哈大笑，說：「嗯，這主意不錯，不錯！對了，你們說，本王禪魏自立，從現在起，大概需要多長時間？」

高洋、陳元康、崔季舒同時伸出一個指頭，說：「一年。」

高澄說：「欲速則不達，就計畫用兩年吧！還有，禪魏自立後，用何國號，也得及早確定。」

高洋說：「我爹和兄王都封渤海王，按例國號叫渤海唄！」

陳元康搖頭，說：「渤海？太地域化，似乎不妥。」

崔季舒沉思良久，說：「高歡王爺獲贈的名號中有『齊王』一語。我以為國號應叫齊。西周開國元勳姜尚封於齊，始有齊國，齊國一直為東方大國，歷時一千多年。齊有齊心、齊天的意思，用作國號，吉祥吉利。」

高洋說：「南朝第二個朝代也叫齊，不過早被梁代取代了。」

高澄說：「對，國號就叫齊。為了區別南朝的那個齊代，我的齊國前面加個『北』字，叫北齊。」

高澄一錘定音，北齊的國名就這樣確定了。

高澄自封渤海王以後，想的是大事，幹的是大事，吃住在官署，很少再回兩處府第，顧不上管他的妻妾和兒子了。他採納崔季舒的意見，上書皇帝，請求辭去大丞相、大將軍職務。元善見哪敢批准？還說朝野攸憑，安危所繫，全賴渤海王一人，辭職萬萬不可。沒多久，他又上書皇帝，請求將自己的食邑減少五千戶，減輕民眾負擔。元善見更是不敢批准，還說渤海王勞苦功高，即便再增加十萬戶食邑，也不足以表達朝廷的敬意。崔季舒、陳元康等趁機鼓譟，說渤海王一不貪權，二不貪財，心中只裝著黎民百姓。高澄聽後暗笑，說：「他娘的，這樣吹噓和宣揚，太過頭了吧？」

高澄總攬朝廷各項大權，對皇帝元善見越來越蔑視。一次，他和元善見外出射獵，元善見縱馬奔馳，疾速如飛。他示意監衛都督烏那羅予以阻止。烏那羅高聲喊道：「皇上別跑得太快，大丞相、大將軍發怒了！」元善見一聽，立即勒馬，放慢速度。高澄是關心皇帝的安全嗎？不。他是在檢測自己說話的分量，顯示連皇帝也不敢違抗的威嚴。

又一次，高澄和元善見在宮中飲酒。高澄坐著，舉起一大杯酒，很隨意地說：「來，臣高澄和陛下飲酒。」元善見尚未答話，他已把酒飲乾。元善見見高澄目中無人，不恭不敬，又聯想到高澄平日的狂傲，非常生氣，說：「自古無不亡之國，朕亦何必這樣個活法！」高澄聽皇帝在他跟前稱朕，不由心火突突，怒聲說：「朕！朕！狗腳朕！」立命在場的崔季舒，說：「毆他三拳，看他還敢不敢在我跟前稱朕？」崔季舒狗仗人勢，但也不敢過分，象徵性地輕毆皇帝三拳。事後，高澄假意命崔季舒入謝，請皇帝治罪。元善見哪敢治高澄心腹的罪？相反，還賜給崔季舒四百匹布帛，以表彰其「忠心」。元善見遭受臣子凌辱，還得忍氣吞聲，感到窩囊透頂，背地裡痛哭流涕，默默吟起謝靈運的一首詩來：「韓亡子房（張良，曾刺殺秦始皇）奮，秦帝魯連（魯仲連）恥。本自江海人，忠義感君子。」他知道身邊沒有忠臣義士，所坐的皇位早就岌岌可危了，所以更加縱情酒色，醉生夢死。

轉眼到了武定七年（五四九年），高澄過罷正月十五就匆匆外出巡行，從此再未返回鄴城。這是為何呢？因為發生一件醜事，他和胞弟高洋之間起了衝突。

高洋和高澄一樣，也好淫好色，早娶了嫡妻李祖娥和馮氏、裴氏、顏氏三妾，這年又娶一個名叫沈娟的女子為妾。沈娟十五歲，豆蔻年華，姿色美豔。婚日，高澄親率文武百官前往賀喜，高洋設宴招待，杯酒籌觥，熱鬧非凡。眾人皆向渤海王敬酒。高澄開懷痛飲，片刻酩酊大醉。侍衛要扶他回官署，他卻說：「不，去洞房！」他進了洞房，醉眼朦朧，逕自揭了新娘的蓋頭，說：「嗯，

這小妞漂亮，天仙似的，歸我了！」高洋將要發作。高澄揮手說：「你等都出去，出去！」侍衛們把怒不可遏的高洋拉出洞房，高澄便將新娘霸佔了。天明酒醒，高澄感覺到氣氛不對，急急回到官署。不一時，高洋命人送來一個木匣，說請渤海王親自開啟。高澄打開木匣，裡面裝的竟是沈娟血淋淋的人頭。高澄嚇得面色如土。他熟知高洋的性格，那是個六親不認，殺人不眨眼的主。因此，他當天只通知母親妻妃一人，隨即便帶領一幫爪牙、侍衛離開了鄴城。行前簽署一道命令：高洋兼任京畿大都督。這算是對高洋的一個補償。

陳氏、燕氏消息靈通，不知怎麼打聽到這件醜事，悄悄告訴了蘭女。蘭女淡淡一笑，說：「江山易改，本性難移。高澄遲早要死在一個『淫』字上，你倆信不信？」

蘭女這話不幸言中了。七月，晉陽傳出驚世消息：渤海王、大丞相、大將軍高澄遭刺殺而死，兇手叫金覽。蘭女還是從陳氏、燕氏口中得知這一消息的，心靜似水，一點也不感到奇怪。「金覽，金覽。」蘭女把這個名字念了好幾遍，忽然心驚肉跳，熱血如沸：金覽，天哪，莫不是藍京吧？

蘭女的預感沒有錯，刺殺高澄的金覽正是藍京。

九年前，就是藍京十八歲、蘭女十六歲那年，三月初三上巳節，禍從天降，蘭女在蛤蜊鎮被大兵搶了去。藍京聞訊，操起一根短棒，要去救回蘭女。而爺爺施老善卻栽倒在地上。藍京只好先顧爺爺，呼喊道：「爺爺，爺爺！」施老善嘴上臉上全是鮮血，直覺得天旋地轉，山坍海溢。他緊緊抓住藍京的手，說：「快，救，救蘭女！」話一說完，他就斷氣了，抓住藍京的手還緊緊不放。藍京放聲大哭：「爺爺，爺爺！」王瞎子夫婦等鄉親趕來，無不淒然落淚。

藍京披麻戴孝，置棺置衣，埋葬了爺爺。他整整五天，水米未進，形神俱失。他想像蘭女能平安歸來，突然出現在他的面前，然而那只是個虛無縹緲的夢幻。他在爺爺墳前一坐就是幾個時辰，不停地問：「爺爺，我該怎麼辦，怎麼辦？」爺爺好像還在說：「快，救，救蘭女！」藍京嗓音嘶啞，說：「爺爺，蘭女怕是救不回來了。」他斷定，那些搶蘭女的大兵肯定是官府的，蘭女落到他們手裡，還能有什麼好結果？因此，他的心中充滿憤懣，充滿仇恨。他給爺爺過完二七，在爺爺墳前坐了一天一夜，然後略略收拾幾件衣服，把自己的護身符和蘭女喜歡的蘭花貝殼包在一起，鎖上房門和院落門，隱然而去。大門上留下他用水和黃土寫下的三個大字：「報仇去！」

報仇去，找誰報仇？藍京當時是一無所知，只知是大兵搶了蘭女，那麼只有沿著大兵這條線索追查下去，方能追查到仇人。藍京這個名字，蘭女知曉，蚌蚌灣人知曉。他不想萬一出了狀況，連累其他人，所以把名字兩個字倒過來，並用相近的讀音，改叫金覽。他相信，如果蘭女活著的話，恐怕只有她才能感悟、明白金覽就是藍京。

金覽第一站到了蛤蜊鎮，逢人便問三月初三那天發生的事情。他獲知大兵搶人後所去的方向，便順著那個方向，追查到第二站樂亭。在樂亭軍營附近，他打聽多日，基本理出頭緒，搶了蘭女的大兵都是官兵，高澄的侍衛；而高澄，是當朝駙馬，渤海王世子，官任尚書令、并州刺史、左右和京畿大都督，管政管軍，位高權重，每次外出巡行，必搶美女。此人一月前又搶了個美女，在軍營裡住了兩天，隨後回了鄴城。金覽理出頭緒，恨得咬牙切齒，默默罵道：「高澄，你個烏龜王八蛋，我不殺死你，誓不為人！」

金覽循蹤到了第三站鄴城。鄴城，不知有元，只知有高，高氏家族勢力之大，令人難以置信。

所有豪華府第，幾乎都姓高。一支支車馬儀仗招搖過市，問及主人，不是高姓的王，就是高姓的公。金覽也曾見過駙馬、世子的車馬儀仗，高澄或騎馬或乘車，百餘名侍衛身穿甲冑，手執兵器，騎著高頭大馬，前後左右護衛。行人必須迴避和讓路，稍有遲鈍者，侍衛向前呵斥，用馬鞭抽，用皮靴踢，抽傷踢死活該。金覽暗暗叫苦：自己赤手空拳，怎麼接近得了高澄？怎麼報仇？

一天，金覽在大街上詢問打聽，想找到高澄的府第。忽然，幾個大兵將他抓住，帶去見一個長官。長官繞著他轉了一圈，審視一番，說：「嗯，年齡正好，體格不錯，留下了！」金覽莫名其妙，說：「你們要幹什麼？」長官大笑，說：「好小子，當兵呀！我軍中缺額不少，抓了你來，是你的運氣。」金覽大叫說：「不，我不當兵不當兵！」長官依然大笑，說：「呵，到了這裡，還由你了？帶下去，給他換衣服。」

金覽是找大兵找高澄報仇的，沒料想自己卻穿上軍服，成了一名大兵。他想，當兵也好，最好能當高澄的侍衛，那樣就可以接近高澄，相機行事。誰知上面有令，金覽所在的這支部隊，調至恆州（州治今山西大同東）戍邊，期限三年。金覽快氣瘋了，脫了軍服，堅決不去。長官沉下臉來，說：「軍人以服從命令為天職，命令下來了，你不去，他不去，行嗎？將士戍邊最苦，說實話，我也不想去，但有軍法在，不去不行哪，除非你不要性命！」

金覽呼天不應，喚地不靈，到了九原戍邊，一待就是三年。三年裡，他像做惡夢似的，操練，巡邏，吃飯，睡覺，懵懵懂懂，渾渾噩噩。他想蘭女，可不知蘭女是死是活。他想報仇，可不知如何報法。夜間，他把護身符和蘭花貝殼貼在胸前，輕輕撫摩，那是他最清醒最理智的時刻。他告誡自己說：「君子報仇，十年不晚。所以要堅持，要等待。對付高澄那樣的強者，報仇只可智取，不可力敵。」

一天，長官命廚師改善伙食：吃魚。魚全是新鮮的鯉魚，可廚師烹飪技術差勁，把紅燒鯉魚做成了一鍋雜燴鯉魚。長官搖頭，批評廚師說：「你呀，當不了專諸。」

有人忙問：「專諸是誰？」

長官一邊剔著魚刺一邊說：「專諸是春秋末期吳國人，豪俠仗義，和那個伍子胥是朋友。伍子胥是楚國人，父親、哥哥遭楚王殺害，逃到吳國，成了吳王姬僚的重臣。他請姬僚發兵進攻楚國，幫自己報仇。姬僚嘴上答應，但多年沒有行動。伍子胥等得不耐煩了，轉而結交吳國公子姬光，鼓動殺死姬僚，奪取王權。他還推薦了專諸，以助姬光一臂之力。姬光求之不得，乃命專諸學當廚師，專為姬僚烹製菜肴。很快，專諸成為一名出色廚師，尤善烹製鯉魚。他烹製的鯉魚，魚身完整，而色、香、味俱全，堪稱一絕。一次，姬僚舉行宴會，姬光作了周密部署。專諸奉召，用一個大盤端上烹製的鯉魚。大盤擺上桌子。姬僚起身，準備介紹這道菜肴的特色。冷不防，專諸從魚腹中取出明晃晃的匕首，對準姬僚的喉嚨，狠狠刺了進去。姬僚當場斃命。姬光率兵收拾局面，隨即宣布他是新的吳王，奪權成功。這個姬光，後來又稱闔閭，史學家也稱他是春秋的一個霸主。」

「原來，這吃魚還有學問哩！」大兵們說。

「可不是？學問大著哩！專諸若把紅燒鯉魚做成一鍋雜燴鯉魚，那麼還刺殺得了姬僚嗎？」

長官的話說得眾人哄笑起來。

說者無心，聽者有意。金覽靈機一動，自己要智取高澄，何不也學當廚師？他經過多日考慮，於是提出請求：當軍中廚師。長官開玩笑地說：「你也想當專諸？」金覽也笑著說：「我倒是想當

專諸，可哪來的姬僚刺殺誰去？我只是想學一門手藝，日後能混口飯吃而已。」

金覽果真當上了軍中廚師。他烹製各種菜肴，特別琢磨如何烹製鯉魚，摸索出刀工、佐料、火、油、鹽五個方面的訣竅。漸漸，他烹製的鯉魚，長官和大兵們都愛吃，他也有了一定的名氣。

戍邊三年期滿，金覽所在的部隊回到鄴城。恰巧，高澄派人到部隊中挑選人才，金覽因廚藝高超而被選中。金覽正暗暗欣喜，然而卻接到指令：前往晉陽。金覽到了晉陽，方知那裡同樣是高氏家族的天下，高歡、高澄父子的官署和府第，富麗堂皇，像是皇帝的行宮。高澄已升任大將軍，每年都會到晉陽一兩趟，住北城大將軍官署，日日飲宴，夜夜歌舞，聲色犬馬，享樂無度。高澄恰也喜愛吃魚，專吃龍門（今山西河津西禹門）黃河裡產的鯉魚。傳說龍門一帶的鯉魚，逆流而上，強健者能躍過橫亙在河中的巨石，稱鯉魚跳龍門，跳過了就會變化成龍。高澄專吃那裡的鯉魚，意圖明顯，也指望變化成龍——皇帝。當然，這話還不能明說，只能想像和暗示。金覽的廚藝派上了用場，為大將軍烹製鯉魚成為他的專職之一。

一年又一年，金覽渴望報仇，卻遲遲無法下手。因為高澄周圍，侍衛、侍女密集，吃飯時自有侍女上菜，他一個廚師，根本到不了那人身邊。高歡死後，高澄襲封渤海王，任大丞相、大將軍，權勢更加薰灼。金覽未免失望，這樣下去，如何殺得了仇人？不過，他又告誡自己：性急吃不了熱豆腐，必須等待、等待再等待，老虎也會有打盹的時候。就這樣，金覽耐心等待，苦苦等待，終於等到了機會，果斷出手，送高澄去見了閻王爺。

高澄離開鄴城巡行，經黎陽（今河南浚縣）、虎牢關（今河南省滎陽汜水鎮）、洛陽，走走停停，遊山玩水，悠哉悠哉。途中，他又是接見，又是寫信，戒勵各地官員，要他們忠於職守，薦舉賢良，時刻準備迎接新朝的到來。官員們心知肚明，說的全是恭維話奉承話，甚至有人提前稱他陛下了。途中，他照樣搶美，搶來美女，睡一夜，次日扔下一把五銖錢，就把人家打發了。

七月初，高澄到了晉陽。高洋、陳元康、崔季舒三大心腹幹將應召而至。正月那件醜事發生後，高洋殺死沈娟，將其腦袋送給高澄。事後，他覺得做法有點魯莽，不就是一個妾嘛，為此傷了兄弟間的和氣，不值得。高澄讓他兼任京畿大都督，掌握京畿一帶的兵權，他一方面高興，一方面還不好意思，好像這個職務是他訛來似的。高澄召他赴晉陽，顯然是要議大事。所以，他把鄴城的事務委託給胞弟、常山郡公高演，約會陳元康、崔季舒，第二天便趕到了。高澄見高洋，高洋見高澄，一個叫弟，一個叫哥，絕口不提不愉快的事，親熱如初。

高澄在北城渤海王官署東柏堂宴請心腹幹將，開門見山，說：「前年說過，本王禪魏自立，計畫用兩年時間。最近巡行了洛陽等地，發現條件已經具備，時機已經成熟。因此，本王決定，八月朔日就是北齊開國的日子。現在急需做這樣幾件事。第一，高洋兄弟要加強對鄴城及京畿地區的控制，尤其要嚴密監視元善見，以防出現意外變故。第二，有勞陳兄（陳元康）辛苦，起草兩份文件：一是元善見的禪位詔書，一是北齊皇帝的祭天文告。這兩份文件，務要寫得有根有據，入情入理，別人挑不出毛病。第三，崔兄（崔季舒）熟悉人事，可先擬定個新朝的百官名單，原則上每人官升一級。你們三位是開國元勳，自然是要封王封公的。高洋兄弟肯定會承襲渤海王、大丞相、大將軍等官爵，陳兄崔兄要何官職，自己挑，我照准就是。」

「謝王爺，啊，不，謝皇上！」陳元康和崔季舒相視而笑，居然把高澄叫起了皇上。

高澄宴請心腹幹將，指名要有龍門鯉魚這道菜。金覽奉命，精心烹製兩條鯉魚，一條紅燒，一條清蒸。侍女將兩盤魚端上餐桌，魚身看上去是完整的，色、香、味誘人。高洋、陳元康、崔季舒吃魚，讚不絕口，說：「魚肉細嫩，味道鮮美，能吃上這樣的鯉魚，太有口福了！」

在晉陽，渤海王高澄即將禪魏自立，已是公開的祕密，人人知曉。一天，崔季舒來見陳元康，關上房門，悄聲說：「近日流傳一則童謠，你可曾聽到？」陳元康，說：「我正苦思冥想，起草那兩份文件，杜門不出，哪會聽到什麼童謠？哎，童謠怎麼說？」崔季舒附耳低聲，念出兩句童謠：「百尺高竿摧折，水底燃燈燈滅。」陳元康大驚失色，說：「啊？百尺高竿明指『高』，水底燃燈（三點水旁加『登』字）隱指『澄』，摧折、燈滅是說殞命，難道兆示王爺他……」崔季舒忙捂住陳元康的嘴，說：「千萬莫說出口。」陳元康想了想，說：「這事要不要報告王爺？」崔季舒說：「報告？怎麼報告？王爺正在興頭上，報告一則沒根沒據的童謠，也太不靠譜了吧？」陳元康點頭，說：「那好，你我各忙各的，若王爺問起，裝聾作啞就是。」

那些日子裡，高澄開心，興奮、愜意，勝過天上神仙。諸事都在順利進行，單等八月朔日，他往皇位上一坐，群臣跪拜，山呼萬歲，他就是皇帝了，擁有天下，號令和主宰天下，那是何等風光！他以為，他爹高歡想做而沒做到的事情，他做到了。他的韜略，他的功業，堪比歷史上的魏文帝曹丕、晉武帝司馬炎。不，他比曹丕、司馬炎還要偉大，還要傑出！

高澄開心，興奮、愜意，還因為他身邊又有了個女人。這個女人有些來頭。北魏皇室清河王元亶，一妃多妾。一妃生的長女，就是高澄嫡妻元嫚；生的長子元善見，就是東魏皇帝。元亶小妾生的小女兒，芳名叫元婷。元婷和元嫚、元善見同父異母，由元善見封為琅琊公主。元婷這年剛滿十六歲，長得亭亭玉立，花容月貌，每每自詡是嫦娥下凡，西施轉世，論姿色絕不亞於王昭君和趙飛燕。高澄在鄴城皇宮裡見過元婷兩回，一是淫樂高手，一是情竇初開，眉來眼去，愛慕、心儀全在不言中。高澄巡行到洛陽時，曾託人暗中贈給元婷一個首飾盒，盒中放一枚純金的同心結。元婷欣然收下，回贈一方紅色絲帕，絲帕裡裹著她的三根長髮，明顯表達了以身相許的意願。因此，高澄到了晉陽，立刻派遣侍衛，神不知鬼不覺地把元婷接到了晉陽，就住在他的東柏堂裡。這一對男女聚到一起，親熱恨晚，猶如乾柴烈火，縱欲宣淫，如膠似漆，整夜折騰尚不滿足，大白天還要「補課」，以求盡興。高澄暫時還不想讓太多人知道這件事，所以裝模作樣宣布：夏天天氣太熱，中午一個時辰，東柏堂的官員、侍衛、侍女等全部休息，不必當值。眾人自是歡呼雀躍，感激王爺對他們的人性化關懷。這樣，中午時分，偌大的東柏堂裡就只有高澄和元婷二人，想怎麼著就怎麼著，肆無忌憚，樂不可支。

這一天是辛卯日，午時初刻，官員、侍衛、侍女就全部離開東柏堂，為主人補課提供空間。高澄赤裸上身，只穿了短褲。元婷披了條粉紅色絲巾，絲巾透明，全身也近乎赤裸。高澄坐在正廳中央一張寬榻上，把元婷緊緊攬在懷裡，一面吻她面頰，一面摩她乳房，說：「寶貝，我不瞞你，我即將禪魏自立，不知你持何態度？」

元婷雙手勾著高澄的脖子，吃裡扒外，說：「我贊成！瞧我哥那德性，哪配當皇帝？他呀，早該把皇位讓給你渤海王了。」

高澄大喜，說：「寶貝，衝你這句話，我要重重賞你。說吧，你想要什麼？」

元婷嫣然而笑，說：「是嗎？那我可要說了？」

「說！」

「我想要當你的皇后！」

高澄暗暗吃驚，不過他對此倒挺感興趣，說：「你憑什麼要當我的皇后！」

「一憑出身，二憑年齡，三憑容貌。」元婷似乎胸有成竹，不假思索地說：「你目前有一妻五妾不是？她們誰有資格當皇后？誰配當皇后？老大元嫂是我姐，雖封長公主，但已人老珠黃，比你還大兩歲，心眼又比針眼還小，配當皇后嗎？老二宋氏、老三王氏，長相還說得過去，但智識平庸，其父只是個州刺史，門不當戶不對的，配當皇后嗎？老四不知姓什麼，只知叫蘭女，出身漁家，聽說你搶美搶了她，無憑無證，她就成了你的女人，至今還種菜養雞，配當皇后嗎？老五陳氏，是個歌伎，等同妓女，老六燕氏，父親經商，無奸不商，那兩個更不配當皇后。」

高澄說：「呵，你對我的家事研究得挺透的嘛！」

元婷得意地說：「那是，知己知彼，百戰不殆。你再瞧我，琅琊公主，剛滿十六歲，年輕美貌，如花似玉。況且，我已成了你的人，那麼你的皇后，捨我其誰？我母儀天下以後，還要為你生個嫡子，立為太子，那時……」

元婷正說得天花亂墜，忽聽得「咚」的一聲，東柏堂的側門被撞開，一名身材壯實的廚師手端托盤，托盤裡一個大瓷盤，大瓷盤裡盛一條大鯉魚，沉穩地走了進來。元婷本能地發出一聲驚叫，雙臂緊護胸部。高澄滿臉不快，怒聲說：「你是誰？怎麼會在這裡？」

不用問，來人正是金覽。他為了報仇，已經等待九年，終於等來了機會。他已掌握高澄幾天來的活動規律，摸清由廚房通往東柏堂的路徑，確定這天中午，東柏堂裡沒有官員、侍衛、侍女當值，所以隨便烹製了一條鯉魚，撞門而入。金覽聽高澄發問，笑著說：「我是廚師，前來進食。你不是愛吃龍門鯉魚嗎？我給送來了！」

高澄說：「本王並未吩咐進食，你為何進來？」

金覽飛快從魚腹裡取出明晃晃的匕首，扔掉托盤，臉色一變，咬牙切齒地說：「進來殺你！」

元婷又發出一聲驚叫，連滾帶爬，逃回自己的房間。高澄高聲喊道：「來人！」無人答應。他只穿了短褲，上身赤裸，見金覽步步逼近，嚇得魂飛魄散，渾身發抖，情急之下，只能滑下寬榻，鑽到寬榻下面藏身。金覽猛一使力，將寬榻掀翻，伸手抓住高澄，匕首隨之刺進高澄喉嚨。鮮血飛濺，高澄斃命。金覽仰天大笑，說：「爺爺，蘭女，我報了仇啦，報了仇啦！」他的眼睛通紅，狠踢幾腳高澄屍身，然後把匕首刺進自己胸膛……

未時初刻，中午休息的侍衛返回東柏堂，發現兩具屍體，渤海王遭刺殺身亡，嚇得三魂掉了兩魂。高洋時在東城東雙堂，接到凶報，飛快趕到東柏堂。經確認，刺殺兇手是廚師，叫金覽。他立即召來東柏堂的全部廚師，共六人，認定他們是金覽同夥，統統處死。

侍衛報告，一個房間裡還有個女人。高洋前去察看，認得是瑯琊公主元婷，明白了兄王之死是怎麼回事，罵道：「妖貨騷貨，留你何用？」他手中握有長劍，一劍刺向元婷心窩。元婷慘叫，血流如注。這個女人剛才還信心滿滿，吹噓能當皇后，母儀天下，傾刻間就嗚呼哀哉，一縷魂魄飄飄搖搖，去了陰曹地府。

陳元康提醒說：「金覽為何要刺殺王爺？會不會是受人指使？」崔季舒說：「如果是受人指

使，那麼那個人絕非一般人物。」

高洋再命搜查金覽的住處，結果搜出一枚玉佩和一枚貝殼。玉佩潔白，上面刻了一條藍色鯨魚。貝殼是半個海蚌，內側圖案好像是一株蘭花。陳元康和崔季舒研究了半天，思索了半天，很難從玉佩、貝殼上找出刺殺大案的什麼線索。高洋很不耐煩，舉劍將玉佩、貝殼擊得粉碎，說：「我哥好淫好色，也不知搶了玩了多少女人。金覽必是其中一個女人的男人，偽作廚師，報仇行刺。當前急務，不是追查刺案的指使人，而是要穩定局面，祕不發喪，對外只說有幾個奴才謀反，兄王受了點輕傷，並無大礙。」

陳元康、崔季舒連聲說：「是，是！」

堂堂渤海王，一國大丞相、大將軍，即將禪魏自立，突然遭刺殺斃命，這是何等大事！儘管高洋下令祕不發喪，但消息還是迅速傳到鄴城。從皇宮到高府，從元善見到婁妃，包括高澄的叔叔、弟弟、妻妾等，無不驚駭：高澄位極人臣，怎會發生這樣的事？蘭女倒是不怎麼驚駭，更急於想知道，金覽到底是不是藍京？

陳氏、燕氏幾乎天天來串門，天天都有最新消息。她倆說到元婷。陳氏說：「我們家王爺心也太花，把一位年輕漂亮公主接去晉陽，金屋藏嬌，不遭橫禍才怪哩！」燕氏說：「聽說高洋罵那女人是妖貨騷貨，一劍就把她殺了。」陳氏說：「聽說那女人死時是赤裸著的。」燕氏說：「活該！」

她倆說到金覽。陳氏說：「那個金覽也怪，刺殺了我們家王爺，不逃不跑，也自殺了。聽說他才二十六七歲，圖什麼呢？」燕氏說：「高洋說，他的女人被我們家王爺搶了糟蹋了，他是報仇行刺。」

陳氏說：「高洋搜查金覽的住處，你猜搜出了什麼？」蘭女一直在聽，沒有說話，這時不禁問：「搜出了什麼？」燕氏說：「嘿，聽說只搜出一枚玉佩和一枚貝殼，玉佩上刻了一條藍色鯨魚，貝殼上有個什麼蘭花圖案。」蘭女的心「嘣嘣」直跳。陳氏說：「高洋舉劍就把玉佩和貝殼擊碎了，所以金覽是誰？為何刺殺我們家王爺？成了一件無頭案，恐怕一千年一萬年也破不了！」燕氏說：「就是。唉，我等幾人年紀輕輕就守活寡，好命苦啊！」

從陳氏、燕氏講述的消息中，蘭女完全肯定，金覽就是藍京。玉佩是藍京的護身符，貝殼是自己喜歡的蘭花貝殼，除了藍京外，別人不可能有這兩件東西。藍京在殺死高澄後也自殺了，這使她心如刀割，肝腸寸斷。藍京的做法，是對是錯？她不知道，也說不清楚。她也想隨藍京而去，一死算了。可是恭兒怎麼辦？他才八歲呀！他可惡可恨的爹死了，自己若再一死，那麼恭兒就成了孤苦伶仃的孤兒啦！

高洋扶高澄靈柩回到鄴城，這才發喪。元善見追贈高澄為文襄王。高澄的喪禮和高歡的喪禮一樣隆重。高澄安葬儀式結束，披麻戴孝的恭兒回到家裡，臉上猶有淚痕。蘭女在正房堂屋的中央條桌上，又點燃了一支白色蠟燭。她說：「恭兒，來，跪地叩頭。」

恭兒說：「娘，那支白色蠟燭是祭奠外祖爺的，這支白色蠟燭是祭奠我爹的嗎？」

蘭女說：「恭兒，別問，先叩頭。等你再長大些，娘會把所有事情都告訴你。」

恭兒恭敬地跪地叩頭。蘭女亦跪地，把兒子緊緊抱在懷裡，淚水像決堤的河水，任意流淌。站在一邊的郭婆子看著這一幕，也默默流淚。在鄴城，只有郭婆子知道藍京這麼一個人，也只有她，知道蘭女所祭奠的，實是藍京而非高澄。

改朝換代

高澄橫死，二十歲的高洋意外獲利，成了個暴發戶式的大贏家。此人身材不高，皮膚黧黑，眉毛很粗，眼睛很小，兩頰內陷，因而下巴顯得尖長，整個面相醜陋而凶悍。不過，他辦事相當果決，接過高澄的印信，指揮調度，親總庶政，牢牢掌控了局面。皇帝元善見對高洋更加畏懼，不等吩咐，便封高洋為齊王，官職是使持節、丞相、都督中外軍事、錄尚書事，又進相國，總百揆，享九錫之禮。食邑猛增到二十萬戶，是他父王、兄王食邑的兩倍。

高洋嫡妻李祖娥成了齊王妃。李祖娥是漢族文人李希宗的女兒，知書識禮，德容兼備，生有兩個兒子：高殷和高紹德。高洋繼娶三妾：馮氏生有兒子高紹義，裴氏生有兒子高紹仁，顏氏生有兒子高紹廉。古代禮制規定，治喪期間，主辦喪事者應當極力表現出哀痛的樣子，不飲酒，不吃葷，不近女色。高洋不管這一套，照樣飲酒吃肉玩女人。相國官署經過裝修，富麗堂皇。他很多時間都住在那裡。一天將晚，他的大嫂元嫚，由一名侍女陪同，突然造訪了官署。

元嫚這天刻意梳妝，穿一身孝服，輕攏長髮，淡施脂粉，沒有佩金飾銀，只戴了一副白玉耳環。她見到高洋，喜笑盈盈，吩咐侍女說：「你先回去，我今夜就住這兒了。」

侍女答應一聲是，退去。高洋說：「哎，你說住這兒是什麼意思？」

元嫚說：「想二弟了唄！」她將孝服撩起，裡面另有紅色衣裙，說：「外面孝服是為你死鬼哥哥穿的，裡面衣裙是為二弟穿的。嫂子我早知二弟年輕英武，有情有義，所以……」她一面說，一面向前撲，緊緊將高洋抱住，瘋狂地熱吻起來。

元嫚時年三十一歲，身材、容貌都不錯，還是很有女人風韻的。她快一年沒接觸過男人了，所以把積蓄的壓抑的能量全都釋放了出來。高洋哪能把持得住？也將她緊緊抱住，熱烈回吻。接下來便是脫光衣服，到床上去折騰，翻江倒海，酣暢淋漓。

元嫚把臉貼在高洋胸前，流下淚來。高洋說：「你怎麼哭了？」元嫚說：「我是高興而哭，喜悅而哭。多年來，你那個死鬼哥哥，從來沒有對我好過，也從來沒有使我舒服過。是二弟你，這樣雄壯，這樣陽剛，讓我真正感覺到了自己是個女人。」她停了停，又說：「二弟呀，你那個死鬼哥哥，風流一輩子，最終把命也風流掉了。我那個同父異母妹妹元婷，居然也跟他混到了一起，誰也沒有料到，真不要臉！元婷有什麼？不就是年輕嗎？聽說是你殺了她，我看殺得好！現在，我和你侄兒孝琬，孤兒寡母，往後呀，就得全靠你關照啦！」

高洋心想，你罵你妹妹不要臉，那麼你主動找上門來，跟我糾纏，就要臉了？不過嘴上卻說：「這沒問題。」

元嫚用舌頭輕舔高洋的胸脯，還在高洋身上亂摸，舔得摸得高洋渾身燥熱。他又壓到她身上，折騰一番。元嫚氣喘吁吁，像是久旱遇甘霖，感到一種從未有過的滿足。她願讓高洋就這樣壓著自己，又說：「二弟呀，高澄謀劃禪魏自立，改朝換代，結果成了黃粱美夢，竹籃打水一場空。他沒有當皇帝的命，我看你有。你應當繼續幹禪魏自立，改朝換代的大事，並完成它。」

「那樣，你弟弟元善見就得下臺呀！」

「他下臺就下臺唄，只要你上臺就成。」

「你為何這樣向著我？」

「你是我二弟呀！我現在也是你的女人，你當了皇上，還能虧待我？我畢竟是長公主，論門第論姿容，不亞於你那個齊王妃李祖娥吧？弟媳李祖娥是個好人，誠實，本分，但她是漢族人，要母儀天下，怕是不妥吧？還有你侄兒孝琬，只有你當了皇上，他才會有好前程。要是高澄當了皇上的話，他可是太子呢！」

高洋聽出來了，他的這位大嫂投懷送抱，是有目的的。她鼓動自己當皇帝，她沒準兒是想當皇后哩！不然，她為何要貶損李祖娥？高洋暗自發笑，嘴上敷衍說：「禪魏自立，改朝換代，當皇帝，『八』字未見一撇，早著哩，早著哩！」

半月後一天將晚，高澄的老二宋氏，也造訪了相國官署，也和二弟高洋折騰了一夜。宋氏料定高洋不久必當皇帝，所以也主動登門，投懷送抱。她的胃口沒有元嫂那樣大，不想當什麼皇后，只是說，她的兒子孝瑜是高家的長孫，高洋若當了皇帝，能將他的大侄兒封王，那麼她就歡喜不盡感激不盡了。這一要求不算太高，高洋滿口答應。

有了第一次，少不了第二次第三次。其後，元嫂和宋氏隔三岔五，便會造訪相國官署。高洋在為哥哥治喪期間，卻與兩個嫂子通姦，心中有點那個。然而，他一想起高澄曾霸佔了他新娶的妾沈娟，就完全釋然了，說：「我兄奸我婦，我奸我兄婦，報復了，扯平了！」

元嫂、宋氏和高洋之間的淫穢事，傳得沸沸揚揚。在西關渤海王府，陳氏、燕氏串門時，總愛和蘭女說起，無非是老大、老二怎樣怎樣下流，怎樣怎樣無恥，等等。蘭女以手捂耳，說：「不聽不聽，聽了會弄髒耳朵。」陳氏、燕氏同時吐唾沫，說：「呸呸，我倆說了，也嫌嘴髒！」

事實上，高洋封了齊王、當了相國後，就大大加快了禪魏自立，改朝換代的步伐。陳元康、崔季舒改換門庭，轉而成為高洋的心腹幹將，積極出謀劃策，並負責將高洋的意圖轉告元善見。時間進入武定八年（五五〇年），一天，高洋謊稱做夢，夢見天神用毛筆在他額上畫了個點。術士王曇哲應召圓夢，跪地拜賀，說：「王爺已是齊王，王上加點，便成『主』字，王爺當為人主也。」高洋重賞王曇哲，命他四處宣傳王上加點的含義。因此，齊王當為人主，遠近傳揚，朝野咸知。

陳元康、崔季舒把高洋的夢轉告元善見。元善見哪敢說半個「不」字？說：「是！齊王當為人主，齊王當為人主！」崔季舒說：「齊王當為人主，陛下需要禪位呀！」元善見連連點頭，說：「是！朕禪位就是，禪位就是！」陳元康說：「皇上既然答應禪位，最好先頒一道聖旨，讚美讚美齊王。」元善見說：「行！這道聖旨就由你代筆好了。」於是，陳元康大筆一揮，寫出一段絕妙的文字來：

於戲！敬聽朕命：夫惟天為大，列晷宿而垂象；謂地蓋厚，疏川岳以阜物。所以四時代序，萬類騈羅，庶品得性，群形不夭。然則皇王統曆，深視高居，拱默垂衣，寄成師相，此則夏伯、殷尹竭其股肱，周成、漢昭無為而治。頃者天下多難，國命如旒，則我建國之業將墜於地。齊獻武王（高歡）奮迅風雲，大濟艱危，爰翼朕躬，國為再造，經營庶土，以至勤憂。及文襄（高澄）承構，愈廣前業，康邦夷難，道格穹蒼。王（高洋）縱德應期，千齡（年）一

出，惟幾惟深，乃神乃聖，大崇霸德，實廣相猷。雖冥功妙實，藐絕言象，標聲示跡，典禮宜宣。今申後命，其敬虛受。王摶風初舉，建旟上地，庇民立政，時雨滂流，下識廉恥，仁加水陸，移風易俗，自齊變魯，此王之功也。仍攝天臺，總參戎律，策出若神，威行朔土，引弓竄跡，松塞無煙，此又王之功也。逮光統前緒，持衡匡合，華戎混一，風海調夷，日月光華，天地清晏，聲接響隨，無思不偃，此又王之功也。逖矣炎方，逋違正朔，懷文曜武，授略申規，淮楚連城，漼然桑落，此又王之功也。關、峴衿帶，跨躡蕭條，腸胃之地，嶽立鴟跱，偏師才指，渙同冰散，此又王之功也。晉熙之所，險薄江雷，迥隔聲教，迷方未改，命將鞠旅，覆其巢穴，威略風騰，傾懾南海，此又王之功也。群蠻跋扈，世絕南疆，搖盪邊垂，亟為塵梗，懷德畏威，向風請順，傾陬盡落，其至如雲，此又王之功也。胡人別種，延蔓山谷，酋渠萬族，廣袤千里，憑險不恭，恣其桀黠，有樂淳風，相攜叩款，粟帛之調，王府充積，此又王之功也。茫茫涉海，世敵諸華，風行鳥逝，倏來忽往，既飲醇醪，附同膠漆，毛裘委仞，奇獸銜尾，此又王之功也。秦川尚阻，作我仇讎，爰挹椒蘭，飛書請好，天動其衷，辭卑禮厚，區宇乂寧，遐邇畢至，此又王之功也。江陰告禍，民無適歸，蕭宗子弟，尚相投庇，如鳥還山，猶川赴海，荊江十部，俄而獻割，乘此會也，將混朱方，此又王之功也。天平地成，率土咸茂，禎符顯見，史不停筆，既連百木，兼呈九尾，素過秦雀，蒼比周烏，此又王之功也。搜揚管庫，衣冠獲序，禮雲樂雲，銷沉俱振，輕傜徹賦，矜獄寬刑，大信外彰，深仁遠洽，此又王之功也……

這段文字之所以絕妙，是因為它吹噓高洋，十分肉麻，「千齡一出」，「乃神乃聖」，十三個「王之功也」，令人作嘔。高洋讀了聖旨，大喜大笑，命賞給陳元康百兩黃金。文字遊戲還要繼續。元善見正式頒布陳元康早就起草好了的禪位詔書：

三才剖判，百王代興，治天靜地，和神敬鬼，庇民造物，咸自靈符，非一人之大寶，實有道之神器。昔我宗祖應運，奄一區宇，歷聖重光，暨於九葉。德之不嗣，仍離屯圮，盜名字者遍於九服，擅制命者非止三公，主殺朝危，人神靡繫，天下之大，將非魏有。賴齊獻武王奮揚靈武，克剪多難，重懸日月，更綴參辰，廟以掃除，國由再造，鴻勳巨業，無德而稱。逮文襄承構，世業逾廣，邇安遠服，海內晏如，國命已康，生生得性。迄相國齊王，緯文經武，統茲大業，盡睿窮幾，研深測化，思隨冥運，智與神行，恩比春天，威同夏日，坦至心於萬物，被大道於八方，故百僚師師，朝無秕政，網疏澤洽，率土歸心。外盡江淮，風靡屈膝，辟地懷人，百城奔走，關隴慕義而請好，瀚漠仰德而致誠。伊所謂命世應期，實撫千載。禎符雜遝，異物同途，謳頌填委，殊方一致，代終之跡斯表，人靈之契已合，天道不遠，我不獨知。朕入纂鴻休，將承世祀，籍援立之厚，延宗社之算，靜言大運，欣於避賢，遠惟唐（五帝之堯帝）、虞禪代之典，近想魏、晉揖讓之風，其可昧興替之禮，稽神祇之望？今便遜於別宮，歸帝位於齊國，推聖與能，眇符前軌。主者宣布天下，以時施行。

高洋裝模作樣，假意推辭。元善見再次頒布禪位詔書：

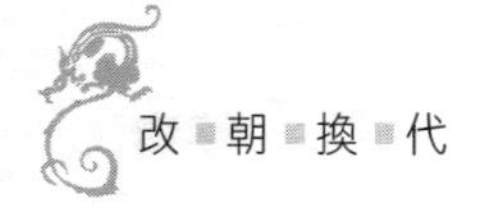

諮爾相國齊王：夫氣分形化，物系君長，皇王遞興，人非一姓。昔放勳馭世，沉璧屬子；重華握歷，持衡擁璿。所以英賢茂實，昭晰千古，豈盛衰有運，興廢在時，知命不得不授，畏天不可不受。是故漢劉告否，當塗順民，曹歷不永，金行納禪，此皆重規襲矩，率由舊章者也。我祖宗光宅，混一萬宇。迄於正光之末，奸孽乘權，厥政多僻，九域離蕩。永安運窮，人靈殄瘁，群逆滔天，割裂四海，國土臣民，行非魏有。齊獻武王應期授手，鳳舉龍驤，舉廢極以立天，扶傾柱而鎮地，剪滅黎毒，匡我墜歷，有大德於魏室，被博利於蒼生。及文襄繼軌，誕光前業，內剿凶權，外摧侵叛，遐邇肅晏，功格上玄。王神祇協德，舟梁一世，體文昭武，追孌窮微。自舉跡藩旟，頌歌總集，入統機衡，風猷弘遠。及大承世業，扶國昌家，相德日躋，霸風愈邈，威靈斯暢，則荒遠奔馳，聲略所播，而鄰敵順款。以富有之資，運英特之氣，顧眄之間，無思不服。圖諜潛蘊，千祀彰明，嘉禎幽秘，一朝紛委，以表代德之期，用啟興邦之跡，蒼蒼在上，照臨不遠。朕以虛昧，猶未逡巡，靜言愧之，坐而待旦。且時來運往，媯舜不暇以當陽，世革命改，伯禹不容於北面，況於寡薄，而可踟躕。是以仰協穹昊，俯從百姓，敬以帝位式授於王。天祿永終，大命格矣。於戲！其祗承歷數，允執其中，對揚天休，斯年千萬，豈不盛歟！

這一次，元善見把傳國御璽也交給了高洋，而且百官勸進。這樣，高洋也就不再推辭了，五月戊午日，身著冠冕，在鄴誠南郊舉行儀式，即皇帝位，宣讀了祭天文告：

皇帝臣洋敢用玄牡昭告於皇皇后帝：否泰相沿，廢興迭用，至道無親，應運斯輔。上覽唐、虞，下稽魏、晉，莫不先天揖讓，考歷終歸。魏氏多難，年將三十，孝昌（北魏年號）以後，內外去之。世道橫流，蒼生塗炭。賴我獻武，拯其將溺，三建元首，再立宗祧，掃絕群凶，芟夷奸宄。德被黔黎，勳光宇宙。文襄嗣武，克構鴻基，功浹寰宇，威陵海外，窮發懷音，西寇納款，青丘保候，丹穴來庭，扶翼危機，重匡頹運，是則有大造於魏室也。魏帝以卜世告終，上靈厭德，欽若昊天，允歸大命，以禪於臣洋。夫四海至公，天下為一，總民宰世，樹之以君，既川岳啟符，人神效祉，群公卿士，八方兆庶，僉曰皇極乃顧於上，魏朝推進於下，天位不可以暫虛。遂逼群議，恭膺大典。猥以寡薄，託於兆民之上，雖天威在顏，咫尺無遠，循躬自省，實懷祇惕。敬簡元辰，升壇受禪，肆類上帝，以答萬國之心，永隆嘉祉，保祐有齊，以被於無窮之祚。

祭天文告說得冠冕堂皇，其實所謂禪位是騙人的把戲，它的本質是虛偽，是奸詐，是權術。從此，中國歷史上又多了個地方政權：北齊。父兄栽樹他乘涼的高洋，成了北齊的開國皇帝。

北齊開國皇帝高洋回宮，登上太極宮前殿，接受百官朝拜。前殿經過裝飾，煥然一新。中央的寬榻俗稱龍椅，裹以錦繡，靠背和兩側扶手雕刻金龍，威武雄壯。龍椅背後，一幅彩繪的山川旭日圖，山脈河流，旭日東昇，鹿奔鶴翔，氣象宏偉。兩名宮女，一打龍鳳幡，一打日月扇。高洋紅光

滿面，精神煥發，威武高傲地往龍椅上一坐。文臣武將齊刷刷跪地，叩頭高呼：「吾皇萬歲萬歲萬萬歲！」高洋心裡的那個樂，綻放出千萬朵花來。他開金口吐金聲：「平身！」文臣武將再次叩頭，說：「謝皇上！」紛紛起立。當值宦官奉命，朗聲宣讀皇帝頒出的第一道詔書：「無德而稱，代刑以禮，不言而信，先春後秋。故知惻隱之化，天人一揆，弘宥之道，今古同風。朕以虛薄，功業無紀。昔先獻武王值魏世不造，九鼎行出，乃驅御侯伯，大號燕、趙，拯厥顛墜，俾亡則存。文襄王外挺武功，內資明德，纂戎先業，闢土服遠。年逾二紀，世歷兩都，獄訟有適，謳歌斯在。故魏帝俯遵歷數，爰念褰裳，遠取唐、虞，終同脫屣。實幽憂未已，志在陽城，而群公卿士，誠守愈切，遂屬代終，居於民上，如涉深水，有眷終朝。始發晉陽，九尾呈瑞，外壇告天，赤雀效祉。惟爾文武不貳心之臣，股肱爪牙之將，左右先王，克隆大業，永言誠節，共斯休祉。思與億兆，同始茲日，其大赦天下。改武定八年為天保元年。其百官進階，男子賜爵，鰥寡六疾，義夫節婦，旌賞各有差。」文臣武將最感興趣的是「百官進階」一句，官職晉升一級，俸祿增加一級，誰不樂意呢？

天無二日，地無二主。高洋開國後做的第一件事是處置東魏皇帝元善見：降封為中山王，食邑一萬戶。元善見可憐兮兮，反而要跪拜高洋，叩頭謝恩。元善見將去中山（今河北靈壽），元娉前往送行。元善見非常厭惡這個姐姐，沒好氣地說：「我已不是皇帝，你也就不是長公主了，還有什麼可神氣的嗎？」元娉猛地記起那年蘭女說過的鳳凰落架不如雞的話，身上不由打了個冷戰。元善見又說：「我們元家前幾輩人大概欠了高家的，所以要由我這一輩人償還。你嫁給高澄也就罷了，元婷丟人現眼，也去和高澄鬼混，死在高洋之手。我對高家父子一直小心翼翼，高洋還是要我禪位。什麼禪位？是搶，是奪，是篡位！自古禪位的皇帝沒有好下場。高洋會放過我嗎？不會！你很快就會看到我的屍體。聽說你上年就又和高洋掛搭上了，還是主動送上門去的。唉，我的一個姐姐一個妹妹，怎麼就這樣寡廉鮮恥，不顧一點兒臉面呢？」

元嫂臉上紅一陣白一陣，低著頭，無言以對。她當時並不知道，這次送行，竟是她和弟弟的訣別。兩年後，高洋賜一瓶鴆酒，結果了元善見的性命。

凡是開國皇帝，都要尊封先祖、家人以及功臣宿將。所有人都翹首以待。高洋頒旨，追尊皇祖父為文穆皇帝，皇祖母為文穆皇后；追尊皇考高歡為獻武皇帝，皇兄高澄為文襄皇帝。高洋再頒旨，尊生母婁氏為皇太后，住宣訓宮。這些，未出人們預料，也就不足為奇，關鍵要看後面的封賞和冊立。

高洋好像是有意吊人的胃口，封賞和冊立不緊不慢，分期分批進行。第一批頒旨宣布，封皇家宗室成員高岳等十人為王；第二批頒旨宣布，封功臣斛律金等七人為王；第三批頒旨宣布，封皇弟高演、高湛等十三人為王。那些天，元嫂和宋氏望眼欲穿，希望兒子高孝琬、高孝瑜盡快封王，然而希望總是落空，又急又氣，心裡說：「皇上呀，床上嘴嘴相對說的話，你該不會忘記吧？」

又過好多天，高洋頒旨宣布，冊立嫡妻、齊王妃李祖娥為皇后，嫡長子高殷為皇太子。

這兩項冊立頗費斟酌。因為高洋及高氏家族早已鮮卑化，認為李祖娥、高殷母子帶有「漢家性質」，不宜立為皇后、皇太子。高洋看重一個「嫡」字，嫡妻、嫡長子，所以力排眾議，硬是冊立了李祖娥為皇后，高殷為皇太子。那個元嫂對此最感失望，她還指望她能坐上皇后寶座呢！

高洋再頒旨宣布朝廷部分重要官員：厙狄干任太宰，彭樂任太尉，潘相樂任司徒，司馬子如任

司空。這幾人都是鮮卑族人。高洋曾問漢族大夫杜弼說：「治國當用什麼人？」杜弼回答說：「鮮卑族人只會騎馬坐車，治國當用漢族人。」高洋思想和生活習慣早已鮮卑化，很不滿意杜弼的回答，將他殺死，特別規定一條：太宰、太尉、司徒、司空等重要官職，只能由鮮卑族人擔任。陳元康、崔季舒任尚書僕射，職掌文書處理，成為高洋最為寵信的兩個近臣。

到了七月，高洋又頒旨宣布，尊大嫂元娉為文襄皇后，居靜德宮；封三侄兒高孝琬為河間王。這樣一來，失望中的元娉驚喜萬分，直覺得自己和兒子簡直躍上了雲端。高洋也沒忘記二嫂宋氏，封大侄兒高孝瑜為河南王。元娉尊稱皇后，高孝琬、高孝瑜封王，時人皆知其中奧妙，特地編出四句歌謠來：「要顯貴，先陪睡；母上床，兒封王。」

高澄共有六個兒子，都是高洋的侄兒。高孝琬、高孝瑜封王，王氏很是眼紅，正在考慮要不要走老大、老二的路子，也去投懷送抱。陳氏、燕氏時時找蘭女閒聊，把老大、老二、老三的事當作笑料，說個沒完沒了。數月後，高洋又頒旨宣布，侄兒高孝珩、高長恭、高延宗、高紹信皆封郡公，其中高長恭封鉅鹿郡公，食邑八百戶。北朝時期，爵號名稱最高者為王，次為郡公。封王者與封郡公者必是皇家成員、皇家宗室成員或功臣宿將。郡公的食邑比王少得多，具體數目由皇帝欽定。高長恭封鉅鹿郡公，蘭女的身分隨之發生變化。她可以認為她和高家人沒有什麼關係，但在客觀上，她成了皇帝的嫂子，已躋身於皇家宗室成員。至於恭兒，高洋的侄兒，更是皇家宗室成員無疑。這是福還是禍？蘭女說不清道不明。一片樹葉在水面上漂，誰知道它會漂向哪裡，沉沉浮浮？

高洋開國，相當自負，很想大展宏圖，創建偉業，像秦始皇、漢武帝那樣，叱吒風雲，一統天下，名載青史，永垂不朽。恰好，西魏權臣宇文泰自統大軍數萬，東出潼關，擺出一副大舉進攻的架勢，試探高洋的反應。高洋最愛打仗，覺得這是顯示能耐的機會，立即親臨前線，組織一次大規模的軍事演習。宇文泰派人察看，見演習軍容雄壯，攻守進退，靈活自如，不由感歎說：「高歡並沒有死啊！」他下令退兵，並規定數年裡以靜制動，西魏不主動進攻北齊，雙方保持和平對峙狀態。

高洋正在前線，鄴城出了大事：太尉彭樂企圖謀反。高洋任用彭樂執掌軍權，以為保險，偏偏彭樂忠誠於東魏及元善見，聲稱高洋禪魏自立，名不正言不順，實是「篡位逆賊」，所以糾合黨羽，準備刺殺高洋，奉迎元善見復辟。彭樂謀事不周，消息走露。高洋大驚又大怒，星夜祕密馳回鄴城，先發制人，解除了彭樂的職務，並將他及其同夥千餘人逮捕，全部斬首示眾。這一事件，有人說彭樂仗義，有人說高洋凶殘，沒有定論。事後，高洋意識到元善見不死，遲早是個禍根，所以很快將他鴆殺了。

高洋真正的麻煩在北方。北齊北方與突厥、契丹、柔然、山胡等少數民族政權接壤，那幾個政權以游牧業為主，騎兵強悍，動輒單獨或聯合南侵，燒殺搶掠，北齊北邊深受其害。因此，高洋常年奔波在鄴城和晉陽之間，時時要率兵迎戰入侵之敵，很是辛苦。高洋有個特點，勇敢無畏，率兵作戰時每每騎馬持戈，赤裸上身，躬當矢石，大喊大叫，帶頭衝鋒陷陣。皇帝身先士卒，將士豈甘落後？所以，北齊的軍隊還是有一定戰鬥力的。天保三年（五五二年）正月，契丹庫莫奚部侵犯代郡（今河北蔚縣）。高洋率兵迎戰，親手斬殺敵將十餘人，全軍大獲全勝，繳獲馬牛羊牲畜十餘萬頭。此戰威震北方，突厥、契丹、柔然、山胡皆畏懼起高洋來，輕易不敢單獨南侵。

侯景之亂給江南地區造成嚴重破壞，南朝梁代形勢大不如前。高洋垂涎江南的富庶，忽發奇想，發兵進攻蕭梁。皇家宗室成員、清河王高岳任統帥，率兵三萬，戰船千艘，戰馬千匹，一股作氣打過長江，到達建康附近。高洋洋洋得意，以為建康指日可下，那麼如詩如畫的錦繡江南，便可劃入北齊版圖。沒料想梁軍奮起還擊，江南百姓出錢出力，同仇敵愾，支援他們的軍隊。齊軍是孤軍深入，眼看陷入滅頂之災。高洋的得意變成焦躁，慌忙下令：撤軍，撤軍！高岳再回到江北，敗得一踏糊塗，剩下不到三分之一的兵馬，狼狽班師。

突厥、契丹、柔然、山胡見高洋用兵江南，來個趁火打劫，相約聯合南侵。北邊州郡報警的邊報，像雪片一樣，飛向鄴城。高洋手中無兵可派，只能命令州郡刺史：頂住，頂住！突厥、契丹、柔然、山胡南侵，要的只是金銀、財物，大肆搶掠一番，大捆小捆，大包小包，馬馱車載，歡呼雀躍，英雄凱旋似的，返回沙漠去了。

高洋下決心征服突厥、契丹、柔然、山胡。可是邊界線漫長，顧東顧不了西，顧西顧不了東，師出頻頻，收效甚微。有人建議，仿效古人，修築長城，禦敵於國門之外。高洋一想也是，於是頒旨，徵民工、徵錢、徵糧，致使舉國騷動，怨聲載道。高洋實行高壓政策，強行徵了一百八十萬民工和無數錢糧，勞作一年，在東起幽州（州治今北京），西至恆州的邊境上，構築了九百餘里的長城，同時構築了無數關隘。有了長城、關隘，就能禦敵於國門之外嗎？不！突厥、契丹、柔然、山胡鐵騎，選擇薄弱地段，照樣突破南侵，危害更甚。廣大百姓見勞民傷財的長城不起作用，滿懷氣憤，便把秦代民間傳說孟姜女哭長城的故事搬了出來，演繹傳播，影射高洋不顧人民死活，兇殘暴虐，勝過秦始皇。一時間，人人都說孟姜女，處處皆罵秦始皇。高洋氣得吹鬍子瞪眼，毫無辦法。

高洋治國治軍沒有什麼作為，而在好淫好色方面，卻表現出了特殊的才幹。這一年，高洋又頒旨宣布：封侄兒高孝珩為廣寧王，高延宗為安德王。熟悉內情的人都知道，這二人封王，也是其母用肉體、姿色換來的。

高孝珩生母王氏即高澄的老三，在高孝琬、高孝瑜封王後，一直在考慮要不要走老大、老二的路子，考慮來考慮去，功利佔了上風。她想，肉體、姿色算什麼？不就是供男人享用的嗎？以前供高澄享用，高澄死了，供高洋享用，一樣嘛！更何況高洋是皇帝，自己供皇帝享用一次或多次，也是大可炫耀的榮寵嘛！因此，王氏盛妝打扮，命兒子孝珩去皇宮，請二弟皇帝駕幸府中品茶。高洋自知品茶之意，欣然而至。王氏笑盈盈喜滋滋，把高洋引入內室，使出渾身解數，殷勤侍奉。高洋佔有了第三個皇嫂，其樂悠悠，說：「孝珩封王？嘿，小菜一碟！」果不其然，高孝珩封了廣寧王。

高延宗生母陳氏，原先是把老大、老二、老三的事當作笑料說的，這時也認認真真思量起來了。她的兒子延宗，七八歲時長得漂亮。高洋非常喜歡這個侄兒，一年夏天，曾袒胸露腹，仰躺在地上，讓延宗朝自己肚臍撒尿。延宗果真撒了。高洋樂不可支，抱著延宗，拽著他的小雞雞，說：「可惜只長了這麼一個喲！」陳氏每每想起這個情節，總會抿嘴而笑。她是懂得「要顯貴，先陪睡；母上床，兒封王」的奧妙的，心想陪皇帝睡覺，上皇帝龍床，多少女人夢寐以求，不丟人嘛！老大、老二、老三陪睡了，上床了，不都得了利了？她這麼一想，豁然開朗，也就不再故作清高，讓延宗穿針引線，一天夜晚去皇宮拜見皇上。皇宮太極殿包括前殿和後殿。前殿是皇帝舉行朝會之處；後殿是皇帝會見大臣之處，那裡有皇帝的多間寢室。高洋摒退宦官、宮女，在一間寢室的龍床

會見五嫂。結果是：高延宗封了安德王。

燕氏消息靈通，把高孝珩、高延宗封王的祕密告訴蘭女。蘭女基本上沒有反應，淡淡地說：「人各有志，由她去吧！」陳氏再見燕氏、蘭女，異常尷尬，再也回不到以前那樣的狀態了。

高澄六個兒子，只有高長恭、高紹信沒有封王。高洋通過陳氏發出暗示：只要四嫂蘭女、六嫂燕氏到皇宮拜見皇上，皇上立馬就封兩個侄兒為王。陳氏還暗示：皇上和高澄不同，高澄喜好處女，皇上喜好已婚女人，他說已婚女人豐乳肥臀，通解風情，更有味道。蘭女一聽，勃然變色，肺都要氣炸了，衝著陳氏說：「無恥！你可以告訴那個人，我兒封王不封王無所謂，要我到皇宮拜見他，除非把我殺了剮了烹了！」燕氏也有些骨氣，表示寧為玉碎，不為瓦全。由於這兩個女人潔身自愛，恥於向皇帝投懷送抱，所以她倆的兒子，在高洋在位的十年中，只封郡公，始終未能封王。

學文習武

高長恭五歲時開始上庠序，師從黃塾師，從讀、寫《千字文》入手，天資聰穎，學業長進。高澄橫死的那一年，他八歲，開始學習「五經」。西漢武帝採納大儒董仲舒的建議，罷黜百家，獨尊儒術，把儒家五部著作《周易》、《尚書》、《詩經》、《春秋》、《禮記》尊為經典，合稱五經，並置五經博士，授予那些研究五經有造詣有成就的儒生。從那以後，五經成為各級庠序的必修課程，普通讀書人只有通曉五經，考試合格，方有可能入朝為官。五經中除《詩經》外，大多文詞深奧，晦澀難懂，所以長恭不怎麼喜歡。相比之下，他更喜歡讀課外書籍，比較通俗、明白的《孝經》和《楚辭》。

高澄西關府第的庠序，原先設在陳氏住的庭院，三個學生是高長恭、高延宗、高紹信。東魏時，這三個學生是高澄的兒子、高歡的孫子；北齊時，這三個學生是皇帝高洋的侄兒，皆封郡公。黃塾師教這三個學生，可以說是誠惶誠恐，勉為其難。皇家宗室子弟，爵號在身，已很榮華富貴，誰還會好好讀書？三個學生中，使黃塾師感到欣慰的是，高長恭熱愛讀書，尊敬師長，不論是學文還是做人，都明顯超過了高延宗、高紹信。

高延宗封了安樂王，轉入皇家正規庠序上學。蘭女、燕氏已和陳氏疏遠了關係，二人一商量，決定把庠序移至蘭女住的庭院。庭院裡那個小四合院，多數房間空著，正好利用起來。學生只有高

長恭和高紹信二人。黃塾師第一次見蘭女時，稱她為夫人。蘭女一點也不忌諱自己的身世，說她是高澄搶來的女人，根本不是什麼夫人。她說，黃塾師就像她死去的爺爺，可以直接叫她的名字：蘭女。黃塾師見蘭女這樣隨和、親切、直率和坦誠，也就同意。從此，黃塾師住到小四合院的前房，很少回家，生活上得到了郭婆子、小雲、小翠的精心照料。小雲、小翠已為人母了。二人在婚後第三年，小雲生了個兒子，叫姜魁；小翠生了個女兒，叫蘇萍。姜柱和蘇山約定，兒子和女兒長大，一娶一嫁，兩家聯姻。

高長恭少年時代，讀的是聖賢書，書上寫的和老師講的，都是男兒要有理想抱負，要有雄心壯志，忠孝雙全，文武雙全，修身齊家平國治天下，建功立業；可是社會現實卻是，皇帝荒淫，政治腐敗，壞人惡人當道，好人善人受氣，建功立業談何容易？蘭女每天都會檢查長恭的學業。她不識字，但會聽，會結合自身經歷和社會現象，給兒子講人生講社會，往往比書上寫的和老師講的，更深刻更實用。

高長恭愛讀《孝經》。黃塾師用好幾天時間，講解這本書的來歷及其主要內容，包括孝的本義、內涵與外延，孝是至德要道，孝道標準，孝子事親要點等。這一天，黃塾師講解孝的階段與層面，說：「夫孝，始於事親，中於事君，終於立身。這裡闡述的是孝的始、中、終三個階段和事親、事君、立身三個層面。始、中、終並非時間概念，而是一個過程，即人的生命歷程；事親、事君、立身三者不是割裂的，而是互相關連和重疊的，尤其是事親與事君之間，事親時要事君，事君時要事親，彼此並不矛盾。立身，從一定意義上說，是事君的結果。」

黃塾師說：「先講始於事親。事親是孝的本質內容，也是衡量、檢驗孝行的主要尺規與根據。

始於事親，是說做人要從侍奉父母開始做起，這是孝的第一步。第一步若做不到，那麼孝就無從談起。孔子十分看重事親，說：『仁人不過乎物，孝子不過乎親。是故仁人之事親也如事天，事天如事親，此謂孝子成身。』也就是說，一個人只有事親如事天，事天如事親，這樣才能稱得上是真正的孝子。曾參把事親劃分為大孝、中孝、小孝三個級別：『孝有三：大孝不匱，中孝用勞，小孝用力。博施備物，可謂不匱矣。尊仁安義，可謂用勞矣。慈愛忘勞，可謂用力矣。』孟子把事親看作是最大的事情：『事孰為大？事親為大。』荀子強調事親要『終始具』：『事生，飾（表明）始也；送死，飾終也。終始具而孝子之事畢，聖人之道備矣。』總之，事親是做人之『始』孝之『始』，這一點務要牢記。」

黃塾師說：「次講中於事君。人生在世，除了事親盡孝外，還要做其他事情，事君恐怕是其他事情中最重要的事情了。中於事君的『中』，是相對於『始』和『終』而言的，是始的延續和終的前提。自古以來，國家都是家天下，君王是國家的代表和象徵，在很大程度上也是國家、民族、人民利益的代表和象徵。所以事君既是侍奉君王，客觀上也是服務於和效力於國家、民族、人民，體現了更高的人生價值與追求，這也是孝。孔子對臣民事君提出了『忠』的要求：『以孝事君則忠』，『君子之事親孝，故忠可移於君。』曾參明確提出：『事君不忠，非孝也。』荀子撰有《臣道》一文，專門論述事君的種種原則。韓非則說：『人生必事君養親』，『忠臣不危其君，孝子不非其親。』就忠臣孝子說來，事君是為了更好地事親。因為事君能獲得官職與爵位，獲得俸祿與賞賜，這樣可為事親提供豐裕的物質保證。古代名人，絕大多數都有事君的經歷，原因就在這裡。當事親與事君發生矛盾或衝突的時候，很多人選擇後者，捨棄前者，所以才有了『忠孝不能兩全』的

說法。這一說法的實質是：捨孝盡忠。」

黃塾師說：「再講終於立身。《孝經》指出：『立身行道，揚名於後世，以顯父母，孝之終也。』孔子認為，這是孝的最高境界與終極目標。所謂立身，含兩層意思：一是三十而立，即人在三十歲時應能獨立自立，有所成就，這樣能更好地事親，並給父母和家庭帶來榮耀；二是生前立身行道，死後名聲傳揚，這樣既能彰顯父母的美德，又能光宗耀祖。立身通常包括立德、立功、立言三個方面。《左傳》記載魯國大夫叔孫豹的話說：『太上有立德，其次有立功，其次有立言，雖久不廢，此之謂不朽。』於是便有了『三不朽』之說。立德指創建道德操守，立功指創建功勳業績，立言指把真知灼見形諸語言文字，著書立說，傳於後世。歷史上真正能做到三不朽的，恐怕只有周公和孔子兩人，其他人若能做到『一不朽』或『二不朽』，就很難得了。魏文帝曹丕在《典論》中說：『蓋文章經國之大業，不朽之盛事。年壽有時而盡，榮樂止乎其身，二者必至之常期，未若文章之無窮。是以古之作者，寄身於翰墨，見意於篇籍，不假良史之辭，不托飛馳之勢，而聲自傳於後。』屈原、司馬遷等，走的基本上是『寄身於翰墨，見意於篇籍』的路子，分別在文學、史學領域取得了非凡的成就，譽為不朽，毫不為過。」

黃塾師是個很稱職的老師，講解孝的階段與層面，立論精準，廣徵博引，力圖教給學生盡可能多的知識。高長恭聽得似懂非懂，突然提出問題，說：「塾師，我對中於事君不大明白。事君是要忠誠於君效力於君不是？秦代以後，是要忠誠於皇帝效力於皇帝不是？如果皇帝很壞很壞，不能代表國家、民族、人民的利益，那麼還要忠誠於他效力於他嗎？」

「這……」這個問題問得尖銳，黃塾師略略躊躇。不過，尖銳也得回答不是？他想了想，便說：「如果皇帝很壞很壞，不能代表國家、民族、人民的利益，那也是要忠誠於他效力於他的，忠誠、效力的方式主要是諫諍，勸導他以國家、民族、人民利益為重，改惡從善。」

長恭再問：「皇帝很壞很壞，不聽諫諍，不以國家、民族、人民利益為重，不改惡從善，怎麼辦？」

黃塾師很想回答「那就造反，推翻他」，可是那話不能說，也不敢說，只能迴避、搪塞，笑一笑說：「這個問題，呃，這個問題很複雜，三言兩語，呃，三言兩語說不清，所以，所以以後再說，好不好，呃？」

長恭無奈，只好說：「好吧！」

晚上，蘭女檢查兒子學業。長恭把塾師的講解和自己的提問複述一遍。蘭女忙問：「恭兒，你說那個皇帝很壞很壞，是不是有所指？」

長恭說：「是，我是指二叔高洋。」

「你為何說他很壞呢？」

「因為他就是壞。他根本就不是當皇帝的材料，當了幾年皇帝，都幹了些什麼？越當，國家越亂，百姓越苦。二叔當皇帝，也不公平。比如我和延宗，我各方面都比他強，可他封了安樂王，而我仍封郡公，我想不通，也不服氣！」

蘭女沉默，良久才說：「恭兒，這些話，你可在心裡想，但切莫說出口，懂嗎？俗語『說話不可任口，行事不可任心』，總結的是人生經驗，是有一定道理的。你認為你二叔很壞，娘也認為他很壞，但有一點你不知道，你爹高澄和他一樣壞！高澄死的那年，娘答應過你：『等你再長大些，

娘會把所有事情都告訴你。』現在，你十四歲了，看來娘該把所有事情都告訴你了。」

長恭睜大眼睛看著娘。蘭女平平靜靜，講起了往事。她講起蚌蚌灣，講起爺爺施善、爹余生、娘珍子和不是哥哥的藍京哥；講起那年上巳節高澄搶美，強行將她佔有，她欲死不能，隨之到了鄴城，成了高澄的四夫人；講起高澄是淫棍是色狼是土匪是強盜，搶掠的糟蹋的女人難計其數；講起郭媽媽、小雲、小翠；講起爺爺之死；講起高澄謀劃禪魏自立，突然遭刺殺斃命；講起刺殺高澄的金覽，其實就是藍京……

往事歷歷，往事辛酸。蘭女用手帕輕拭眼角的淚花，說：「恭兒，娘這麼多年，在條桌上點亮兩支白色蠟燭，不讓熄滅，一支是祭奠你外祖爺的，另一支實是祭奠藍京的。藍京殺死高澄，是用一種極端方式，為娘報仇，為你外祖爺報仇。高澄太壞了，該殺該死！」

「娘！」長恭撲到娘的懷裡，淚水嘩嘩。

蘭女又用手帕輕拭兒子的淚水，說：「恭兒，命運捉弄人，誰也不會想到，高澄死了，高洋卻當了皇帝，不管你願意不願意，你已成了皇家宗室成員。高洋的確很壞，你封個郡公就夠了，千萬莫再貪圖封王。高孝琬、高孝瑜、高孝珩、高延宗為何封王？那是靠他們的娘啊！要叫我說，你連那個郡公也不要封才好哩！人這一生，普普通通是福，平平安安是福，無實而享虛名，只能招來災禍啊！」

蘭女停了停，又說：「黃塾師講的那些，不能說錯，但有的也不合時宜。比如不朽，那是個虛名，一不能當飯吃，二不能當衣穿，要它何用？千千萬萬的普通人，養家糊口最為要緊，千萬莫追求死後的不朽，那樣活著太累。再比如諫諍，跟一個很壞的皇帝講諫諍，勸他改惡從善，有用嗎？

就像你給娘講的那個商什麼王來著？」

長恭說：「商紂王。」

「對，商紂王。商紂王很壞，他的叔父比干諫諍，要他改惡從善，結果他把叔父殺了，還剖心觀竅。所以，跟一個很壞的皇帝講諫諍，等於是勸猛虎豺狼不要吃人，迂腐，糊塗，荒唐！」

長恭高興地說：「娘，你概括的太好啦，一針見血，鮮明直白，比黃塾師講的還好！」

蘭女正色說：「胡說！娘大字不識一個，哪能跟黃塾師比？兒呀，娘的意思是：你雖是皇家宗室成員，但要切記，你和高孝琬、高孝瑜、高孝珩、高延宗他們不同。他們可以張牙舞爪，你不可以；他們可以為非作歹，你不可以。高洋當皇帝，你尤要注意收斂鋒芒，低調做人，懂嗎？做人，不可沒有傲骨，不可沒有血性。娘小時候很溫很綿，現在不溫不綿了，潑辣了，那是他們逼的！你和娘不同，年齡還小，鋒芒外露，眼下就會遭殃。娘不要你不朽，也不要你諫諍，不圖別的，只圖個平安，懂嗎？」

長恭知道了娘的身世，掂出了娘的忠告的分量，鄭重點頭說：「娘，孩兒懂了！」

蘭女摸摸兒子寬寬的前額，慈愛地笑了，說：「懂了就好。哎呀，都一更多了，快洗洗，睡覺去！」

高長恭還愛讀《楚辭》。黃塾師又用好幾天時間，講解《楚辭》，著重講解屈原，以及屈原的代表作品《離騷》。高長恭白天聽講，晚上溫習，照例要向娘彙報，聽取娘的意見和看法。

蘭女問：「屈原是誰？你為何愛讀他的《離騷》？」

長恭說：「黃塾師講，屈原是八百多年前楚國人，那時叫戰國時期，天下紛亂，七國（秦、楚、齊、燕、韓、趙、魏）爭雄，年年打仗，英才薈萃。屈原年少時勤奮好學，深受光輝燦爛楚文化的薰陶，學識豐富，人品高潔；長大後生性耿直，嫉惡如仇，志向高遠，決心匡時濟世，富國強兵，由楚國統一天下。楚懷王時，他任左徒兼三閭大夫，博聞強志，明於治亂，嫻於辭令，對內主張革除時弊，發展經濟，修明法度，實行美政；對外主張聯合齊國，抗擊秦國，保持楚國的大國地位。這些主張切合楚國的國情，屈原因此深得楚王信任，不離楚王左右。木秀於林，風必摧之。屈原的才幹，引起同列的上官大夫靳尚的忌恨。靳尚巴結、討好令尹（宰相）子椒和楚王寵妃鄭袖，三人聯手，共進讒言，詆毀屈原。楚王讒言聽得多了，不由不信，怒而疏遠屈原，罷免了他的職務。屈原壯志未酬，深感鬱悶，且有怨恨，遂用詩歌創作抒發心聲，這樣便有了《離騷》問世。」

蘭女說：「『離騷』這兩個字是什麼意思？」

長恭說：「黃塾師講，『離騷』是離憂離怨離恨的意思。漢代司馬遷為屈原立傳，指出：『屈原疾（恨）王聽之不聰也，讒諂之蔽明也，邪曲之害公也，方正之不容也，故憂愁幽思而作《離騷》。『離騷』者，猶離憂也。夫天者，人之始也；父母者，人之本也。人窮則反本，故勞苦倦極，未嘗不呼天也；疾痛慘澹，未嘗不呼父母也。屈原正道直行，竭忠盡智以事其君，讒人間之，可謂窮矣。信而見疑，忠而被（獲）謗，能無怨乎？屈原之作《離騷》，蓋自怨生也。』司馬遷高度評價屈原和《離騷》，說：『推此志也，雖與日月爭光可也。』」

蘭女點頭，說：「屈原心中的憂、怨、恨太深太重，所以才寫了《離騷》。恭兒，你念幾句詩，讓娘聽聽。」

長恭說：「娘，《離騷》全詩，句句精彩，字字珠璣。你聽：長歎息以掩涕兮，哀民生之多艱。」

蘭女說：「嗯，屈原歎息流淚，可憐、同情百姓的痛苦與艱難，一個大官能夠這樣，實屬難得。」

「娘，你聽：亦余心之所善兮，雖九死其猶未悔。」

「嗯，屈原也是個好人善人，為了做好事做善事，那怕死九回也不後悔，不容易啊！」

「娘，你再聽：路漫漫其修遠兮，吾將上下而求索。黃塾師講，屈原一生求索，求索的是理想，是信念，是希望，是光明，是真善美。」

「嗯，有恆心，有毅力。那麼，他後來怎樣了？」

「後來死了，是投江自盡的。」

「那又為何呢？」

「黃塾師講是以身殉國。屈原不在朝廷任職，但仍密切關注國事。楚王昏庸，大臣奸佞，楚國陷入空前孤立狀態，戰事失利，連楚王也被秦國俘擄了去，死在異國他鄉。新任楚王是楚懷王的兒子，同樣昏庸，聽信讒言，把屈原處以流放。流放中的屈原，奔走在湘江、沅江一帶，所見所聞，觸目驚心。一面是楚國雄奇、壯美的河山，一面是饑寒交迫、流離失所的百姓。他熱愛祖國，熱愛人民，而殘酷的現實，使他極度痛苦與絕望。他只能運用手中的筆，創作詩歌，發出呼號與吶喊。秦國發兵攻楚，楚都郢城（今湖北荊州）失陷。楚王聞風喪膽，逃至陳城（今河南淮陽）避難。國都丟了，國王逃了，楚國等於滅亡了。屈原悲憤、痛苦、絕望到極點。他流落在湘江之畔，披髮

行吟，顏色憔悴，形容枯槁。在一個渡口，一位漁父見到他，問：『子非三閭大夫歟？何故而至此？』屈原答：『舉世混濁而我獨清，眾人皆醉而我獨醒，是以見放（流放）。』漁父說：『夫聖人者，不凝滯於物而能與世推移。舉世混濁，何不隨其流而揚其波？眾人皆醉，何不餔（吃）其糟而啜（飲）其醨（薄酒）？何故懷瑾（玉石）握瑜（玉石）而自令見放為？』屈原說：『吾聞之，新沐者必彈冠，新浴者必振衣，人又誰能以身之察察（潔淨的樣子），受物之汶汶（玷污）者乎！寧赴常流而葬乎江魚腹中耳，又安能以皓皓之白而蒙世俗之溫蠖（一種昆蟲）乎！』屈原無國無家，孑然一身，萬念皆灰。就在郢城失陷那一年（西元前二七八年）的農曆五月初五，他懷抱一塊巨石，縱身跳進汨羅江，以身殉國，死了。」

蘭女輕輕搖頭，說：「一個好人善人，就這樣死了，可惜呀！漁父和屈原那一番對話很有意思。屈原說眾人皆濁皆醉，唯他獨清獨醒。依娘看，他其實並不清醒。他對昏庸的楚王缺乏足夠的認識，盲目忠誠和效力，得意時不憂不怨不恨，失意時又憂又怨又恨，明顯有私心作怪。他不與醜惡勢力同流合污是對的，但也要學會適應客觀環境。楚都丟了，楚王逃了，天就坍了？沉江自盡，於事何補？往好裡說，他是以身殉國；往壞裡說，他是逃避，是懦弱！漁父所說，娘以為倒有些道理。眾人皆濁皆醉，一人獨清獨醒，又有何用？不如也裝濁裝醉，裝出同流合污的樣子，這樣才能免禍？」

長恭聽糊塗了，說：「娘，你到底想要說什麼呀？」

蘭女笑了，說：「娘也不知到底想要說什麼。娘的意思是：屈原生不逢時。恭兒，這一點，你和他相似。高洋當皇帝，恐怕比楚王更壞。濁世醉世，容不得清者醒者。有兩句話怎麼說來著？

噢，想起來了：兼濟天下，獨善其身。濁世醉世，娘不要你學屈原，不要你兼濟天下，只要你把自己管住管好，獨善其身，力所能及地為窮苦人做些善事，娘就放心了。」

這就是蘭女。她用自己的思想方式和生活經驗，去分析去理解古人古事，得出樸素的結論，再用這種結論教育兒子和要求兒子。應當說，她也是一位稱職的老師，她的教育和要求與黃塾師的教育和要求相輔相成，保證了高長恭在做人和學文兩個方面，得以健康成長。

高長恭學文，刻苦上進。忽然有一天，他向娘提出，還要習武。理由是，習武，大可以保家衛國，小可以強體護身，男兒立世的理想標準應當是文武雙全。

長恭要習武，其實是受了姜柱和蘇山的影響。蘭女早把郭媽媽、小雲、小翠當作親人，那麼小雲丈夫姜柱、兒子姜魁，小翠丈夫蘇山、女兒蘇萍。也就是親人。姜柱、蘇山每次休假回家，這個家就是蘭女和長恭的家。姜柱、蘇山從軍多年，已升任尉官，休假時騎馬回來，一身軍服，佩刀佩劍，雄姿英氣，很令長恭羨慕。晚上，姜柱、蘇山講軍旅生活，訓練，巡邏，千軍萬馬在戰鼓聲和號角聲中衝鋒陷陣，烽火狼煙，刀光劍影，更令長恭嚮往。從兩個姑父口中，他聽說了兵學聖典《孫子兵法》，聽說了名將名帥孫武、孫臏、樂毅、田單、廉頗、韓信、周勃、周亞夫、李廣、衛青、霍去病、馬援、班超、周瑜、陸遜、關羽、張飛、趙雲等人，以及發生在他們身上那些威武雄壯的故事。姜柱、蘇山喜歡長恭，多次鼓動他習武，說不習武算不上好男兒。因此，長恭產生了強烈的習武衝動，提出了習武要求。

蘭女徵求黃塾師的意見。黃塾師完全支持，還說；「學文和習武是男兒飛翔的兩隻翅膀，二者

缺一不可。」蘭女聽黃塾師這樣說，也就同意長恭習武。她對姜柱、蘇山說：「你倆整天鼓動恭兒習武習武，那好，就由你倆充當教習，教他一些拳腳功夫和刀劍技巧。注意：恭兒是以學文為主，習武為輔，習武只是為了強體護身，不必過於當真。」

姜柱、蘇山人如其名，身體強壯，往那兒一站，一人如柱，一人如山。他倆說：「姐姐放心！兩年，只需兩年，通過習武，包叫長恭把斯文氣去掉，身體像我倆一樣強壯！」

長恭習武，從站立、走步、下蹲、跳躍等基本動作學起。他並沒有這方面的基礎，好在能吃苦，有毅力，所以基本動作很快過關。下面學刀劍技術。姜柱問：「刀劍技術分兩種：一種是技巧型的，即舞刀舞劍，花架子，中看不中用；一種是實戰型的，真招式，中用不中看，刀刀指額，劍劍封喉。你打算學哪一種？」

長恭說：「當然學後一種。」

姜柱說：「對，應當學後一種，技術要領是快、準、狠。沒有多少道理好講，關鍵是要練，不停地練，狠狠地練。」

姜柱和蘇山，一人持刀，一人執劍，示範攻防技術，一招一式，都有名稱，如「金雞獨立」、「猿猴望月」、「蛟龍出水」、「猛虎撲羊」，等等。攻防由慢變快，越來越快，進進退退，旋轉跳躍，刀擊劍，劍撞刀，劈、刺、擋、撥，乒乒乓乓，呼呼生風，看得人眼花繚亂。忽聽得一聲「住」，姜柱、蘇山各來個「鷂子翻身」，騰空落地，穩穩站立，面不紅，氣不喘。

長恭得從基本招式學起。比如「金雞獨立」，一手舉刀或劍，一腳著地，不搖不晃，須站半個時辰。比如「猛虎撲羊」，刀劍在手，身體躍起，向前撲去，就勢翻一個跟頭，需連續練上百次。

在基本招式基礎上，姜柱、蘇山分別陪長恭練刀技、劍技。姜柱陪練時，蘇山會在一邊喊：「要快、要準、要狠！」蘇山陪練時，姜柱會在一邊喊：「要快、要準、要狠！」可是，長恭就快、準、狠不了。姜柱、蘇山說：「長恭，你在習武時要設想：你和我交手，我就是敵人，你不快不準不狠，就會被我殺死，懂嗎？」

長恭點頭。本事總是練出來的。數月以後，他的刀劍技術大有長進，出手明顯快了準了狠了。姜柱、蘇山稱讚說：「好，再練！練到火候，實戰才不會吃虧！」

長恭習武的一個直接結果是飯量變大了。小雲、小翠告訴蘭女說，長恭過去吃飯，多用小碗，從不加飯；現在多用大碗，而且加飯了。蘭女笑著說：「好呀！什麼時候，他的飯量和姜柱、蘇山一樣大，那就更好了！」

長恭又長高了些，面龐還是那樣白淨，胸脯和胳膊上的肌肉隆起，疙裡疙瘩的，那是體格強壯的標誌。他的精力充沛，性格由好靜變成好動，整天蹦蹦跳跳，就像永不知疲倦的小牛犢和小馬駒。蘭女把長恭的變化看在眼裡，喜在心裡，憂在心裡。她知道，她的兒子正朝著文武雙全的方向發展和前進。在太平盛世，男兒文武雙全，足以施展抱負，建功立業；然而在高洋當皇帝的北齊，恭兒作為皇家宗室成員，文武雙全，又意味著什麼呢？

長恭習武的新科目是射箭，先學開弓：左手持弓，右手搭箭，猛一拉弦，把箭射出去。這技術看似簡單，其實不易，主要看臂力。臂力不足，拉不開弦，箭射得不遠。長恭一段時間，突擊練習臂力，舉石頭，舉啞鈴，抓住橫木做引體向上，趴在地上做俯臥撐。雙臂酸痛，寫字拿不住毛筆，吃飯拿不住筷子。但他咬著牙堅持，臂力漸強，射出去的箭從十來步，增加到三四十步，再增加到五六十步、七八十步。姜柱、蘇山驚訝長恭進步神速，說：「好樣的！再練，你就超過我倆了！」

射箭必須射中箭靶。姜柱、蘇山紮了個草人，用木棍插在庭院的地裡，說那是個突厥人，作為目標。起初，箭靶插在二十步開外。長恭站定，搭箭，瞄準，拉弦，發射，每次都是非左即右，非高即低，就是射不中。姜柱、蘇山示範，說：「眼睛、箭頭和箭靶，必須三點一線，同時要考慮靶心的距離及風向、風力因素，神情要專注，拉弦要沉穩，該發射時立即發射，切莫猶豫。」長恭照著做，嘿，一箭射中草人。他很興奮，再射。千百次練習，千萬次練習，長恭射箭的技術提高得很快。箭靶挪到五六十步開外，略略瞄準，基本上都能射中。姜柱、蘇山拍著手說：「好樣的！再過幾年，長恭必能百步穿楊，那可是射箭技術的最高境界。」

長恭接著該學習騎馬了。姜柱、蘇山提出要給長恭買一匹好馬。蘭女說：「要買就買兩匹，另一匹給紹信。紹信隨長恭一起習武，總不能叫他娘去買馬吧？」

姜柱、蘇山第二天就買回兩匹四歲多的小公馬，連同嶄新的馬鞍。馬一匹白色，一匹棕色，矯健雄壯，虎氣生生。白馬給長恭，棕馬給紹信。長恭和紹信歡喜得眉開眼笑，手舞足蹈，恨不得立刻躍上馬背，疾馳兜風去。紹信隨長恭一起習武，吃不了苦，可以說沒有什麼長進，唯獨對騎馬特感興趣。姜柱說：「別！騎馬可不是鬧著玩的，萬一摔下來，麻煩可就大了。」蘇山說：「你倆得先學會溜馬，每天牽馬，至少溜半個時辰。另外，夜間還要起來餵馬，加一次草料。」

長恭牽白馬，紹信牽棕馬，在庭院裡溜了起來，臉上滿是笑容。蘭女、郭媽媽、小雲、小翠、黃塾師，站在一邊看馬，高聲提醒兩個少年：「小心，小心！」姜魁、蘇萍跑前跑後，很想也去牽一牽馬。燕氏得知蘭女給紹信也買了馬，也來觀看，很是感動，要付買馬的錢。蘭女說：「瞧你，見外不是？恭兒和紹信，一起學文習武，既是兄弟又是伴，買馬，我還能偏愛一個虧待一個？什麼錢不錢的？就算我送給紹信的一件禮物，行吧？」

燕氏說：「蘭女，你的心腸太好，做事總想到別人關心別人。」

姜柱把長恭扶上白馬，蘇山把紹信扶上棕馬，並把轠索遞給二人，教給他倆驅馬的方法及口令。長恭、紹信騎在馬上，手中抖動轠索，口中發出命令，指揮馬向左向右、前進後退，那種感覺，美妙極了。

長恭、紹信騎在馬背上能夠應付自如了，姜柱、蘇山決定帶他倆到郊外去學習跑馬。蘭女燕氏千叮嚀，萬囑咐，務要注意安全。郊外，漳河之畔，地勢廣闊，芳草萋萋。姜柱、蘇山各騎自己的馬，引領長恭、紹信騎的馬，在河灘平坦地段，一來一去，輕步慢跑。數天後略略提高速度，慢跑變成中速跑、快速跑，但不是疾馳。姜柱、蘇山不再引領，讓長恭、紹信自己驅馬奔跑。跑馬像飛一樣，感覺比騎馬更加美妙。長恭、紹信直想放聲大喊：「哦呵，我來了，馬來了，我和馬一起來了！」

姜柱、蘇山從軍人的角度，從實戰的需要，增加難度，要長恭、紹信在跑馬中學會使刀使劍和射箭。紹信只愛跑馬，說不學那些。長恭不同，渴望多學些本事，樂於增加難度。在姜柱、蘇山的教習下，他跑馬的速度越來越快，在跑馬中使刀使劍，左劈右刺，右劈左刺，前擋後撥，後擋前撥，技藝日見嫺熟。跑馬中射箭，那是最難的科目，馬跑得飛快，箭靶又在移動，箭要射中靶心，談何容易？越難越能激起長恭的鬥志。他咬緊牙關，一遍一遍，苦練馬背上的功夫，漸漸的，竟能在跑馬中射中箭靶了。但他不會滿足，不會止步，決心繼續苦練下去，一直要練到箭不虛發，百發

百中的那一天。

長恭習武，並不影響學文。他給自己定的作息時間是：每天五更起床習武，上午上學，下午習武，晚上溫習功課。除《孝經》、《楚辭》外，他又愛上了《孫子兵法》，反覆閱讀，越讀越愛。《孫子兵法》共十三篇，他大多都能背過。閱讀這本書，使他大大開闊了心胸，拓展了視野。他想像自己也能成為孫子（孫武）那樣的軍事統帥，統領千軍萬馬，南征北戰，創建赫赫功業。不過，他也知道，他生活的時代是北齊，北齊的皇帝是他二叔高洋，亂世昏君，不需要也容不得安邦定國的英雄人物。所以，他的想像只能是想像，水中月，鏡中花，幻影而已。他的娘告誡他要低調做人，要獨善其身，那可是人生至理呀！

當高長恭學文習武，身心發展，知識增長，本領增強的時候，他的四個封王的兄弟在幹什麼呢？一言以蔽之：驕奢淫逸，吃喝玩樂，盡顯皇家宗室子弟的醜惡和無恥。

河南王高孝瑜、廣寧王高孝珩、河間王高孝琬、安德王高延宗，皆靠其母風騷獻媚，投懷送抱而封王。這四人，以及高氏家族其他諸王、太子高殷等，同在正規的皇家庠序上學，學習的課程也是五經。他們出身高貴，爵號顯赫，所以誰也不把上學當回事，三天打漁，兩天曬網，碰到一起，不是談美食，就是談女人，還談頭天夜間賭博，輸了贏了多少錢。

皇家庠序設在尚書署大院內。高孝瑜是高澄的長子，自稱要當學長，要對其他人發號施令。高孝琬第一個反對，說：「你算老幾？我是嫡出（高澄嫡子），你是庶出，只有我才能當學長。而且，我娘現在還尊為文襄皇后呢！」

高孝瑜冷笑，說：「你是嫡出，你娘尊為皇后。你該問問你娘，她是怎麼尊為皇后的？上了多少回龍床？」

高孝琬急了，說：「我娘上龍床，你娘不也上了龍床？她不上龍床，你怎會封王？」

話不投機半句多。高孝瑜咬牙，高孝琬瞪眼，準備把口仗變成武鬥。高孝珩趕忙勸解，說：「自家兄弟，彼此彼此。我們別在這上面糾纏行不行？」

高孝瑜和高孝琬對視一眼，火氣漸消。高延宗向前，說：「我近日琢磨出一個新遊戲，三位哥哥要不要玩玩？」

「快說，什麼新遊戲？」高孝瑜、高孝珩、高孝琬同聲發問。

「這樣的，」高延宗比劃著說，「找一隻貓，在尾巴上拴一布條，布條上塗油脂，用火將油脂點燃，讓貓四處跑，那多好玩！」

這一遊戲確實新，眾人認可。不一時，高延宗找來一隻貓，毛色灰白，肥頭大耳，尾巴粗長。庠序的學生聚集，凝神觀看。高延宗將貓按住。高孝瑜在尾巴上拴布條。高孝珩往布條上塗油脂。高孝琬吹著火紙，點燃油脂。高延宗鬆手，將貓放開。貓受到驚嚇，拖著燃燒的尾巴，到處亂竄。高孝瑜、高孝珩、高孝琬、高延宗覺得好玩，拍手大笑。猛然，貓一頭竄進庠序教室裡，竄到帷帳下面。帷帳見火就燃，燃及書架。書架上的書籍多是竹簡木牘，也是見火就燃。剎那間，烈焰四起，濃煙滾滾，從教室漫延至其他房間，整個庠序淹沒在火海中。學生們嚇呆了，大喊大叫救火。尚書署大小官員提桶端盆，取水救火，然而杯水車薪，不起作用。半個時辰過後，庠序房屋化為灰燼，尚書署房屋沒有受到殃及，實屬萬幸。

玩遊戲玩出一場火災。一些朝臣上書，要求懲處高家四王。元嫚、宋氏、王氏、陳氏，各領了兒子高孝瑜、高孝珩、高孝琬、高延宗，不約而同地進了皇宮，到了太極殿後殿，求見皇上。元嫚還是那樣高傲，擺出一副皇后派頭。宋、王、陳氏心裡罵臭不要臉的，嘴上卻親熱地叫著老大。很久很久，高洋才穿著睡衣，出面會見四個嫂子和四個侄兒。高孝瑜略略說了庠序火災的經過。四個女人你一言她一語，懇請皇上高抬貴手，不要懲處她們的兒子。高洋連連打著哈欠，當著侄兒的面，親親元嫚面頰和宋氏額頭，摸摸王氏乳房，捏捏陳氏屁股，說：「誰說懲處人了？庠序燒了就燒了唄，朕下令重建個不就得了？」

元嫚、高孝瑜等忙跪地叩頭，笑著說：「皇上聖明，聖明！」

重建庠序需要時間，高家四王一時無所事事，又玩出了新花樣。高澄活著時，在鄴城東郊建有一處園林，佔地數百畝，亭台樓榭，湖泊池塘，奇花異木，景色秀美。高孝瑜、高孝珩、高孝琬、高延宗一商量，利用湖泊池塘，建造幾隻龍舟，宴射為樂。四王輪流在龍舟上設宴，男傭女僕提供服務，比賽場面的新奇和酒菜的奢靡。酒足飯飽之後，四王各指揮一隻龍舟。龍舟上置男傭十餘人，各人手執長戟、大槊，一聲令下，龍舟撞擊龍舟，男傭與男傭格鬥，一隻龍舟上的男傭把另一隻龍舟上的男傭，全部打落水中為勝。玩累了，四王就仰面朝天躺在龍舟上，由男傭女僕拉縴，繞湖遊弋。夜晚也不回府，自有一美女伴宿，尋歡作樂。高洋胞弟高演、高湛見這玩法有趣，也加入其中，感歎說：「若把這裡變作酒池肉林，那就更美了！」皇家如此，權貴仿效。因此，水上宴射之風盛極一時，花費的錢物不計其數。廣大百姓，因名目繁多的賦稅、徭役和連年的災荒，家破人亡、賣兒鬻女的也不計其數。

高家諸王生活醜惡、無恥，已很出格，然而比起皇帝高洋來，那只是小巫見大巫，差遠了。

天保七年（五五六年）盛夏的一天，未時左右，郭媽媽急匆匆從門外走進正房，低聲在蘭女耳邊說：「皇后帶領太子，還有一名侍女，說是登門拜訪，指名要見你和長恭。她說，這事不希望讓外人知曉。」

蘭女心中一驚：皇后？太子？為何要見我和長恭？她沒有任何思想準備，只好出門迎接客人，禮儀全免。皇后李祖娥、太子高殷進入正房。郭媽媽安排，一一落座。侍女叫晴晴，站在皇后身後。李祖娥打量房內陳設，簡單整潔，條臺上點燃的兩支白色臘燭，以及一束束鮮豔的蘭花，特別醒目。她再打量蘭女，三十一二歲，粗布衣裙，未戴首飾，只用一方月白色絲帕束住烏黑的長髮，樸實，天然，清純，健康。蘭女也打量皇后，二十五六歲，衣飾素雅，姿色美豔，舉止端莊，神情抑鬱；太子十一二歲，眉清目秀，略顯懦弱。郭媽媽忙著斟茶。蘭女起身向前，說：「郭媽媽，你歇著，我來斟。」蘭女即使對侍女晴晴，也一樣平等對待，絲毫沒有鄙視輕賤。

李祖娥點頭微笑，說：「突然前來拜訪，冒昧唐突，打擾了。」

蘭女說：「哪裡哪裡？我等正好一睹皇后、太子的風采哩！」

李祖娥說：「怎麼不見鉅鹿郡公高長恭？」

蘭女說：「恭兒？恭兒正在庭院後面習武呢！」

高殷說：「母后，我要去看長恭哥習武。」

李祖娥同意，讓晴晴同去。蘭女也請郭媽媽陪太子去，並叮嚀讓恭兒照顧好太子。

房裡只剩下李祖娥和蘭女二人。李祖娥忽然撩起長裙跪地，說：「蘭女，我不叫你嫂子，只叫你姐姐，請受我一拜。」

蘭女嚇得手足無措，慌忙扶起李祖娥，說：「這是怎麼說的？你是皇后，我是民女，使不得使不得！」

李祖娥重新落座，眼中蓄滿淚水，說：「蘭女姐姐，你的事情，我聽說一些。在高氏家族上千名女人中，不要高家名分，不要榮華富貴，你是第一人；不化妝打扮，禮待女傭女侍，種菜養雞，自食其力，你是第一人；潔身自愛，全心教育兒子，向仁向善，你是第一人。因此，我佩服你敬重你。而我呢？名義上貴為皇后，實際上是嫁給一個惡魔皇帝，身陷淫窟，所見所聞，污穢無比，醜惡無比。污穢和醜惡，使我感到屈辱和恥辱，我都快被逼瘋了，滿肚子話，在皇宮裡跟誰說去？想來想去想到了你，所以就帶著殷兒打擾來了。」

蘭女說：「承蒙皇后看得起蘭女，行，我就把你當妹妹。這裡沒外人，你想怎麼說就怎麼說，把苦把痛全說出來，那樣心裡會好受些。」

「那好，我就信口說來。」李祖娥說：「高洋原娶妻妾四人，即我和馮氏、裴氏、顏氏。他稱帝後，我為皇后，馮氏等為嬪。高家男人全都好淫好色，恐怕以高洋為最。這些年，他以皇帝之尊，姦淫了多少女人，誰也說不清楚，關鍵是亂人倫，傷風化，豬狗不如啊！高洋姦污元娉等四個嫂子，路人皆知。再說兩件外人不知的醜事：一件，殷兒他爺高歡的小妾爾朱氏，年輕美貌，算是高洋的庶母。高洋垂涎她的姿色，尋上門去，將她姦污。爾朱氏罵他是畜牲。他舉刀就把爾朱氏殺了。再一件，高洋身邊養有幾個肥胖女人，供他隨時隨刻發洩獸欲，稱淫媼。他曾下令，京城姓高的未婚女子，聚集到皇宮。幹什麼？他命她們和一幫鮮卑族侍衛脫光衣服，在太極宮後殿追逐，隨意交歡。他和淫嫗嘻嘻哈哈，逐一察看交歡場景，還指點、教授交歡技巧。那些女子中，很多人是高洋的堂妹堂侄女啊！他還當眾脫掉褲子，露出醜陋之物，說那東西越粗越長，女人越喜歡。高姓長輩高隆之、高德政斥責皇帝的做法醜惡，古今罕有。高洋大怒，命將二人斬首。」

蘭女搖頭，不知該用什麼詞語表達憤怒，恨恨地說：「不是人，不是人！」

李祖娥用絲帕揌了揌眼角，又說：「高洋天生淫心，徵了三十萬民伕，擴建鄴城皇宮和晉陽宮室。他說要學漢武帝和晉武帝，在皇宮裡蓄養八千名至一萬名美女，乘坐羊車轉悠，羊車停在哪個美女住處，他就在那裡過夜。他有一雙淫眼，凡他看上的女人，無一能逃脫魔掌。我姐姐早就嫁給東魏皇室成員元昂。高洋看上了她，宣召元昂進宮，亂箭射殺。我姐在府中設置靈堂，祭奠姐夫。高洋假裝前去弔唁，就在靈堂將我姐姦污了。高洋新納一個王氏為嬪，王嬪姐姐是大臣崔修的夫人，一次進宮看望妹妹，高洋看上了她，將她姦污。其後，他多次前往崔修府中姦污王嬪姐姐。崔修不敢冒犯皇帝，甘心戴綠帽子。因此，高洋破格提拔他為光祿大夫。清河王高岳有個歌伎，姓薛。高洋看上了她，收納入宮，封為嬪。薛嬪姐姐亦有風韻，高洋一併收納入宮，封為嬪。薛家二嬪以為得寵，請求任用她們的父親為司徒。高洋因此不悅，命用鋸子將二嬪活活鋸死，肢解屍體，拋於荒野。」

蘭女還是搖頭，恨恨地說：「這簡直不是人，不是人！」

「他的確不是人。」李祖娥接著說：「高洋平時只飲酒吃肉，不吃糧食和蔬菜。從去年以來，飲酒變成酗酒，酗酒後便發酒瘋，幹出種種醜事惡事。一天，他喝得醉醺醺的，去宣訓宮拜見皇太

后。皇太后正坐在軟榻上休息。他一使勁，將軟榻掀翻，手指摔倒在地上的皇太后，罵道：『你這個老巫婆，見朕為何不下跪，呃？朕要把你嫁給胡人當小老婆，看你還神氣不？』第二天酒醒，假意說要自焚贖罪。皇太后拿他沒法，只好命他自杖五十，算是了事。又一天，他發酒瘋後去了我家，無端用馬鞭抽打我娘，罵道：『我喝醉酒連皇太后都不認，何況你這個老婢！』他娘和我娘，他罵兩位老人是老巫婆、老婢，他能算是人嗎？」

李祖娥輕抿一口茶，繼續說：「高洋有很多怪僻；比如夜晚不睡覺，召集一幫近臣、歌伎、淫媼，敲鼓、吹號、歌謳、嚎叫，通宵達旦，整個皇宮鬧得烏煙瘴氣。再比如愛袒露形體，披著胡服，臉抹粉黛，或騎駱駝、牛驢，或讓侍衛背著，或徒步手持刀刃，到處胡逛。權貴之家，隨意出入。酒肆飯肆，隨意吃喝。經常命人拋撒錢物，供人哄搶，看著哄搶的場面，樂得拍手大笑。一天，他遇見一位老婦人，問：『老人家，你說當今天子怎樣啊？』老婦人不認識他，回答說：『瘋瘋癲癲，何成天子？』高洋討了個沒趣，拔刀把老婦人殺死。」她停了停，又說：「最近發生的一件事，姐姐大概聽說了：高洋詔令慰勞戍邊軍士，徵一批寡婦做軍士的妻子。州郡官吏貪功冒功，把許多有丈夫的女人也當作寡婦，結果共徵了二千六百人，其中五分之一是有夫之婦。這，真是造孽造孽，天理不容呀！」

世界上竟有這樣的荒唐事！蘭女氣得咬牙切齒，一時說不出話來，李祖娥淒然一笑，說：「蘭女姐，高洋就是這樣一個皇帝！我這個皇后，蒙受屈辱和恥辱，死的心都有，可又捨不得兩個兒子。殷兒今年十二歲，雖是太子，但高洋並不喜歡他，很難說日後會是什麼樣子。他在皇家庠序上學，交往的是高孝瑜、高孝琬等人。那幾個王爺的德性，不敢恭維。近墨者黑，近朱者赤。我實在擔心殷兒也會變『黑』，所以帶了他來見見長恭哥哥。我聽說了，姐姐教子有方，長恭的人品、智識，在高氏家族中首屈一指。但願殷兒能從長恭身上，感受到和學到一點正氣，我就心滿意足了。」

李祖娥說到這裡，長長地舒了口氣，如釋重負。蘭女想了想，說：「我小時候聽人說，世界上最黑暗最腐爛最醜惡最骯髒的地方就是皇宮，那時不信，現在看果不其然。妹妹蒙受屈辱和恥辱，內心很苦很痛，我能想像，但無法幫你，甚至不知該怎樣寬慰你。我和長恭，沾著個『皇』字的邊，日子過的也是提心吊膽，只能時刻告誡自己，要收斂鋒芒，低調做人，生怕一個不慎便招來禍殃。長恭並不像妹妹說的那樣完美，他只是沒有沾染上明顯的惡習而已。」

「母后，」高殷興奮地跑進正房，說，「長恭哥剛才教我射箭，我一箭射中了草人。」

長恭、郭媽媽、晴晴跟著進了正房。晴晴手中抱了一大束蘭花，說是郭媽媽採了送給皇后的。長恭要向皇后行跪拜大禮。李祖娥止住，說：「這在你家，大禮免了。」她看長恭，身材比高殷高出許多，圓臉寬額，濃眉大眼，頭髮盤在頭頂，束以方巾，剛習過武，渾身透著威武、雄壯、陽剛的氣概。李祖娥喜愛這個大小夥子，笑著說：「長恭，我讓高殷多和你接觸，以後遇事，你得多關照他一點。」

長恭拱手說：「不！太子是君，長恭是臣，關照實不敢當。太子若有意，長恭願與他切磋學文習武的心得，互相取長補短便是。」

這話說得相當得體。李祖娥和蘭女都很滿意。李祖娥又問長恭學文習武的一些情況。長恭一一回答，簡明扼要，條理清晰。她轉而對高殷說：「瞧你長恭哥，方方面面，都很優秀，你得多學著

點。」她朝門外看了看，見天色不早，遂起身告辭。蘭女、長恭要送皇后、太子。在天井裡，李祖娥搖手說：「別送別送。我今天到此拜訪，不希望讓外人知曉，所以把馬車停在半里開外處，我走過去就行了。」蘭女於是止步，但堅持請郭媽媽代替自己，務要將皇后、太子送上馬車，以示禮貌。

長恭問母親說：「娘，皇后、太子為何到我們家來？」

「唉！」蘭女重重歎了口氣，並未回答長恭的發問，而是說：「高洋當皇帝，皇后心裡很苦很痛。她的苦她的痛，何時是個盡頭啊？」

陽剛美男

日出日落，花開花謝。天保八年（五五七年），高長恭十六歲。古時男子，十六歲便算成人。這時的他，身材偉岸，體格健壯，高挺的鼻樑，深邃的眼眸，烏黑的頭髮，白皙的皮膚，五官輪廓分明如刀刻般的雕塑，那與生俱來的灑脫氣質，浩浩中不失文雅秀氣，俊美得不得不使人暗暗驚歎。不管在哪裡出現，都如鶴立雞群般耀眼奪目。這般的美男子，他有文才有武略，談吐、舉止均見氣質。因此他的美，兼有儒雅美和陽剛美兩個方面。由於習武，練得一身過硬功夫，弓馬嫺熟，所以通常是陽剛美勝過儒雅美。

當初，長恭封鉅鹿郡公，食邑八百戶。蘭女對兒子說：「無功不受祿。鉅鹿郡（河北省平鄉、晉縣）那八百戶邑戶交納的賦稅，我們不能要，更不能收。邑戶大多是窮苦人家，常年勞作，難得溫飽，上頭少榨取一點，他們就多安寧一點，權當做善事吧！」

鉅鹿郡守叫蕭昊，職責之一就是替朝廷封王封郡公的大人物徵收賦稅。他見鉅鹿郡公和別的大人物不一樣，採用一個折衷方法，規定邑戶不必交納糧和錢，只打個欠條，寫明某年欠邑糧幾升邑錢幾文，摁上手印即可。年年如此，欠條越積越多。蕭昊專門派員赴京城，請示鉅鹿郡公，看看那些欠條如何處理。蘭女覺得兒子大了，應該放他出去闖蕩闖蕩了，所以讓姜柱、蘇山陪同長恭，充當參謀和保鏢，去一趟鉅鹿郡。

風和日麗，鳥語花香，楊柳依依，紫燕飛翔，空氣中瀰漫著青草和泥土的氣息。三人各騎一馬，揚鞭疾馳，好不痛快。長恭身穿天藍色緊身衣褲，腳蹬深棕色翻毛皮靴，外罩銀灰色繫帶鶴氅，鶴氅隨風飄起，如飛一樣。他騎的是兩年前買的那匹小白馬。小白馬也長大了，體高身長，毛色雪白，配上紅色馬鞍，金色轡索，分外雄健。人美馬美，風流倜儻，器宇軒昂。姜柱笑著說：「長恭，我和蘇山不該陪同你出來，一出來，你把我倆就比下去了。」蘇山也說：「我倆得把長恭管住了，萬一他被大姑娘搶了去，回去怎麼向姐姐交代？」

三人行行停停，當天到了鉅鹿郡。鉅鹿郡是北齊的一個大郡，郡治布局嚴整，市井繁華熱鬧。長恭居中，姜柱、蘇山一左一右，牽馬行進在大街上。很多人駐足，專看牽白馬的美男子。尤其是一些大姑娘小媳婦，踮足引頸，雙眼發亮，眼神裡滿是欣喜、愛慕和嚮往。姜柱說：「瞧那些女的，專看長恭，眼珠子快掉落地上了。」蘇山說：「可不是？還噙口水哩，恨不得把長恭吃了！」長恭羞紅了臉，說：「兩個姑夫說什麼？光拿我開心。」

長恭等尋了一家旅肆住下，然後去郡署拜見蕭昊。蕭昊一見長恭，驚呼說：「好俊美的郡公，玉人似的！」他要給郡公安排住處，並設宴接風。長恭搖手拒絕，說：「這次到鉅鹿郡是辦私事，斷不敢給大人增添任何麻煩。」蕭昊只好在郡署用茶水招待客人，取出一個木匣，說：「八百戶邑戶，歷年來的欠條全在這裡。如何處理？請郡公定奪。」

長恭說：「把它們燒了。」

「燒了？」蕭昊很是吃驚。

「是，燒了，只當是為邑戶們做點善事。」

「郡公高風亮節，下官佩服。」

「談不上什麼高風亮節，只是遵從家母的教誨而已。家母常對我說，我的郡公爵號是不勞而獲得來的，邑戶們根本就不應向我交納賦稅。她告誡我人不可貪，不准我收邑戶一升糧一文錢，如果收了，她就不認我這個兒子。」

蕭昊說：「有其母必有其子，難怪郡公這樣輕財向善。那好，恭敬不如從命，下官明天就焚燒欠條。」

姜杜、蘇山說：「最好要讓邑戶們知道，他們的欠條已經燒了。」

蕭昊說：「這個自然。下官會派衙役通知邑戶。」

第二天，郡署門前聚集了千餘人，大多是鉅鹿郡公的邑戶。另外還有一些年輕女子，她們打聽到鉅鹿郡公就是那個手牽白馬、相貌如神仙下凡般飄逸俊美的公子，怦然心動，故而趕來，再飽一次眼福。辰末巳初，蕭昊出現在郡署門前，請出鉅鹿郡公高長恭。人們看到俊美脫俗、舉止瀟灑的鉅鹿郡公，發出歡呼。蕭昊高聲說明鉅鹿郡公的決定：邑戶們所打的欠條，全部焚燒。人們再次發出歡呼。蕭昊身旁一個火爐，爐火正旺。他當眾打開那個木匣，逐一念出八百戶邑戶的姓名，隨後將所有欠條，倒進火爐裡，付之一炬，橘紅色的火苗，躥得老高老高。此舉意味著，邑戶們歷年來欠的糧和錢一筆勾銷，再不用交納了。人們由衷地感到喜悅，歡聲雷動。幾名女子發出尖叫，意在引起鉅鹿郡公的注意，好讓她們多看他幾眼。

長恭堅持自己掏錢，請蕭昊在旅肆吃了一頓便飯。蕭昊既感動又高興，多飲了幾杯酒，說起皇上，說起朝廷，說起時事，感慨系之，連聲歎息，最後說：「當下，像鉅鹿郡公這樣的人太少太少，真可謂是鳳毛麟角啊！」

一來一去三天，長恭等回到家中。姜柱、蘇山訴說見聞，模仿大姑娘小媳婦凝神觀看長恭的神態，繪聲繪色，引得蘭女、郭媽媽、小雲、小翠一陣哄笑。蘭女對兒子的鉅鹿郡之行基本滿意，唯對郡署門前千餘人歡聲雷動的情節惴惴不安。她說：「為善最樂，是不求人知；為惡最苦，是唯恐人知。千餘人歡聲雷動，等於是告訴很多人，恭兒做了善事。這一張揚，無意中露出鋒芒，容易讓人抓住把柄哪！」

蘭女的不安是對的。那個蕭昊好心卻多事，上書朝廷，懇請旌表鉅鹿郡公輕財向善的義舉。皇帝高洋看到蕭昊的奏書，方才想起有高長恭這麼一個侄兒，這個侄兒的娘尚未投懷送抱。他咧嘴笑了笑，提筆在奏書上批了兩行字：「高長恭徙封長樂郡公，食邑五百戶；再徙封樂平郡公，食邑三百戶。」

很快，皇帝的批示變成聖旨頒布。長樂郡（河北冀州）比鉅鹿郡小，樂平郡（山西昔陽）又比長樂郡小。高洋通過這惡作劇式的降封，警示侄兒高長恭：你不是輕財向善嗎？那就封個小郡郡公，只給三百戶邑戶！當然，他也是在警示嫂子蘭女：別假正經，你和你兒的榮辱及命運，全攥在朕的手心裡呢！

高長恭降封，並不是什麼大事。他像往常一樣學文習武，格外刻苦。不久，他有幸結識了名將斛律光，彼此結下了深厚的情誼。

那是姜柱、蘇山回來休假，告訴蘭女說，他倆在上司斛律光跟前，無意說起陪同長恭去鉅鹿郡的事，斛律光一聽，大感興趣，提出要見長恭一面。蘭女不大放心，問：「斛律光這個人怎樣？」這一問，問出了姜柱、蘇山的興致，二人神采飛揚，誇說起他倆的上司來。

姜柱說：「斛律光可不簡單，騎馬射箭，一身武功，天下無雙。」

蘇山說：「斛律光字明月，鮮卑族人。姐姐大概聽說過斛律金吧？斛律光就是斛律金的兒子。」

姜柱說：「斛律金更不簡單！他是鮮卑族敕勒部人，武藝高強，身經百戰，遙望塵土飛揚可知敵人兵馬多少，伏地聽聲可知敵人兵馬遠近。他年輕時投奔高歡，成為高歡麾下的忠實幹將。為人耿直，敦厚古樸。高歡曾對人說：『若有讒毀斛律金者，斷不可信。』高歡臨死時，斛律金放開喉嚨，用鮮卑語唱了一支民歌，聲情並茂，蒼涼激越。那支民歌翻譯成漢語，就是著名的《敕勒歌》：『敕勒川，陰山下，天似穹廬，籠蓋四野。天蒼蒼，野茫茫，風吹草低見牛羊。』」

蘭女說：「《敕勒歌》，我聽人唱過，沒想到它是從鮮卑語翻譯過來的。」

蘇山說：「高洋開國，斛律金封咸陽郡王，任太師、右丞相，前不久改任左丞相。」

蘭女說：「高洋很看重斛律金？」

姜柱說：「高洋不看重斛律金行嗎？斛律金德高望重，振臂一呼，全軍回應，高洋哪敢得罪他？」

蘇山說：「再說斛律光。十七歲時就隨斛律金南征北戰，生擒西魏長史莫孝暉，威名大振。二十多歲時任將軍，封子爵。他射箭，能射中飛翔的燕子，好生了得。最重要的是他注重軍紀，賞罰嚴明。一次統兵出征，兩名士兵偷了百姓一隻雞，烤著吃了。斛律光含淚執行軍法，命將兩名士

兵斬首。他常說：『百姓是軍隊的父母，欺凌百姓就是欺凌父母，軍法絕不寬恕！』」

「這樣看來，恭兒應該去見見斛律光？」蘭女說。

「當然應該見啦！」姜柱、蘇山同聲說。

長恭、姜柱、蘇山，依然各騎一馬，揚鞭疾馳，馳向西北方向，半個多時辰，便到一座軍營。軍營轅門上空，黃色旌旗招展，旌旗上繡有黑色「斛律」二字，表明這裡的主人是斛律光將軍。守門軍士持戈執戟，嚴格盤查進出人員。進入轅門，一條大道，直通營區，房屋和帳篷密集，靜悄悄的，無人喧譁。遠處有軍士在訓練，隱隱可以聽到長官的號令聲和兵器的撞擊聲。

姜柱、蘇山引領長恭，進入一個竹木扶疏的院落。姜柱進正房通報。一位將軍立刻迎了出來，打量一眼高長恭，朗聲大笑說：「人說公子是美男子，玉人似的，哈哈，果然名不虛傳！」

這位將軍就是斛律光。長恭見他，約三十五六歲，馬面彪身，膀闊腰圓，雙目炯炯，鬍鬚濃密，好一副威武、爽朗氣概！長恭慌忙施禮，自稱晚輩，說：「斛律將軍大名，如雷貫耳，今日得見，晚輩榮幸之至！」

「得，別戴高帽子，且到房裡說話。」

斛律光禮讓長恭步入正房，落座。一名侍衛向前斟茶。那裡是沒有姜柱、蘇山座位的，他倆只能站立在一邊。長恭環視正房，只見東側和西側，整齊陳設著十八般兵器。東側兵器為「九長」：槍、戟、棍、鉞、叉、钂、鉤、槊、鏟；西側兵器為「九短」：刀、劍、拐、斧、鞭、鐧、錘、杵、棒。其中钂、鉤、拐、杵等，他只是從書上見過圖像，今日親眼見到了實物。中央正面牆上，懸一橫幅，上書四個隸體大字，豐腴圓潤，筆法雄勁。長恭輕輕念出聲來：「止戈為武。」

斛律光笑著說：「公子可知這句話的出處？」

長恭說：「《說文》釋『武』字，有『止戈為武』一語，至於出處，晚輩實不知曉。」

斛律光說：「《說文》所言，是『武』字的結構由『止』和『戈』組合而成。止戈為武，最早出自《左傳．宣公十二年》，是春秋五霸之一楚莊王，針對平息一場暴亂而說的話。『止』是停止，『戈』泛指兵器，『武』指武功武事。楚莊王是說，停止使用兵器，那才是真正的武功武事。『武』的引申義為軍事鬥爭，即戰爭。這樣，止戈為武就有了全新的意義，是講以戰制戰，以戰止戰，即用戰爭手段制止戰爭，直至『止戈』——不再有戰爭。歷史上自夏代以來便有戰爭，攻殺，掠奪，擴張，兼併，少數人得利，廣大民眾深受其害。因此止戈為武，只是一種理想一種境界，實際中恐怕永遠也不會有真正『止戈』的那一天。」

「原來是這樣！晚輩淺嘗輒止，讓將軍見笑了。」

「學無止境，誰也別笑話誰。對了，聽姜柱、蘇山說，公子在習武的同時還鑽研《孫子兵法》？」

「慚愧！」長恭說：「不敢說鑽研，只是愛讀，所知者不過是『兵者，國之大事，死生之地，存亡之道，不可不察也』，『兵，詭道也。故能而示之不能，用而示之不用，近而示之遠，遠而示之近』等皮毛而已。」

「愛讀就好。」斛律光說：「《孫子兵法》一書，博大精深，世稱兵學聖典，不可不讀。尤其是為將帥者，一定要熟讀精讀，將其要義牢記於心，並運用到實戰中。戰爭造就將帥。將帥統領千軍萬馬，馳騁疆場，或運籌帷幄，決勝千里，或逞勇猛，衝鋒陷陣，用血與火寫下了威武雄壯而又殘酷血腥的篇章。孫子說：『知兵之將，生民之司命，國家安危之主也。』精通兵法的將帥，掌握百姓生命，主宰國家安危，足見他們的地位和作用何等重要！孫子說『道、天、地、將、法』這『五事』決定戰爭勝負，將帥位列五事之中。孫子還提出將帥標準：『將者，智、信、仁、勇、嚴也。』智是多謀善斷，信是賞罰有信，仁是愛護士卒，勇是勇敢堅定，嚴是明法申令。這五者，缺一不可。」他手指牆上的橫幅，又說：「我以為，《孫子兵法》中貫穿的核心思想，就是這句話：止戈為武。孫子闡述知己知彼，闡述兵貴神速，闡述兵不厭詐，闡述伐兵（消滅敵人有生力量）重於攻城（佔領敵方土地）等等，都是克敵制勝之道，最終目的是要『止戈』，停止使用兵器，實現永久和平。」

「將軍高見！晚輩聆聽將軍說武，猶如醍醐灌頂，勝讀十年聖賢書。」長恭拱手，真誠地說。

「公子過謙了。」斛律光說：「看得出，憑公子的出身、人品和智識，日後必為既有文韜又有武略的將帥，建功立業，前程無量。」

「不敢當不敢當。」長恭忙搖手說：「說到出身，晚輩誠惶誠恐。晚輩的爹，將軍是熟知的。當今皇上是晚輩的二叔，他的作為，將軍亦知。晚輩已從鉅鹿郡公降封為平樂郡公，哪敢奢望什麼功業和前程？」

斛律光皺眉，搖頭說：「按理，臣子不該妄議皇上。然而，當今皇上的作為，著實令人寒心。開國之初，什麼『千齡一出』，什麼『乃神乃聖』，把他吹上了天；而事實呢？沉湎酒色，享樂無度，凶殘暴虐，駭人聽聞。從武備角度講，北齊北、西、南三面，均鄰強敵。皇上拿不出任何禦敵安邊之策，這樣下去，怎麼得了？公子說不敢奢望功業和前程，自有一定道理，就連我們這些當將軍的，也深感英雄無用武之地啊！」

斛律光重重地歎了口氣：「唉！」又說：「公子降封，我已知道了。叫我說，降封也好，什麼郡王什麼郡公，虛名虛譽，沒有真才實學，要它做甚？公子剛剛成年，又相貌堂堂，一表人才，只要堅持學文習武，功業和前程還是會有的。」

「託將軍吉言。」長恭笑著說。

「公子在讀《孫子兵法》的同時，」斛律光說，「還應讀其他一些兵書，如《吳子兵法》、《六韜》、《三略》、《司馬法》、《尉繚子》等。此外，還應研究一些著名戰例，特別是秦漢以來的戰例，如垓下之戰、昆陽之戰、官渡之戰、赤壁之戰、淝水之戰等。兵書偏重於理論，戰例偏重於實踐，把二者結合起來思考，方能體會戰爭的奧妙和魅力。」

「晚輩謹記將軍教誨！」長恭再次拱手，真誠地說。

斛律光和高長恭說武論文，投機投緣，相見恨晚。中午，斛律光宴請高長恭，姜柱、蘇山作陪，小米乾飯，菜肴僅是兩葷兩素一湯，沒有酒。姜柱、蘇山稱他倆的上司為大帥，告訴長恭說：「我們大帥歷來與軍士同甘共苦，平時吃飯穿衣，和軍士一樣，既不特殊又不鋪張。今天這菜肴是招待你的，夠奢侈的了。」

斛律光岔開話題，說：「高公子，我和令尊高澄曾是好友，因此你自稱晚輩，我可以接受。不過，友誼友情是不分年齡和輩份的，但願我和你也能成為好友，就算是忘年交吧！我相信，公子志向遠大，品行高尚，堪可交往。歡迎你常來軍營走走、看看，這對你可能會有好處。」

長恭起身，深深一躬，說：「感謝將軍看得起長恭，但長恭不敢造次。將軍是尊長，長恭當用

先師後友之禮事之。」

斛律光大笑，說：「先師後友，不若亦師亦友，你我共勉就是。」

下午，斛律光領著長恭參觀軍營。軍營裡嚴整嚴肅，秩序井然。在訓練場上，斛律光見有的軍士動作不得要領，捲起衣袖，親作示範，一招一式，皆見功夫。時近傍晚，長恭告辭。斛律光將一把自佩的寶劍贈給長恭，作為紀念。劍鞘紫黑色，劍柄精美。長恭手握劍柄，抽劍出鞘，只見銀光閃灼，寒氣逼人。長恭、姜柱、蘇山同聲說：「好劍！」長恭又朝斛律光深深一躬，說：「將軍盛情，晚輩會終生銘記！」

這以後，高長恭和斛律光果真結成了忘年交。每隔一兩個月，長恭都會拜訪一次斛律光。一代名將斛律光的品格、氣質和才能，給了他深刻的潛移默化的薰陶和影響。

就在高長恭拜見斛律光的次日午後，燕氏拉著兒子高紹信，來見蘭女。她氣壞了，衣飾不像平日那樣講究，說話的聲音有點發顫。蘭女忙請燕氏落座，並給她斟了一杯茶，說：「怎麼啦？有話慢慢說。」

燕氏手指兒子，說：「這個孽子，氣死我了，氣死我了！」

高紹信站在一邊，也是氣呼呼的。

蘭女笑了，說：「你們母子到底怎麼回事？」

燕氏說：「你問他！」

蘭女把臉轉向高紹信。高紹信低聲說：「我把蘭姨給我買的那匹馬弄沒了。」

「嗨！不就是一匹馬嗎？沒了就沒了，我再給你買一匹就是。」蘭女笑著說。

「沒了？說得輕巧！問他，怎麼沒的？」燕氏咬著牙說。

蘭女又把臉轉向高紹信。高紹信低聲說：「輸了。」

蘭女一驚，說：「賭錢輸了？」

高紹信點頭。燕氏說：「問他，輸給誰了？」

高紹信遲疑許久，才說：「高孝瑜、高孝珩、高孝琬、高延宗。」

事情牽扯到這幾個寶貝王爺，蘭女不吭聲了。燕氏起身，又氣又恨，比劃著說：「這個孽子，本來就不成器，學文怕苦，習武怕累，從五歲到十六歲，長進了多少？他和長恭同時上的學，同時習的武，長恭現在是要文有文，要武有武，文武雙全。可他呢？文不成，武不就，像個半吊子，光會玩，玩，玩！前一向，高延宗三天兩頭找他。我說，高延宗不地道，你別跟他鬼混。他根本不聽，硬和高延宗混到了一起。通過高延宗，又掛搭上了高孝瑜、高孝珩、高孝琬以及高演、高湛，彼此間勾肩搭背，拍拍打打，親熱得很。打那以後，他就很少上學了，武也不習了，天天往東郊園林跑，玩什麼水上宴射，有時還在那裡過夜。夜不歸宿能有什麼好事？無非是吃喝嫖賭。他那四個哥哥兩個叔叔，教他飲酒，教他賭博，教他玩女人。據他說，他已和兩個女人上過床。天哪！這是他該幹的嗎？賭博，就是『大壓小』，一人擲一顆骰子，比點數多少。開始是小賭，幾十枚錢輸贏，不算什麼。嘿！賭注太小，他們嫌不過癮，就往大裡提，越提越大。紹信不懂賭博機巧，每賭必輸，越輸越賭。帶的錢輸光了，就拿實物抵錢。前天，他把佩戴的一隻玉佩輸了。昨天，又把那匹棕色馬輸了。蘭女妹妹，那匹馬是你給他買的，是你送給他的禮物呀！他輸什麼都可以，就是不該輸掉那匹馬呀！」

高紹信低著頭，嘴嘸臉吊，嘟囔說：「他們說，我若不把馬給他們，他們就把我扔進湖裡淹死。」

燕氏說：「那是嚇你的，你就信了？軟骨頭，真沒出息！」

高紹信又嘟囔說：「他們都封王，只有我封郡公，我若封王，也……」

「放屁！」燕氏勃然變色，掄手抽了兒子一記耳光，說：「他們都封王，你封郡公，又羨慕又委屈是不是？你知道他們為何封王？那是他們的娘，脫光衣服，陪你那個二叔皇帝高洋，睡覺睡出來的！你沒聽過那四句民謠嗎？『要顯貴，先陪睡；娘上床，兒封王。』說誰呢？還不是說你那四個哥哥和他們的娘嗎？你也想封王是不是？那好，我現在就領你去見高洋。我也脫光衣服，陪高洋睡一夜，包你明天也能封王。」

燕氏說著，要拉兒子走。高紹信慌忙跪地，說：「娘，我錯了！」燕氏雙腿一軟，也跪在地上，摟著兒子，淚流滿面，說：「兒呀，娘不該打你嚇你。可你要知道。我和你蘭姨一樣，寡母孤兒，相依為命，不容易啊！娘只希望你能走正道，別走歪道邪道。不然，你會陷在那個污濁的泥坑裡，不能自拔呀！」

蘭女扶起燕氏和高紹信，說：「紹信，你也老大不小了，該懂事了。你那幾個哥哥、叔叔，封王不假，那又怎樣？且不說他們是怎樣封王的，單說封王以後，做過一件人事嗎？遊手好閒，吃喝嫖賭，典型的花花公子和敗家子！你跟他們攪和在一起，看似一時快活，實際上是害了你毀了你呀！俗話說：物以類聚，人以群分。你若想讓你娘少操些心，你若想做個堂堂正正的男子漢，那麼就該分清好壞、是非、善惡，斷絕和那些人的交往，而把心思和精力全放在學文習武上。」

燕氏說：「你該跟長恭哥一樣的正人君子交往。你長恭哥和你同歲，可你看他，穩重成熟，多讓人放心！他從鉅鹿郡公降封為樂平郡公，介意了嗎？抱怨了嗎？那胸懷那氣度，夠你學一輩子的。」

高紹信點頭。蘭女笑著說：「好啦好啦！燈不撥不亮。紹信是個聰明孩子，只要明白了事理，用心上進，沒準兒很快就會超過長恭。」

燕氏母子冰釋前嫌，告辭走了。蘭女陷入沉思。高澄共六個兒子，除長恭外，誰也不是省油的燈。她叫來郭媽媽，把剛才的事敘述一遍，說：「一個人學好不易，學壞快著哩！我看紹信賭博，輸錢輸馬倒在其次，比這更壞的是夜不歸宿。他說他已和兩個女人上過床，這樣下去，怎麼得了？一個女色，一個賭博，男人千萬沾不得，沾上很難改掉，那樣人就毀了！」

郭媽媽說：「好在長恭不像紹信，你盡可放心。」

「唉！兒大不由娘，我哪能放心得下？聽姜柱、蘇山說，現在很多人都誇恭兒是個美男，玉人似的；有的女孩子專門看他，大有眉目傳情的意思。長恭才十六歲，我實在擔心他經不起誘惑，走上高澄好淫好色的老路啊！」

郭媽媽說：「蘭女，你大概也看出來了，這兩年，長恭的身材、臉龐、眉眼、神態，長得越來越像高澄，又加進你的美貌。你得承認，高澄的長相是很不錯的。所以，長恭若不是個美男子，那才怪哩！」

蘭女腦海裡迅速浮現出高澄的身影。是的，那人的長相確實不錯，只可惜金玉其外，污穢其

內，因而遭到刺殺，死有餘辜。那個披著人皮的畜牲，嗚呼哀哉已經八年。八年後，長恭長大了，成了玉樹臨風似的美男子。美男子意味著什麼？她不大明白，她要向黃塾師討教，看看古代的美男都有些什麼樣的經歷和命運。

小四合院，窗明几淨，蘭花飄香。自從私家庠序移至小四合院以後，小雲、小翠每天打掃，時時擦拭，使這裡成為最乾淨最安靜的地方。三間前房，黃塾師住了一間，書架書櫃佔了一間，中央一間堂屋便是高長恭和高紹信的教室。教室裡共有三張桌子三條凳子，分屬於一位老師和兩個學生。由於高紹信近來一直曠課，所以他的書桌被挪到一邊。這樣，黃塾師的書桌和高長恭的書桌正好相對，從兩張書桌可以想像上課時，老師和學生面對面一講一聽、一問一答的場景。

蘭女和郭媽媽一起來找黃塾師，詢問了飲食起居，隨後三人落座。蘭女笑著說：「塾師，你是看著長恭長大的，他的事情，我從不瞞你。現在，不少人誇他捧他，說他是個美男子，玉人似的。我呀，心裡七上八下，不知是該喜還是該憂。塾師博學多識，請你給我和郭媽媽講講古代的美男子，好嗎？我們特別想知道，古代美男子怎麼個美法，結局如何？」

黃塾師也笑著說：「你問這個？蠻有意思。據我所知，歷史上美男子很多很多，而且都有故事。對了，讓我找幾本書來。」黃塾師起身，去另一間房翻了一通，取來好多竹簡書籍，放在書桌上，然後坐下，一邊翻看一邊說：「最早的美男可能是春秋時的公孫閼，字子都，鄭國人，善於騎射，官任大夫。此人長相很美，名動天下，無人不知，無人不曉，因此，『子都』一詞當時成了美男的代稱，《詩經．鄭風．『山有扶蘇』》寫道：『山有扶蘇，隰有荷華。不見子都，乃見狂且。』意思是：一個女孩和一個美男，約定在竹木茂盛的小山下和荷花盛開的池塘邊幽會，女孩先到，等啊等等啊等，美男出現，她飛快地撲進美男懷抱，打情罵俏，嬌嗔地說：我等了這麼久，沒見到子都那樣的美男，卻見到你這樣一個醜陋、蠢笨的傢伙。其實，女孩所罵的狂且，（醜陋、愚蠢的傢伙），正是她心目中的子都（美男）。《孟子》一書也提到『子都』：『至於子都，天下莫不知其姣也。不知子都之姣者，無目者也。』這是說，天下人若不知子都長得很美，那等於是沒長眼睛。」

蘭女說：「這個美男子，名聲確實很大。」

黃塾師說：「公孫閼之後，宋國王室一個美男當了國君，他就是宋文公。」

郭媽媽驚訝地說：「美男當國君？」

「是的，美男當國君。這是美男庶祖母的傑作。」黃塾師說：「春秋時宋襄公原有夫人、兒子，又娶周襄王妹妹為夫人，立為王后，稱王姬。宋襄公死，宋成公立。宋成公死，宋昭公立，王姬掌控朝政大權。宋昭公弟弟公子鮑，長相俊美，風流瀟灑。王姬年輕守寡，獨居深宮，居然喜愛上了這個庶孫，意欲與之私通。公子鮑不敢越禮，一再躲避。王姬心甚不甘，設一妙計：命宋昭公外出射獵，並派心腹武士將之殺害，隨後迎立公子鮑為國君，就是宋文公。其後，宋文公感激庶祖母，投桃報李，自會答應王姬的所有要求。」

「庶祖母和孫子苟且，無恥，無恥！」郭媽媽憤憤評價古人古事。蘭女心中格登一動，想起宣訓宮中的婁太后。婁太后也在守寡呀，所幸她是長恭的親祖母而非庶祖母。

「戰國時美男子當數宋玉。」黃塾師接著說：「宋玉是楚國人，著名文學家，創作楚辭的成就，僅次於屈原。他在《登徒子好色賦》裡，假託大夫登徒子的話說：『宋玉長得英俊，猶如麗玉，口才極好，妙語連珠，但貪戀女色，毛病不少。』宋玉辯解說，他不好色，並舉例：東鄰一個女子，美貌無比，增之一分則太長，減之一分則太短；著粉則太白，施朱則太赤。眉如翠羽，肌如白雪，腰如束素，齒如含貝。嫣然一笑，傾國傾城。這個女子趴在圍牆上偷看他三年，他根本不予理會，無動於衷。」

「這也太誇張啦！」蘭女說：「東鄰那個女子果真那樣美？她看宋玉三年，宋玉能不動心？」

「這是文學作品的描寫，不能硬套真人真事。」黃塾師說，「宋玉是個美男，那是舉世公認的。漢代有兩個美男：一是前漢的董賢，長得像個美女，成為漢哀帝的男寵，官至大司馬，紅極一時，後來失去靠山，自殺而死。一是後漢的秦宮，長相俊美，成為大將軍梁冀的孌童。梁冀夫人也喜愛他，為此常和梁冀發生爭吵，當時傳為笑話。」

「夫妻倆爭一孌童，能不傳為笑話嗎？」郭媽媽說。

黃塾師把翻看過的竹簡放到一邊，再翻看另外的竹簡，繼續說：「魏晉時美男最多。先有嵇康，字叔夜，三國時魏國人，著名詩人和音樂家。史籍記載他『身長七尺八寸（現一米八五左右），風姿特秀，見者歎曰：蕭蕭肅肅，爽朗清舉。或雲：肅肅如松下風，高而徐引。』又形容他是『龍章鳳姿，天質自然』。一次他去山林採藥，砍柴的樵夫見了，誤以為仙人下凡，叩頭參拜，足見他美到何種程度！嵇康常和六位好友，在竹林裡賞竹、飲酒、賦詩，七人合稱『竹林七賢』。他非常喜愛古琴曲《廣陵散》，焚香靜坐，撫琴彈奏，技藝超群，出神入化。許多人向他求教彈奏技藝，而他一口拒絕，概不傳授。他是被權臣司馬昭殺害的，臨刑時索琴彈奏一次此曲，彈罷，慨然長歎說：『《廣陵散》如今絕矣！』」

蘭女說：「這個人好像不大合群。」

黃塾師說：「魏晉時文人大多這樣，恃才傲物，清高孤僻。再有潘安，字安仁，又字檀奴，西晉時人。史籍記載他『姿容既好，瀟灑俊朗，神情亦佳』，名震京城洛陽，引得無數女孩為之神魂顛倒。潘安坐車到城郊遊覽，好多女孩忘情地跟著車走，邊走邊喊『潘郎』或『檀郎』。為了表達愛慕之意，女孩們朝車上投擲水果，以致潘安每每滿載而歸，於是便有了『擲果盈車』的說法。」

蘭女說：「那些女孩，瘋了！」郭媽媽說：「潘安合算得來，吃水果不用花錢買。」

黃塾師說：「當時另有一人叫左思，才學出眾，但長相醜陋，也學潘安的樣子，坐車到城郊遊覽。女孩子見了他，都往車上吐唾沫，或扔磚頭瓦塊。所以，左思也是滿載而歸，載回一車磚頭瓦塊，貽笑大方。」

蘭女和郭媽媽大笑，說：「左思也真是的，醜陋就醜陋唄，你學人家美男幹嗎？」

黃塾師說：「還有，衛玠也是個美男。此人年幼時風神秀異，乘坐羊車行進在洛陽街頭，遠遠望去，恰似白玉雕成的塑像，號稱『璧人』。他每次外出，洛陽居民夾道觀看，盛況空前。衛玠長大，善於雄辯。他的父母擔心他說話多傷身體，限制他說話。因而，他偏向另一個極端，沉默寡言，喜怒哀樂不形於色。東晉建立，二十多歲的衛玠到了建康。建康官民久聞美男大名，湧上街頭，人山人海。爭睹明星風采。圍觀的人太多，擁擠得水洩不通，衛玠每前行一步，都很艱難。接連幾天，都是這樣。衛玠無法好好休息，勞累而致病，不久竟不治身亡。」

蘭女說：「這人也太嬌氣了吧？」

黃塾師說：「《世說新語》記載衛玠之死，說是『看殺衛玠』。『看』也能『殺』人，這一觀點，發人深思。晉代還有個周小史，十五歲時，有人寫詩讚美他『香膚柔澤，素質參紅。團輔圓頤，菡萏芙蓉』，『鮮膚勝粉白，潤臉若桃紅』。他被皇帝召進皇宮，成了孌童，後來失蹤，不知去向。十六國時，就在我們鄴城這一帶，出了個美男叫慕容沖，鮮卑族人，前燕皇帝慕容雋之子。他十二歲時，長相俊美，號稱天下第一美男。他的姐姐清河公主，十四歲，長相也是傾國傾城。前秦皇帝苻堅攻滅前燕，將大批鮮卑族人遷入關中。苻堅將清河公主納為嬪妃，將慕容沖收為孌童，大加寵幸。長安因而有民謠唱道：『一雌復一雄，雙飛入紫宮。』宰相王猛力諫。苻堅忍痛割愛，先命慕容沖遷到長安附近的阿房城居住，再任用為平陽太守。淝水之戰爆發，前秦慘敗，苻堅逃回長安。慕容沖遂隨叔父慕容垂等起兵，發動叛亂。慕容垂建立後燕。慕容沖也在阿房城稱帝。他沒有什麼本事，肚量也不大，次年被部將韓延殺害。」

黃塾師把展開的竹簡一一合上，說：「我所知道的美男，就是這些。總的看來，史籍中記載的美男子，長相都是很美的。這個美應是綜合美，包括身材、皮膚、面相、儀表、氣質、修養等各個方面，有的還要有文武才能。用這樣的標準來衡量，我敢說，長恭是典型的少有的美男子！蘭女啊，我和他師生相處這麼多年，我感到值，很值啊！」

「塾師高抬長恭了。若不是塾師全力教誨，他哪會有今天？」蘭女真誠地說：「塾師，說實話，正因為長恭長得太好了，所以我才為他擔心哪！擔心他面對種種誘惑，把持不住，放縱任性，那可怎麼好？」

「不會的不會的，」黃塾師搖手說，「長恭的秉性我知道，思想深受你這個良母的影響，把真善美和假惡醜的界限分得很清，他不會做出糊塗事和荒唐事的。但有一件大事你考慮過沒有？長恭已經成人，應該娶妻成家啦！」

郭媽媽立刻附和說：「塾師說的對，恭兒是應該娶妻成家了。」

事實上，從長恭十五歲時起，上門提親的媒人就沒有斷過。蘭女總說不急不急，請郭媽媽出面，以長恭年齡還小為由，謝絕了一個又一個媒人。高紹信的變壞和黃塾師的提醒，使蘭女猛有所悟。是啊，長恭已經成人，又是個美男子，正值青春期，確實應該娶妻成家了。而且，這確實是一件大事，刻不容緩哪！

俠義姻緣

倏忽進入天保九年（五五八年），高長恭十七歲。多年來，不論是烈烈炎夏，還是風雪寒冬，他的作息時間基本上是固定的，五更時必起床習武，雷打不變。初春的一天，他起床後，去後院先練拳腳功夫，又練刀劍技藝，半個時辰，大汗淋漓。他返回居室洗漱，猛見床架上，懸一粉紅色絲帕，近前一看，絲帕繫在一支飛鏢上，飛鏢嵌進床架的豎柱裡。他拔下飛鏢，只見飛鏢約四寸多長，鏢體扁平，鏢尖和兩面鋒銳，鋥光發亮。他取下絲帕，展開，只見上面用金色絲線，繡了四行十六個字：「鳳凰雙飛，上邪共唱。相知相守，地久天長。」這是什麼意思？略略一想，明白了，這不是表達愛戀之意的情書嗎？他的臉騰地紅了，心嘣嘣亂跳。這時，小雲姑姑叫他吃飯。他一面答應，一面飛快將飛鏢、絲帕壓在枕頭下，匆匆漱口洗臉，去吃早飯。

吃罷早飯上學，吃罷午飯習武。當天，他上學、習武有點恍惚，心裡老想著那支飛鏢那方絲帕，時時走神。直到晚上溫習功課時，他點亮了燈，關上房門，拉上窗簾，才把飛鏢、絲帕取了出來，仔細觀察和琢磨。先看絲帕，粉紅色，上面有淡淡的香粉味，顯然是女子的用品。十六個字排列齊整，四四方方，字是隸體，娟秀柔婉，金線刺繡，針腳細密，字顯然也是女子所寫女子所繡。第一、三、四句好懂，次句「無邪共唱」何意？長恭凝神細想，一拍腦門，想起來了，漢樂府詩中有一首詩叫《上邪》，而漢樂府詩是可以歌唱的。他忙去書架上找了找，找出漢樂府詩集，找到

《上邪》，輕輕讀出聲來：

上邪！
我欲與君相知，
長命無絕衰。
山無陵，
江水為竭，
冬雷震震，
夏雨雪，
天地合，
乃敢與君絕！

這是一首內容奇絕，感人肺腑的愛情詩，女方向男方（也可以理解為男方向女方）表白對愛情的追求和忠貞，堅定執著，一往情深。再看飛鏢，飛鏢上好像鑄有兩個小字：毋影。這大概就是飛鏢主人的名字吧？

這天夜裡，十七歲的高長恭躺在床上，輾轉反側，第一次失眠了。他將飛鏢、絲帕貼在胸前，苦思冥想，大體上理出幾點頭緒。第一，女孩可能叫毋影，見過自己，而自己則未見過她，即使見過，也不認識；第二，毋影的字寫得好繡得好，尤其是能用《上邪》一詩表達感情，說明她受過良好的教育；第三，毋影肯定是在頭天夜間進入庭院，從開著的窗戶將飛鏢投擲在自己床架上的，而自己竟一無所知，說明她武功了得；第四，毋影不拘一格，主動用特殊的方式，向陌生的自己表達愛戀，說明她新潮、俠義，敢作敢為。長恭思著想著，心裡甜絲絲的，臉上浮出微笑。可是，毋影年齡多大？容貌如何？長恭從飛鏢、絲帕上，怎麼也理不出頭緒。他有點心煩有點意亂，毋影若年齡過大或容貌醜陋，那麼鳳凰哪能雙飛？《上邪》哪能共唱？不能雙飛和共唱，又哪來的相知相守，地久天長？

長恭心想，毋影既然投擲了飛鏢，那麼她肯定還會出現，前來探尋結果。因此，他睡覺時格外留神，注意傾聽各種聲響，希望她再次出現，以便一睹她的芳容。可是一個多月過去，她就像她的名字一樣：毋（無）影。長恭有點失望有點悵惘，自己對自己說：「算了，只當這事沒有發生過。」

又一天，長恭在後院習武。蘭女也來到後院，見兒子那身材那面相那皮膚那神態，真是萬裡挑一的出眾漂亮。她坐到一個石凳上，招呼兒子休息一會兒，坐到自己身邊，說有話要說。長恭心中一驚：飛鏢、絲帕的事，娘莫非知道了？蘭女替兒子擦汗，說：「恭兒，娘近來正考慮一件大事，你可知大事是什麼？」

長恭搖頭。蘭女說：「你已成人，該娶妻成家了。」

長恭紅潤的面龐更加紅潤，說：「娘，我還小，別急嘛！」

「不小了。」蘭女說：「男大當婚，女大當嫁，這是古理。高孝瑜、高孝珩、高孝琬比你大，高延宗和你同歲，都結婚了。所以，你的婚事也該考慮了。娘想問問，你對女方有何要求呀？說出來，娘會斟酌的。」

長恭想把飛鏢、絲帕的事告訴娘，但那事不著邊際，未免荒誕，所以還是不告訴為好。他咬著嘴唇想了想，說：「娘，我聽你說過外祖父娶外祖母時，有個三不娶的原則，怎麼說來著？」

蘭女的思緒一下子回到從前，回到蚌蚌灣，說：「那是娘的爺爺即你的外祖爺告訴娘的。你的外祖爺讓你外祖父娶妻成家，你外祖父提出個三不娶的說法：官宦人家的女子不娶，富貴人家的女子不娶，過分美貌的女子不娶。你外祖母是個賣身葬母的女子，符合這三條，所以你外祖父娶了你外祖母，生下了娘。」

「那好，娘問我娶妻，對女方有何要求，那我就在外祖父三條上再加一條，叫四不娶。」

「四不娶？加一條什麼？」

長恭拉著娘的手，說：「加一條：不孝敬我娘的女子不娶。」

蘭女心頭熱呼呼的：多麼懂事多麼孝順的恭兒啊！她正想稱讚稱讚恭兒的孝心，小雲、小翠快步跑進後院，急急地說：「姐姐，出事了，出大事了！」

「怎麼啦？誰出大事了？」蘭女問。

「滿街官兵，拿著刀拿著劍，封鎖了城門，進城出城的，都要盤查，可嚴了。」小雲說。

「還打人抓人罵人，大兵可兇了。」小翠說。

長恭站起，想去街上看看情況。蘭女嚴厲地說：「你給我坐下，不許出去！」她又對小雲、小翠說：「到底怎麼回事？慢慢說，說清楚。」

「這樣的，」小雲說，「我和小翠進城去買油買鹽，忽見好多官兵挨家挨戶搜查，說要搜查什麼刺客。」

「事情發生在昨天夜間，」小翠說，「聽說有刺客闖進皇宮，刺殺皇上，未能得手。皇上下令，封鎖皇宮搜查，鬧騰了半夜，不見刺客蹤影；天明，皇上又下令，封鎖京城搜查，掘地三尺，也要把刺客搜查出來，處以極刑。」

「聽說官兵已封鎖了京城所有城門，」小雲說，「我和小翠出西城門時，兵卒盤查了好久，確信我倆不像刺客，這才放行。」

「那些官兵真壞，」小翠說，「明查實搶，發現貴重物品，便裝進他們口袋，弄得人敢怒而不敢言。」

蘭女聽明白了，原來有刺客刺殺皇帝高洋，未能得手。她是希望刺客能夠得手的，因為高洋荒淫無恥，禍國殃民，到了天理難容的程度，早該去見閻王爺了。她笑了笑，說：「刺客既然敢進皇宮刺殺高洋，表明他有膽量有勇氣有本事。高洋要把刺客搜查出來？那是白日做夢！不過，你們三個，近日還是少出門為好，免得生出是非。」

長恭、小雲、小翠點頭答應。蘭女又自言自語地說：「刺客，世上若多出些刺客，除暴安良，懲惡揚善，那該多好啊！」

刺客刺殺皇帝，這是何等重大的事件！官兵封鎖京城，搜查刺客，等於是將事件公開化。因此，全鄴城的官民都在議論這件事，沸沸揚揚，說什麼的都有。有人說，刺客是個男的，身高一丈，膀大腰圓，雙手使兩隻銅錘，每錘重六十斤。他闖皇宮時有侍衛阻攔，他左一錘右一錘，侍衛挨錘者都成了肉泥。他用銅錘砸毀一道又一道房門，邊砸邊喊說：「高洋，你出來，老子要你的狗命！」刺客在皇宮裡鬧騰半夜，沒有找到高洋。上千名侍衛點亮火炬，將他包圍。他哈哈大笑，手舞雙錘，又砸死砸傷二三十名侍衛，殺開一條血路，大搖大擺出宮去了。有人說，刺客是個女的，年輕時被高洋姦污過，這次行刺是報仇來了。她不知高洋夜宿何處，專往亮燈的房間去尋找，腳下不慎弄出響聲，驚動了侍衛。侍衛將她包圍，高喊要捉活的。女刺客見行蹤暴露，決定撤退，飛躍在宮殿的屋脊上，如履平地。接近皇宮大門時，她躍至地上，又踩著侍衛的頭頂，接連十幾個跨步，俐俐落落地出宮去了。

人們完全按照自己的主觀意志去想像刺客，想像刺客的性別和武功。刺客行刺未果，人們普遍感到遺憾。皇上那樣荒淫無恥，怎麼就得不到報應呢？

高洋下令封鎖京城，搜查刺客。因為誰也說不清刺客是男是女，是老是少，所以整整三天，一無所獲。大兵們倒是有所獲的，那就是通過搜查，他們中的很多人將百姓的一些貴重物品，裝進了自己的腰包。

刺客上天了？入地了？不！刺客其實還在皇宮裡，而且在皇后李祖娥的昭陽殿中。

三天前的那個夜晚，繁星閃爍，月黑風高。太極殿後殿，燈火通明，喧聲如沸。高洋和一幫近臣、歌伎、淫媪，正在那裡尋歡作樂。且看高洋，袒露上身，坐在寬榻上，左手攬一美女，右手攬一美女，放聲歌謳，與其說是歌謳，不如說是乾嚎，歌不成歌，調不成調。其他人有敲鼓的，有吹號的，也有附和著皇帝一起嚎叫的。乾嚎一陣，鼓掌喝采。高洋趁勢按倒左邊女人，又按倒右邊女人，自己往後一仰，雙腳朝天，一蹬一蹬的，大笑說：「好玩好玩，有趣有趣！」他又坐起身，大聲說：「拿酒來！」兩名宮女端著托盤，托盤裡的酒杯斟滿了酒，款款而入。高洋向左邊女人、右邊女人努嘴示意。兩個女人各取酒杯，含一口酒，再嘴對嘴地餵給高洋。高洋大樂，按倒兩個女人，猛親二人面頰，抓摸二人乳房，狂笑不止……

太極殿後殿烏煙瘴氣，整個皇宮都不得安寧。皇后李祖娥住在昭陽殿，隱隱聽到從太極殿方向傳來的喧鬧聲，眉頭緊鎖，心煩意亂。高洋荒淫無恥，她見多了，麻木了，不在乎了；她只在乎兒子高殷，能夠保住太子地位。她聽說，馮嬪、裴嬪、顏嬪近日常在高洋耳邊吹風，說高殷懦弱，說高殷愚鈍，意圖很明顯，就是鼓動改立她們的兒子高紹義、高紹仁、高紹廉為太子。李祖娥對此非常非常憂心，高殷的太子地位不保，她的皇后地位也就不保。她還有個兒子高紹德，封太原王，那時，高紹德哪還有什麼前程？

刺客是在亥末時分翻越宮牆，潛進皇宮的。深夜，刺客看上去像個男的，身材不高，黑色緊身衣褲，黑色面罩，只露出一雙眼睛，亮如星星；輕功了得，飛簷走壁，靈捷如燕，腳下全無聲響。他在後殿旁一株老槐樹上潛伏很久，透過窗戶，判定那個袒露上身、面相醜陋的男人，就是皇帝高洋。約莫子正，又一隊巡夜的侍衛從老槐樹下經過，漸漸去遠。刺客飛快地躍到地上，又躍上窗臺。他把一支飛鏢握在手中，定一定神，猛地一腳，踹開窗扇，照準高洋咽喉，用足氣力，投擲出飛鏢。這一招式叫「穿喉鏢」，中鏢者必死無疑。興許是高洋命不該絕，就在刺客出手的剎那間，他偏過頭去，咬左邊女人的耳垂。飛鏢帶著一道寒光、一股寒氣，緊貼著他咽喉右側穿過，發出一聲悶響，深深嵌進寬榻的靠背裡。

高洋吃了一驚，立即意識到有刺客行刺，高聲喊道：「快，抓刺客！」後殿裡大亂。立刻有人跑到殿外，高聲喊道：「皇上有旨：抓刺客！抓刺客！」巡夜的侍衛來了精神，一面高喊抓刺客，一面點亮火炬，皇宮裡如白晝一般。刺客行刺未能得手，躍上後殿的房頂，觀察地面，向北行進。侍衛發現房頂上有黑影移動，發一聲喊，也向北行進。可是黑影又不見了，引起一片埋怨聲和謾罵聲。高洋下令，封鎖皇宮，搜查刺客。頓時，又有兩萬名兵士開赴皇宮四周，布下天羅地網，刺客縱有天大的本事，恐怕也插翅難逃。

昭陽殿裡，皇后李祖娥聽到了殿外的喊聲，看到了殿外的光亮。她由侍女晴晴陪同，站在寢殿門前，仰望夜空，說：「刺客竟敢夜闖戒備森嚴的皇宮，膽子也太大了。」晴晴說：「可不是？刺客進得來怕就出不去了。」

猛然間，一條黑影躍上牆頭。黑影再一躍，輕輕落在地上。李皇后、晴晴看得真切，大囈一驚，未及喊叫，黑影已到她倆跟前，亮出鋒銳的匕首，低聲喝道：「不許出聲，進房！」

李皇后、晴晴驚恐地退進殿內。黑影隨手關上殿門。殿內燭光明亮，陳設華美。黑影將匕首指向李祖娥，問：「你是誰？」

晴晴忙說：「壯士不得無禮，這位是李皇后！」

黑影略略一愣，收起匕首，隨後單腿跪地，說：「對不起，民女冒犯皇后了！」

李皇后驚魂未定，半天才回過神來，說：「民女？」

黑影起身，摘去黑色面罩，解開束髮手帕，將頭搖了搖，烏黑的長髮散開，像黑色瀑布，光澤閃閃。李皇后和晴晴同時驚呼說：「啊？你是女的？」

緊張的氣氛一下子緩和了。李皇后、晴晴再看來人，發現她還是個少女。年齡大約十五六歲，瓜子臉，柳葉眉，大大的眼睛，長長的睫毛，眉宇間透著一股英氣。黑色緊身衣褲，襯托出她身段的輪廓，雖然纖弱，但很苗條和秀美。李皇后在圓桌旁的圓杌上坐定，示意少女坐在她的對面。晴晴斟來兩杯茶，放在皇后和少女面前。少女像是口渴，朝皇后笑了笑，端起茶杯將茶喝了。她笑的樣子很好看，露出潔白的牙齒。

李皇后注視少女，說：「你就是刺客？你想刺殺皇帝高洋？」

少女點頭。李皇后又說：「姑娘，你叫什麼名字？看樣子你還是個孩子，為何要刺殺高洋？」

少女瓜子臉上掠過陰雲，大大的眼中噴射怒火，咬牙切齒，講述了她的故事她的仇恨。

少女姓鄭名瑩，鄴城西四十里鄭家村人。她的爹叫鄭啟亮，為人正派，飽讀詩書，在本村庠序當塾師。她的娘楊氏，一個本本分分的家庭婦女。鄭啟亮和楊氏生有兩個女兒，大的叫鄭晶，小的叫鄭瑩，二人相差四歲。鄭晶和鄭瑩自小長得美貌，而且非常聰明。鄭啟亮教女兒學習識字寫字，學習《詩經》、漢樂府詩。楊氏教女兒學習繡花。她倆心靈手巧，一學就會。一家四口，生活不算富裕，但無病無災，恰也平平安安，和和美美。

鄭瑩還有個伯父叫鄭啟明，住在離鄭家村十餘里的黃橋鎮上，也是塾師。鄭啟明原先的妻子病死，續娶妻子許氏。他們沒有孩子，所以常把鄭瑩接到家中去住，視若親生的閨女。鄭瑩十一歲那年，又在伯父伯母家住了兩個月。這兩個月裡，一場飛天橫禍，奪走了她爹娘和她姐姐的性命。

那一年，高洋實行高壓政策，強行徵了一百八十萬民伕和無數錢糧，修築長城，致使舉國騷動，怨聲載道。鄭家村十六歲至五十六歲男丁，全都上了工地，鄭啟亮因是塾師，故不在徵用之列。村裡只剩下婦女、孩子和老人，田地荒蕪，莊稼無收。許多男丁餓死累死在工地上，屍骨就築進長城牆體裡。鄉親們找到知書識禮的鄭啟亮，訴說苦難，詛咒官府，詛咒朝廷，詛咒皇帝。鄭啟亮聽了鄉親們的訴說和詛咒，感同深受，於是便把秦代民間傳說孟姜女哭長城的故事翻了出來，稍作改動，增加少許現實內容，抄寫幾份，贈送好友。好友又抄寫幾份，贈送好友，傳播得飛快。因此，那一年出現的人人都說孟姜女，處處皆罵秦始皇的現象，究其源頭，實是起於鄭啟亮。

官府偵查到這一情況，立即報告朝廷。高洋大怒，命將鄭啟亮及其家人，抓到長城工地服役。鄭瑩因住在伯父伯母家，躲過一劫。鄭啟亮、楊氏、鄭晶在工地上挖土背土，饑餓勞累，不時還遭監工的凌辱和毒打，苦不堪言。一天，高洋視察工地，得知那個衣破鞋爛、骨瘦如柴的漢子就是鄭啟亮，哈哈大笑，說：「鄭啟亮，你傳播孟姜女哭長城的故事也就罷了，但千不該萬不該增加內容，罵朕咒朕。你在故事中增寫了一段歌詞：『當今亦有秦始皇，荒淫殘暴喪天良。勞民傷財築長城，百萬人家遭禍殃。但願亦出孟姜女，手撫白骨哭斷腸。哭倒長城八百里，哭死當今秦始皇！』你把矛頭直接指向朕，該當何罪呀？」

鄭啟亮冷冷地說：「我罵的咒的只是當今秦始皇，並未提及皇上。」

「狡辯！」高洋怒沖沖地說，「你沒有提及，比點名明說更可惡！對了，你不是願再出個孟姜女，哭倒長城八百里，哭死朕嗎？那好，你一家三口，就別挖土背土了，當一回孟姜女，跪在這裡哭，哭倒長城一里，不，哭倒一丈、一尺，朕就赦免你們，放你們回家！」

鄭啟亮、楊氏怒視高洋。鄭晶把頭埋得很低。高洋剛要離去，忽又停住，走至鄭晶跟前，伸手托起她的面龐。鄭晶雖然饑餓勞累，但她美人胚子在，少女氣質在，自有一種撩人的天然嫵媚。高洋嘴角露出一絲淫笑，說：「你就別當孟姜女了，走，我帶你去一個地方。」

鄭啟亮、楊氏嚇壞了，大聲說：「晶兒，別聽他的，不能去不能去！」鄭晶當然知道，跟高洋走必定受辱。她無力自衛，只能以死抗爭。她深情地叫了一聲爹，又叫了一聲娘，猛一咬牙，咬爛舌頭，含一口鮮血，對準高洋那張醜陋的臉，噴了過去。高洋滿臉血污，當眾出醜，狼狽至極。侍衛向前，要拿鄭晶。高洋一揮手，命侍衛退後。他惡惡地狠狠地從劍鞘裡抽出佩劍，一劍刺進鄭晶心窩。鄭晶倒地，血流如注。高洋猶不解恨，又連砍三劍，砍下鄭晶的頭顱和雙腿。鄭啟亮瘋了，一頭撞向高洋。楊氏也瘋了，也一頭撞向高洋。高洋佩劍在手，連刺兩劍，鄭啟亮、楊氏命喪黃泉。高洋宣布：「暴屍三日，然後築進長城牆體裡！」

鄭啟明趕到工地，打聽到弟弟、弟媳、侄女慘死的情狀，心如刀割，痛不欲生。他返回黃橋鎮，先把情狀告訴許氏，二人再陸陸續續把情狀告訴鄭瑩。鄭瑩放聲大哭，拿了把菜刀，要去鄴城，要找高洋報仇。鄭啟明阻攔。鄭瑩罵伯父懦弱，膽小怕事。鄭啟明說：「瑩兒，用一把菜刀，若殺得了高洋，那我就和你一起去！可是你要知道，高洋是皇帝，有侍衛有軍隊，你和他硬拚，報不了仇，只能送掉小命啊！」許氏把鄭瑩摟在懷裡，流著淚說：「瑩兒，你伯父說的沒錯，你爹你娘你姐姐已經死了，我們不能再失去你呀！」

鄭瑩冷靜下來，下決心習武報仇。如何習武呢？鄴城西北二百里有一座鳳凰山，山上有一個飛天庵，庵主是個婦人，武功蓋世，性格怪癖，號稱飛天老母。飛天老母專收失去爹娘的少年女孩為徒，教授武功，行俠仗義，遠近聞名。鄭啟明徵求鄭瑩的意見。鄭瑩願拜飛天老母為師。於是，伯侄二人上了鳳凰山，找到飛天老母，說明意願。飛天老母五十多歲，長髮披肩，半眯著眼，面無表情，手指鄭瑩，說：「庵中一個水缸，你去井中打三十桶水，倒進去，水缸水滿，前來告訴我。」

打水跟習武有什麼關係？鄭瑩極不情願地去打水。山上水井很深，打水得用轆軸，轆軸上捲井繩，把水桶繫在井繩末端，搖動轆軸，放下水桶，水桶打了水，再搖動轆軸，把水桶提上來，提至井口，先放到井臺上，解去井繩，然後提著水桶，走二三十步，把水倒進水缸。這活，看似簡單，其實費勁吃力，弄得不好，還有可能掉進水井淹死。鄭啟明很想幫幫侄女，但飛天老母有言在先：不許幫忙。年幼體弱的鄭瑩，只能咬牙堅持，打了一桶又一桶，跌跌撞撞，把水倒進水缸裡。她好不容易打夠三十桶，身上的骨頭都快散架了，奇怪的是水缸裡卻沒有一點存水。仔細一瞧，原來水缸底有一道不顯眼的縫隙，水全流走了。鄭瑩好生氣惱，顧不得滿身疼痛，快步流星，去找飛天老母，氣呼呼地說：「你騙人，騙人！水缸底有縫隙，根本存不住水，你卻要水缸水滿，可能嗎？」

端坐著的飛天老母輕輕拍手，說：「好！你已打夠三十桶水，說明你有毅力；你發現水缸底縫隙，敢來責備我騙人，說明你有個性。我最瞧不起沒有毅力和個性的人，所以你這個徒弟，我收了！」

鄭瑩的氣惱全消，慌忙跪地叩頭，說：「徒弟向大師請安！」鄭啟明喜出望外，拱手說：「謝大師，謝大師！」

鄭瑩習武從此開始。她很瘦弱，又沒力氣。飛天老母命她每天跑步，在崎嶇的山路上跑，在茂密的樹林間跑，增強體力和耐力。再命她每天靜坐，說是練氣，身體挺直，目不斜視，心去雜念，一坐就是兩三個時辰。再命她每天跳躍，說是練輕功，騰空向上，無聲；雙腳落地，也要無聲。跑步、靜坐和跳躍，很苦很累很枯燥。鄭瑩心中時刻想著慘死的爹娘和姐姐，想著報仇，所以不嫌苦不嫌累不嫌枯燥，完全按照大師的教授，一步一步地學，刻苦不懈地練。半年過後，飛天老母領著鄭瑩進入一間密室，那裡面燭炬閃耀，陳設的刀槍劍戟等器械，琳琅滿目。飛天老母說：「鄭瑩，考慮你身單力薄，為師不主張你學重型器械，單單教你一門絕技，可好？」

鄭瑩說：「聽憑大師作主。」

飛天老母隨手取了個細長、扁平、鋥光發亮的小物件，問：「知道這叫什麼？」

鄭瑩搖頭。飛天老母說：「這叫飛鏢，鏢尖和兩側都很鋒銳。看前面第一排第三支蠟燭！」鄭瑩定睛，只見大師一揚臂，飛鏢飛出，恰中前面第一排第三支蠟燭燭光，燭光熄滅。飛天老母再取兩支飛鏢，說：「看第二排第五、六支蠟燭！」鄭瑩定睛，又見大師一揚臂，兩支飛鏢飛出，分中第二排第五、六支蠟燭燭光，燭光熄滅。鄭瑩驚愕萬分，一拍手說：「大師，徒弟就學飛鏢！」

飛天老母說：「為師也考慮你學飛鏢合適。記住，飛鏢雖小，威力卻大，可以扎眼、削耳、穿喉、斷筋，制伏你想制伏的人。學飛鏢和用飛鏢，憑的是巧力而非蠻力，講究心、神、手、力合一，既快且準，百發百中。如何才能既快既準，百發百中？只有苦學苦練，捨此別無他路。」

鄭瑩習武專攻飛鏢。目標先是樹幹，距離五步、十步開外，每天都要投擲上千次上萬次。她的手腕腫脹，胳膊疼痛，幾乎動彈不得。她咬緊牙關，略略閉目，休息片刻，便又聚精會神地投擲。目標由大到小，距離由近到遠。鄭瑩不聲不響，投擲，投擲，投擲，起早貪黑，披星戴月。三年後，飛天老母對鄭瑩的技藝進行一次考核：在樹枝上繫三十根細繩，每根細繩上繫一塊小石，鄭瑩在二十步開外發三十支飛鏢，飛鏢切斷二十根細繩，小石落地，即算合格。好個鄭瑩，沉穩站立，照準細繩，嗖嗖嗖連發三十支飛鏢，結果切斷二十五根細繩，二十五塊小石落地。

飛天老母非常滿意徒弟的成績，臉上露出難得一見的笑容。接著，她教授徒弟騎馬投擲飛鏢，或擊靜止的目標，或擊移動的目標。鄭瑩十分聰穎，凡大師教授，她都能領會，領會後便刻苦練習，所以技藝大進。又過了兩年，鄭瑩的飛鏢技藝，爐火純青。她能在奔馳的馬背上投擲飛鏢，擊中飛翔的燕子。若遇歹徒，她投擲飛鏢，說中額頭，不會中眉毛；說中左眼，不會中右眼。她專為報仇而練就了穿喉鏢的招式，一鏢貫穿仇人咽喉，仇人頃刻斃命。

飛天老母一面教授徒弟武功，一面還給徒弟講歷史，講社會，講人生，講聶政、荊軻等俠客的事蹟以及俠義精神。她又常讓徒弟女扮男妝，獨自或結伴下山，到各州郡去走走看看，說這樣可以了解世風民情。因此，鄭瑩在習武期間，經受的鍛鍊是多方面的。她長大了，成熟了，決意下山一報家仇了。

一個標緻、陽光的俊俏公子出現在鄭啟明和許氏面前。鄭啟明、許氏端詳許久，竟認不出這標緻的公子是誰。等到俊公子親熱地叫伯父叫伯母，說：「我是鄭瑩哪！」鄭啟明、許氏揉了揉眼睛再看，天哪，可不是鄭瑩麼？三人相擁，喜極而泣，說不完的離別苦，道不完的思念情。

鄭瑩在伯父伯母家住了半個月，正式改口叫伯父為爹，叫伯母為娘。她精心做了一些準備，便赴鄴城，刺殺高洋。本以為萬無一失，不曾想偏偏失手，一時出不了皇宮，誤走誤撞，意外冒犯了皇后李祖娥……

鄭瑩的講述，使李皇后感到震撼，感到憤怒。她弄不明白，像高洋這樣荒淫無恥、兇殘暴虐的皇帝，為何就死不了呢？一個高洋，禍害了多少女人多少百姓多少家庭哪！

昭陽殿外，侍衛手持火炬和兵器，走過來走過去，機械地重複著兩句話：「皇上有旨：抓刺

客，抓刺客！」「皇上有旨：封鎖皇宮，搜查刺客！」鄭瑩起身，整理長髮，說：「民女不想連累皇后，這就走！」

李皇后抬手制止，說：「外面全是侍衛，你想走也走不了。我不忍心看你白白丟掉小命，所以你最好先住下，等過了風頭再說。這裡是昭陽殿，侍衛不敢到此搜查，相對安全。」她轉而對晴晴說：「鄭瑩姑娘就和你住一起。你帶她去洗洗，趕快休息，天明時給她換一身你穿過的衣服。」

鄭瑩見李皇后人好心好，也就同意。第二天，她也是侍女打扮，穿著晴晴穿過的衣裙，羞羞怯怯，來向李皇后請安。李皇后眼睛一亮，喝采道：「好一個小美人！」她手拉鄭瑩，左看右看，越看越喜，越看越愛，說：「小美人，估計你還沒有婆家吧？我給你找一個貴族人家的公子，你可願意？」

鄭瑩嚇了一跳，忙說：「不，不！實不相瞞，民女已有婆家了。」

李皇后疑惑地說：「是嗎？能告訴我男方是誰嗎？」

鄭瑩臉上浮起紅暈，支支吾吾地說：「樂平郡公高，高長恭。」

「怎麼會是他？」李皇后驚訝地說。

鄭瑩不知皇后為何驚訝，一雙大眼，撲閃撲閃地看著皇后。

「噢，是這樣的……」李皇后解釋說，「高長恭，我認識。他是個萬裡挑一的美男子，人品一流，文武雙全。我很佩服很敬重他的娘，單憑這層關係，我也要保護你，不讓你受到傷害，並要把你毫髮無損地送到她家去。只可惜我兒高殷，事事都比不上高長恭，唉！」

鄭瑩鬆了口氣，但接著又惶恐起來：自己果真有婆家了麼？男方果真是高長恭麼？投擲飛鏢送情書，那只是一時衝動，或者說是一廂情願，人家是何態度，自己毫不知情哪！

高洋封鎖皇宮，封鎖京城，搜查刺客，一無所獲。三四天後，封鎖京城各城門的官兵陸續撤去，官民生活如初。

這一天，皇后李祖娥乘坐馬車出宮，直至西關。還是在上次停車的地方，她下了車，左邊一名侍女，右邊一名侍女。左邊侍女是晴晴，右邊侍女便是鄭瑩假扮的。她是要兌現諾言：把鄭瑩姑娘毫髮無損地送到蘭女家。鄭瑩推辭不得，叫苦不迭，只得硬著頭皮，走這一遭。

還是郭媽媽告訴蘭女：李皇后來訪。蘭女一驚，慌忙起身迎接。眾人進入正房，落座。晴晴、鄭瑩立在李皇后身後。李皇后看著蘭女，笑著說：「蘭女姐姐，你好福氣，有一個好兒子，又有一個未過門的好兒媳，讓人好羨慕啊！」

未過門的好兒媳？蘭女莫名其妙。李皇后不等蘭女插話，接著說：「你兒媳好厲害好俠義，敢獨闖皇宮，刺殺高洋，雖說刺殺未遂，但膽量、勇氣可嘉，堪稱孤膽英雄，巾幗豪傑！你知道，我是巴不得高洋死的，他一死，天下少一個惡魔，世人的日子或許會好過些。那天夜間，侍衛封鎖皇宮，搜查刺客，你兒媳幸虧誤進昭陽殿，方才沒落到高洋手裡，要不然，她就慘嘍！」

蘭女聽所謂的兒媳就是刺殺高洋的刺客，越發覺得事情蹊蹺。郭媽媽也有覺察，示意蘭女，乾脆別說話。李皇后又說：「姐姐，我見你兒媳長得如花似玉，嬌憐可愛，說什麼也要保護她不是？所以，我讓她在昭陽殿住了幾天，避過風頭，今天親自把她送來，交給你，我就放心了。」她伸手拉過鄭瑩，推至蘭女跟前，說：「姐姐，你瞧瞧，看你兒媳少不少一根頭髮？少了，我包賠！」

蘭女只是微笑。鄭瑩窘極了，低著頭，臉通紅，恨不得尋一條地縫鑽進去。

李皇后朝左右看了看，說：「哎，怎麼不見高長恭？」

蘭女說：「噢，他今天拜訪一個朋友去了？」

李皇后說：「那好，我今天就不見他了。對了，姐姐，聽晴晴說，你家後院滿是蘭花，可不可以領我去看看？」

「當然可以，當然可以。」蘭女忙起身，說：「請！」

蘭女陪李皇后去了後院。晴晴同去。沒有人讓鄭瑩去，她只能留在正房裡。郭媽媽對她刺殺皇帝的事大感興趣，問這問那。

李皇后在後院果然看到叢叢蘭花，美豔似錦，花香瀰漫，撲鼻沁心；菜畦裡蔬菜茁壯，綠意盎然；雞舍裡群雞啄食，一隻母雞剛下了蛋，伸長脖子叫得正歡。李皇后歎口氣說：「唉，皇宮裡若能有這樣一片田園風光，那該多好啊！」她和蘭女坐在石頭上，又說起高洋，說他怎樣好淫，怎樣酗酒，怎樣殺人，情緒低落，眼角甚至有點點淚花。蘭女理解李皇后內心的苦痛，但愛莫能助，只能輕拍妹妹的手背，算是一種寬慰。

晴晴採了一大束各種顏色的蘭花。李皇后強打精神告辭，執意不要蘭女送行，領了晴晴自去。蘭女回到正房，用嚴厲的目光審視鄭瑩，說：「姑娘，刺殺高洋的刺客是你？說說，這是怎麼回事？」

鄭瑩兩眼看著地面，輕聲輕語，又講述了她的故事她的仇恨。蘭女聽了，驚訝，感歎，不禁對這個名叫鄭瑩的嬌弱姑娘肅然起敬。蘭女又問：「鄭瑩姑娘，你說你是我的未過門的兒媳，這又是怎麼回事？」

「這，這……」鄭瑩難以啟齒。

「鄭瑩姑娘，你就照實說。」郭媽媽說。

「我，我認識高公子，還來，來過貴府一趟。」鄭瑩說話的聲音很低，低得像蚊子哼哼。

蘭女聽得真真的，反問說：「你認識我兒長恭，還來過我家？」

鄭瑩輕輕點頭，說：「去年在鉅鹿郡，我見過高公子，並尾隨他來了鄴城，知道了貴府。上個月一天夜間，我來到貴府，向高公子房間投擲一物。」

「投擲一物？那是什麼東西？」蘭女的神經緊繃起來。

鄭瑩羞得窘得無地自容，怎麼回答呢？恰在這時，有聲音響起：「娘，我回來了！」當天又去拜訪斛律光的高長恭回來了，大步跨進正房。鄭瑩不由自主地抬頭瞥了一眼高公子，芳心猛跳，飛快地又把頭低下。

蘭女起身，把長恭拉到門外，指著房裡的鄭瑩，低聲說：「你可認識這個姑娘？」

長恭朝房裡張望，說：「誰呀？我還沒看清呢！」

蘭女說：「她就是刺殺高洋的刺客！她說她認識你，還來過我們家，向你房間投擲過一物，可有此事？」

長恭先是一驚，她是刺客，好樣的，敢作敢為；繼而一愣，猛地想起那支飛鏢那方絲帕，臉騰地紅了，嚅嚅地說：「她是毋影？」

「哦？你也認識她，早有交往？」

「哪裡哪裡？」長恭拉娘進了南房自己的房間，從櫃裡取出飛鏢和絲帕，解釋了物件的來歷，以及絲帕上十六個字的含義。蘭女終於明白，原來那是表達愛戀之意的情書。她問：「那麼，你答應她了？」

長恭雙手扶著娘的肩頭，說：「我的好娘哎，我既沒見過她，又不認識她，答應她什麼呀？」

蘭女相信兒子不會撒謊，那麼兒媳之說又從何而來？她拉長恭又回正房，把飛鏢和絲帕放在桌上，說：「鄭瑩姑娘，這可是你的物件？」

鄭瑩抬眼一看，滿臉飛霞。蘭女說：「你向我兒表達愛戀之意，可他並未答應你什麼。既然如此，你怎能說你是我未過門的兒媳呢？」

事已至此，鄭瑩也顧不上什麼羞和窘了，雙膝跪地，說：「三天前在昭陽殿，李皇后突然說她喜歡我，要將我許給貴族公子；我一急，就說我有婆家了。李皇后追問男方是誰，我記著這飛鏢和絲帕，隨口說是高公子。萬沒想到事情會弄成現在這個樣子，對不起，我給伯母添麻煩了！」

鄭瑩稱蘭女為伯母，長髮幾乎垂到地面。郭媽媽於心不忍，扶起鄭瑩，說：「不妨不妨，還是坐下說話。」她又對蘭女說：「我剛才問了，長恭降封，鄭瑩姑娘也知道。她說她刺殺高洋，既是報家仇，也是為長恭打抱不平。」

高長恭心頭一熱：鄭瑩姑娘好俠義！他憑一種直覺斷定，這個鄭瑩就是他想像過無數遍的毋影。現在見她不過十五六歲，容貌算不上國色天香但絕對上乘。他的心跳得厲害：她，她不正是自己所嚮往所期待的心上人麼？

鄭瑩是那種人見了必定喜歡、不能不喜歡的女孩。李皇后喜歡，郭媽媽喜歡，長恭喜歡，蘭女當然也喜歡。蘭女於是決定，讓鄭瑩先在家中住下，至於能不能成為兒媳，她還要考察，待考察後再作定奪。

鄭瑩隨郭媽媽住正房西房。兩三天裡，小雲母子、小翠母女都喜歡上了鄭瑩，好像她早就是自家人似的。長恭和鄭瑩，有意迴避，心有靈犀，卻不敢正面接觸和說話。姜柱、蘇山回來休假。蘭女決定和郭媽媽一起，帶領長恭和鄭瑩，去一趟黃橋鎮，拜訪鄭瑩的爹娘。因為耳聽為虛，眼見為實，她要實地作一番考察，看看鄭瑩到底能不能成為她的兒媳。

農曆四月，桃紅柳綠，鶯啼燕舞。姜柱雇了一輛馬車，並親自趕車。馬車上坐著蘭女和郭媽媽，車廂裡罐罐籃籃，裝了好多酒肉和蔬菜。蘇山、長恭、鄭瑩三人騎馬。鄭瑩外出，總是女扮男妝。蘭女和郭媽媽看她，穿的是長恭前些年穿過的淺藍色繡邊衣褲，恰恰合身。頭戴圓形黑色綴花瓜瓣式絲帽，長髮盤在絲帽裡，精巧可人。當天她騎的是長恭的白馬，而長恭騎的是姜柱的黃馬。蘇山騎馬，不離馬車左右。長恭黃馬，鄭瑩白馬，時而並排緩步，時而疾馳如飛，英俊，颯爽，好一對風流倜儻的翩翩公子！長恭、鄭瑩馳出老遠，方才有機會互看對方。他看她，芙蓉出水；她看她，玉樹臨風。長恭笑著說：「哎，你又叫毋影不是？」

鄭瑩笑而不答，取了一支飛鏢扔給他。長恭接住飛鏢一看，上面果然鑄有毋影二字，說：「為何又叫這個名字？」

鄭瑩說：「取來無影去無蹤之意。我師傅常給徒弟講俠義精神，強調路見不平，必拔刀相助，但切不可隨意濫殺無辜。所以，我的飛鏢分兩種：一種是鑄毋影二字的，可傷人但不殺人；一種是不鑄字的，往往是一鏢便致人於死地。」

長恭說：「那麼刺殺高洋的飛鏢肯定不鑄字了？」

鄭瑩說：「那當然。若鑄字，不等於把刺客的名字告訴他了？」

馬車趕上了長恭、鄭瑩。一行人過了一個土丘，一片樹林，前面出現一個鎮子。在鎮子一角，鄭瑩下馬，對蘭女說：「伯母，到了，我去告訴爹娘。」她一轉身，快步跑進一個綠樹環抱的小院，邊跑邊叫：「爹！娘！」

長恭、蘇山下馬。蘭女、郭媽媽下車。鄭瑩再跑出小院，身後跟著手忙腳亂的鄭啟明、許氏。鄭瑩介紹兩家人。蘭女看許氏，許氏看蘭女，各擦了擦眼睛再看，同時手指對方同聲說：

「你是碧玉姑姑？」

「你是蘭女？」

瞬間，兩人緊緊擁抱在一起，放聲大哭，邊哭邊說：「天哪，這不是做夢吧？」郭媽媽、鄭啟明等都驚呆了，不明白是怎麼回事。許久，蘭女和許氏才說：「我倆十八年前就是熟人了。」眾人無不驚愕：天下竟有這樣的巧事！

許氏手拉蘭女，淚臉掛笑，招呼眾人進入小院。小院裡三間正房，兩間廚房。進入正房，給人的總體印象是樸素、乾淨。鄭瑩忙找茶碗斟茶。鄭啟明，年近五十，清清瘦瘦，斯斯文文，沒想到會突然來這麼多客人，亂了方寸。許氏，也就是碧玉姑姑，四十多歲，衣飾齊整，舉止穩重，面對這麼多客人，也有點手足無措。蘭女從剛才的激動中鎮定下來，笑著說：「我們今天來訪，屬於突然襲擊。碧玉姑姑，你們就別忙了，吃的喝的，我們都帶來了。姜柱、蘇山兄弟，快把酒肉和蔬菜卸下來，然後餵馬。郭媽媽，中午飯得請你老掌勺，多做些菜，恭兒和鄭瑩當下手。我和碧玉姑姑有很多話要說，就諸事不管了。」

鄭啟明、碧玉說：「這，主家吃客，多不好意思，多不好意思！」

各就各位，各幹各事。蘭女和碧玉姑姑坐在正房東房的炕沿上，四目相對，四手相握，說起往事。蘭女記得，碧玉姑姑比她年長十歲；她被搶的那一年十六歲，如今已三十四歲，十八年過去了，碧玉姑姑應是四十四歲。十八年滄桑，千言萬語，萬語千言，一時難以盡說，只能先說個大概情況。蘭女告訴碧玉姑姑，她是被淫棍、色狼高澄搶去的，一年後生了兒子長恭；長恭八歲時，高澄遭刺殺而死，刺殺高澄的人叫金覽，其實，金覽就是藍京；高澄的弟弟高洋改朝換代，荒淫無恥，她和長恭沾著「皇」字的邊，身不由己，提心吊膽；長恭長得一表人才，能文能武，又懂事又孝順……碧玉告訴蘭女，這麼多年來，她一直牽掛蘭女，以為蘭女早不在人世了；鄭啟明是她爺爺許楠的學生，九年前去蚌蚌灣探望老師，許楠知其中年喪偶，所以讓她再嫁鄭啟明；她於是到了黃橋鎮，不久發生了鄭啟亮夫婦及鄭晶慘死事件；可憐鄭瑩，十一歲去鳳凰山習武，整整五年，二十天前才回來，就去了鄴城；近幾日傳言刺客刺殺高洋未遂，鄭啟明和她知是瑩兒所為，卻又不見瑩兒回家，都快急死了……

二人說了哭，哭了笑，笑了又哭，劫後重逢，如在夢中。蘭女抹了抹淚，說：「傷心事煩心事以後再說，先說緊要的。你可知，鄭瑩看上我家長恭了？」

碧玉搖頭，說：「我正疑惑瑩兒為何和你等在一起呢！」

「嗨，這樣的……」蘭女一五一十，把她所知道的，長恭和鄭瑩之間的若干細節和盤托出。碧玉一拍手說：「好啊！這樣你我不就成親家了？」她忙下炕，朝門外喊道：「瑩兒她爹，快來快來，聽聽好事！」

鄭啟明走進東房，手裡還拿著一塊抹布。碧玉把蘭女說的話，簡要複述一遍。鄭啟明只是個笑，說：「我們家小門窮戶，瑩兒那丫頭又有點野，只怕……」

蘭女笑了，說：「實不相瞞，我今天就是來實地考察的。你們家若是大門富戶，那就糟了。」她接著說了長恭娶妻四不娶的原則，說：「瞧，四條，鄭瑩條條合適。在來的路上，我還嘀咕：鄭瑩能成為我兒媳嗎？現在，我決定了：鄭瑩就是我兒媳，你倆想不給也不成！」

這話說得碧玉朗聲大笑。鄭啟明也笑，笑得溫文爾雅。碧玉說：「蘭女，你我其實是同輩人，別再叫我姑姑了。」蘭女笑著說：「叫慣了，改不改無所謂，只要不把鄭大哥叫姑父就行。」

郭媽媽腰繫圍裙，揮鏟掄勺，乒乒乓乓，烹製菜肴。鄭瑩一邊燒火，一邊洗菜。她在家中未戴絲帽，一頭長髮，烏黑閃亮。長恭擔水，再把洗菜的髒水倒掉。長恭和鄭瑩的臉上，都是春風蕩漾。因為二人知道，大人正在商談他和她的終身大事，鳳凰齊飛、上邪共唱的那一天，很快就會到來。

午正吃中午飯。正房中央，方桌上擺滿豐盛的冷菜熱菜，方桌上擺不下，又加了個小桌。再有酒罈子、酒杯、盤盤、碟碟等，八人無法像正常酒宴那樣入席。蘭女說：「不拘形式，越隨便越好。」於是，郭媽媽、鄭啟明、碧玉姑姑、蘭女圍桌而坐，姜柱、蘇山、長恭、鄭瑩或站或坐，先各飲一杯酒，再敬酒勸酒。酒酣，蘭女起身說：「人常說千里姻緣一線牽，此話不假。誰能想到，我兒長恭和鄭大哥、碧玉姑姑的閨女鄭瑩，能走到一起呢？兒女婚事需父母之命，媒妁之言。今天，我和鄭瑩父母在此，郭媽媽當是媒人，長恭和鄭瑩就算訂婚了！」

姜柱、蘇山拍手叫好，又向蘭女、鄭大哥、碧玉姑姑敬酒。長恭看鄭瑩，鄭瑩看長恭，又羞又喜，心中像有一萬隻蜜蜂在釀蜜，甜蜜得不能再甜蜜了。

這頓飯，吃了足足一個時辰，形式隨便，但吃得痛快，吃得舒暢。飯後，蘭女和碧玉姑姑又去東房說話。她倆之間，要說的話太多太多了！蘭女建議，鄭瑩仍跟她走，住她家；兩天後，她派人來接碧玉姑姑和鄭大哥，也去她家住些日子，順便進行六禮中的前幾項程序。碧玉詢問丈夫。鄭啟明同意，說：「行，行！」

約莫申末時分，蘭女等返回鄴城。鄭啟明和碧玉送出老遠老遠，特別叮囑鄭瑩，要懂規矩，要有禮貌。長恭黃馬，鄭瑩白馬，又疾馳如飛。蘭女坐在馬車上，看著二人的身影，直覺得神清氣爽，滿臉都是笑容。郭媽媽說：「看把你喜的！」蘭女說：「十八年了，又重逢碧玉姑姑又得了她的閨女做兒媳，天意天意，不能不喜啊！」

兩天後，蘭女派姜柱趕車，長恭和鄭瑩騎馬，再去黃橋鎮，將鄭大哥和碧玉姑姑接到自家居住。鄭啟明、碧玉住下後，方知沾著「皇」字邊的人家，住處多麼寬敞，多麼氣派。

蘭女說：「這個庭院和房屋，都是死鬼高澄留下的，就算是留給長恭的一份遺產吧！」

鄭啟明、碧玉又認識了裴雲、冉翠、姜魁、蘇萍和黃塾師。原來這裡是一大家人，儘管姓氏多樣，年齡有異，但在蘭女的帶領和影響下，一大家人相處得非常融洽與和諧。二人相信，鄭瑩加入其中，是會生活得如意和開心的。

蘭女和碧玉仍有很多話要說，說起蚌蚌灣，說起舊時的人舊時的事，總會無限感慨和唏噓。碧玉告訴蘭女，蘭女的爺爺施老善，死後由藍京經辦，斂屍入棺，埋葬在一座小山下，那裡壘了個三尺高的墳頭；藍京走後，蘭女家的那個小院漸漸荒蕪了，房屋也垮坍了；她離開蚌蚌灣時，她的爺爺許楠，以及王瞎子夫婦，都死了。蘭女想起兩個少年夥伴，說：「小梅、小菊呢？她倆怎樣？」

碧玉說：「她倆都嫁了當地的漁民，早有孩子了。」蘭女嚮往地說：「普通人家，丈夫孩子，求個溫飽，那樣多好啊！」

蘭女告訴碧玉，她失身後曾尋死過，沒有死成；她所遇到的人和事，使她改變了性格，變得剛強和潑辣了；她最介意的是兒子，反覆教育長恭要低調做人，要獨善其身；然而，當今皇上高洋，卻是長恭的二叔，那人可以說是頭頂長瘡腳底流膿——壞透了，那個壞，沒法說，說了讓人嫌嘴髒。

碧玉說：「高洋荒淫無恥，我也聽說一些。還記得在蚌蚌灣時，我爺爺說過的話嗎？他說：世界上最黑暗最腐爛最醜惡最骯髒的地方就是皇宮。所以，高洋那樣壞，並不奇怪，惹不起可以躲嘛！」

蘭女說：「我也是這樣想的，只想遠離皇家，遠離京城，躲得遠遠的。不過，整個天下都是高家的，又能躲到哪裡去？唉！」

姜杜和蘇山又回軍隊去了。鄭啟明和黃塾師都是塾師，彼此有共同的語言，談話投機，相見恨晚。鄭瑩不再迴避長恭，二人一起習武，惺惺相惜。姜魁、蘇萍特別喜歡鄭瑩姐姐，跟前跟後。蘇萍說鄭瑩姐姐女扮男妝好看，糾纏著她娘冉翠，說也要女扮男妝。冉翠不許。蘇萍哭了，去找大姨蘭女告狀。蘭女答應，等有空把長恭小時候穿過的衣服找出來，給蘇萍穿上，包她像個男孩。蘇萍破涕為笑，又去追逐姜魁玩開了。

古時婚嫁六禮分別叫納采、問名、納吉、納徵、請日、親迎。前四禮屬於確定婚姻關係階段，男方須向女方下聘禮。蘭女開始稱鄭啟明、碧玉為親家。她叫來親家和鄭瑩，請郭媽媽取出好幾個首飾盒和一大堆綾緞，說：「這些東西算是聘禮，都是給鄭瑩的。」

鄭啟明、碧玉說：「不要不要，自家人，什麼聘禮不聘禮的？」

鄭瑩羞紅了臉，說：「伯母，你何時見我戴首飾穿綾緞了？聘禮嘛，你乾脆給我買一匹馬得了。」

蘭女笑著說：「馬肯定買，聘禮也得收！」

鄭啟明、碧玉堅決不收。雙方推來推去。鄭瑩說：「這樣：聘禮就算我收下了，但仍由郭奶奶保管。」

鄭啟明、碧玉說：「也是，省得搬來搬去的。」

蘭女說：「噢，弄了半天，聘禮還在我家呀？」

鄭啟明、碧玉說：「瑩兒都是你家的人了，聘禮當然在你家。」

蘭女大笑，說：「我等於沒花錢就娶了個好兒媳，真是太合算了！」鄭啟明、碧玉、郭媽媽都隨她大笑起來。

蘭女又說：「我辦事圖個俐落，從不拖泥帶水。長恭和鄭瑩既已訂婚，那就趁熱打鐵，把喜事辦了好。六禮中的第五禮叫請日。我叫長恭查過曆書，六月十六日是個上上吉日。因此，我現在就向親家請日，打算在六月十六日親迎鄭瑩過門，二位以為怎樣？」

鄭啟明、碧玉說：「聽由親家作主。」鄭瑩臉紅心跳：六月十六日，不足兩個月，她就要做新娘啦！

蘭女又說：「按理，兒女婚禮應當辦得像模像樣，熱熱鬧鬧才是。但恭兒沾著『皇』字的邊，那樣做可能會招來是非。所以，親迎之日，我主張簡單，別張揚別鋪張，順順當當，平平安安，比什麼都強。」

鄭啟明、碧玉點頭說：「親家說的在理。」

郭媽媽說：「只怕委屈了鄭瑩。」

鄭瑩說：「奶奶，不委屈。我呀，那一天還要女扮男妝，不坐車不坐轎，只騎馬！」

鄭啟明、碧玉說：「這孩子！」蘭女抓著鄭瑩的手，說：「我的好兒媳，依你依你，全依你！」

姜柱和蘇山休假，奉蘭女之命，去馬市上給鄭瑩買回一匹四歲多的小公馬。馬毛色純紅，火炭一般，驕健雄壯。鄭瑩騎馬，馬美人美，見者無不喝采。鄭啟明回了黃橋鎮。碧玉留在蘭女家，幫著籌備婚禮。

新房定在小四合院的正房。這樣，小雲、小翠就又住進大四合院的南房，騰出正房進行粉刷，添置了新式傢俱。新郎新娘穿的戴的、鋪的蓋的，全新。蘭女對碧玉說：「十八年前，我不明不白成了高澄的女人，一無所有。那樣的荒唐事，不該發生在長恭和鄭瑩身上！」

按照習俗，鄭瑩是要回黃橋鎮去住兩三天的，十六日由長恭去親迎。蘭女說：「那是形式，多一事不如少一事。」所以，鄭瑩未回黃橋鎮，鄭啟明提前又到了鄴城。十六日天氣特好，晴空萬里，驕陽灼灼。大、小兩個四合院，處處都裝飾著鮮豔的蘭花和大紅色「喜」字，紅火熱烈，喜氣洋溢。中午，各人隨便吃了些點心。在大四合院西廂房，蘭女和郭媽媽忙著給長恭穿禮服戴團花。在小四合院東廂房，碧玉和小雲、小翠忙著給鄭瑩梳頭髮化淡妝穿禮服。鄭啟明成了個閒人，去陪黃塾師喝茶、聊天。

古時婚禮多在黃昏時舉行。酉正（下午六時），身穿紅禮服胸戴紅團花的新郎，由蘇山陪同，去小四合院親迎新娘。新娘身穿紅禮服，頭罩紅蓋頭，由小雲、小翠左右相扶，娉婷而出。新郎引領新娘，步入大四合院正房堂屋。堂屋裡裝飾一新，以紅色為主，條桌上一直點燃的兩支白色蠟燭，已被蘭女挪至自己的房間。姜柱、姜魁、蘇萍點燃天井裡堆放的青竹。青竹竹節爆裂，發出劈裡叭啦的聲響——這就是古代的爆竹。蘇山主持婚禮，無非是高喊「一拜天地」、「二拜高堂」等固定程序。當二拜高堂的時候，蘭女、鄭啟明、碧玉端坐，喜極而泣，熱淚盈眶。

新郎新娘對拜後進入洞房，新郎迫不及待地揭去新娘的蓋頭，吻了一下新娘面頰。這個動作被姜魁、蘇萍窺了個正著。兩個小孩拍手叫道：「新郎新娘親嘴嘍，親嘴嘍！」新郎窘，新娘羞，洞房裡的紅蠟燭也好像盈盈而笑。

大四合院正房堂屋，兩張方桌拼成一張長桌。小雲、小翠布菜，姜柱、蘇山斟酒，盤碗滿滿，菜香酒香。長恭和鄭瑩到來，一個憨笑，一個嬌羞，天生一對金童玉女。蘭女招呼入席。黃塾師首座，郭媽媽次座，以下是鄭啟明、碧玉、蘭女、姜柱、蘇山、小雲、小翠、長恭、鄭瑩、姜魁、蘇萍。男女老少十三人，歡歡喜喜，開開心心，吃了喜酒，亥時方才結束。

一輪明月，高懸夜空。簇簇蘭花，異香濃郁。長恭和鄭瑩的婚事，正應了那句老話：月圓花好，花好月圓。

正房堂屋恢復原狀。蘭女把點燃的兩支白色蠟燭又挪至條桌上，跪地叩頭，眼含淚水，說：「爺爺，藍京哥，長恭大婚了，娶的是鄭大哥和碧玉姑姑的閨女鄭瑩。你們地下有靈，務要保佑兩個年輕人哪！」

暴君暴死

高長恭和鄭瑩悄無聲息地大婚了。婚後孝敬爹娘，禮尊師長，一起學文習武，果然是鳳凰齊飛，上邪共唱，恩恩愛愛，甜蜜美滿。

鄭啟明夫婦滿心歡喜地回了黃橋鎮。黃塾師接著提出辭教請求。他五十歲時應高澄之聘，到高家庠序當塾師，學生原先三人，後來只剩下高長恭一人。十二年過去，高長恭大婚成家，他也已六十四五歲，該告老還鄉，安度晚年了。蘭女敬重這位正派、博學的塾師，想請他繼續從教，教姜魁讀書。怎奈姜魁不是讀書的料，說一見書就頭疼，長大後光想當兵。恰好，姜柱的爹去世，老娘獨自在家，還有二十多畝土地無人經營。姜魁說，他願意回家去，一面經營土地，一面照料奶奶。姜柱和裴雲合計，覺得可以。這樣，黃塾師辭教就無可挽回了。蘭女專門設宴，感謝黃塾師的辛勞。宴間，長恭恭恭敬敬向塾師叩頭。除付給塾師原定的薪酬外，又以送禮名義，送給塾師三件銀器、三件玉器、三匹錦緞、三斤綿絮，以及一些補品。為表示恭敬，長恭和鄭瑩騎馬，雇了一輛馬車，堅持把黃塾師送到離鄴城四十多里的家中。

長恭和鄭瑩大婚，還是有人知道了消息，那就是隔壁庭院的高延宗。高延宗封安德王，和河南王高孝瑜、廣寧王高孝珩、河間王高孝琬等鬼混，驕縱不法，作惡多端。高洋下令重建了皇家庠序。高家這幾個活寶，早就娶妻成家，但仍要在庠序上學，補習五經。在庠序上學的還有其他皇家子弟，包括太子高殷等。這天上午，高延宗嘻皮笑臉，告訴他的三個哥哥，說樂平郡公高長恭新娶了個妻子，窈窕嫵媚，美若天仙，人看了，心裡癢癢，跟貓抓似的。高孝瑜、高孝珩、高孝琬一聽，來了興致。一人說：「是嗎？那小子倒有豔福。」一人說：「美若天仙？那該去瞧瞧。」一人說：「乾脆，把那個天仙搶來，放在東郊園林，輪流陪我等睡覺。」「哈哈，哈哈！」四兄弟齊聲淫笑，無所顧忌。接著，他們交頭接耳，商定下午就去西闕渤海王府，會會高長恭及那個讓人心裡癢癢的小天仙。

太子高殷把這一切看得真切聽得明白。他見過長恭哥兩三次，敬佩長恭哥是個正人君子，忙在一方帛紙上寫下數字，命跟班的宦官火速送交高長恭。長恭看那帛紙，上寫：「當心：高延宗下午會帶三王前去滋事。」他感到事態嚴重，但又不便告訴娘和岳父岳母，只能悄聲告訴鄭瑩。鄭瑩是見過高延宗的，並知道三王是高孝瑜、高孝珩、高孝琬，咬牙說：「教訓教訓他們！」

長恭說：「這事不宜鬧大，免得娘等受驚。」

鄭瑩說：「好辦，我去大街上用飛鏢跟他們說話！」

長恭絕對相信鄭瑩的飛鏢技藝，說：「行！但要注意：一不要暴露自己，二不要弄出人命。」

好個鄭瑩，裝束一番，又是女扮男妝，活脫脫一個美少年。長恭千叮嚀萬囑咐，送她出門。鄭瑩燦然一笑，說：「沒事！」她在西闕正街路邊走走停停，雙眼緊盯西城門方向。未末申初時分，高延宗等四人各騎一馬出現，衣飾華貴，傲氣十足。也不知鄭瑩是怎樣投擲飛鏢的，只見高延宗猛地落馬，雙手抱住左腿，慘叫：「哎喲，哎喲！」高孝瑜、高孝珩、高孝琬忙跳下馬，問：「怎麼啦怎麼啦？」高延宗忍痛拔下所中的飛鏢，發現鏢上有「毋影」二字，大聲說：「無影幹的，抓住

他抓住他！」高孝瑜、高孝珩、高孝琬朝四周張望，說：「無影？什麼無影？在哪裡？」瞬間，這三人亦手捂右耳，鮮血直流，慘叫：「哎喲，哎喲！」三人互看，他們右耳上方與面頰分離，半截耷拉下來。高孝瑜說：「快去太醫院！」高孝瑜、高孝珩、高孝琬撇下高延宗，急急上馬，急急而去。高延宗齜牙咧嘴喊叫：「你們不能不管我啊！」

鄭瑩得勝回家，告訴長恭說，她認定高延宗最壞，所以對他用了「斷筋鏢」，飛鏢切斷他左邊小腿的一根筋脈，他從此就會左腿短右腿長，變成跛子；對另外三人用的是「削耳鏢」，若治療不及時，耳朵上半截會老耷拉著，那才滑稽哩！她還說：「那幾人若再不老實，下一回就用『扎眼鏢』和『穿喉鏢』！」

果不其然。高延宗其後變成了跛子；高孝瑜、高孝珩、高孝琬的耳朵雖然治癒，但上方向外偏凸，看上去仍很滑稽。四人挨了飛鏢，卻不知飛鏢主人毋影是誰，無法查找，更無法報復，吃了啞巴虧，直覺得窩囊透頂。

高孝瑜、高孝珩、高孝琬、高延宗因作惡而受到懲罰，他們的娘的日子也不好過，每況愈下。高洋當初接受老大元娉、老二宋氏、老三王氏、老五陳氏投懷送抱，只是出於「吾兄昔奸我婦，我今須報」的心理。時間一長，他對她們不感興趣了，厭倦了。因為他是皇帝，可以得到任何一個年輕美貌的女人，哪還看得上那幾個半老徐娘？元娉心猶不甘，以文襄皇后身分，濃妝豔抹，數次前往皇宮，說要拜見皇帝。守衛宮門的侍衛擋駕，說：「皇上有旨：宮外女人不許入宮！」元娉氣得破口大罵，罵侍衛狗仗人勢，罵皇帝無情無義，罵得嘴乾舌燥，還得回她的靜德宮去。

高洋徵發三十萬民伕，擴建鄴城皇宮，新建金華殿和遊豫園；同時在晉陽新建銅爵臺、金獸臺、冰井臺，合稱三臺宮。又濫加封賞，花錢無數，以致國庫空竭，連百官俸祿都發不出了。高洋焦頭爛額，命陳元康、崔季舒速想辦法。陳元康撫摸肥胖的面頰，說：「辦法倒有一個，只怕……」

高洋說：「什麼辦法？快說！」

崔季舒輕捋稀疏的鬍鬚，說：「只怕皇上下不了手。」

高洋說：「胡扯！為解燃眉之急，面對天王老子，朕也下得了手！」

陳元康微笑，說：「辦法嘛，只在靜德宮。」

高洋說：「何意？」

崔季舒咳嗽一聲，說：「皇上是真不懂還是裝糊塗？你想，在京城，哪裡最富有？誰最富有？靜德宮呀！文襄皇后呀！她曾是長公主，當初嫁給駙馬高澄時，東魏皇室送的金銀珍寶嫁妝，價值連城。現在，皇上急需用錢，把靜德宮一查封不就得了？」

高洋大笑，說：「原來如此，這有何難？」為了錢，他也就不講什麼情義，派出侍衛，查封靜德宮，准她攜帶一些衣物和兩名侍女，遷居高陽郡（今河北高陽）私宅。元嫚披頭散髮，近乎瘋癲，大喊大叫，要見皇上。侍衛冷嘲熱諷，說：「今非昔比。皇上身邊新人紮堆，哪會再見舊人？」靜德宮被查封，元嫚只能到兒子高孝琬家暫住。高孝琬妻妾哪容得下這麼個婆婆？橫眉怒目，冷言冷語。元嫚自覺無趣，悻悻遷居高陽郡私宅，不久憂鬱而死。

宋氏、王氏、陳氏還算識相，從元嫚身上感受到了她們自身的斤兩，趕忙收心斂性，深居簡出。高洋不找她們和她們兒子的茬，那就謝天謝地，阿彌陀佛了。

那個燕氏，擔心高紹信在京城會學壞，兩年前領了兒子去了幽州。燕氏的父親是幽州富商，高紹信涉足商界，很會賺錢，娶一鍾姓女子為妻。數年後，高湛當了皇帝，封高紹信為漁陽王。

八月二十日是鮮卑族人傳統的獵鷹節。這一天照例要在北郊校場舉辦賽馬、獵鷹活動，由皇家和皇室子弟角逐兩個名為「勃魯」（鮮卑語「英雄」）的榮譽稱號，獲勃魯稱號者，可以得到豐厚的賞賜，並可與皇帝共進一次御膳。高洋詔令，京城婦女都要前往觀看，違者罪以軍法。

鄭瑩好動，女扮男妝，早早到了校場，只見萬人聚集，熙熙攘攘，其中婦女多是老人或長相醜陋者。不用問，鄴城官民都知當今皇上好淫好色，哪敢讓年輕美貌的女子在公眾場所拋頭露面？所謂罪以軍法，那是嚇唬人的，普通民眾，跟軍法何干？

校場很大，芳草萋萋。遠處一座高臺，遍插旌旗，遍布侍衛。兩名宮女，一打龍鳳幡，一打日月扇。高洋在幡前扇前御榻上落座。文武百官侍立兩側。高臺下，皇家和皇室子弟皆戎裝駿馬，排成一列。他們當中，有高洋胞弟常山王高演、長廣王高湛，有高洋兒子太子高殷、太原王高紹德、范陽王高紹義、西河王高紹仁、隴西王高紹廉，有高洋侄兒河南王高孝瑜、廣寧王高孝珩、河間王高孝琬、安德王高延宗，以及高洋各個弟弟的兒子等，共四五十人。當然，其中也有樂平郡公高長恭。皇家和皇室子弟大多封王，唯長恭和高洋幾個小弟的兒子仍封郡公。長恭本不想角逐什麼勃魯，但擔心那樣會授人以柄，於己不利，所以還是前來參加。他身材偉岸，姿容俊美，騎的是白馬，昂然排在佇列中，猶如鶴立雞群，光彩照人。

新任太尉尉粲，一個身矮體胖、鬍鬚濃密的鮮卑族人，主持當天的活動。先賽馬，須圍繞一個橢圓形草地跑三圈，首個到達終點者獲勝。各位王爺、郡公擁擁擠擠，爭取有利的出發位置。尉粲把手中小旗往下一壓，發令：「開始！」眾馬駛出，爭先恐後。觀看熱鬧的民眾群情振奮，呼喊助威。第一圈，各馬並未拉開距離。第二圈，情勢發生變化，原先跑得快的變慢了，原先跑得慢的變快了。第三圈，優劣已很明顯，長恭一馬當先，像是白色飛箭，飛馳向前。他還向後面看了看，發現緊隨其後的是長廣王高湛，自己領先約四五十步。民眾揮舞雙手大聲呼喊：「衝啊！衝啊！」鄭瑩攥拳，暗暗說：「長恭，好樣的！」長恭策馬，進入最後直道，拼力衝刺。忽然，他身體往右一傾，竟從馬背上摔了下來，前衝的慣性帶著他在草地上滾了三滾。民眾驚呼：「啊！」鄭瑩瞠目結舌：怎麼搞的？剎那間，高湛飛馬馳過，第一個到達終點。又有幾匹馬到達終點。長恭從草地上站起，牽了白馬，步行到達終點。鄭瑩見他並未受傷，放下心來。

尉粲高聲宣布：「長廣王高湛，獲賽馬勃魯稱號。皇上有旨：賞黃金千兩，錦緞百匹，擇日與皇上共進御膳。」高臺上，高洋和百官鼓掌。高湛滿面笑容，騎馬繞場一周。民眾齊聲歡呼：「勃魯，勃魯，勃魯！」

接著獵鷹，即用箭射蒼鷹，首個射落蒼鷹者為勃魯。古時生態環境優良，天空蒼鷹很多，但要將它射落，並非易事，需要高超的箭技。長恭有意招呼太子高殷，二人並馬同行，低聲交談，並迅速交換了一支箭。秋高氣爽，長空蔚藍，驕健的蒼鷹伸展雙翅，凌風盤旋。各位王爺、郡公張弓搭箭，驅馬追逐蒼鷹，亂射一通，哪能射中？長恭和高殷，選擇一處高地，仰望長空。長恭對太子說：「一會兒，我發令，你用我的箭，我用你的箭，同時發箭，準能射落一鷹。」高殷感激地說：「謝長恭哥關照。」不一時，一隻蒼鷹斜展雙翅，盤旋而來。長恭和高殷把箭瞄向獵物。長恭果斷

發令：「發箭！」說時遲，那時快，兩支箭閃電一般，呼嘯升空，其中一支箭恰中蒼鷹胸脯。蒼鷹翅膀收斂，連連翻滾，飛快地墜落在地上。附近幾名侍衛一湧向前，摁住蒼鷹。蒼鷹撲騰、掙扎，不動了，死了。侍衛看那支箭，箭上刻有四字：「高殷之箭。」他們面向校場，放聲高喊：「太子射落蒼鷹，太子射落蒼鷹！」校場上一片歡騰。

兩名侍衛將碩大的死鷹抬進校場，放在高臺前面。高洋和百官向前觀看，心存疑惑：憑太子那能耐，他能射落蒼鷹？可是，那支洞穿蒼鷹胸脯的箭明明是太子的，又豈能有假？尉粲高聲宣布：「太子高殷，獲獵鷹勃魯稱號。皇上有旨：賞黃金千兩，錦緞百匹，擇日與皇上共進御膳。」高殷騎馬繞場一周，侍衛抬著死鷹跟在後面。民眾熱烈歡呼：「太子勃魯，太子勃魯！」校場氣氛達到高潮。高演、高孝瑜、高孝琬等見那情景，很不服氣，又妒又恨。

外行看熱鬧，內行看門道。太尉尉粲把賽馬和獵鷹的過程全看在眼裡，知道高長恭是故意從馬背上摔下來，又故意把獵鷹的功勞歸於太子。他對高長恭的為人有所耳聞，搖一搖頭，自言自語道：「世濁時暗，英才受屈，唾手可得的榮譽卻要讓給他人，用心良苦啊！」

高長恭牢記母親的教誨，奉行收斂鋒芒、低調做人的處世原則，不爭榮譽，不要榮譽，實是明智之舉。他這樣做，有效保護了自己，避免了高洋的疑忌和陷害。

高洋和所有無道昏君一樣，心胸狹隘，手段凶狠，容不得任何一個可能會對皇位構成威脅的有德有才者。他的同父異母三弟高浚、七弟高渙，就是因為在某些方面有突出之處，所以遭到迫害，慘死在地牢的鐵籠裡。

高浚字定樂，高歡的王妾所生，在十五個兄弟中排行第三。他聰明矜恕，豪爽雄健，善騎射，好畋獵，十七歲時任青州刺史。高洋開國，封這個三弟為永安王。高浚出於忠心，進言高洋，切莫沉湎酒色，傷風敗德，引起高洋不快。這年，高浚入朝，親眼見高洋裸露形體，男女混雜，玩一種「狐掉尾」的遊戲，又懇切進言，說「此非人主所宜」。高洋大怒，說：「小人由來難忍！」立即下令，將高浚逮捕下獄，關在一個鐵籠裡。

高渙字敬壽，高歡的韓妾所生，兄弟排行第七。年輕時武藝絕倫，力能扛鼎，任冀州刺史，頗有美政。高洋開國，封這個七弟為上黨王。當時曾有術士說：「亡高者黑衣。」高洋記住這句話，特別忌諱黑色。一天，他問左右：「何物最黑？」左右答：「黑者，莫過於漆。」「漆」與「七」同音。高洋因此疑忌七弟有可能奪取皇位，立命將高渙也逮捕下獄，與高浚關在同一個鐵籠裡。鐵籠置於地牢下。高浚和高渙在那裡不見天日，吃飯、喝水、睡覺、大小便混在一起，污穢不堪。

高洋還要折磨和羞辱這兩個弟弟。他率領親信、侍衛來到地牢，對著鐵籠，放聲歌謳，還命高浚、高渙附和歌謳。高浚、高渙悲不成聲。高洋手握長劍，亂刺二人；又命侍衛劉桃枝，持一大槊，猛擊二人。高浚、高渙號哭呼天，左避右躲，遍體鱗傷，鮮血淋漓。最後，高洋凶殘地下令：「燒死他倆！」侍衛投擲火把，烈火熊熊。高浚、高渙無處可躲無處可藏，片刻間化成灰燼。

高洋酷愛殺人，殺人時還講究殺出花樣。他寵幸過一個紀嬪，繼懷疑紀嬪與人私通，將她殺死，肢解屍體，取其骨做成琵琶，自彈自唱，樂不可支。很快又後悔起來，流著淚說：「佳人難再得，可惜呀可惜！」他下令隆重安葬紀嬪，臨葬之日，親自送喪，披頭散髮，跟在靈車後面，忽兒痛哭流涕，忽兒拍手大笑。行人見狀，竊竊私語說：「皇上是不是瘋了？」

高洋殺害大臣，隨心所欲，全憑個人好惡。大司農穆子容長得過胖。高洋說：「體胖者必貪。」喝令侍衛將穆子容拿下，脫去衣服，用亂箭射殺。都督穆嵩長得過瘦。高洋說：「體瘦者必惰。」喝令侍衛將穆嵩拿下，用鐵鋸鋸殺。尚書令楊愔在朝臣中享有一定威望。高洋不悅，命侍衛抬來一口棺材，聲稱楊愔誹謗皇上當死，把他強放進棺材裡，蓋蓋釘釘。楊愔大叫冤枉。高洋命去釘啟蓋，將他放出，詢問是否誹謗了皇上。楊愔否認。高洋又命把他放進棺材裡，蓋蓋釘釘。如此三釘三卸，楊愔嚇了個半死，尿濕了褲子。

北魏時，鮮卑族人漢化，皇帝改姓元。北齊時，元姓仍是第一「貴」姓，許多鮮卑族人和漢族人假稱姓元。高洋認為高姓才是第一「貴」姓，所以下令逮捕冒充姓元的鮮卑族人和漢族人，共數百家三千餘人，統統斬首，不許收屍，屍體投進漳河。

那是個血風腥雨，暗無天日的年代。獨夫民賊喪心病狂，官民生死由其主宰。史載當時的情況是：「自余酷濫，不可勝紀。朝野慘惜，各懷怨毒。……文武近臣，朝不謀夕。」

暴君的暴虐總會有結束的那一天。那一天雖然姍姍來遲，但還是到來了。

天保十年（西元五五九年）春、夏期間，高洋又作了一次重大的人事調整，關鍵點在於任命常山王高演為大司馬，長廣王高湛為司徒，由這兩個胞弟實際掌控了朝廷的軍權。九月，高洋帶著太子高殷駕幸晉陽，咸陽王、右丞相斛律金等百官隨行，高演、高湛留守鄴城。晉陽三臺宮的銅爵臺、金獸臺、冰井臺，已分別改名為金鳳臺、聖應臺、崇光臺，高大巍峨，金碧輝煌，臺內藏嬌，美女如雲。高洋在晉陽，殺人又殺出一種花樣：建一木臺，高二十七丈，從監獄中提出百名死囚，命插上蘆席做的「翅膀」，從木臺上往下跳，膽大敢跳的免死，膽小不敢跳的立斬。結果，跳下一個死一個，倒有個別存活的，或成白癡，或斷胳膊斷腿，活著又有什麼意義？

高洋為帝十年，酒色無度，嚴重損害了健康。他在晉陽，全靠酗酒致醉，方能睡覺，雙眼一閉，便做惡夢，夢見無數冤鬼冤魂，向他索命。他所住的德陽堂富麗堂皇，但他老說那裡有鬼，每夜睡覺，都要變換幾個房間。終於，他的精力耗盡了，骨瘦如柴，眼窩深陷，形象變得更加醜陋，還帶著幾分猙獰。十月甲午日，他叫喊著要飲酒，飲了三大杯，一頭栽倒在地上，口吐血污，嗚呼暴死，死年三十一歲。

暴君暴死，事出突然。癸卯日，斛律金等正統大臣擁立十六歲的太子高殷在晉陽即皇帝位，發喪。喪訊傳到鄴城，官民歡欣鼓舞，紛紛買酒買肉，飲宴以示慶祝。吃肉專吃羊（「洋」）肉，以致市場上羊肉脫銷。在西關渤海王府蘭女家，全家人也吃了羊肉，還飲了酒。蘭女說：「惡夢一樣的十年，總算熬過來了，誰知下一個十年又會怎樣呢？」

夜晚，鄭瑩和長恭在後院，點燃三支白色蠟燭，焚三炷香，跪地叩頭。鄭瑩眼含淚水，說：「爹，娘，姐，我原想刺殺高洋，一報家仇的，可惜未能如願。現在，那個惡魔死了，你們長眠地下，可以瞑目安息了！」

猛見城內皇宮方向，兩處失火，火光沖天。次日方知，失火的是尚書僕射陳元康、崔季舒家。陳、崔兩個奸佞，助紂為虐，慫恿、協同高洋，幹了無數壞事醜事惡事。他倆從晉陽回到鄴城家中的當夜，就有義士前去縱火，將其府第燒了個精光。他倆也被殺死，頭顱被割下，丟在臭烘烘的茅廁裡。

封王蘭陵

高殷在晉陽即皇帝位，第一件事是發喪，第二件事是尊祖母婁太后為太皇太后，尊生母李祖娥為皇太后。李祖娥多年來一直為高殷能否保住太子地位而憂心而操心，現在高殷終於坐上皇帝大位，自己已被尊為太后，所以內心是喜悅和欣慰的。可是她知道，高殷生性懦弱，能否坐穩皇帝大位，還很難說。因此，她又犯起愁來。可憐天下慈母心。李太后恐怕就是這樣一個慈母。

十一月，高殷扶高洋靈柩回鄴城。李太后、馮嬪、裴嬪、顏嬪分別引領兒子太原王高紹德、范陽王高紹義、西河王高紹仁、隴西王高紹廉，身穿孝服，去城外迎靈。高氏家族諸王諸郡公，包括長恭在內，也參加迎靈，但未穿孝服，僅象徵性地佩戴一白色布條而已。作為皇帝，高洋之惡之暴，世所罕見，所以沒有人哭泣，更沒有人流淚。高洋靈柩停在太極殿前殿，供人弔唁。然而，誰又會去弔唁那個荒淫、凶殘到極點的昏君與暴君呢？弔唁之處一時冷冷清清，門可羅雀。

當時，高氏家族中的權威人物是婁氏。高歡在世時，她是王妃；高澄專權時，她是太妃；高洋為帝時，她是太后；現在高殷為帝，她成了太皇太后，住宣訓宮。李太后意識到太皇太后舉足輕重，一言九鼎，特意帶領新皇帝高殷，逕往宣訓宮拜見，聆聽宣訓。高殷和李太后叩頭，問候請安。太皇太后時年五十八歲，保養得好，滿面紅光，富態矜持。她見高殷，身材低矮，形體單薄，神驚氣悸，目光渙散，毫無皇帝威嚴可言。尤其是說話口吃，結結巴巴，讓人聽了難受。她緊緊皺眉，問李太后說：「高殷本來不口吃呀，怎麼變成這樣了？」

李太后忙恭敬回答：「回太皇太后話，這樣的：殷兒生性柔弱，高洋卻要他學會殺人。一天，殷兒和三弟紹義，惹惱了五弟紹廉，紹廉竟然取刀要殺死兩個哥哥。殷兒、紹義嚇得躲進馬廄，閉門以拒。高洋知道這件事後，大罵殷兒、紹義沒出息，呵斥說：『紹廉要殺你倆，你倆為何不敢殺他？』又一天，殷兒隨高洋外出，高洋見一侍衛不順眼，遞給殷兒一把匕首，下令說：『把這侍衛給我殺了！』殷兒哪敢殺人？哆哆嗦嗦，下不了手。高洋大怒，又大罵殷兒沒出息，狠狠抽他三馬鞭，取過匕首，猛刺進那名侍衛胸膛。殷兒見侍衛倒地，鮮血飛濺，嚇得面如死灰，近乎昏厥，從那以後便氣悸口吃，說話結巴，成了現在這樣子。」

太皇太后臉色難看，冷冷地說：「高洋那樣犯渾，你為何不勸他，不阻止他？」

李太后叫苦，心想你那個兒子，誰敢勸？誰敢阻止？勸得了阻止得了嗎？那年，他掀翻軟榻，把你摔得鼻青臉腫，又罵你是老巫婆，要把你嫁給胡人當小老婆，你忘了，為何不勸他不阻止他？不過，她嘴上卻說：「是！媳婦沒有盡到責任。」她停了停，又說：「殷兒年幼，初登大位，諸多方面都很欠缺。太皇太后德高望重，砥柱中流，懇請多多指教和扶持。殷兒能有太皇太后這樣的祖母，那是他天大的福氣。」

這話明顯帶有阿諛逢迎味道。太皇太后依然冷冷地說：「高殷是我的孫子，我怎麼做我知道，你當好你的太后就是了。」

那些日子裡，馮嬪、裴嬪、顏嬪也分別前往宣訓宮，拜見太皇太后，噓寒問暖，臉上的笑容幾乎要掉落下來。她們曲裡拐彎，把高殷的氣悸口吃當笑話說。言外之意是，高殷根本就不配當皇帝，只有她們的兒子，出類拔萃，太皇太后若想廢立皇帝的話，務請加以考慮。

常山王高演、長廣王高湛更是每天必到宣訓宮，拜見太皇太后。高演字延安，兄弟排行列第六，這年二十六歲。高湛字宏達，兄弟排行列第九，這年二十五歲。他倆因是婁氏親生，高洋胞弟，十幾歲時就封王，其後順風順水，官運亨通。高洋看重這兩個弟弟，分別任命為大司馬、司徒，使之職掌軍權。他倆在高洋在位時，不敢有非分之想，高洋一死，就大不一樣了。這兩個當叔叔的，素來看不起侄兒太子高殷，嫌他懦弱，嫌他無能，要文沒文，要武沒武，連話都說不好，哪能當皇帝？哪配當皇帝？然而，他居然當上了，真是豈有此理？

高演、高湛拜見母親，一般不稱太皇太后只稱娘，這樣顯得更加親熱和親切。高演說：「娘，高殷為帝，我們這些叔叔要向他跪拜，俯首稱臣，那滋味太難受了。」

高湛說：「娘，你沒見高殷那樣子，驚悸，畏縮，結巴，臣服於他，把人能窩囊死。」

高演說：「國有長君，社稷之福。高殷才十六歲，狗屁不懂，如何駕馭群臣，定國安邦？」

高湛說：「可不是嘛！論德論才論風儀，我六哥比他高殷強千萬倍。娘，你可得為高家社稷著想，主持公道和正義，廢了他高殷，立我六哥為皇帝。」

高演聽高湛這樣說，感激地朝九弟笑了笑。太皇太后假裝生氣，說：「瞧你兩個，一唱一和，妄議皇上，想造反不是？我廢了孫子，改立兒子，就公道了正義了？」

高演、高湛知道娘是假裝生氣，一左一右，搖晃叫娘。太皇太后終於說：「高殷怎樣，娘比你倆清楚。他剛剛即位，又在治喪期間，我能把他廢了？他畢竟是合法的正統皇帝，懂嗎？我答應你倆，至多一年，他肯定幹不出什麼名堂，那時皇帝換人，不是順理成章的事嗎？」

高演、高湛高舉雙手高聲說：「還是娘聖明，」

高洋靈柩停在太極殿前殿，遲遲不能下葬。斛律金因為擁立高殷即皇帝位，高演、高湛力主將他從右丞相降為左丞相。斛律金年近八十，看透朝廷的險惡，從此居家，不再過問政事。新的一年到來，改元為乾明元年（五六〇年）。新年期間，閱歷不深的李太后前後奔波，好心卻幹了壞事。

李太后一門心思全在高殷身上。她最大的希望是殷兒能坐穩皇位，進而能當個好皇帝，起碼別像高洋那樣荒淫、殘暴，遭人切齒痛恨和咒罵。朝廷裡，以高演、高湛為首，高氏家族的勢力太強大了，那種勢力隨時都有可能把殷兒趕下臺，另外冒出個皇帝來。她是殷兒的娘，是太后，要千方百計防止和阻止這種情況發生。她通過詢問殷兒發現，好幾位非高姓朝臣，思想正統，能夠成為輔佐皇帝的忠臣。他們是：尚書令楊愔，尚書右僕射燕子獻，領軍大將軍可朱渾天和，侍中宋欽道，散騎常侍鄭子默。因此，李太后在新年期間，不辭勞苦，逐一登門拜訪這幾位朝臣，送厚禮，說好話，請他們當鞠躬盡瘁、死而後已的諸葛亮，竭誠輔佐新皇帝高殷。楊愔等人受寵若驚，滿口答應，說有他們在，誰也不敢拿皇帝怎樣，太后盡可大放寬心。

李太后的行動過於張揚。高演派人偵察得一清二楚，不禁笑著說：「婦人見識，此之謂也。」

直到二月丙申日，高洋靈柩才下葬，送葬的人寥寥無幾，寢陵叫武寧陵，謚曰文宣皇帝。

楊愔等人祕密奏事，請任命高演為太師、司州牧，高湛為大司馬，不再兼京畿大都督，意在削奪二人的權力，並將高演趕出京城。高演約會高湛，到郊外射獵，商定率先下手，立即採取軍事行動。

三月甲戌日，高演、高湛高坐於大司馬的中護軍府，布下軍士，召文武百官前來議事。百官到

來，高演、高湛還和他們飲酒。突然，高演假託聖旨，喝令軍士將楊愔、燕子獻、可朱渾天和、宋欽道拿下，聲稱他們謀反，無須審訊，就地斬首。百官嚇得魂飛魄散，戰戰兢兢，無一人敢發聲。高演、高湛戎裝騎馬，率領精銳，開赴皇宮。途中遇到鄭子默。高演喝令將其拿下斬首。皇宮侍衛如同虛設。高演、高湛直至太極殿前殿，向太皇太后、李太后、高殷說明斬楊愔等人的理由。李太后沒料到事情會弄成這樣，敢怒而不敢言。太極殿周圍有皇帝侍衛二千餘人，披堅執銳，高殷貼身侍衛叫娥永樂，武力絕綸，單等高殷發話，捉拿或誅殺高演、高湛。而此時此刻，高殷卻說不出一句話來。太皇太后假意調和，事態平息。高演下令將娥永樂斬首，由本部軍士充當皇宮和皇帝的侍衛。

兩天後，高演任大丞相、都督中外軍事、錄尚書事，高湛任大司馬、太傅、京畿大都督。二人又假託聖旨，斥責李太后婦人干政，違背祖制，著令反省，從此不得擅離昭陽殿。

這實際上是一次軍事政變。通過政變，高演、高湛兄弟剷除了異己的勢力，接著趕侄兒皇帝下臺，取而代之，只是個時間問題。

高洋暴死，曾使鄴城官民歡欣鼓舞了好幾天。然而，新皇帝即位，未見任何新氣象，還殺了幾個大臣，聽說皇帝他娘太后也遭了軟禁，人們又氣餒、失望起來，說：「這世道，病入膏肓，沒救了！」蘭女鄭重告誡家人說：「朝廷的事情，別人的事情，我們管不著，也管不了。濁世醉世，我們內心清醒，獨善其身，別惹事別生事，平平安安過日子，比什麼都強。」

蘭女的告誡不能說沒有道理，但要做到很難很難。就在軍事政變數天後，高長恭晉封為蘭陵王。

這源起於太皇太后的恩典。一天，高演、高湛在宣訓宮又說起懦弱無能的皇帝和自不量力的李太后。太皇太后忽然說：「對了，高澄不是有個老四嗎？老四不是有個兒子嗎？那母子倆怎樣了？」

高演說：「大哥的老四是大哥強搶的民女，叫蘭女。這個蘭女很倔，不承認是高家的媳婦，也不貪圖榮華富貴，至今還種菜養雞。她的兒子叫孝瓘或長恭，孝瓘這名字還是爹給起的。蘭女不和高家人來往。大哥的老大、老二等，上了二哥的龍床，所以她們的兒子早封了王；蘭女潔身自愛，所以二哥只封長恭為郡公，有意壓他，一直沒有封王。前些年又把他從鉅鹿郡公降封為樂平郡公，食邑只有三百戶。長恭長相俊美，是個美男子，二哥對他如何，他全不計較，學文習武，慎言慎行，從不惹事生非。」

高湛說：「長恭的武功遠在我等之上，但他輕名輕利，不爭反讓，這一點很不簡單。比如去年獵鷹節，我獲賽馬勃魯稱號，高殷獲獵鷹勃魯稱號。事後，太尉尉粲告訴我，那兩個稱號本該屬於長恭的，但他考慮他只是個郡公，鋒頭不能蓋過王爺和太子，所以硬把兩個稱號讓給了我和高殷。」

太皇太后點頭，說：「我看那個蘭女，有骨氣有個性，不像元嫚她們，不知羞恥，沒臉沒皮的。長恭那孩子，從小就討人喜歡，記得他爺爺還賞給他一把鮮卑彎刀不是？高洋有意壓他，只封郡公不封王，才三百戶食邑，不像話！高孝瑜、高孝琬等，早早封王了，都幹了些什麼？哼，沒有一個成器的。演兒，湛兒，你倆現在大權在握，千萬別學高洋，要能容人，還要用人。長恭既然是個人才，為何不封他為王呀？讓他出來做事，歷練歷練，沒準兒能成為你倆的得力幫手呢！」

高演、高湛忙說：「娘說的是，孩兒照辦！」

這天，長恭和鄭瑩正在小四合院南房攻讀《論語》，忽有一名宦官由兩名執刀侍衛陪同到來，高聲說：「聖旨下，樂平郡公高長恭接旨！」

長恭慌忙在天井跪地，說：「臣高長恭接旨！」

宦官一抖手中捲著的聖旨，展開，朗聲宣讀道：「樂平郡公高長恭，多年來學文習武，慎言慎行，淡泊名利，獨見風範。著封蘭陵王，食邑二千戶。欽此。乾明元年三月壬申日。」

事出突然，長恭還沒反應過來。宦官走近長恭，說：「蘭陵王接旨吧！」長恭這才叩頭，雙手舉過頭頂，接過聖旨。長恭起身，禮請宦官進房喝茶。宦官推說有事，轉身離去。

鄭瑩第一個跑出來，搶過聖旨，見是黃綾製作，四周繡有龍紋，中間寫字，在「壬申日」處蓋有鮮紅的御璽大印。她說：「這就是聖旨呀？」

是的，這就是聖旨。歷朝歷代，封爵和重要官員任用屬於皇帝的職權。所以，高演、高湛封長恭為王，必須以高殷的名義，通過頒發聖旨的形式來完成手續。

長恭封郡公，整整十年，如今封王，郭媽媽、小雲、小翠喜形於色，而且恭賀鄭瑩，她從此就是蘭陵王妃了。蘭女面無表情，搖頭說：「舊的去，新的來，今後的日子恐怕很難安穩了。」她想了想，又說：「長恭，你封蘭陵王，可知那個蘭陵郡在哪呀？」

「娘，蘭陵郡隸屬於徐州（州治彭城，今江蘇徐州），郡治丞縣（今山東棗莊嶧城），在徐州的東北方向。」長恭說，「那是個小郡，共有五千戶人家。境內有個蘭陵，故而得名。」

「蘭陵？哦？為何叫蘭陵？」

「這有個傳說。」長恭說，「古時候，天宮王母娘娘最愛蘭花、梅花、荷花、菊花等十種仙花，每種花都有一名仙女管理，合稱十花仙子。其中，蘭花仙子美貌、善良，名列十花仙子之首。某年，人間發生瘟疫，死人很多。蘭花仙子想到蘭花乃天宮仙花，花色豔麗，花香濃郁，用來治病，準能阻止瘟疫流行。因此，她攜帶蘭花種子，私自下凡，教會世人栽培蘭花。結果瘟疫沒了，人間處處栽培蘭花。王母娘娘發現此事，勃然大怒，命把蘭花仙子貶到人間，並把她變作長相很醜的老太婆。這個老太婆面醜心善，就在現在的蘭陵郡一帶，栽培蘭花，並將蘭花製成湯、膏、丸藥劑，給人治病。當地百姓愛她敬重她，稱她為蘭花奶奶。據說，蘭花奶奶活了三百多歲去世。百姓將她安葬，並為她建造一座高大的墓塚，尊為蘭花奶奶陵，簡稱蘭陵。」

「我知道蘭陵。」鄭瑩說，「我在鳳凰山習武時，曾隨師傅飛天老母到過蘭陵，蘭陵上下、四周都是蘭花。」

蘭女說：「是嗎？看來，我們一家人與蘭花有緣。長恭外祖爺外祖父愛種蘭花，所以我叫蘭女。鄭瑩早到過蘭陵，長恭現在又封蘭陵王，莫非是天意？」

長恭封王，按禮要入朝謝恩，謝皇上高殷的恩，謝叔父大丞相高演、大司馬高湛的恩，謝祖母太皇太后的恩。謝恩要叩頭，要謙卑，要感謝，那滋味很不好受。長恭還順路去了昭陽殿，向正在反省的李太后謝恩。李太后感動得熱淚盈眶，讓長恭代問他娘好。長恭見左右無人，悄聲說：「我娘牽掛太后，讓我轉告太后兩句話：靜心莫爭，順其自然。」

李太后擦了擦淚，說：「你娘說的是。我是該靜下心來，什麼也別爭。我一個女人，沒有三頭六臂，哪爭得過人家？千事萬事，聽天由命好了，命中八升，何求一斗？」

姜柱、蘇山休假回來，得知長恭封王，特別高興。姜柱說：「蘭女姐，長恭封王，該把庭院大門擴建一下，像隔壁高延宗家那樣，也建個門樓，門楣上寫『蘭陵王府』幾個大字，那多氣派！」蘇山說：「蘭女姐，還有一事：得買一輛馬車，雇一個車夫兼馬夫。不然，你出門總是雇車，長恭一個王爺，半夜還得起來餵一次馬，這傳出去多不好聽。」

蘭女笑著說：「你們兩個，又把我的話當耳旁風了。我常說，要收斂鋒芒，要低調做人，怎麼，忘了？建個門樓，寫上『蘭陵王府』四字，能當飯吃？我出門雇車，長恭半夜餵馬，有失身分了？我看未必。門樓，不能建；馬車，不能買；車夫馬夫，不能雇。不是我小氣，只是為了圖個踏實和平安。長恭封王，等於距離『皇』字又近了些，稍有不慎，就會遭禍，這不能不防啊！」

姜柱、蘇山撓頭，說：「我倆哪會想那麼多？」

蘭女說：「古人怎麼說來著？如臨深淵，如履薄冰。沾著『皇』字的邊，不想那麼多不行哪！」

蘭女思量，長恭既然封王，肯定還要擔任官職，效力於朝廷。朝廷是高殷的朝廷，是高演、高湛的朝廷，長恭替他們效力，實在不是一件多麼光彩的事。能躲就躲，能拖就拖。蘭女忽然想到一個躲、拖之策：蘭陵王高長恭應當去一趟封地蘭陵郡，考察考察那裡的邑戶生計及風土人情。

在鄴城通往徐州的大道上，一輛馬車，兩人兩馬，緩緩前行。馬車是雇的，車上坐著三個女人：蘭女、許碧玉、小雲。蘭女不希望長恭在朝廷擔任官職，故想出躲、拖之策，讓長恭赴蘭陵郡「考察」。她亦同行，主要是為了看看，看能不能在蘭陵郡買幾畝土地，建幾間房屋，作為後半生住所。鄴城是京城，她這樣的人居住在那裡，很不習慣，也很不舒服。蘭女約碧玉姑姑作伴。碧玉欣然答應。郭媽媽歲數大了，留在家中。小翠要管女兒蘇萍，出不了遠門。小雲沒有拖累，也就同行。兩人兩馬，自然就是長恭和鄭瑩了。長恭騎白馬，腰懸佩劍，俊朗軒昂。鄭瑩騎紅馬，女扮男妝，外人看她，肯定以為是英逸秀氣的少年。車夫是個五十歲左右的漢子，專心趕車，聚精會神，不緊不慢。

雖說是初夏時節，但北方還是仲春氣象。遠山如屏，近水似帶。大大小小的池塘，波光瀲灩；一排排楊柳，枝條婆娑。麥苗和油菜泛起綠油油的光澤，拼命往高裡長。金黃色的迎春花和報春花開得正盛；桃花、杏花、李花的花苞，一簇簇一團團已綴滿枝頭，單等一夜風催，便會用繽紛的色彩和濃郁的芳香，裝點山河，美化世界。

馬車上，蘭女和碧玉又說起皇宮，說起高洋之死，說起高殷即位，說起高演、高湛殺害多位大臣，說起李太后反省。蘭女說：「亂世亂象，長恭這時封王，實在不是時候。」

碧玉輕拍蘭女的手背，笑著說：「你指望長恭在太平盛世封王，那要等到猴年馬月？我爺爺不是說了嗎？皇宮裡是世上醜惡黑暗之事最多的地方，從古至今，歷來如此，不奇怪。」碧玉接著又講起歷史故事，印證許爺爺的觀點。比如千古一帝秦始皇，信用宦官趙高，秦始皇死後，趙高誘逼丞相李斯，篡改秦始皇遺詔，立了秦始皇幼子胡亥為皇帝，趙高殺了李斯，自任丞相，指鹿為馬，新興的秦王朝很快就滅亡了。比如漢高祖劉邦，疏遠皇后呂雉，寵幸美貌的戚姬，劉邦死後，呂雉把仇恨全發洩到戚姬身上，殺了她的兒子，用藥把她變成瞎子和啞巴，進而砍斷四肢，扔進茅廁，稱作「人彘」。漢惠帝的張皇后是他的外甥女，漢景帝的王皇后是個離過婚的女人。漢武帝劉徹，迷信神仙，奢望長生，把如花似玉的女兒，嫁給一個醜陋江湖方士，又殺了太子、孫子等，皇后衛子夫也被迫自殺。比如後漢，出了好多小皇帝，年輕的母親成了皇太后，重用父兄外戚，外戚、宦官、軍閥輪流專權，互相爭鬥，昏天黑地。比如晉武帝司馬炎的兒子司馬衷是個白癡，但還是當了皇帝，皇后叫賈南風，奇醜無比，貪權好淫，居然派人到大街上尋找美男，裝在木箱裡弄進皇宮，陪她過夜，天明，她便把美男殺死滅口。比如南北朝，北朝的北魏，南朝的宋代齊代，父殺子，子殺父，兄殺弟，弟殺兄，后妃、公主與人通姦偷情的事例，多如牛毛，不勝枚舉……碧玉最後用帶有總結性的語氣說：「所以，現在的亂世亂象，既不是開始，也不會是結束。我敢說，只要有皇帝在，亂七八糟的事情就不會絕跡。」

蘭女頻頻點頭，若有所思。小雲羨慕地說：「碧玉姑姑怎會知道得這麼多？」蘭女說：「她呀，知書識禮，早在二十多年前就是個才女。」

車夫趕車，間或跑上一陣。長恭和鄭瑩喚一聲「駕」，策馬緊跟。夜晚宿於旅肆。鄭瑩打來兩盆溫水，供娘洗腳。蘭女和碧玉，笑臉如花，稱讚鄭瑩孝順。第三日早飯後上路，拐向東南方向。中午時分進入蘭陵郡境，放眼所見，卻是另一番景象。土地乾燥，樹木枯黃，麥苗稀疏，缺少綠色，也就缺少生氣與活力。路上的乞丐多了起來，扶老攜幼，衣服襤褸，面黃肌瘦，步履蹣跚。傍晚時分到了丞縣，房屋連片，街道彎曲，坑坑凹凹，污水四流。賣什麼的都有，但買的人極少。最顯眼的還是乞丐，遭人呵斥卻不敢還口，可憐兮兮。這裡就是蘭陵郡麼？蘭陵郡就是這個樣子麼？蘭女、長恭一行人心情沉重，權且住進一家旅肆。旅肆供應飯菜，飯菜的價格明顯比鄴城貴得多。

越日，長恭由鄭瑩陪同，前往郡署，拜訪郡守陶恆。陶恆得知來人就是新封的蘭陵王高長恭，驚嚇得手足無措，要給王爺叩頭請安。長恭慌忙攔住，說：「不敢不敢。大人是父母官，該我向大人叩頭請安才是。再有，大人千萬別再稱我為王爺，儘管叫我名字最好。」陶恆哪敢？推辭一番，決定稱蘭陵王為高公子。至於鄭瑩，陶恆認定是蘭陵王的隨從，說：「高公子如此標緻，隨從亦如此標緻，真乃珠璧雙絕呀！」

陶恆和長恭落座。鄭瑩乾脆以隨從身分站在長恭身後。陶恆，四十四五歲，身材修長，面龐瘦削，說話謙和，一看就是個忠厚的人。長恭說：「長恭新封蘭陵王，規定食邑二千戶，故來看看情況。今後少不了會給大人增添麻煩，還請體諒。」

陶恒說：「瞧高公子說的，為皇家皇族王爺效勞，也是下宮的一項職責，何來麻煩？」

長恭說：「長恭在來的路上，途經好幾個郡，唯見蘭陵郡景象蕭條，且有很多乞丐，這是為何？」

陶恆臉上掠過陰影，笑容消失了，說：「高公子要聽真話還是假話？」

「當然要聽真話。」

「那好，真話只有四個字：天災人禍。先說天災。去年七八月間，徐州一帶尤其是蘭陵郡，夏旱連著秋旱，兩個多月沒下一滴雨，鬧起蝗災。那蝗蟲，飛起來遮天蔽日，落地什麼都吃，莊稼、樹木、花草，吃了枝葉吃皮，吃了皮吃幹，有的連根都吃了。蝗蟲過後，赤地千里，這話毫不為過。再說人禍。從前年起，朝廷就增加租稅，田賦從十稅四增加到十稅五，去年秋季顆粒無收，可租稅不減反增，百姓拿什麼交去？沒有法子，要活下去，只好逃荒，只好當乞丐。家家戶戶缺糧，當乞丐也討不到飯吃呀！糧價又飛漲，所以很多老人、小孩餓死。我這個地方官，看到本郡百姓受苦受難，恨不得跳河、上吊。下官上書徐州刺史，徐州刺史上書朝廷，請求賑災救濟。可朝廷呢？屁也不放一個。眼下正值青黃不接之時，災情更重。如何度過難關？下官也一愁莫展。」陶恆說到這裡，把攥著的拳頭重重捶在桌上，長歎一聲：「唉！」

長恭沉默，許久才說：「請問大人，賑災救濟，當務之急，應該做什麼？」

「當務之急應該救人，開設粥廠，保證災民和乞丐每天能喝上一碗稀粥，這樣才不致餓死。可是，開設粥廠，沒錢沒糧，難哪！」

「如果有錢，能買到糧食嗎？」

「可以，就是價格貴些。」

長恭是受過良好教育的皇族公子，深受母親思想、人格的影響，懂得民以食為天的道理，這時堅定地說：「大人，長恭新封蘭陵王，也就是蘭陵郡的一員。救濟蘭陵百姓，我也有一份責任。我們就先開設粥廠，錢，我出，請大人發動衙役，分工，該幹什麼幹什麼，明天就讓粥廠開張，怎樣？」

陶恆喜出望外，以為在做夢。長恭和鄭瑩回旅肆，稟明母親。蘭女全力支持兒子的決定，把準備買地買房的錢先拿了出來。長恭把錢交給陶恆，特別叮嚀說：「粥廠開張，別提我的名字，只說是朝廷的恩典。」救災如救火。陶恆辦事確實果決俐落，分派衙役，買糧買鍋壘灶，次日上午，就讓丞縣第一個粥廠在郡署門前開張了。

粥廠，一口大鍋架在灶上，灶膛生火，鍋裡煮的是高粱、小米、蕎麥混合粥，熱氣騰騰。災民和乞丐，手持陶碗或木碗，早就排起長隊，眼睛盯著大鍋，舔著乾裂的嘴唇，熱望鍋裡的粥能快點煮熟。每煮熟一鍋粥，得花一個時辰。施粥時，災民和乞丐催促著向前擁擠，唯恐錯過這一鍋粥，錯過了，轆轆饑腸就得再受一個時辰的煎熬，等待下一鍋粥。老人歎氣，小孩啼哭，還有人罵罵咧咧的。陶恆、長恭和鄭瑩看到那種場景，直覺得心酸心痛。

災民和乞丐很多。長恭決定，在丞縣四個城門附近再各開設一個粥廠。糧肆老闆見粥廠需要大量的糧食，趁機又把糧價提高兩成。長恭平時是從不發火的，這一回發火了，大罵奸商太奸，為富不仁。他建議陶恆，以郡守名義發布告示，糧價一律以第一個粥廠開張前的價格為準，若執意漲價，糧肆關門，糧肆老闆終生不准再做糧食生意。這一告示厲害，糧肆老闆不敢因小失大，乖乖地恢復原先的糧價，有的還略略降低了價格，以示配合官府，且仁且善。

災民和乞丐吃了粥，無所事事。長恭建議陶恆，把他們組織起來，每天發幾文錢，整修街道，種植樹木。結果，數天之內，丞縣的街道變得平整了，乾淨了。又種植了不少樹木。所有樹木樹幹下方，塗上三尺高的石灰水，潔白潔白的，整齊劃一，非常好看。陶恆看著煥然一新的街道，感慨地說：「高公子，你做事主意多辦法多，真是個大能人哪！」

五個粥廠運轉，花銷很大。幸虧蘭女在赴蘭陵郡時還帶了幾件金銀器和玉器，她讓長恭規劃著，把它們賣了，變成現錢，交給陶恆。她說：「這些金銀器和玉器，都是當年高澄送給我的月儀。現在用來救濟百姓，就當是為他做善事吧！」

這一天，蘭女、碧玉、小雲去到南門粥廠，參加施粥。三人各持木勺，把不算太稀的混合粥舀進災民和乞丐的碗裡，遇到老人，都會往碗裡再加半勺粥。陶恆、長恭、鄭瑩也到南門粥廠。陶恆猛見三個女人，衣飾齊整，姿容優雅，從未見過，不禁詫異。鄭瑩向前，跟母親打招呼。

陶恆更加詫異，忙問長恭說：「她們是……」

長恭笑答：「她們是我的娘親，我的岳母，我的姑姑。」

陶恆一驚，非同小可。原來蘭陵王的娘親、岳母、姑姑也到了蘭陵郡，而且到粥廠，施粥救濟百姓。他又激動又感動，要向前行禮。長恭一把將他拉住，說：「這是公眾場合，大人前去行禮，我的身分就暴露了。」

當晚，陶恆堅持去旅肆拜訪三位夫人、又是一驚。原來蘭陵王標緻的隨從，竟是蘭陵王妃，外出時女扮男妝，活脫脫一個俊俏公子哦。蘭女、碧玉聽陶恆稱自己為夫人，這是個中性稱謂，可以接受。小雲也成了夫人，有點羞澀和忐忑，心想我哪能和蘭女姐、碧玉姑姑相提並論呢？

丞縣的五個粥廠，拯救了丞縣的災民和乞丐。在徐州所屬的七八個郡中，蘭陵郡是死人最少的一個郡。災民和乞丐感謝官府，感謝朝廷的恩典，卻不知救了他們性命的人是蘭陵王高長恭。

通過賑災救濟，蘭女對兒子，碧玉對女婿，鄭瑩對丈夫，多了一層了解和認識：長恭成熟了，老練了，情繫百姓，有善心有愛心，說話辦事，獨當一面，不成問題。蘭女還給親家、兒媳講述了長恭小時候寫「上善若水，大愛無聲」八個字的往事。他的「上善」和「大愛」，在開設粥廠中得到了生動的詮釋和展示。

四月下旬，蘭陵郡下了一場透雨。這場雨給所有人都帶來了希望，人們紛紛回家，耕種土地，出入粥廠的災民和乞丐大大減少，陶恆和長恭這才鬆了口氣。忽有聖旨下達：突厥犯境，著蘭陵王高長恭任并州刺史，即日赴任，不得有誤。

聖旨來得突兀。長恭急回旅肆，說明聖旨內容。蘭女顯得很平靜，說：「我不希望長恭過早擔任官職，想躲想拖，還是躲不過拖不過啊！并州刺史，是地方官員，不是朝廷官員，嗯，要去，要趕快去。突厥犯境，這麼說，長恭是去抗擊突厥，保家衛國，嗯，更得去。我想過，過去的朝廷是高洋的朝廷，現在的朝廷是高殷的朝廷，高演、高湛的朝廷，烏煙瘴氣。而北齊這個國家，則是官民的，人人有份。我們可以痛恨皇上痛恨朝廷，但不可以痛恨國家，相反，要愛護它保衛它。兒不嫌母醜，狗不嫌家貧。鐵血男兒大丈夫，就是要保家衛國。所以長恭，你趕快收拾收拾，立刻上路。」

這話說得大義凜然，人人動容。「娘，我隨長恭一起去。」鄭瑩說。

蘭女目視碧玉。碧玉說：「鄭瑩自然得去啦！一來，可以照料長恭；二來，可以幫幫長恭。」

蘭女拍板，說：「行，你倆一起去。」

鄭瑩欣喜，立刻去收拾行裝。中午，長恭、鄭瑩在旅肆陪三位長輩吃了一頓團圓飯。飯後，陶恆趕來送行。長恭說：「陶大人，你我剛剛處熟，就又要分離，不好意思。今有一事相託：我娘她們過幾天才能回鄴城，煩勞大人派二可靠衙役，雇一輛馬車，務請安全送達。」

陶恆說：「高公子放心，下官照辦。」

長恭又想起一事，說：「另外，百姓受災，生計不易，我那二千戶邑戶，三年內，賦稅就不用交了；三年以後，那時再說。」

陶恆拱手，說：「高公子在鉅鹿郡焚燒邑戶欠條的事，下官聽說過。現在又免徵邑戶三年賦稅，高風亮節，功德無量。邑戶得知此消息，自會歡呼雀躍，感恩戴德的。」

長恭躍上白馬，鄭瑩躍上紅馬，英姿颯爽，豪情百丈，說一聲「保重，再見」，雙馬奮蹄，風馳電掣，直奔鄴城。

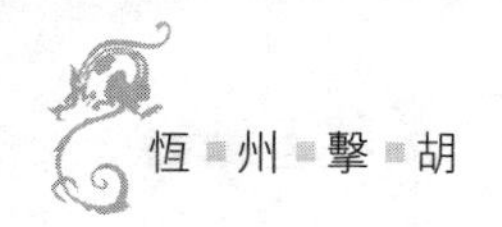

恆州擊胡

鄴城皇宮，皇帝高殷剛剛退朝，步入太極殿前殿的一個偏殿，大丞相高演、大司馬高湛、太尉尉粲三人就跟了進來。高演、高湛首先落座，高殷落座，尉粲最後落座。高演並不理會皇帝，問：「高長恭何時能回來？」

尉粲答：「聖旨昨天送達蘭陵郡，他今天上路，估計明天能回到鄴城。」

高湛說：「并州州丞呂勝一日三份警報，軍情如火啊！」

正說著，有宦官通報：「報，蘭陵王高長恭在殿外求見。」一個「報」字，大有文章，不說向誰報，只說報，皇帝、大丞相、大司馬之間，誰也不得罪。

高殷沒有反應。高演、高湛、尉粲既驚詫又高興，都沒想到高長恭回來得這樣快。高演說：「命他進來！」

長恭進殿，發現殿裡坐著四個大人物，腦海裡迅速想好禮儀。他先向高殷叩頭，說：「臣高長恭拜見皇上。」次向高演、高湛叩頭，說：「晚輩拜見大丞相、大司馬。」他還要向尉粲叩頭。尉粲忙向前扶住，說：「別蘭陵王快請起，請坐！」長恭給了尉粲一個感激的微笑，坐到尉粲指定的座位上。

長恭的禮數無可挑剔。高演擺出關心的樣子，說：「回來得怎麼這樣快？」

長恭說：「回大丞相話：晚輩昨天上午接到聖旨，聖旨上有『突厥犯境』、『不得有誤』諸語，情知急迫，所以不敢耽擱，午後動身，夜間便回到了鄴城。」

高演點頭。高湛說：「長恭，并州刺史一職關係重大，因為我們高家的發祥地、興旺地晉陽，就在并州，且是并州的治所。神武皇帝（高歡）、文襄皇帝（高澄）、文宣皇帝（高洋），生前都擔任過并州刺史，從一定意義上說，沒有并州和晉陽，就沒有高家天下，就沒有北齊，懂嗎？突厥犯境，侵犯的是并州，實際上是要攻佔晉陽。所以，你赴并州任職，說什麼也要使并州和晉陽萬無一失，懂嗎？」

長恭起身抱拳，說：「回大司馬話：晚輩懂。」

高演說：「尉太尉，你可把并州的情況，包括突厥犯境的情況，給長恭作個介紹。」

尉粲說：「是。」

長恭從尉粲的介紹中獲知：并州刺史空缺已經半年，由州丞呂勝代理其職；并州共有四萬兵馬，其中一半駐紮在晉陽附近；近兩個月來，突厥騎兵多次突破長城關隘，深入齊境，燒殺搶掠，兵鋒直指晉陽；呂勝是個老好人，能力不強，擔負不起率領軍民，抗擊胡人的重任。「胡人」，是古代漢族對北方少數民族的通稱。

這期間，懦弱無能的高殷只是乾坐著，沒說一句話。沒有人讓他說話，他也無話可說。對這樣一個皇帝，高演、高湛時時露出不屑的鄙夷的表情。

長恭回到家中的時候已是中午。小翠姑姑和蘇萍做出一桌豐盛的飯菜。吃飯時，郭奶奶憂傷地說：「長恭長這麼大，從未離開過家。這次到晉陽去，還不知何時才能回來，唉！」

長恭說：「奶奶，我和鄭瑩會常回來看你的。這裡是我倆的家，有我倆的親人，能不回來嗎？」

鄭瑩說：「是呀，奶奶，外面再好，哪有家好？」

小翠給長恭和鄭瑩夾菜。蘇萍說：「我長大後也女扮男妝，隨長恭哥和鄭瑩姐去晉陽。」

小翠說：「行，你去！一出家門，分不清東西南北，別哭鼻子就好。」

飯後，長恭和鄭瑩辭別奶奶、姑姑、蘇萍，揚鞭催馬，踏上征程。二人馳向西北方向，半個時辰後進了斛律光將軍的軍營。斛律光率姜柱、蘇山迎客。長恭詫異，說：「兩個姑父知我會來拜訪大帥？」長恭也稱斛律光為大帥了。姜柱、蘇山笑而不答。斛律光見鄭瑩，說：「這位漂亮公子是……」姜柱在大帥耳邊低語。斛律光一怔，忙拱手說：「原來是蘭陵王妃，早聞芳名，失敬失敬！」鄭瑩羞紅了臉。長恭說：「大帥千萬別王妃王妃的，儘管叫她鄭瑩就是。」

斛律光禮讓客人進房，落座。侍衛進茶。斛律光笑著說：「我從朝廷廷報上已知公子出任并州刺史，負責抗擊胡人。我若猜得不錯的話，公子今天來，是奉太夫人之命，來要兩個人的。」斛律光不稱長恭爵號、官職，仍稱公子。他所說的太夫人，指蘭女。

長恭大驚。姜柱說：「大帥說你會來要我和蘇山，同去晉陽。」蘇山說：「大帥還說你今天就會來。」

長恭起身，說：「大帥，神人也！正是這樣的。我娘說我去并州任職，缺少經驗，人地生疏，最好向大帥要我兩個姑父，當個幫手。她還說，大帥肯定會答應的。」

「太夫人說的沒錯，」斛律光說，「公子去晉陽，是得帶兩個靠得住的人當幫手。姜柱、蘇山在我軍中多年，已升任校官，公子帶去吧，他倆自會助你一臂之力。」

姜柱、蘇山說：「大帥說了，馬和兵器都可以帶走。」

長恭向斛律光深鞠一躬，說：「多謝多謝！」

斛律光說：「謝就見外了。公子抗擊胡人，馬到成功，我之願也。請坐。」

長恭坐下，說：「對了，長恭請教大帥：我此去晉陽，抗擊胡人，當用何方略？」

斛律光手捋鬍鬚，想了想，說：「兩句話八個字：軟硬兼施，剛柔並濟。突厥軍特點是欺軟怕硬，擅長的是騎兵。他硬，你要比他更硬，最好精心謀劃，打一個像模像樣的勝仗，重創他的騎兵，讓他嘗到厲害，他就老實了。對突厥人，也不能一味地老是硬和剛，也得軟和柔。從長遠看，漢人和胡人都得生存、繁衍不是？所以，雙方硬和剛是短時的，軟和柔才是長時的。這就要互相忍讓，互相包容，和諧共處，保持邊界安寧，最好。公子知道，南朝方面，梁代已亡，取而代之的是陳霸先的陳代；河西方面，西魏已亡，取而代之的是宇文氏的北周。在我看來，北齊南、西、北三面臨敵，最大的威脅，可能會來自西方，而不是北方。」

長恭抱拳，說：「大帥高見，長恭謹記。」

斛律光說：「公子別忘了，你是刺史，是行政首長，管軍管政管民管財，抗擊胡人只是一項任務，其他任務還多著哩！」

長恭說：「可不是？但我會把主要精力放在抗擊胡人上。」

夜晚，斛律光設宴待客。次日天明，長恭、鄭瑩、姜柱、蘇山告別斛律光，四人四馬，飛箭一樣，飛向并州，飛向晉陽。

晉陽，城牆巍巍，街道寬闊，以高洋所建的三臺宮為標誌，宮殿林立，雕樑畫棟，金碧輝煌。從高歡開始，高氏家族諸王諸公以及達官權貴，在晉陽幾乎都建有府第，所以晉陽的建築規模、風格，與鄴城無異。至於手工業生產和商貿事業，晉陽則在鄴城之上。

蘭陵王、并州刺史高長恭一行四人，是在傍晚時分到達晉陽的，三問兩問，找到州治衙署。州丞呂勝沒料到刺史會到得這樣快，猝不及防，一面盛情迎接，一面吩咐衙役，趕快收拾刺史的住所。都督馬昆已經回家，接到通知，也趕忙前來迎接刺史大人。

北齊的地方行政建制分州、郡、縣、鄉、里五級，州相當於省。州通常設三個主要官員：刺史，地方長官，總管；州丞，文官，主管民事、財賦、文化、刑訟等；都督，武官，主管武事、社會治安等。刺史、州丞、都督第一次見面，分外熱情。長恭見兩位副手，四十二三歲的樣子，一高一矮，一瘦一胖，一個老是笑瞇瞇的，一個不苟言笑。呂勝、馬昆一見刺史大人，心想：這樣年輕，這樣俊美，出任并州刺史，該不會是花架子吧？寒暄過後，長恭拱手，開門見山，說：「長恭當這個刺史，誠惶誠恐，還請呂、馬兩位大人多多提攜和支持。朝廷交代，我的主要任務是抗擊胡人。所以，全州的政事民事，仍請呂大人全權負責，我和馬大人只操心武事。」

呂、馬亦拱手，說：「聽憑王爺和刺史大人吩咐。」

長恭笑出聲來，說：「兩位大人，千萬別稱我王爺，也別稱刺史大人，那樣會折我壽的，稱我名字最好。」

呂、馬也笑了，覺得年輕、俊美的刺史大人挺隨和的。呂、馬引領長恭去看住所。那是衙署後面的一個獨立院落，乾乾淨淨，設施齊全。長恭介紹姜柱、蘇山。鄭瑩恢復女妝。長恭介紹鄭瑩。呂、馬知她是蘭陵王妃，天仙似的，大驚失色，躬身施禮，說：「有眼不識泰山，有耳不聞黃鐘，失敬失敬，該死該死！」

呂、馬要為長恭接風。長恭婉言推辭。幾名衙役、女傭專門為院落提供服務。長恭、鄭瑩的生活步上正軌。

呂州丞、馬都督在衙署裡也各住一個院落。這樣，高、呂、馬可以朝夕相處，研究和處理州裡的各項事務。長恭和馬昆相處的機會更多，所想所議都是突厥問題。突厥是古代亞洲北方一個以游牧業為主的少數民族。史籍記載：「突厥者，其先居西海（今鹹海）之右，獨為部落，蓋匈奴之別種也。又曰突厥之先，出於索國，在匈奴之北。」南北朝時，部落南遷至金山（今新疆阿爾泰山）南麓，因金山形狀像戰盔兜鍪，俗稱突厥，故用來作為部落名稱。北齊天保年間，突厥四處征戰，建立了以漠北鄂爾渾河（蒙古中部）流域為中心的奴隸制政權，疆域廣大，分東、西兩大部分，東稱「突利」、西稱「達頭」。突利南界接近長城，因此突厥就與北齊接壤了。

馬昆告訴長恭說，文宣皇帝高洋在位後期，國庫空竭，武備鬆弛，當今皇上高殷新立，突厥可汗欺他年幼懦弱，派出鐵騎，多次南侵，突入恆州，大肆擄掠。恆州南面就是并州，并州也成了抗擊突厥的前沿陣地。并州關乎晉陽的安危，誰也不敢掉以輕心哪！

并州共有兵馬三萬，分駐六個軍營。長恭決定走訪軍營，熟悉情況。馬昆陪同。馬昆要給長恭配備衛隊。長恭拒絕，說他帶著鄭瑩、姜柱、蘇山就可以了。馬昆衛隊原有軍士十餘人，見長恭只帶三人，他也只帶三人。衛隊長叫申廣，長得虎背熊腰，力能扛鼎。

長恭走訪軍營，看到的情況觸目驚心。兩個軍營轅門居然不設崗哨，外人可以隨便出入。軍士很少進行訓練，酗酒、賭博成風。他走訪一個小隊，共十二人，有十一人醉得不省人事。另一個小隊，共十人，十人全在賭博。偷盜、搶掠等違紀擾民的事例，比比皆是，層出不窮。

軍營如此混亂，馬昆覺得自己有責任，臉上無光，悶悶不樂。申廣暗暗尋找機會，要為主人掙回面子。這天，八人八騎從一個軍營去另一個軍營，途經一座小山，山上怪石嶙峋，古木參天，流泉瀑布，山花野藤。長恭、馬昆興致勃勃，下馬觀看風景。其他人也下馬。申廣意欲顯擺，手指十步開外的一塊條石，命兩個軍士說：「你兩個，去把那塊條石抬過來，供兩位大人坐。」

兩個軍士見那條石，足有二三百斤重，光光滑滑，無從下手，面露難色。申廣嘟囔說：「真沒用！」說罷，丟下馬鞭，朝手心吐口唾沫，走向條石，一彎腰，一使勁，喊了聲「起」，竟將條石抱了起來，往回走，穩穩放在地上。他拍了拍手，看了看身著男裝的鄭瑩和姜柱、蘇山，得意地說：「見笑！」

鄭瑩抿嘴微笑。她面向姜柱、蘇山，指了指樹上。姜、蘇會意，點頭。鄭瑩又用手一指，說：「看那邊！」

申廣等看那邊，什麼也沒有呀！再回頭一瞧，三個大活人不見了，三條馬鞭丟在地上。申廣大驚，說：「哎，人呢？」兩個軍士也說：「是呀，人呢？」

高高樹上飄下三個身影，悄無聲響。申廣驚得目瞪口呆，立刻抱拳說：「佩服佩服！」這時，另一顆樹上有烏鴉啼叫。鄭瑩一揚手，投擲出一支飛鏢。剎那間，烏鴉落地，撲騰翅膀掙扎。申廣看得真真切切，羞窘難當，始信山外有山，天外有天，蘭陵王手下的人，個個身懷絕技，好生了得，自己班門弄斧，實在可笑。他後來才知，那個投擲飛鏢的美男子，原來是女的，是蘭陵王妃，更加驚詫驚奇，同時也佩服得五體投地。

長恭走訪軍營，掌握了大量第一手情況，決定首先整頓軍隊，而整頓軍隊又先要整頓軍紀。六月底，他和呂州丞、馬都督反覆商量，提出軍中「三禁」，以文告形式，告諭十個軍營。三禁是禁酒、禁賭、禁掠（劫掠百姓）。文告指出，以乾明元年農曆六月三十日為界，以前的既往不咎，以後的嚴懲不貸。文告發布不久，偏有一人犯禁。長恭嚴格執法，威震全軍。

高洋第四個嬪顏氏，即隴西王高紹廉的生母。顏嬪的哥哥顏豹，從軍多年，混到校領，管領千名軍士，再升一級，就該當上副都督了。此人三十六七歲，長得五大三粗，好酒好賭好嫖，人稱「三好豹子」。他對發布的文告置若罔聞，照樣酗酒，照樣賭博。軍中禁酒禁賭，他就到軍營附近鎮上去酗酒、賭博。這天，他又喝得大醉，贏了不少錢，夜間竟私闖民宅，姦污了一名少女。少女受辱，上吊自殺。這樣一來，事情鬧大了。

少女父母告狀喊冤。顏豹倒是承認姦污少女的事實，但態度惡劣，滿不在乎地說：「老子是軍爺，是校官，當今文宣皇帝的妻兄，也算皇親國戚，當今皇上見了我，還得叫我一聲舅舅。不就是脫了褲子嘗了一回鮮嘛，有什麼大不了的？」

負責軍法事務的法正把情況報告高刺史和馬都督。高刺史勃然大怒。長恭平時很少發火發怒，這一次卻是怒不可遏，決定召開尉官以上軍官會議，公開處理這件事。

北齊軍制，十人為一什，十什為一尉，十尉為一校，分別設軍官什領、尉領、校領一人。尉領屬於尉官，校領屬於校官。五校設軍官一人，即副都督。因此，并州三萬駐軍，應該有尉官三百人，校官三十人，副都督六人。

會議在并州校場大廳召開。大廳正面，一張長案。高刺史身穿朝服，端坐於中央，右面坐呂州丞，左面坐馬都督。二十名衙役，著黃衣，執紅棍，分立兩側。兩名刀斧手，敞懷裸胸，各抱一把明晃晃的鬼頭刀。軍官到齊，濟濟一堂。高刺史一拍驚堂木，高聲道：「帶顏豹！」衙役以紅棍搗地，整齊呼「威」，尾音拖得很長。

四名強壯軍士，押解五花大綁的顏豹，進入大廳。顏豹跪地，東張西望。高刺史又一拍驚堂木，喝道：「顏豹，你可知罪？」

顏豹強裝鎮靜，說：「知罪？知什麼罪？」

高刺史命法正說：「宣！」

法正奉命，宣布顏豹違犯三禁的罪行，特別是姦污少女，致使人命的情節，一條條一款款，事實確鑿，鐵證如山。顏豹說：「如此看來，我的罪好像有那麼一點點。但我是皇親國戚，當今皇上還得稱我舅舅，你等能拿我怎樣？」

高刺史再一拍驚堂木，厲聲說：「斬！」

一個「斬」字，聲若雷霆。刀斧手向前拖拉顏豹。顏豹原以為至多將他處以杖刑，聽到「斬」字，嚇得魂飛魄散，聲嘶力竭地哭喊道：「饒命哪饒命哪！再不敢啦再不敢啦！」

刀斧手面無表情，像拖死狗一樣，將顏豹拖到校場一角，片刻，獻上一顆血淋淋的人頭。

軍官們見狀，屏聲斂氣，不寒而慄。原來犯禁是要殺頭的，這就是軍法！

蘭陵王、并州刺史高長恭怒斬三好豹子顏豹，威震全軍。各級軍官帶頭執行三禁，並督促軍事訓練，軍隊面貌大大改觀。長恭又研究起另一個問題來，這個問題使他百思不得其解。

長恭問馬昆說：「并州兵馬三萬，而北鄰恆州卻只兵馬一萬；并州的三萬兵馬，二萬又駐在晉陽附近，這是為何？」

馬昆答：「這是祖制。神武皇帝高歡當年就是這樣做的，說是重在保衛晉陽。」

「軍隊這樣駐防，馬大人以為合適嗎？」

馬昆搖頭，說：「沒想過。」

「我認為，」長恭說，「恆州和并州，就像住家的前院和後院。前院駐軍薄弱，突厥軍極易攻入，後院抗擊胡人，還是在自家的前院。就并州而言，北面各縣和晉陽也是前院和後院的關係，前院若丟失了，那麼後院還能保住嗎？」

「你的意思是……」

「我的意思是：兵馬布防北移，移至長城一線，使胡入進不了前院，更到不了後院。」

「這恐怕不行，涉及到恆州方面，人家會願意嗎？」

「是呀，這需要朝廷出面協調。」

長恭連夜起草兵馬布防北移的方案，論述前院和後院的關係，讓姜柱、蘇山回鄴城休幾天假，並將方案呈報給太尉尉粲。五天後，姜、蘇返回，說蘭女姐詢問兒子和兒媳情況，吃的怎樣，穿的怎樣，住的怎樣，直差沒問每天梳頭掉幾根頭髮。長恭、鄭瑩眼圈發紅，說：「讓娘操心了。」關於方案，姜、蘇說，尉太尉答應，很快會用文書回覆。

果然，文書到了。尉粲說，經請示大丞相，大司馬，完全贊同長恭的方案，并州兵馬二萬，可北移至長城一線駐防；文書一式數份，其中一份同時送達恆州刺史華欣，駐防的具體事項，長恭可與華欣直接商談。

八月初的一天，高長恭、馬昆一行共八人八騎，趁著早涼，疾馳如風，前往恆州，拜訪恆州刺史華欣和恆州都督徐池。華、徐二人，年齡和馬昆相仿，生性爽朗，熱情迎客。長恭說明來意。華、徐笑得合不攏嘴，說已接到朝廷文書，蘭陵王的方案，簡直是一大福音；恆州兵馬只有一萬，抗擊胡人，窮於應付，壓力太大，并州二萬兵馬北移至長城一線駐防，幫了恆州大忙，那比修築的長城還要保險牢靠。

華、徐安排高、馬等住於驛館，當晚設宴，接風洗塵。次日，華、徐亦各帶侍衛三人，陪同高、馬等，去長城外勘查地形。人人騎馬，全副武裝，長恭還帶了強弓硬弩。長城，就是高洋勞民傷財修築的長城，失修垮坍，缺口很多，有的缺口長達一二里，對於抵禦胡人，毫無作用。長城外側二三十里區域內，仍是北齊國土，但因胡人肆虐，漢人內遷，那裡早已荒蕪，滿目瘡痍。高、馬、華、徐四人，邊行邊看，指點交談。前面到了邊界處，天高野曠，沙漠廣袤，一道道沙嶺，像靜止的金色波濤，層層疊疊，無邊無際。附近有叢叢野草，草叢中忽然躥出一隻野兔，飛快地跑遠了。高空一隻蒼鷹，大概發現了野兔，伸展巨大的雙翅，盤旋盤旋，準備隨時俯衝，捕獵美食。長恭來了興致，笑著說：「瞧我的！」他迅速取弓取箭，張弓搭箭，瞄準，弦響箭發，一箭正中蒼鷹，蒼鷹垂直墜地。眾人齊聲喝采，歡呼說：「神箭啊！」姜柱想去撿那落鷹。華欣忙說：「別，別！落鷹墜在突厥境內，還是別越界為好。」

徐池側耳傾聽，遠處有響聲；放眼北望，遠處有揚塵。他大喊道：「快撤，有胡人騎兵！」眾人聞聲，趕快撥轉馬頭，馳向南方。胡人騎兵約二十餘人，身穿羊皮製作的坎肩，頭戴又高又尖的氈帽，躍馬揚刀，打著呼哨，追了上來。他們並沒有邊界的概念，越過邊界，仍窮追不捨。鄭瑩一勒馬，說：「我斷後，教訓教訓胡人！」

長恭說：「小心！」

姜柱、蘇山，以及馬、華、徐的侍衛也同時勒馬，護衛鄭瑩。胡人騎兵操著突厥語，大喊大叫，意思是要捉活的。五十步，四十步，三十步。好鄭瑩，手臂一掄，四支飛鏢飛出。追在最前面的四個胡人，中了穿喉鏢，翻身落馬，當場斃命。緊隨其後的胡人，慌忙勒馬。鄭瑩又手臂一掄，四支飛鏢飛出。這四支飛鏢是削耳鏢和扎眼鏢，又有四個胡人中鏢，捂耳捂眼，鮮血飛流，哇哇慘叫。其他胡人見勢不妙，丟下死者和傷者，慌不擇路，落荒而逃。華、徐的侍衛見鄭瑩的鏢技這樣厲害，驚訝得不知該怎樣稱讚，只是連聲說：「神鏢也，無人能敵！」

這以後，鄭瑩的真實身分漸為人知。蘭陵王神箭和蘭陵王妃神鏢的美譽，傳遍恆州和并州。傳到突厥，胡人無不聞而生畏。

長高、華刺史和馬、徐都督閉門磋商，確定了并州二萬兵馬北移至長城一線駐防的具體細節。長恭根據斛律光所說的八字用兵方略，提出一個重創突厥騎兵的設想。華欣、徐池拍手叫好，說：「突厥騎兵把恆州官民害苦了，我倆做夢都盼望能打一次勝仗哩！」

長恭說：「那好，就讓我們共同努力，實現設想。不過，這事也不可操之過急，欲速則不達。我意，精心籌畫半年，明年給他胡人一點顏色瞧瞧。」

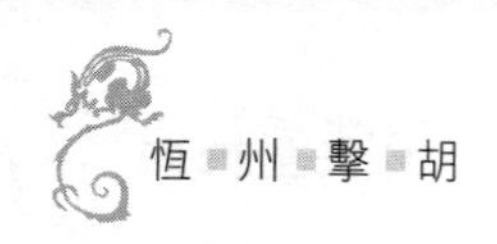

四人擊掌大笑，接著四雙大手緊緊壓在一起。

高長恭等正謀劃軍事，忽然接到通知：皇上、太皇太后、大丞相、大司馬等已到晉陽，蘭陵王、并州刺史高長恭，速回晉陽見駕。長恭納悶：朝廷這麼多大人物這時到晉陽幹什麼？他來不及多想，當天便和鄭瑩等返回。一進衙署大門，州丞呂勝便低聲告訴他說：「皇上要換人了！」

長恭吃驚。這事太重大太敏感，他不好、不能也不敢多問。

原來，太皇太后婁氏上年答應過兒子高演、高湛，至多一年，高殷幹不出名堂，皇帝就換人。轉眼十個月過去，高殷懦弱、無能、窩囊，表現得淋漓盡致。

高演、高湛催促太皇太后兌現諾言。太皇太后偏愛兒子，也就下了更換皇帝的決心。高殷的生母李祖娥還是皇太后，住在昭陽殿。太皇太后為避免生出枝節，所以帶著高殷，率一大幫王公大臣，浩浩蕩蕩到了晉陽。八月壬午日，太皇太后頒懿旨，宣布廢皇帝高殷，降為濟南王，食邑一個郡；立常山王、大丞相高演為皇帝，承繼大統。當天，高演在宣德殿舉行登基大典，乾明元年改元為皇建元年（五六〇年）。長恭參加了登基大典，當他跪地山呼吾皇萬歲萬歲萬萬歲的時候，心中五味雜陳，感慨良多。他說不清皇帝該不該換人，說不清皇帝換人為何這樣容易，說不清是弟弟皇帝好還是叔叔皇帝好，更說不清自己高官顯爵，替皇帝效力，是對還是錯。

高演登基，太皇太后又改尊皇太后；李祖娥改稱文宣皇后；王妃元氏立為皇后，世子高百年立為太子。長廣王、大司馬高湛升任右丞相。廢皇帝高殷，可憐巴巴，由幾名宦官、侍女陪同，赴濟南郡（郡治今山東濟南）。新皇帝還接見了皇侄高長恭，說很欣賞他的「前院後院」說，勸勉有加。隨後，新皇帝大隊人馬，又浩浩蕩蕩回鄴城去了。

長恭懷著誰當皇帝都一樣的心情，重返恆州。并州的二萬兵馬，以及恆州的五千兵馬，已全部駐紮到長城外側，重點駐防長城缺口地帶，帳蓬密布，旌旗招展，號角連營。長城一處地方原有關隘，叫鎮遠關。歲月荏苒，關隘已廢，長城牆體垮坍，露出一個長一里許的缺口，叫鎮遠口。突厥騎兵南侵，這裡是必經的通道之一。長恭指揮兵馬布防，鎮遠口偏偏不駐一兵一卒。鎮遠口以北二十里處，原有一座小城，早已荒廢，斷壁殘垣，雜草叢生。長恭命修復小城，定名叫滅胡城。光天化日，每天都有馬車，從鎮遠口出發，往滅胡城運送物資，大大小小的麻袋，鼓鼓囊囊，據說裝的全是食鹽、糧食和布帛。滅胡城四個城門外，道路拓寬，兩旁還栽了樹木。北齊兵士並不掩飾建滅胡城的意圖，放話說：蘭陵王、并州刺史高長恭，決意消滅胡人，故建滅胡城；他打算以長城為依託，以滅胡城為物資供應基地，像歷史上衛青、霍去病那樣，穿越大漠，進攻突厥，目標也是「漠南無王庭」！

北齊重新部署軍事力量，大張旗鼓地建滅胡城並運送物資，還說要進攻突厥，實現「漠南無王庭」，驚動了遠在漠北王庭的突厥可汗。突厥王室成員稱「特勤」，將領稱「涉設」。總管突利事務的涉設，是突厥可汗的堂兄，叫哈雅達特勤，封烏邪王，常駐漠南。哈雅達，四十多歲，膀大腰粗，鬍鬚四展，以英勇、兇悍聞名。他多次率兵南侵，突入恆州，燒殺搶掠，突厥王庭所需的食鹽、糧食、布帛，一多半都由他提供。而高長恭到恆州後，重兵防守長城各個缺口，哈雅達無隙可趁，想南侵也南侵不了。從秋天到冬天，他未向突厥王室貢獻一粒食鹽、一斤糧食、一尺布帛。年底，突厥可汗大怒，將哈雅達召到王庭，劈頭蓋臉痛斥一頓。可汗特別提到滅胡城，說：「你聽聽，滅胡城，不是要消滅我們胡人嗎？高長恭，何許人也？這麼大的口氣，這麼大的膽量？你，去，務要設法，給我把滅胡城奪回來，我要將它改名滅齊城！」

突厥可汗也是金口玉言。哈雅達唯唯諾諾，不敢抗旨，說：「可汗給我半年時間，半年內，我非奪回滅胡城不可。而且，要從鎮遠口突入恆州，進襲并州，叫他高長恭領略領略，什麼叫突厥鐵騎！」

可汗一拍大腿，說：「好，這才像本可汗的堂兄！」

越年為皇建二年（五六一年）。從春至夏，大量物資仍源源不斷運往滅胡城。滅胡城內，新建了許多木板房，物資很多，每間房都堆得滿滿的。北齊和突厥，雙方在對方都安插有奸細，大事小情，沒有什麼祕密可言。農曆五月下旬，哈雅達接到己方細作密報：高長恭下令，五月最後三天，全軍休假，滅胡城只留五十人看管物資，據稱六月初即將進攻突厥。哈雅達大喜，說：「天助我也！」他立刻從突利各地，調來五千名最精銳的騎兵，悄悄向滅胡城方向移動。二十九日，下弦月落得早，正是夜間用兵的最佳時機。哈雅達因此決定，這天夜間奪取滅胡城。

高長恭同樣接到自己這邊派出細作的密報，同樣大喜。他和華刺史共同調兵遣將，布下天羅地網。二十九日戌末亥初時分，天色黑定。哈雅達親率五千精騎，發一聲喊，點燃火炬，從滅胡城北門突入城內。看管物資的五十名齊軍，倉皇逃離。有人報告，街道上幾個麻袋，裝的全是食鹽、糧食和布帛。哈雅達大笑，說：「可笑高長恭，辛辛苦苦，都為本王忙活了！」

猛地，一支紅亮的火箭射向漆黑的夜空。這是信號箭。幾乎與此同時，滅胡城四周，向城內射出千萬支火箭，鼓聲、號角聲、吶喊聲如沸，正不知有多少兵馬。城內房屋上藏有硫硝、油脂，那些麻袋，絕大多數裝的是刨木花之類，加上木板房，都是易燃之物，遇火就著。瞬間，滅胡城成了一片火海，火苗席捲，烈焰騰躥，各物燃燒，發出畢畢剝剝的聲響，半個天空映得通紅。哈雅達傻了，突厥軍懵了，心驚肉跳，三魂丟了兩魂。衣服著火，馬毛著火，馬受了驚，呼呼噴氣，雙舉前腿，騎者被摔在地上，手腳朝天。哈雅達大叫：「快，按原路撤回！」馬撞馬，人撞人，人踩馬踏，馬踏人踩，好不容易掉轉頭，出了北門。北門外，馬昆、徐池奉命，共率一萬多兵馬，早將那裡堵死，連一隻蒼蠅也飛不過去。哈雅達又大叫：「從東、西、南三面突圍！」胡人只得再掉轉頭，穿越火海，繞過狼藉的死人死馬，大多辨不清方向。南門外，鼓聲、號角聲、吶喊聲最響。胡人不敢出南門，分作兩股，一股出東門，一股出西門。東門外和西門外的道路倒是寬寬的，胡人正行間，忽然一條或兩條馬腿，陷進深深的圓坑裡，拼命掙扎，動彈不得。埋伏的齊軍湧出，不費吹灰之力，人馬俱獲。

這一戰法叫「陷馬坑法」。首創人：高長恭。長恭聽斛律金說過，也聽馬昆、徐池說過，突厥擅長騎兵，就一直琢磨重創突厥騎兵的方法。想來想去，想出個陷馬坑法。所以在建滅胡城時，就命人在東、西門外道路上，挖了很多圓形深坑，坑面覆蓋葦席，葦席上覆蓋浮土，平平整整，仍是路面。這事做得機密、巧妙，胡人及其細作一無所知，戰馬馳過，馬腿便陷進了深坑裡。當夜，陷馬坑法大顯神通，東門外十里，西門外十五里，齊軍共生擒了三百多胡人胡騎。

天明打掃戰場。哈雅達只率包括傷者在內的一千一百人逃脫，其他胡人多數喪命，少數被擒。齊軍奪獲的戰馬近千匹。突厥可汗和哈雅達戰後方知，圍繞滅胡城所發生的事情，都是高長恭設下的計策和圈套，突厥方面缺乏理智，盲目中計，落進圈套，從而蒙受了上百年來從未有過的慘重損失。

高長恭領導和指揮北齊軍隊，打了一次大勝仗。捷報送達鄴城。皇帝高演、右丞相高湛非常高興，通令嘉獎將士。朝廷財政拮据，嘉獎只是皇帝頒發一道聖旨，並無物質獎勵。儘管如此，將士們還是滿意的，沒有怨言。長恭打了勝仗，思想卻沉重起來。他目睹了戰場上的死人死馬景象，北齊軍隊也有數百人陣亡，心中很不好受。戰爭，太殘酷太慘烈了。國家與國家之間，民族與民族之間，為何要發生戰爭呢？

哈雅達在滅胡城打了敗仗，敗得一踏糊塗。突厥可汗原本是要將哈雅達處斬的，只因眾王公求情，方才饒了堂兄一命。突厥王庭一帶的食鹽、糧食、布帛近乎斷絕。突厥可汗又給哈雅達下了一道死命令：不管用什麼方法，務要向王庭提供充足的食鹽、糧食和布帛。

哈雅達回到漠南，一籌莫展。突厥鐵騎突破不了齊軍的防線，到不了恆州、并州，到哪兒去弄食鹽、糧食和布帛？這個人還是聰明的，靈光一現：何不以物易物，互市通商？反正可汗說了，「不管用什麼方法」，這也是一種方法嘛！於是，哈雅達派一名涉設，到鎮遠口，求見高刺史。馬昆出面接待。突厥涉設說明哈雅達的意思。馬昆立即回報長恭。長恭想起斛律光所說的軟、柔方略，一拍手說：「好啊！化干戈為玉帛，雙方得利。」當即決定，請哈雅達三日後到鎮遠口作客，商談互市通商問題。馬昆將高刺史的決定轉告突厥涉設。突厥涉設說：「哈雅達特勤前來，安全……」馬昆大笑，說：「我們漢人，尤其是高刺史，堂堂正正，絕不做見不得人的下三濫的事情。」

三日後，哈雅達率幾名涉設，前來鎮遠口。高、華刺史和馬、徐都督熱情迎接。雙方分別行手胸禮（以手捂胸彎腰）和抱拳禮，自報姓名及官職。哈雅達萬沒想到高刺史這樣年輕，這樣俊美，驚歎不已。在一座大帳篷裡，雙方商談，中心議題是在北齊和突厥邊界，開設幾個市場，突厥人用牲畜、皮革、玉石等物資，交換漢人的食鹽、糧食、布帛等物資，互利互惠。雙方都有意願，所以商談順利。中午，高、華刺史設宴，招待客人，破禁上了酒。

兩國之間互市通商是一件大事。長恭、華欣聯名上書，報告朝廷。朝廷批覆：同意。這樣，北齊方面和突厥方面，正式簽訂協定，互市通商塵埃落定，滅胡城被確定設一個市場。哈雅達悄悄對高刺史說：「我家可汗，嫌滅胡城這個名字……」

高刺史大笑，說：「好說好說，可以改叫友胡城或睦胡城。」

由於互市通商，北齊和突厥在其後十餘年間，再未爆發過戰爭，邊境安寧，百姓受益，促進了漢、胡民族的融合和團結。

并州分駐在恆州的兵馬，由幾個副都督統領，長恭和馬昆有了更多的時間住在晉陽。一天下午，長恭想到晉陽街巷去逛逛。鄭瑩、姜柱、蘇山樂意陪同。晉陽街巷非常熱鬧，商肆密集，生意興隆。在一條小巷的盡頭，他們看到幾個男孩，各戴一副面具，面具上彩繪各種圖案，圖案形象古怪。男孩又各執短木棒、短竹竿之類，互相敲擊，不時奔跑追逐，喊道：「衝呀，殺呀！」

鄭瑩對此大感興趣，喚住一個男孩，要了他的面具，戴在自己臉上，只露出眼睛，挺嚇人的。姜柱、蘇山笑著說：「瞧，你都變成醜八怪了！」

長恭取過那副面具，發現是鐵片製作的，很薄很輕。他問男孩說：「這叫什麼？」

男孩答：「假面。」

假面？長恭腦海裡飛快地浮現出一個畫面。那是戰國時期，燕國進攻齊國，齊國大敗，除兩座城池外，其餘國土均被燕軍佔領。齊國志士田單，臨時出任上將軍，擔負起拯救齊國的重任。田單設奇計出奇兵，實施「火牛陣」：購買千多頭牛，牛身披五彩繒衣，牛角綁鋒銳尖刀，牛尾懸掛油脂灌注的草束。一天夜間，月黑風高。田單命五千齊軍，身穿花衣，臉塗油彩，驅趕水牛，將牛尾的草束點燃，牛群受到驚嚇，發瘋似地衝進燕軍大營。牛角尖刀發揮威力，挑刺燕軍，刀鋒所觸，非死即傷。燕軍以為是天神天獸和天兵天將下凡，嚇得不敢抵抗，潰敗逃命。田單乘勝追擊，數日內收復了丟失的全部國土。長恭暗想，當時若有這種假面的話，那麼齊軍不就無須臉塗油彩了麼？

長恭問男孩：「這假面哪兒有賣的？」

男孩手指左前方，答：「那家鐵匠鋪有賣的。」

長恭把假面還給男孩，走向鐵匠鋪。鐵匠鋪裡兩名鐵匠，一師一徒，腰繫圍裙，滿臉炭灰，正在鐵砧上打一件刀具，火星飛濺。師傅左手持一把鐵鉗，夾著刀具，浸入一桶水中。水嗤嗤作響，水氣冒得老高。徒弟趁機放下鐵錘，拉幾下風箱。火爐裡的火熊熊，燃得更旺，火爐裡還有幾件刀具，通紅通紅。一邊架上，果然有幾副假面。長恭取一副在手，問鐵匠師傅說：「這假面，多少錢一副？」

鐵匠師傅注視來人，長相和舉止非同一般，笑著說：「嗨，那是孩子們玩的，不值錢。」

長恭說：「我若設計幾個式樣，供成年人戴的，請問能打製嗎？」

鐵匠師傅說：「沒問題，只要你設計得出來，我就能打製得出來。」

徒弟插話說：「我師傅是有名的鐵匠聖手，晉陽人誰不知曉？」

鐵匠師傅說：「去你的！你不說話，我會把你當啞巴賣了？」

眾人大笑。長恭拱手說：「好，一言為定。過幾天，我把設計的式樣送來，有勞師傅打製。價錢，由師傅定。」

鐵匠師傅滿口答應。長恭告辭。徒弟說：「這幾個是什麼人？」師傅說：「你只看這衣著派頭和這長相，肯定大有來頭啊！」

路上，姜柱、蘇山問長恭說：「你打製假面幹什麼？」

長恭聳了聳肩，故作玄虛地說：「天機，天機不可洩露。」鄭瑩笑著說：「瞧你，跟姑父還保密！」

那麼，長恭所說的天機是什麼呢？這將引出他一生中最具傳奇特色的功勳：馳援洛陽。

馳援洛陽

蘭陵王、并州刺史高長恭最崇拜忘年交好友斛律光。斛律光對他說過：「北齊南、西、北三面臨敵，最大的威脅，可能會來自西方，而不是北方。」他認真分析了當時的形勢，深有同感，意識到不久，北齊與北周必有一戰，所以北齊方面，應當未雨綢繆，預作準備。兵法云：「兵以正合，以奇勝。善之者，出奇無窮。」他從田單實施火牛陣中得到啟示：奇兵厲害。這正是他見了假面，便要打製假面的原因。他想，若在兩軍對陣中使用假面的話，那會怎樣呢？嗯，其奇效可能會與火牛陣相比美。

長恭心中有了使用假面的原始的朦朧的想法。他把想法告訴鄭瑩、姜柱、蘇山。三人詢問具體怎麼用。他一時也說不清楚，說：「先打製出幾副假面再說。」

長恭憑他所想，設計出幾個假面樣式。他在恆州時瀏覽過當地的石窟，見過十八羅漢石像。石像形象都是誇張的畸形的，五官不成比例，凶神惡煞，光怪陸離。他把十八羅漢形象，以及猛獸豺狼虎豹形象，融進了假面樣式。鄭、姜、蘇一看，笑出眼淚，說：「這是什麼呀？怪嚇人的。」

長恭說：「這就對了，越嚇人越好。」

長恭把設計的假面樣式送去鐵匠鋪。鐵匠師傅一看，眼睛發直，說：「天哪，人見了這假面，還不嚇死？」

長恭說：「我要的就是能把人嚇死的效果。」

鐵匠師傅再看長恭，原先的好印象全無，認定他是黑道上的歹徒，有意把打製費提高一倍。長恭也不討價還價，說：「行，先打製十副。」

長恭等堅持每天練武，每天跑馬。姜柱、蘇山每月休一次假，往返於晉陽和鄴城之間。一次，姜、蘇又將休假。鄭瑩笑對長恭，提議說：「反正是跑馬，每天都跑一二百里，乾脆，明兒和姑父一起跑鄴城，看看娘親，怎樣？」

姜、蘇拍手說：「好主意！」

長恭搖頭，說：「不行哪！我是朝廷命官，上面有規定，不許擅自離崗。」他也笑對鄭瑩，說：「你可以，只怕一去一回太累了。」

鄭瑩說：「這算什麼？當年我隨飛天老母習武，中途換馬，一天一夜跑過八百里呢！」

鄭、姜、蘇黎明時上路，策馬如飛，一天便到鄴城。鄭瑩抵家，叫娘叫奶奶叫姑姑叫蘇萍。蘭女、郭奶奶、裴雲、冉翠、蘇萍歡天喜地，拉著鄭瑩，左看右看，問這問那。長恭不能和鄭瑩一起回家。蘭女歎氣說：「唉，當官有什麼好？」

鄭瑩打開布包，裡面有幾件上等細羊毛皮襖料子，以及晉陽土特產，是長恭分送給全家人的禮物。小雲、小翠做出豐盛的飯菜。吃飯時，鄭瑩自然是中心人物，講述長恭一年多來的種種大事。特別講到滅胡城之戰，長恭怎樣謀劃，怎樣引誘胡人上鉤，怎樣挖陷馬坑，怎樣調兵遣將，怎樣縱火，一戰殲滅了多少胡人胡騎等等。姜柱、蘇山插話，補缺拾遺。三人三張嘴，把長恭領導和指揮的一場大戰，講得繪聲繪色，扣人心弦。全家人聽得入神，手持筷子，張大嘴巴，忘了吃飯吃菜。

鄭瑩最後說：「娘，奶奶，在長城外面，我也殺死四個胡人。」

「什麼什麼？你也殺了人？」蘭女和郭奶奶大驚失色。

姜柱、蘇山於是講起鄭瑩來，特別講到那次勘察地形，鄭瑩用穿喉鏢殺四個胡人，用扎眼鏢傷四個胡人的情景。姜柱說：「兩軍對陣，殺人傷人，那是再普通不過的事情。」蘇山說：「是呀，那叫不是你死，就是我亡。」

次日，鄭瑩回黃橋鎮看望爹娘。鄭啟明和許碧玉拉著女兒的手，又是哭又是笑，把女兒和女婿在晉陽生活的細節，問了個底朝天。

長恭意識到不久，北齊與北周必有一戰以後，格外留意北周這個新興的國家。北周的前身是西魏，大權掌握在權臣宇文泰手中。宇文泰死後，其侄宇文護專權，威逼西魏最後一個皇帝拓拔廓，禪位給宇文泰第三子宇文覺。宇文覺改國號為周，是為北周。北周前兩任皇帝宇文覺、宇文毓因反對宇文護，均被毒死。就在上年，長恭封蘭陵王，任并州刺史，宇文護改立宇文泰第四子宇文邕為帝。北周從此改變固守關中的方略，虎視起東方，虎視起北齊來。

金秋八月，皇帝高演突然頒旨，斛律光進爵鉅鹿郡公，以尚書令名義率三萬兵馬，鎮守洛陽。稍有軍事常識的人立刻明白，此舉意味著北齊和北周之間的戰爭，即將爆發。長恭和馬昆出於統軍的直覺，預感到洛陽一旦有戰事，必然牽扯到并州。他倆當即決定，并州的兵馬，軍事訓練更要加強。長恭還請馬昆，選調千餘人，加大訓練量，以備急需。徵得馬昆的同意，長恭任命姜柱、蘇山為校領，專門管領這千餘人。

秋花落盡，朔風乍起。十月又突然出現新的情況：皇帝高演駕幸晉陽，婁太后及一幫王公大臣同行。長恭不解，上年他們來，皇帝換人；今年又來，幹什麼呢？

長恭當然不會知道，皇帝高演這次是專門衝著他而來的。

沒有思想的人，最害怕最忌恨有思想的人；沒有本事的人，最害怕最忌恨有本事的人；沒有功勞的人，最害怕最忌恨有功勞的人。高演正是這樣的一個人。他自小便是紈綺子弟，封常山郡公，吃喝玩樂，不學無術。高洋開國，他十六歲，因是皇弟，故封常山王。其後，他擔任過朝廷大部分重要職務，尚書令、司空、錄尚書事、大司馬、太傅等，並無什麼建樹，只是大酒大肉，養得他肥頭大耳，肚皮滾圓，就像個懷孕足月的孕婦。說他沒有思想，沒有本事，沒有功勞，也不盡然。他沒有的只是正人君子、英俊豪傑的本事，而陰詐小人的思想和本事，他一樣也不缺。比如他殺害楊愔等大臣，比如他取代高殷而登大位，不都是最好的證明麼？

高演當了皇帝，最害怕最忌恨兩個人：斛律光和高長恭。斛律光一如其父斛律金，志向高遠，武略超群，治軍嚴厲，體恤士卒，一聲號令，麾下將士無不拼死向前，所向披靡。斛律光長期駐軍鄴城西北方向，京城的安全這才有了保障。高演害怕和忌恨斛律光，卻不敢拿他怎樣，採用籠絡手段，一面晉升他為鉅鹿郡公，一面和斛律光結為兒女親家，讓太子高百年娶了斛律光的長女為太子妃。北周蠢蠢欲動。高演立即命斛律光率三萬兵馬，鎮守洛陽，籠絡、重用的性質十分明顯。

高長恭，過去並不怎麼顯山露水，而近一年多來卻出盡了鋒頭。他任并州刺史，制訂三禁，怒斬顏豹，一下子就樹立了威信。西北駐軍，重并州輕恆州，是老爺子高歡定下的祖制，他竟一眼看出弊端，提出「前院後院」說，至為精闢。他在恆州擊胡，那真是大胸懷大氣魄，展現才能的傑作。滅胡城一戰，誰不拍案叫絕！現在，從并州、恆州到鄴城，從民間到朝廷，到處都有人稱讚蘭陵王，推崇高長恭，將他誇得神乎其神。高演每每想到這些，就不安恐懼。高長恭文韜武略，深得人望，他若把他的才幹，用來謀取皇位的話，那麼自己能是他的對手麼？如何對待高長恭這個侄兒？是打還是拉，是加害還是利用？高演一時拿不定主意，所以決定駕幸晉陽，酌情定奪。婁太后聞得發慌，隨著同行。皇弟長廣王、右丞相高湛留守鄴城。

高演入住晉陽宮，宮中的宣德殿是他上年登基的大殿。太皇太后入住德陽堂，那裡的風光尤為迷人。高長恭應召，只在宣德殿參加過一次朝會，跪拜山呼過一次吾皇萬歲萬歲萬萬歲，後來就再沒見過皇帝。他不知情，皇帝這次是專門衝著他而來的；更不知情，皇帝又把他的問題擱置起來了。

原來，高演到晉陽後，觀測天象的太史報告，鄴城方向有一股紫氣，直沖霄漢，浩大強烈。據說那是天子氣，兆示那個方向應出一位皇帝。高演馬上想到已廢皇帝、濟南王高殷，那人會不會復興，捲土重來？高演的注意力立刻轉移到高殷身上，派出侍衛，趕赴濟南郡宣召高殷。

高殷實際上是被侍衛押解著上路的。途經鄴城，他和母親李祖娥見了一面。李祖娥已不是皇太后，改稱文宣皇后，遷到皇宮附近一院落居住，院落美其名曰昭信宮。她的第二個兒子即高殷的胞弟高紹德，封太原王，很少回鄴城。因此，她身邊沒有一個親人，僅由幾名宦官、侍女陪同，百無聊賴地打發著寂寞、孤苦的時光。母子見面，抱頭痛哭。當高殷說他是應召去晉陽時，李祖娥更是哭得肝腸寸斷，天昏地暗。她知道，她的殷兒此去凶多吉少，她和殷兒見面，實際上就是訣別！

高殷到達晉陽的當天，高演就派人送去一壺鴆酒。高殷拒絕飲鴆自殺。高演大怒，派出侍衛，掐住高殷的喉嚨，活活掐死。高演前去驗屍，只見高殷面孔青黑色，很多頭髮豎起，眼珠突出眼眶，舌頭伸得老長，十個指頭是張開的，好像也要掐死一個人。高演殺人心虛，直覺得一股血直衝腦門，兩眼一黑，一頭栽倒在地上。侍衛大亂，七手八腳，把皇帝弄回宣德殿。

高演由此生病，惡夢不斷，時時都夢見高殷。他沒想到，高殷生前懦弱，死後變成厲鬼卻很凶惡，眼珠突出，舌頭伸長，手指像尖刺，死死掐住他的喉嚨，說：「你掐死我，我也要你死！」高殷又用像尖刺的手指，劃開他的胸膛，取出他的心和肺，放在腳下踐踏，說：「狼心，狗肺！狼心，狗肺！」他感到窒息，無法喘氣，又見楊愔、燕子獻等厲鬼，提著滴著汙血的人頭，撲向他，大喊道：「高演，還我命來，還我命來！」

「啊！」高演一聲慘叫，惡夢醒來，大汗淋漓。他說宣德殿有鬼，命道士驅鬼。道士把油脂煮沸，灑遍牆角，點燃燭炬，四處燒逐，還畫了很多鎮符，貼在門上窗上。可是不管用，高演睜眼閉眼，都見有厲鬼包圍著他，奔走呼號，向他索命。一次還見一隻天狗自天而降，叼吃他的心和肺。他一慘叫，從龍床上跌到地上，跌斷了三根肋骨。

不數日，高演便病入膏肓，氣息奄奄。十一月甲辰日，婁太后前來探病。她聽說皇帝宣召高殷，遂問高演說：「高殷何在？」連問三次，高演不答。婁太后憤怒地說：「你把他殺了？高殷畢竟是我的孫子，你的侄兒，當過皇帝，今年才十七歲呀！我告誡過你，不可殺他，而你不聽我言，現如今自己也弄成現在這樣子，這是自作孽不可活呀！」

高演掙扎著說：「我現在也後悔，可惜晚了。太后，娘親，我快死了，請召太子百年前來，承繼大統吧！」

婁太后皺眉默想好久，說：「不行！」

「太后的意思是……」

「百年年幼，不宜為君。為北齊社稷計，你須把大位傳給你九弟高湛。」

這時，大事只能由婁太后說了算。她立即召來掌管皇帝璽印的尚書，以不容置疑的口氣對高演說：「快，口授遺詔！」

高演照辦，輕聲說：「朕嬰（獲）此暴疾，奄忽無逮（治）。今嗣子（指高百年）沖眇（年幼），未閑（懂）政術，社稷業重，理歸上德。右丞相、長廣王湛研機測化，體道居宗，人雄之望，海內瞻仰，同胞共氣，家國所憑，喻旨徵王統茲大寶……」尚書記錄，念了一遍。高演點頭，命用璽印。他忽又想起一事，自己殺了高殷，那麼高湛當了皇帝，會不會殺他的兒子高百年？於是，他命尚書在遺詔下面又加寫數語：「百年無罪，汝可以樂處置之，勿學前人。」

高演一命嗚呼，時年二十七歲，謚曰孝昭皇帝。高湛飛快地趕到晉陽，登上了皇帝的寶座。

高湛當皇帝，有點意外，也有點僥倖。皇建二年只剩下一個多月，仍改元為大寧元年（五六一年），原皇太子高百年沒能當上皇帝，降封為樂陵郡王。

高長恭參加了高湛的登基典禮，少不了又要跪拜新皇，三跪九叩。高湛接見高長恭，稱自己欠侄兒一個人情。長恭愕然，不知何意。高湛說：「那年獵鷹節，是你把勃魯稱號讓給朕的呀！」長恭恍然，忙說：「啊不，只有皇上才配勃魯稱號。」高湛還稱讚長恭擊胡有功，勉勵他繼續多多效力。長恭說：「臣不敢貪功，為國家、民族、百姓效力，義不容辭。」高湛聽他說「為國家、民族、百姓效力」，未說「為皇上、朝廷效力」，心中略有不快，但臉上沒有表現出來，點頭微笑而已。

太尉尉粲已封長樂王，專到并州衙署造訪長恭。長恭敬重這位上司，遂把假面的由來和設想如實相告。他說：「我從晉陽小孩戴的假面，想到田單實施的火牛陣，想到兵貴奇招。如果能建立一支小部隊，人人戴假面，出其不意地出現在敵人面前，那會有多大的震撼力和威懾力、恫嚇力呀！這對動搖敵軍的軍心，摧毀敵軍的意志，肯定大有作用。」

尉粲微笑，說：「嗯，想法不錯，很有創意！對了，有假面嗎？拿來我看看。」

長恭取出鐵匠師傅打製的十副假面，造型奇異，光怪陸離。尉粲拿一副戴在臉上，那是平面的，兩側有小孔，小孔穿細繩，細繩繫於頭的後面，很不好固定。尉粲笑著說：「好是好，但需要改進。把平面改成凹凸的，按照人的面部輪廓來設計。實際上，一副假面，就是半個或整個頭盔，既好固定，又能保護面部和頭部。再則，要講究畫法和顏色，越誇張越畸形越好。」

長恭一聽大喜，拱手感謝尉粲，說：「太尉大人這麼一指點，使我茅塞頓開。是的，我要改進，重新設計。」

皇帝高湛鑾駕回鄴城去了，越年改元為河清元年（五六二年）。高湛立王妃胡氏為皇后，世子高緯為皇太子。

這一年，皇太后婁氏病死，終年六十二歲。婁太后把親生的兒子高湛推上皇帝大位，而高湛對太后之死，卻並不難過，私下裡仍自顧飲酒作樂，欣賞歌舞。因此，時人都說皇帝不孝，枉為人子。

長恭得到尉太尉的指點，信心大增，重新設計假面樣式，由平面的改成立體的，基本上多半個頭盔的樣子。鐵匠師傅看了新樣子，說：「這工藝複雜，打製起來費料費時，打製費需千文錢一副。」

長恭還是不討價還價，說：「行，依你。」

「你打算打製多少副？」

長恭伸出五個指頭，說：「十個樣式，每個樣式打製五十副，共五百副。」

「五百副？」鐵匠師傅吃驚，手裡拿著的一個樣式險些掉在地上。

長恭肯定地說：「沒錯，五百副，我可以先付一半定錢。」

鐵匠師傅歡喜地說：「好哩！有你這大路活，我就不接零星活了。」

姜柱、蘇山原本就是管領千人的校領，現在兩人共同管領千餘人的隊伍，小菜一碟，不在話下。他們練跑馬，練射箭，練長短兵器，練擒拿格鬥，人人一副好身體，一副好身手。長恭有時也參加訓練，出一身大汗，痛快淋漓。他對這支隊伍的使用，逐漸有了一個模糊的趨向。南朝陳代若侵犯齊境，隊伍就開赴淮河流域抗陳。關中北周若侵犯齊境，隊伍就開赴函谷關（今河南靈寶境）一帶抗周。或者，隊伍可在并州西渡黃河，向南挺進，直入長安。

北齊在高洋死後，高殷、高演分別當了十個月、十五個月皇帝，改由高湛當了皇帝。北周認定，北齊的氣數已盡，開始對北齊用兵了。北周皇帝宇文邕剛剛即位，軍政大權完全掌握在大丞相、大將軍宇文護手中。河清三年（五六四年）十月，宇文護派遣柱國將軍尉遲迥為統帥，將軍楊標、權景宣為副帥，統領兵馬十萬，旌旗蔽日，刀槍成林，出潼關（今陝西潼關境），殺向函谷關。尉遲迥，五十五六歲，身軀高大，絡腮鬍鬚，武藝高強，使一大槊，有萬夫不當之勇。

北齊方面，斛律光的掛名官職，由尚書令升為司空，再升為司徒，但統領的兵馬仍是三萬。洛陽地處天下之中，九州腹地，四周八大雄關拱衛，號稱八關都邑。哪八關？函谷關、伊闕關、廣成關、太谷關、轘轅關、旋門關、孟津關、小平津關是也。斛律光分兵萬餘，扼守八關。

這樣，洛陽駐軍實際上不足二萬。尉遲迥以兵力上的絕對優勢，一舉攻克函谷關，然後兵分三路：楊標取軹關（今河南濟源），權景宣取懸瓠（今河南汝南），他自率主力，直撲洛陽。函谷關失守，洛陽西面無險可憑，周軍長驅直入，如入無人之境，十一月便包圍了洛陽，發起攻擊。

洛陽又稱洛城，曾是東周、後漢、三國魏、西晉、北魏等朝的京師，北靠邙山，洛水橫貫，洛水以北部分是傳統的宮城所在地。斛律光在敵強己弱的情況下，堅決抗擊周軍，但因寡不敵眾，只能且戰且退，最後退到了洛水北岸。十二月初，豫州刺史王士良投降周軍。斛律光的處境更加艱難，迫不得已，只好致書朝廷，請求增援。

當時，皇帝高湛正在晉陽。太尉尉粲主張，派出兩路援兵，一路由蘭陵王、并州刺史高長恭率并州兵馬二萬，一路由太師段韶率鄴城兵馬三萬，從兩個方向增援洛陽。高湛認為可以。這樣，長恭設想了兩年多的假面派上了用場。

并州兵馬多半駐紮在恆州，集結南下需要時間。長恭建議，由他親率五百名敢死隊，先行馳援洛陽，大部隊由馬昆都督統領跟進。救援如救火。尉粲請示皇帝，完全同意長恭的建議，並給長恭加了個臨時職銜：中軍。

長恭來到姜柱、蘇山管領的千餘人隊伍中，挑選五百人，清一色的彪形壯漢，年輕勇士。他簡單說明了五百人的任務，特別強調了敢死隊的性質，問道：「此行為國而戰，風險極大，只能勇往直前，有進無退，你等有信心沒有？」

「有！」五百人昂首挺胸，齊聲回答。

戊午日準備一天。長恭意思，鄭瑩不要參加這次軍事行動，回鄴城去。鄭瑩哪會答應？笑著說：「齊飛共唱，你忘了？」長恭當然不會忘記，齊飛共唱指的是「鳳凰齊飛，上邪共唱」兩句話，夫妻同體共命，鄭瑩在這時候，怎會離開他呢？

戊午日淩晨，五百壯漢和勇士，身穿甲冑，攜帶兵器，各牽一匹戰馬，集合。每人領到兩個布袋，一個布袋裝的是乾糧，十個大餅和二斤熟牛肉，另一個布袋裝的是假面（實際上是頭盔）。假面，他們試戴過，人人心中有數。長恭、鄭瑩、姜柱、蘇山和眾人一樣，也是甲冑、兵器、戰馬、布袋，意氣風發，鬥志昂揚。鄭瑩的兵器只是一把短劍，而懸掛在馬鞍上的皮囊內，則裝有一百多支飛鏢。

長恭一聲令下：「出發！」這支馬隊，冒著凜冽的寒風，呼喇喇駛出晉陽，馳向南方。當日疾行四百多里。次日疾行三百多里，在一個叫做小滄口的地方渡過黃河。就地宿營，養精蓄銳。東南方向三十里外就是洛陽。第三天，他們要在那裡大顯身手，攪他個天翻地覆。

庚申日，寒風勁吹，晨曦布彩。壯漢和勇士們吃完所有的大餅和牛肉，喝足了開水，精神抖擻。戰馬休息了一夜，也吃足了草料。長恭命戴假面。五百人同時戴上五百副假面，奇形怪狀，色彩陸離，只露出眼睛部位，略一走動，就誰也認不出誰了。長恭、鄭瑩、姜柱、蘇山也戴上假面。長恭的假面是按他的頭形專門打製的，粗眉大眼，高鼻闊嘴，雙耳上方有對稱的尖刺。面部色彩以暗紅色為主，尖刺藍色。總體形象並不怎麼醜陋，看去十分雄壯威武，帶上面具一下就遮掩去他原本俊美的容顏，平添出幾分剽悍的氣勢。姜柱、蘇山的假面異常兇惡，人見了會聯想到陰曹地府的閻羅王和小鬼。

當太陽升起，霧氣浮動的時候，長恭一聲令下，一支奇特的隊伍飛向洛陽。辰末巳初（上午九時），隊伍到達包圍洛陽的周軍的周邊，方位在洛陽西北。長恭手持長矛，命一軍士打出一面黃色大旗，大吼一聲，第一個策馬突入敵陣。左有姜柱，持槍；右有蘇山，持棍。鄭瑩和打旗的軍士，緊隨其後。眾好漢同時發一聲吶喊，驅馬跟進，兵器揮舞，勢若長虹。

北周將士正在吃早飯，猛見這樣一支隊伍，立刻嚇得膽戰心驚、心慌意亂。軍隊陣腳大亂。他們完全不知來者是誰，只見白臉黑臉紅臉藍臉五花臉，有的頭上長角，有的耳上掛蛇，有的眉毛伸向空中，有的鼻尖，有的獨眼，有的眼若銅鈴，有的口若血盆，有的就是骷髏，骨頭煞白，沒有肌肉，眼睛、鼻子、嘴巴處露出大大的黑窟窿……醜陋，兇惡，猙獰、陰森，恐怖，直讓人懷疑是天兵天將，神兵神將，妖兵妖將，魔兵魔將，鬼兵鬼將，怪兵怪將。周軍頭皮發麻，毛骨悚然，魂飛魄散，只恨少生兩條腿兩隻腳，倉皇逃命。也有膽大的，向前阻攔。人人戴假面的隊伍像下山的猛虎，出水的蛟龍，指東殺西，指西殺東，橫衝直撞，阻攔者死，迴避者生，硬是殺出一條血路，穿透重圍。長恭遙見城內一高處，高揚一面帥旗，上有「斛律」二字，忙命隊伍殺向那裡，所向披靡。接近帥旗時，方知那裡是金墉城。

金墉城在洛陽宮城的北面，是魏、西晉、北魏囚禁犯罪王公及失寵后妃的地方，牆體高而厚，易守難攻。因此，斛律光把帥帳放在那裡，領導軍民，固守半個洛陽城。金墉城上，早有軍士看到西北方向突入一支奇怪的隊伍，周軍招架不住，慌忙報告斛律光。斛律光慌忙到金墉城北門，登高觀看，只見假面，不見人面，兀自惶惑：這支奇怪的隊伍什麼來頭？正惶惑間，忽見那支隊伍的領頭者，摘下假面，接過那名軍士舉著的黃色大旗，左右擺動，高聲喊道：「斛律大帥，我是高長恭，奉命馳援洛陽，剛剛到此。」

斛律光欣喜，一顆心快要跳出胸腔，忙下令：「快，開門迎客！」

北門打開，隊伍進入金墉城。斛律光一把抱住長恭，熱淚盈眶，說：「好兄弟！」患難真情，斛律光稱長恭為兄弟了。周軍企圖靠近北門。城上齊軍一陣亂箭，將敵人射回。

長恭告訴斛律光，他率領的五百假面騎兵，只是一支先行出發的敢死隊，另有兩支大部隊增援洛陽，已在路上。斛律光及各位校領，爭看假面，驚奇讚歎不已，一片嘖嘖聲。鄭瑩、姜柱、蘇山見過斛律光，互相問好致意。有幾名軍士受傷。長恭親自為之敷藥、包紮，命令休息。

辛酉日，洛陽東面、北面的周軍，忽然撤至西面、南面。原來，太師段韶統領的三萬兵馬，已在洛陽東面二十里處安營紮寨。段韶，年過六旬，慈眉善目，長髯過胸，歷任冀州刺史、司空、司徒、大將軍、大司馬、太傅等要職，封平原王，資歷、地位遠在斛律光、高長恭之上。斛律光、高長恭當日前往軍營，拜訪段太師。太師決定，次日決戰周軍。

壬戌日，洛陽南郊，兩軍對壘，戰鼓咚咚。齊軍面西，段韶騎馬居中，右有斛律光，左有高長恭，黃旗黃甲；周軍面東，尉遲迥騎馬居中，右有楊標，左有權景宣，紫旗紫甲。段韶略略向前，高聲說：「北周逆虜，無辜犯我齊境，所為何來？識時務者，速速退去，不然，叫你等死無葬身之地！」

尉遲迥亦略略向前，高聲說：「北齊歷任皇帝，皆為無道昏君暴君。北周正義之師，討逆伐罪，有何不可？識相的，下馬受縛，否則，叫你等嘗嘗本帥大槊的厲害！」

話不投機半句多。段韶把手一壓，說：「誰打頭陣，教訓教訓這狂徒？」

「我！」斛律光手挺長戟，拍馬而出。那邊，尉遲迥手挺大槊，拍馬相迎。兩馬相交，戟與槊撞擊，「咣」的一聲，雙方都感到對方力大無比。驅馬，掉頭，再戰。兩面鼓聲頻率加快。斛律、尉遲一來一往，大戰三十回合，難分勝負，棋逢對手，將遇良才。

齊軍方面，惱了高長恭，不待段韶吩咐，驅馬挺矛，衝進場內，說：「斛律大帥稍歇，我來會會這老匹夫！」

斛律光說：「小心！」撥馬退回本陣。

尉遲迥見對手換上一個身材偉岸、頭戴懾人面具的將軍，馬上知道正是前幾日把己方軍隊攪得大亂的罪魁，把槊一指，喝道：「報上名來，本帥大槊不殺無名之鬼！」

高長恭冷聲相對，說：「我乃蘭陵王、并州刺史高長恭！」

尉遲迥大笑，說：「北齊高家兒孫皆為鼠輩，酒囊飯袋，敗絮朽木，冒出你這麼個不怕死的，恰也新鮮！」

「少廢話，看矛！」高長恭縱馬，長矛直刺尉遲迥咽喉。尉遲迥舉槊，撥開長矛，反刺高長恭。高長恭回矛擊槊，化解了槊的招式。鄭瑩騎馬立在齊軍陣內，見長恭出戰尉遲迥，眼睛眨也不眨，手心攥出汗來。再戰。高長恭使矛，多用巧勁；尉遲迥使槊，多用狠勁。巧能制狠，狠可制巧，兩人大戰三十回合，也是不分勝負。

鄭瑩唯恐長恭吃虧，突然縱馬馳進場內，馳了一個大圓。尉遲迥見是個手無兵器的年輕小兵，心生狐疑。正狐疑間，小兵一揚手，投擲出一支飛鏢。鄭瑩本想用飛鏢取尉遲迥性命，或傷其眼其耳，但見他一身甲冑，保護得很嚴，所以決定用扎眼鏢傷他的坐騎。

尉遲迥坐騎是一匹黃驃馬，黃驃馬右眼中鏢，疼痛受驚，兩條前腿高舉，發出長嘶，要把主人摔下馬背。周軍陣內，楊標、權景宣一看形勢不妙，慌忙驅馬，助援尉遲迥。齊軍陣內，段韶部將婁睿也驅馬衝出。鄭瑩對著楊標坐騎又發一鏢。楊標翻身落馬。婁睿恰好趕到，將其生擒。權景宣顧不上楊標，先護衛尉遲迥馳回本陣。段韶把手中馬鞭一指。早就急不可耐的齊軍，齊聲吶喊，揮舞各種兵器，衝殺過去。衝殺在最前面的正是姜柱、蘇山帶領下的五百名假面騎兵。周軍已知假面騎兵不是妖魔鬼怪，更不是什麼天兵天將、神兵神將，但一見那麼多怪異猙獰的兇惡面孔，還是心裡打怵，未戰先怯。斛律光、高長恭、鄭瑩也衝殺過去。千軍萬馬，旗鼓雜亂，殺聲震天。一場惡戰和混戰，周軍大敗，西撤八十里。包圍洛陽的周軍也全部西撤，洛陽解圍。

尉遲迥接到報告，北齊并州都督馬昆率領二萬兵馬，直接向南，有強渡黃河，進軍陝縣（今河南陝縣）的跡象。他因此大驚，齊軍若佔領陝縣，扼守函谷關西側，那麼周軍的歸路將被切斷。他不敢耽擱遲疑，統領殘兵敗將，急急退回關中去了。

齊軍打掃戰場，繳獲的戰利品無數。高湛接到捷報，四天後趕到洛陽。他很高興，封賞功臣，段韶升任太宰，斛律光升任太尉，高長恭升任尚書令。

高長恭率五百名假面騎兵馳援洛陽，並參加解洛陽圍的戰鬥，是他一生中最閃光耀眼的事蹟之一。至於升任尚書令，則非他所想非他所願。他，即將二十四歲，文韜武略，血氣方剛，哪適應得了那號婆婆媽媽的差事呢？

假面樂舞

假面，離奇古怪的假面，兇惡猙獰的假面，在斛律光軍中引起震動和轟動。當眾將士得知假面是音容俊美的蘭陵王設計出來的時候，更覺得好奇和不可思議。很多人把假面拿在手裡，認真觀賞；有人將假面戴在頭上，手執刀、劍、戈、矛等兵器，比比劃劃，仿效假面騎兵突入周軍軍陣時的樣子，衝鋒、跳躍、旋轉、劈刺，饒有興味。這一場景引起了一個人的注意——斛律光好友皇甫綽。

皇甫綽，五十多歲，中等身材，方臉大耳，面皮白淨，文質彬彬。他是一位音樂家和舞蹈家，從北魏、東魏到北齊，一直在朝廷音樂機構樂府供職，精通各種樂器和舞蹈，並通曉鮮卑語。他敬佩英勇剛毅、戰功卓越的老將斛律金，斛律金用鮮卑語演唱的著名民歌《敕勒川》，就是他翻譯成漢語的。皇甫綽也敬佩斛律光的才幹，二人結為好友。一月前，皇甫綽到洛陽拜訪斛律光，恰遇周軍包圍洛陽，他因此受困，也住在金墉城。

蘭陵王高長恭率五百名假面騎兵馳援洛陽，以及將士們喜愛假面，觸發了這位音樂家、舞蹈家的創作靈感。通過斛律光，皇甫綽結識了蘭陵王，蘭陵王諸多優良品德，更加激發了音樂家、舞蹈家的創作欲望與創作衝動。皇甫綽告訴斛律光，說想以蘭陵王率假面騎兵馳援洛陽為題材，創作一部樂舞，著重反映蘭陵王英勇無畏、一往無前的精神和氣概。斛律光拍手叫好，說：「應該應該！

老兄若能創作出這部樂舞，必定青史留名。」

皇甫綽進入創作狀態，將樂舞名稱定為《蘭陵王入陣曲》。中國的樂舞藝術，歷史悠久。原始社會的先民們，在生活和勞動中，用聲音和形體表達喜怒哀樂的感情，於是便產生了音樂、舞蹈。《禮記》：「夫樂，清明象天，廣大象地，終始象四時，周旋象風雨。」《毛詩序》：「情動乎中，而形於言；言之不足，故嗟歎之；嗟歎之不足，故詠歌之；詠歌之不足，不知（覺）手之舞之，足之蹈之。」

早在傳說中的五帝時代，音樂就與舞蹈緊密結合，成為樂舞。樂舞在漫長的發展過程中，總體上分為文舞、武舞兩大類別；用舞者人數劃分，又有獨舞、雙舞、群舞（三人及三人以上）的區別。皇甫綽經過斟酌，將《蘭陵王入陣曲》確定為武舞、獨舞。伴奏的樂器以鼓和牛角號為主。史籍載：「鼓者，郭也，春分之音，萬物皆鼓甲而出，故謂之鼓。」鼓聲高亢粗獷，渾厚有力，用來伴奏武舞，節奏感強烈，最能表達豪情壯志。牛角號是用牛角製成的號角，聲音尖銳激越，用來伴奏武舞，利於渲染出雄壯慷慨、古樸昂揚的氣氛。

皇甫綽開始創作樂譜，繪製舞譜。前兩年，他參與了北齊三大帝廟祭祀樂舞的創作：神武皇帝高歡廟，樂名《武德》，舞名《昭烈》；文襄皇帝高澄廟，樂名《文德》，舞名《宣政》；文宣皇帝高洋廟，樂名《文正》，舞名《光大》。嚴格地說，那不叫創作，叫編制，叫拼湊，即把前代的音樂、舞蹈拿來，這裡選一節，那裡選一節，沒有主題，只有場面，鋪張華麗就好。而《蘭陵王入陣曲》不同，是真正的創作，真正的嚴肅的藝術創作，樂舞中要有人物形象，要有故事情節，樂與舞要完美融合，賞心悅目，讓人看後受到教育和鼓舞。因此，他創作樂譜，繪製舞譜，專注精心，一絲不苟。

蘭陵王等在金墉城，每天凌晨也是要練武的。皇甫綽偷偷站在一邊觀看，把蘭陵王練矛練刀練劍的各個招式，以及音容笑貌，都記在腦海裡，然後繪製成舞譜。當然，藝術源於生活，又高於生活。皇甫綽繪製的舞譜，絕不是蘭陵王動作、形象的簡單再現，而是經過加工和提煉了的藝術作品。秦漢、魏晉時的樂舞，深受西漢百戲的影響，帶有不少武術、雜技的元素。武術、雜技的元素，也被皇甫綽用在了舞譜中。

且不說皇甫綽專心致志創作樂舞《蘭陵王入陣曲》，單說高長恭已經升任尚書令，數日後便率敢死隊——五百名假面騎兵返回晉陽，移交并州刺史印信。州丞呂勝仍代理并州刺史職務，告訴長恭說，皇帝高湛稱讚他擊胡有功，如果十分是滿分的話，可打九分；同時批評他政務不力，尤其是在徵收賦稅上，每年只完成一半任務，若打分的話，只能打五分。長恭微笑，意味深長地說：「五分就五分唄！另外五分都是糧和錢，仍留在并州的百姓手中啊！」

長恭向馬昆交代軍務，五百名壯漢和勇士仍回軍中。姜柱、蘇山不再擔任校領，他倆要隨自己回鄴城。五百副假面，都是長恭用俸祿的錢打製的，屬於私物，他將它們裝箱帶回，或許日後還會有用處。

長恭任并州刺史三年多，幹了恆州擊胡和馳援洛陽兩件大事，河清三年年底回到鄴城，回到家中。蘭女又見到兒子，喜極而泣。郭奶奶、裴雲、冉翠、蘇萍也很高興，問這問那。長恭和鄭瑩奉母親之命，去黃橋鎮接了岳父岳母鄭啟明、許碧玉到城裡過年。

姜柱和裴雲的兒子姜魁也從老家趕來了。這個新年過得熱熱鬧鬧，紅紅火火，是個名副其實的

大團圓年。

河清四年（五六五年）元日（春節），高長恭第一次以尚書令身分出席朝會，與眾多王公大臣一起，叩頭山呼吾皇萬歲萬歲萬萬歲。他以前長期沒有官職，基本上不參加朝會，所以很多官員都不認識。尚書令是尚書署的首長。魏晉南北朝時的尚書署，既是決策機構，又是執行機構，上面聽皇帝、丞相的，下面管各州郡各官署，事無巨細，繁瑣冗雜。首長除尚書令外，還有左、右尚書僕射和錄尚書事（太傅、太尉等參與決策），遇事時互相扯皮，很難達成一致。長恭根本適應不了新崗位新差事，因而心情抑鬱，悶悶不樂。蘭女理解兒子，說：「娘一直不希望你擔任官職，尤其不希望在朝廷裡擔任官職。在朝廷皇上身邊做事，等於把你關在籠子裡，諸事由不得你啊！」

第三天，長恭參加罷朝會，剛剛回家，忽有宦官前來宣詔，說皇上獎勵蘭陵王馳援洛陽的戰功，特賞賜二十名宮女。長恭跪在地上，尚未反應過來，三輛馬車已進了庭院，二十名宮女下車，進了大四合院天井，紅紅綠綠，花枝招展。長恭懵了，鄭瑩和全家人都懵了。長恭並未接旨，「譃」地起身，拉了宦官走進大四合院南房堂屋，並叫來兩位母親和鄭瑩，急急地說：「公公，這是怎麼回事？你說清楚。」

宦官圓臉細眼，手舉聖旨，說：「聖旨上不是說了嗎？皇上獎勵王爺馳援洛陽有功，特賞賜二十名宮女。根據慣例，她們也就是王爺的侍妾了。」

長恭說：「我是結了婚的人，我有妻室王妃呀！」

宦官說：「嗨，那有什麼？你瞧各位王爺，誰不是妻妾成群？」

長恭說：「那是他們，不是我。我有王妃一妻，足矣！」

宦官用另一隻手撫摸光滑的下巴，說：「哎呀，這就難辦啦！你讓我把二十名宮女再帶回去？那樣可是抗旨呀！」

「這……」長恭犯難了。

蘭女基本明白了是怎麼回事，問宦官說：「公公，皇上賞賜的這些宮女，是非作蘭陵王的妾不可呢？還是可以通融？」

宦官說：「皇上只管賞賜，至於蘭陵王如何處置她們，皇上就不管了。」

蘭女說：「原來這樣。那好，長恭，接旨謝恩！」

長恭疑惑地看著母親，鄭瑩和碧玉也疑惑地看著蘭女。蘭女平靜地說：「接旨謝恩！」

長恭這才勉強跪地，說：「臣蘭陵王高長恭接旨謝恩！」從宦官手中接過聖旨。宦官完成任務，回宮覆命。

天井裡二十名宮女低首斂眉，等待著新主人決定她們的命運。有人見這個庭院很大，蘭花很多，有人見蘭陵王長相俊美，儀表堂堂，心中暗喜。

蘭女讓鄭瑩把鄭啟明也請到南房堂屋，苦笑說：「開門見鬼，真晦氣！你們說，皇上賞賜的那些宮女，怎麼辦呀？」

鄭啟明說：「我只知官爵可賞賜，錢物可賞賜，還不知人也可賞賜。」

碧玉說：「賞賜一兩個也就罷了，一下子賞賜二十個，真是讓人吃不消！」

長恭說：「我和鄭瑩，早有誓約：鳳凰齊飛，上邪共唱。相知相守，地久天長。所以這些官女，我一個也不要！」

鄭瑩看著長恭，心裡熱呼呼暖洋洋的。蘭女點頭，心想這才是我的兒子。鄭啟明、碧玉也點頭，心想這樣的女婿，找遍天下，找不出第二個來！

蘭女說：「宮中的公公說了，皇上只管賞賜，其他不管。這事，長恭和鄭瑩別沾手，由我和碧玉姑姑出面，給一點盤纏，讓宮女們各回各家就是。」

這辦法最好。於是，長恭、鄭瑩、鄭啟明迴避，蘭女、碧玉來到天井裡。蘭女看那些宮女，年齡在十二歲到十七歲之間，姿色都還可以，但人人臉上布滿憂容，就像市場上待賣的牛羊一般，驚恐而又侷促。蘭女詢問幾人，方知她們都是因為爹娘拖欠租稅，而被官府強抓，送進皇宮充當宮女的。她十分同情眼前的可憐的女孩，說：「你們的苦和你們爹娘的苦，我知道。皇上把你們當作一個物件，賞賜給蘭陵王。我是蘭陵王的母親，現決定發給你們每人一千文路費，你們趕快回家去，你們的爹娘正倚門而望，盼望著見到閨女呢！」

這樣的決定出乎宮女們的意外，這簡直是措不及防的驚喜，她們忙跪下重重磕頭，說：「謝夫人。」小雲、小翠已準備好了錢，發到每個人手裡。領到了路費的宮女再次施禮，歡喜而去。最後，只剩下一人，孤零零地站著，手捧一千文錢，瑟瑟發抖，淚水簌簌。蘭女見她，身體嬌小，衣裙單薄，長相倒是端正，瓜子臉，柳葉眉，雙眼皮，長睫毛，兩個眸子又黑又亮，雖蒙淚水，仍閃爍著寶石般的光芒。蘭女問她：「你怎麼啦？」

那宮女撲通跪地，說：「回夫人話：我，我爹娘死了，也沒有家，我不知道能去哪兒呀！」

蘭女心頭一緊。碧玉忙向前，扶起宮女，說：「孩子，快起來，外面挺冷，進房說話。」

碧玉領宮女進了南房堂屋，讓她坐下，還給她倒了一杯熱水喝。堂屋裡暖和，宮女的臉上很快有了血色。蘭女再問。原來，宮女叫曹小惠，十一歲，滄州人，爹娘都是農民。家中原有三畝薄地，每年需要交納的賦稅，多達四百斤糧食。她娘多病，是個藥罐子，為了治病，她爹把地賣了，可是賦稅還要交納。她爹和官府衙役講理，遭到毒打，一口氣沒接上，死了。她娘一急，栽下病床，也死了。衙役說父債女還，就把小惠抓去官府，再送進皇宮……

蘭女和碧玉聽了感歎不已，淚水漣漣。她們不忍心讓孤苦的小惠流落街頭，就把她收留下來。她是皇上賞賜給蘭陵王的，讓她住在家中，外人會怎麼想怎麼說？蘭女一思量，有了主意，讓親家夫婦收她做養女或侍女，帶到黃橋鎮去住。親家夫婦年紀漸大，身邊需要個孩子。她把主意跟碧玉一說，碧玉又跟鄭啟明商量。大家都有同情心和憐憫心。因此，鄭啟明和碧玉認曹小惠為養女，帶領著她回黃橋鎮去了。

年前用為尚書令，年後賞賜宮女，皇帝高湛似乎特別看重侄兒高長恭。誰知元宵節剛過，皇帝口諭：高長恭涉及到一件大案，免去尚書令職務，接受審查，期間，不得擅自離開鄴城。

眾王公大臣面對這突如其來的皇帝口諭，無不吃驚。蘭女、鄭瑩、郭奶奶等全家人都很惶恐。因為高湛心毒手狠，已殘酷殺害了好幾個侄兒，這回會不會是故意找茬，也要殺害長恭？

高湛殺害的第一個侄兒是高洋次子高紹德。

高湛即皇帝位時二十五歲，立了胡氏為皇后，另有多個嬪妃。他像高洋一樣，也對美貌的嫂子大感興趣。他在晉陽即位，回到鄴城，便迫不及待地去昭信宮，會見嫂子李祖娥。

李祖娥為皇太后時曾為高殷多方奔走，希望兒子能坐穩皇位。然而，高殷只在皇位上坐了十個月，就被高演取而代之。李祖娥改稱文宣皇后，遷居昭信宮。所謂昭信宮，就是一個簡陋的院落而已。她已知高演將高殷殺害，終日以淚洗面，痛不欲生。緊接著高演一命嗚呼。李祖娥連聲說：「報應，這就是報應！」

新皇帝高湛突然造訪昭信宮，使李祖娥驚詫不已。高湛摒退宦官和宮女，直對李祖娥笑，更使李祖娥緊張萬分。高湛開金口了，說：「嫂子，不瞞你說，朕早就心儀你了。朕的美婦標準是：長髮、白面、大眼、朱唇、秀頸、細腰、豐乳、肥臀。這幾條，你都具備。你說，朕能不心儀麼？」

李祖娥起了一身雞皮疙瘩，謙稱賤妾，說：「皇上見笑。賤妾已三十好幾，半老徐娘，早過了風花雪月的年齡了。」

高湛說：「不！你在朕心目中，還是一株芳草，一朵鮮花。」說著，他就靠近嫂子，抱緊她，熱吻她，抓摸她的乳房。

李祖娥多少年都沒接觸過男人了，心靈上和肉體上都有著強烈的渴望，心跳氣喘，渾身發軟。不過，她還是清醒又理智的，推開皇帝，說：「這樣不好。」高湛驟然變臉，說：「若不從朕，必殺汝子！」這話厲害，李祖娥再也不敢動彈，由他皇帝解頻寬衣，抱上床去，興雲布雨。

「汝子」指李祖娥生的第二個兒子高紹德，時封太原王。她已失去長子高殷，紹德成了她唯一的精神支柱。不久，李祖娥發覺懷了身孕，不由一陣恐懼。高湛卻很高興，說：「務要保住龍種。」李祖娥的肚子隆起，不敢出門。偏偏，高紹德回家。李祖娥自覺羞恥，避而不見。高紹德完全不體諒母親，嘲笑說：「你當我不知道？你是肚子大了，沒臉見我。」李祖娥又羞又愧，無地自容。

十月懷胎，李祖娥分娩，生了個女兒。她雖然愛這個親生骨肉，但顧忌輿論的壓力，只能含淚將女兒溺死。高湛得知此事，暴跳如雷，怒斥說：「汝殺我女，我何不殺汝兒？」李祖娥苦苦哀求，無濟於事。高湛派人，將高紹德召回，當著李祖娥的面，用鐵鋸鋸死。李祖娥發瘋似的喊叫，撲向兒子屍身。高湛愈加震怒，扒光李祖娥的衣服，掄起馬鞭，猛打猛抽。李祖娥遍體鱗傷，暈死過去。高湛以為她死了，命人將其裝進絹袋裡，載出皇宮，扔進一條水渠。

李祖娥原先的侍女晴晴，早被放出宮去，嫁人生子。晴晴不忘舊恩，仍經常看望李皇后。這天，她恰好撞見李皇后被打死拋屍，忙叫了丈夫，前去收屍殮葬，當從水渠裡撈起絹袋的時候，夫婦二人驚呆了，原來皇后尚未斷氣。晴晴把皇后接到家中，好生照料。李祖娥居然康復。她從切身經歷中痛定思痛，深切感受到皇宮的醜惡、血腥和恐怖，萬念俱灰，毅然進了妙勝寺，削髮為尼，與木魚青燈為伴，了卻殘生。

事後，晴晴曾拜訪蘭女，敘說了李皇后的遭遇。蘭女面色鐵青，兩眼冒火，憤怒地說：「喪盡天良的狗東西，幹出這樣的缺德事！」憤怒，使她也口不擇言罵粗話了。

高湛殺害的第二個侄兒是高演次子高百年。高演共有七個兒子，次子高百年因是元皇后所生，所以被立為皇太子。高演死時，婁太后拍板，讓高湛坐上了皇位，高百年降封為樂陵王。高演在傳位遺詔裡專門加寫數語：「百年無罪，汝可以樂處置之，勿學前人。」然而，高演殘殺了廢帝高殷，高湛又怎能「勿學前人」，放過曾是太子的高百年呢？

殺人總得有個藉口。高湛命人，買通高百年的老師賈德胄。賈德胄教高百年寫字，專教怎樣寫

「敕」字。高百年一筆一畫，寫了很多「敕」字。賈德胄用心險惡，將它們密封進呈給皇帝。高湛立即宣召高百年進京。高百年自知凶多吉少，特將佩戴的一方玉玦留給王妃斛律氏（斛律光長女，原為太子妃）。高湛召見高百年，命寫「敕」字，結果和賈德胄進呈的「敕」字一模一樣。高湛勃然大怒，說：「敕，專指皇帝的詔書、命令，而你高百年只是個樂陵王，反覆寫此字，用心何在，妄想當皇帝不是？」他不容高百年分辯，命侍衛用亂錘擊之，且拖拉著，邊走邊打，所過之處，血流滿地。高百年氣息將盡，還說：「乞命，願與阿叔作奴。」高湛不能留下這個潛在的禍患，再命斬首，將屍體拋棄在一個水池裡，池水盡赤。

王妃斛律氏也進京，住在父親家中。她得知丈夫慘死，手持那方玉玦，終日啼哭，不進飲食，月餘亦死，年僅十四歲。死時玉玦仍在手中，攥成拳頭，怎麼也擘不開。斛律光熱淚縱橫，撫摸女兒屍身良久，才擘開拳頭，取了玉玦，置於棺內，作為隨葬品埋葬。

高百年生母元氏藏有一種春藥，據說男女服用後性欲特別強烈。高湛向元氏索要春藥。元氏不給。高湛大怒，命將元氏軟禁在一個院落裡，不許與任何人接觸。元氏父親元蠻，官任開府儀同三司，偷偷給女兒寫了一封信。高湛發現後，斷然免去了元蠻的官職。

高湛殺害的第三、第四個侄兒是高澄長子高孝瑜、三子高孝琬。高澄嫡妻元娉稱老大，次妻宋氏稱老二，高孝瑜就是老二的兒子。宋氏上了高洋的龍床，所以高孝瑜早就封河南王，最高官職當到司州牧。高湛過去和高孝瑜等諸侄的關係是不錯的，同屬於紈絝子弟、酒肉朋友一類。高湛為帝後，寵信佞臣和士開，和士開恰恰與高孝瑜有隙。高孝瑜曾與婁太后的侍女爾朱摩私通，為王為官又驕縱不法，把封地轄地變成私人王國，蔑視皇帝。和士開把高孝瑜的劣跡惡跡，添油加醋，報告皇上。高湛因而忌恨，命逮捕高孝瑜。高孝瑜平時酗酒，身體肥胖，腰帶十圍，坐在馬車上，馬車被壓得吱吱作響。一名侍衛奉命，就在馬車上將高孝瑜鴆殺，又將其屍體扔進漳河。

高孝瑜王妃盧氏，對丈夫之死一點也不哀傷。因為高孝瑜好色花心，不值得她哀傷。盧氏憎恨婆婆宋氏，託人上書，說宋氏多次謾罵過皇帝。高湛以此為由，又將大嫂之一的宋氏處死。

高孝琬即高澄老大元媍的兒子，兄弟排行列第三位，因是嫡出，所以傲慢囂張，驕矜自負。他封河間王，當過尚書令和并州刺史。高孝瑜遭殺害，高孝琬有兔死狐悲之感，放聲大哭，又在府中後院紮一草人，用箭射之。和士開等趁機告發，說那草人代表皇帝高湛；還說在高氏家族諸王中，只有高孝琬能對皇權構成威脅。因此，高湛分外疑忌這個侄兒。高孝琬確實也有妄想，府中藏有一些兵器和旗幟，又得一佛牙，置於堂上，夜放神光。高湛掌握了這些證據，認定高孝琬有謀反之心，將其逮捕，嚴刑拷打。高孝琬趴在地上叫「阿叔」。高湛怒道：「誰是你阿叔？別這樣叫我！」高孝琬說：「神武皇帝嫡孫，文襄皇帝嫡子，東魏孝靜皇帝（元善見）外甥，為何不得叫你阿叔？」高湛更怒，下令：「打！」不一時，高孝琬斃命。

高湛殺害侄兒高紹德、高百年、高孝瑜、高孝琬等，和高洋殺高浚、高渙，高演殺高殷一樣，凶殘暴虐，滅絕人性，有力印證了一句箴言：皇家無親情。蘭女越想越怕，不寒而慄。她莊重地跪在條桌前，面對燃著的兩支白色蠟燭叩頭，說：「爺爺，藍京，你倆在天之靈，務要保佑恭兒啊！」

沒做虧心事，不怕鬼敲門。高長恭坦坦蕩蕩，接受審查，看看到底涉及到了什麼大案？

這天，黑衣黑帽的廷尉嚴森，帶領一幫衙役，忽然前來拜訪，進了小四合院。蘭女、鄭瑩等分外緊張，不知將會發生什麼事情。

長恭在南房堂屋接待廷尉大人。嚴森面對的是蘭陵王，態度還算恭敬和客氣。嚴森說：「請問王爺，你從并州歸來，是不是帶回十隻大木箱？」

長恭說：「是啊！」

「請問那些王爺木箱現在在哪裡？」

「在廂房。」

「本官能看看嗎？」

「當然可以。請！」

長恭帶領嚴森，開了西側的廂房門，十隻大木箱整齊地堆放在房裡，每隻木箱都貼有封條，封條上的日期是年前臘月。嚴森說：「本官奉命審查一件案子，需要開啟這些木箱。」

長恭說：「可以。」

嚴森一揚手，示意衙役開啟木箱。衙役把木箱抬到天井裡，打開，全都愣了：木箱裡裝的是造型奇特、五顏六色的假面，每箱五十副，十箱五百副。

長恭說：「這些假面，是我在并州用自己俸祿的錢打製的，它們在馳援洛陽、擊退周軍的戰爭中，發揮了特殊的作用。這，并州代理刺史呂勝、都督馬昆，原太尉尉粲、現太尉斛律光、太宰段韶等，均可證明。」

嚴森把長恭拉回堂屋，說：「實不相瞞，皇上近日收到一封飛書（匿名信），說王爺在并州搜刮民財，卸任時帶回十隻大木箱，裝的全是金銀珍寶，價值連城。皇上命本官審查此案，經開箱查驗，方知飛書所言，實為虛妄之詞。」他朝長恭一拱手，說：「王爺，受驚了！本官當盡快奏明皇上，還王爺一個清白之身。」

嚴森帶領衙役離去。長恭把飛書之事一說，全家人都長長地舒了口氣，把懸著的心放了下來。蘭女說：「人說伴君如伴虎，此話不假。不怕老虎傷人，單怕老虎吃人哪！」姜柱、蘇山憤憤地說：「抓住那個寫飛書的，定要把他千刀萬剮，才解恨！」

直到二月底，才又有皇帝口諭下達：高長恭涉及的大案撤銷。口諭僅此一句話，並未說恢復長恭的尚書令職務。這樣，長恭一時成了個閒人，倒也逍遙自在。

姜魁和蘇萍已到婚嫁年齡。姜柱和蘇山早有結為兒女親家的約定。蘭女作主，把二人的婚事辦了。姜魁和蘇萍婚後，堅持要回老家去，照顧奶奶，經營土地。蘭女主張姜柱和小雲夫婦也回老家去。姜柱、小雲死活不幹，說他倆這一輩子，都會和蘭女、長恭、鄭瑩一起生活。

辦完喜事又辦喪事。郭奶奶一病不起，生命走到了盡頭。郭奶奶原稱郭媽媽，在四十多歲時遇到蘭女，那年蘭女十六歲。二十多年來，她和蘭女不是母女，勝似母女，情深意厚。郭奶奶在彌留之際，緊緊拉著蘭女的手，說：「蘭女，你是天下第一好人，下一輩子，我要你真正做我的女兒，行嗎？」蘭女含淚點頭，說：「媽媽，我答應你，下一輩子一定做你的女兒，長恭、鄭瑩做你的孫子和孫媳！」郭奶奶臉上露出欣慰的笑意，瞬間便斷了氣。長恭在鄴城西郊買了一塊墓地。全家人披麻戴孝，用樸素而周到的禮儀，安葬了郭奶奶。

三月，大地回春，萬物復甦。皇甫綽創作的樂舞《蘭陵王入陣曲》完成了，經過排練，決定首演。斛律光熱情邀請高長恭、鄭瑩、姜柱、蘇山前去觀看。斛律光時任太尉，對樂舞的創作、排練、演出，提供了全力的支援和幫助。

演出在一個軍營的大帳篷裡舉行。舞臺高出地面三尺，長方形，鋪紅色地毯，背景是一幅城郭圖，象徵洛陽城，邙山蒼茫，城牆巍峨。觀看演出的是軍中尉官和校官，共一百多人。斛律光陪長恭等在前排坐定，演出開始。

樂隊首先出場，手持懷抱多種樂器，坐於舞臺左側。悠長的笛聲響起，引出高亢的牛角號聲和輕緩的鼓聲。樂曲稱「小亂聲」或「亂聲序」。舞臺右側，一位演員出場。他，身穿刺繡紅袍，腰繫透雕金帶，頭戴假面——正是高長恭在實戰中所戴假面的樣式，粗眉大眼，高鼻闊嘴，雙耳上方有對稱的尖刺；面部色彩以暗紅色為主，尖刺藍色；總體形象並不怎麼醜陋，而是顯得雄健和英武。他，手執一支長矛，矛頭鋥亮，矛頭和矛柄處繫有長長的纓穗，鮮紅鮮紅。他，扮演的正是蘭陵王高長恭。

蘭陵王在舞臺中央站定。笛聲、牛角號聲、鼓聲，還有笙聲、鉦聲、篳篥聲。樂曲稱「亂聲」。蘭陵王一個亮相，隨著樂曲聲起舞。樂曲旋律緩慢而低沉。蘭陵王舞蹈柔緩，進而退，退而進，左而右，右而左，時時望天，心神不定。樂舞表達的意象是：黑雲籠罩，烏霾壓城，洛陽處在北周大軍的重重包圍之中，形勢危迫，急待救援。蘭陵王等待救援的命令，焦急萬分。觀眾都聽懂了看懂了，心情緊張。

「咚」的一聲，齊鼓（大鼓）擂響，羯鼓（小鼓）跟進，鼓聲大作。其他樂器同時響起，節奏飛快，旋律激昂，鏗鏗鏘鏘。樂曲稱「本曲」。蘭陵王精神抖擻，意氣風發，高舉長矛，率眾「入陣」，舞姿頻率快，幅度大，衝鋒，跳躍，旋轉，前俯，後仰，翻筋斗，打鏇子，像猛虎，似蛟龍，看得人眼花繚亂，目不暇接；手中長矛舞得出神入化，前後左右，擊刺敵人，所向披靡；又抓住矛柄中間部位掄圓，左掄右掄換手掄，掄出個大大的圓輪，不見掄圓的人，只見飛轉的圓輪的虛影，紅色纓穗的虛影，也是一個圓；倏地，長矛拋向空中，又被穩穩接住。「本曲」是樂舞的主體部分和高潮部分，表達的意象是：蘭陵王率眾「入陣」，激戰敵軍，英勇無畏，殺開一條血路，一往無前，而且他是一位統帥，一位將軍，率領著五百名假面騎兵衝鋒陷陣，身後好像有千軍吶喊，萬馬奔騰，呈現出排山倒海、摧枯拉朽之勢，讓人感受到一種氣概、精神和力量。觀眾看得入神，目不轉睛。長恭、鄭瑩、姜柱、蘇山的思緒，不禁回到那天那時的實戰場景中，恍若身臨其境，點點滴滴，歷歷在目。

又是「咚」的一聲，齊鼓、羯鼓放低了聲音，放慢了節奏，又輕敲鼓沿。笛聲嘹亮，牛角號聲直沖雲霄，笙聲、鉦聲、篳篥聲悠悠揚揚。樂曲稱「亂聲慢」。蘭陵王的舞蹈隨之慢了下來，彎腰，伸臂，仰望，進入抒情階段，也是讚頌。樂舞表達的意象是：以蘭陵王為代表的廣大將士，保家衛國、抗敵禦侮的精神，同仇敵愾、眾志成城的精神，從容鎮定、敢於勝利的精神，生當人傑、死亦鬼雄的精神，是偉大的永恆的，必將載入史冊，千古留名。

鼓聲及各種樂聲舒緩、平和。樂曲稱「安摩亂聲」。鼓聲及各種樂聲一陣火爆，戛然而止。蘭陵王收勢，舞蹈也就停止。蘭陵王摘去假面，向觀眾施禮致意。觀眾發現，他原來是一個高高大大的美男子。

斛律光忽然起身，面向軍官們說：「這部樂舞名叫《蘭陵王入陣曲》，反映的是蘭陵王去年馳援洛陽的故事。榮幸的是，真蘭陵王高長恭今天也來看演出了，我們請他上臺，和大家見面，好不好？」

群情振奮，全都叫好。長恭無法推辭，只好登上舞臺，和演員握手、擁抱，再向台下拱手。軍官們看到，真蘭陵王比演員蘭陵王還要俊美，更帥氣更陽剛，不由齊聲喝采，鼓掌歡呼。他們早就聽說過蘭陵王是文武雙全的美男子，沒料想今日得以一見，算是飽了眼福。

斛律光請高長恭等人到另一個帳篷飲茶。皇甫綽忙於調度演出，直到此刻才和長恭見面。見面便問：「怎樣？」

長恭尚未回答，姜柱搶先說：「樂美舞美，棒極了！不過我想提個問題：假面大多青面獠牙，猙獰恐怖，而樂舞中蘭陵王的假面，一點也不嚇人，這是為何？」

皇甫綽笑著說：「這是因為：一，蘭陵王那天入陣時，戴的假面就是這個樣式；二，樂舞是藝術作品，要給人美感，美的享受，如果把青面獠牙、猙獰恐怖的假面都搬上舞臺，還不把觀眾給嚇跑了？」

這話說得眾人大笑。皇甫綽仍問長恭：「你這個真蘭陵王看了舞臺蘭陵王的演出，覺得怎樣？」

長恭說：「前輩讓蘭陵王在舞臺上獨舞，有突出個人、張牙舞爪之嫌，只怕高處不勝寒哪！」

皇甫綽說：「這算什麼突出個人？率兵馳援洛陽的，難道不是蘭陵王嗎？用樂舞形式反映蘭陵王的品德和功業，難道不應該嗎？」

斛律光說：「長恭的意思是，凡事要收斂，切莫張揚，有人把眼睛正盯著他呢！皇甫兄可能不知道，前些日子有人用飛書誣告，說他在并州搜刮民財，弄回十大木箱金銀珍寶，價值連城，使他丟掉尚書令職務，至今還沒復職呢！」

皇甫綽憤憤地說：「嫉賢妒能，英雄受壓受氣，這是什麼世道？《蘭陵王入陣曲》，原定的就是獨舞、武舞，蘭陵王是廣大將士的代表，抗擊異國入侵，不突出他突出誰？」

斛律光說：「皇甫兄考慮過沒有，在獨舞基礎上再創作群舞？」

皇甫綽高興得一拍手，說：「大帥這話說到了點子上，也說到了我的心上。我下來打算做兩件事情：一是修改獨舞《蘭陵王入陣曲》，訓練幾個蘭陵王演員，請大帥安排到各個軍營去演出，使盡可能多的人能看到這部樂舞。二是創作群舞《蘭陵王入陣曲》。群舞人多，場面大，氣勢大，也更熱鬧。特別不同的是，群舞要加進歌曲，樂、舞、歌三位一體，包它美侖美奐。古代的樂舞大多都有歌曲，或演員唱，或樂隊唱，不拘一格。比如《詩經．秦風．無衣》，歌詞是：『豈曰無衣？與子同袍。王於興師，修我戈矛。與子同仇！豈曰無衣？與子同澤。王於興師，修我矛戟。與子偕作！豈曰無衣？與子同裳。王於興師，修我甲兵。與子偕行！』再比如屈原《國殤》，歌詞是：

『操吳戈兮被犀甲，車錯轂兮短兵接。旌蔽日兮敵若雲，矢交墜兮士爭先。凌余陣兮躐余行，左驂殪兮右刃傷。霾兩輪兮縶四馬，援玉枹兮擊鳴鼓。天時墜兮威靈怒，嚴殺盡兮棄原岳。出不入兮往不返，平原忽兮路超遠。帶長劍兮挾秦弓，首身離兮心不懲。誠既勇兮又以武，終剛強兮不可凌。身既死兮神以靈，子魂魄兮為鬼雄。』後來，音樂、舞蹈佚失，只有歌詞流傳了下來。所以，我創作群舞《蘭陵王入陣曲》，一定也要有歌詞。在群舞的結尾，要放聲高唱：『三山五岳，我王蘭陵；皇天后土，我王蘭陵。風範長在，精神永恆；彪炳史冊，千古揚名！』」

皇甫綽的思想，沉浸在他的樂舞王國裡，說得很投入很陶醉。高長恭聽得心驚肉跳，起身，對著皇甫綽打躬作揖，說：「懇請前輩，你饒了我吧！你創作樂舞，我不反對，但千萬別把我寫進歌詞裡。家母一直告誡我，要收斂鋒芒，低調做人。前輩與其在樂舞中那樣高抬我吹噓我，還不如現在拿刀把我殺了！」

斛律光解圍，說：「是啊！長恭因為沾了『皇』字的邊，所以活得很累很不踏實。那個群舞，只當我沒說，皇甫兄就別創作了，免得授人以柄，給長恭帶來麻煩。」

皇甫綽氣得跺腳，說：「唉，多好的一部群舞題材，捨棄不搞了，太可惜了！」

群舞《蘭陵王入陣曲》一提出就胎死腹中，因而流傳於世的只有獨舞《蘭陵王入陣曲》。皇甫綽在修改獨舞時，加了少許「囀唱」（演員獨白），算是彌補了捨棄群舞創作的缺憾。

四月，正當高長恭無官一身輕的時候，北齊政局又發生變化：皇帝高湛當了太上皇，太子高緯大模大樣地坐上了皇位。

懲惡除霸

古代皇帝，不怕異國異族入侵，不怕官員民眾造反，單怕天文氣象多變，認為那是「天之譴」——上天嫌兒子（天子）失德，光幹壞事不幹好事，因而通過天文氣象的變化，進行譴責和警示。這年的三月和四月，彗星呈現，那是凶煞之星，兆示會有大災大難。皇宮裡，鋪地的石板翹起很多，還兩兩相對。天空降下一些物體，像紅漆黑漆塗過的小鈴，誰也沒有見過，叫不上名字。最怪的是皇宮花園山洞中，冒出個巨人，高二三十丈，看不清面孔，好像有白牙長在嘴的外面。高湛及宮中七百多人都見了，驚駭不已。而且，高湛做夢還夢見過巨人。高湛心中發怵，命太史占卜。太史占卜得出結論：上天有譴，皇帝應當換人。高湛哪敢違背上天的意志？於是在四月丙子日，傳位給太子高緯，自己退居幕後，當了太上皇。

高湛年紀輕輕，就把皇位傳給太子，還有一個不便明說的原因。高湛在十五個兄弟中排行列第九位，下面還有六個弟弟：任城王高湝、高陽王高湜、博陵王高濟、華山王高凝，馮翊王高潤、漢陽王高洽。從北齊前四任皇帝看，高洋、高演和他三兄弟都當了皇帝，那麼他的弟弟們同樣也有當皇帝的可能。高演為帝，殺了侄兒、廢帝高殷；他為帝，殺了侄兒、廢太子高百年。如此類推，他的某個弟弟若當了皇帝，那麼他的兒子高緯，必然也會成為廢太子，必然也會遭殺害。高湛很會盤算，覺得自己應當及早把兒子扶上馬送一程才對，兒子坐穩皇位，羽翼豐滿，那時就不怕各個叔叔興風作浪了。所以，他儘管才二十九歲，但心甘情願地傳位給兒子，自己當了太上皇。

高緯登基，年僅八歲，大赦改元，河清四年改元為天統元年（五六五年），尊生母胡皇后為太上皇后，立太子妃斛律氏（斛律光次女）為皇后。

皇帝換人只是形式，真正的皇帝仍是高湛。高湛進行人事調整，又讓尉粲當了太尉，斛律光任大將軍。他又想起在家閒居的高長恭來，此人可用，但須防範，所以又任命高長恭為司州牧，去治理亂七八糟的爛攤子司州。牧，地方州級行政首長的稱謂之一，相當於刺史。

司州是北齊第一大州，轄境包括今河南西部和山西西南部，地跨黃河兩岸，共有七八個郡三十多個縣，州治在洛陽。河南王高孝瑜曾任司州牧，只有劣跡惡跡，沒有政績。上年，北周十萬大軍入侵，司州成了主要戰場，各項事業均遭到嚴重的破壞。長恭接到任命，倒也喜歡，這比在朝廷任尚書令強多了。蘭女很傷感：兒子兒媳回家才幾天？又要離開了。不過，她得強裝笑顏，說：「當地方官好，這樣可以離皇宮遠一些，少些擔驚受怕，也能為百姓做一些事情。」

長恭、鄭瑩、姜柱、蘇山飛馬到了洛陽，住進州治衙署。州丞解元、都督盧湘熱情迎接，介紹州情。州情可用一句話概括：滿目瘡痍。

長恭最關心洛陽以西地面，到任的第三天便決定去函谷關看看，那裡是抵禦北周入侵的天然關隘，防務事項最為重要。盧湘帶領三名侍衛陪同。出洛陽城西門二十里是白馬寺，一行人順路到寺裡轉了轉。白馬寺建於東漢早期，是佛教傳入中國後所建的第一座寺院，譽稱「祖庭」、「釋源」。寺內有高聳入雲的釋迦舍利塔，有天王殿、大佛殿、大雄殿、接引殿、清涼台等佛殿建築，大雄殿尤為壯美。大雄殿正中供奉著釋迦牟尼、藥師、阿彌陀三世佛，兩側為韋馱、韋力二天將，周圍為十八羅漢。二天將和十八羅漢身軀巨大，赫面瞪目，齜牙咧嘴，形象怪異。鄭瑩、姜柱、蘇山不由想起假面，假面的形象和它們的形象多麼相似。

他們離開白馬寺，一路西行。途中隨時可見上年戰爭的痕跡，樹木枯焦，壁斷垣殘。過了澠池（今河南澠池），在群山環抱中遇一大鎮叫麒麟鎮，鎮容齊整，高房低舍，與其他地方大不相同。盧湘告訴長恭說：「麒麟鎮這地方怪，大活人動不動會失蹤，所以尋人的啟示特別多。」長恭下馬，去路邊樹上牆上看，果見不少張貼或懸掛的啟示，都是尋人的，或父母尋子，或妻子尋夫，所尋之人都是身強力壯的成年男子。成年男子怎會失蹤呢？他覺得事有蹊蹺，遂和盧湘決定，尋一家旅肆住下，不走了。

長恭走訪失蹤了成年男子的人家。有老人，因兒子失蹤，哭瞎了眼睛。有女人，因丈夫失蹤，兒女成了沒爹的孩子。眾多老人、女人哭哭啼啼，都說他們的兒子、丈夫失蹤前，曾在鎮上一家名叫「金福來」的酒肆用過膳。

長恭調查那家金福來，飯菜大多美味佳肴，價格卻很便宜。肆主叫包仁，五十多歲，體胖面黑，是個富翁。此人開酒肆，賺不了多少錢，還經常修個路架個橋什麼的，所以在當地口碑不錯。他有個兒子叫包天，人如其名，膽大包天，橫行鄉里，無人敢惹。包仁一直揚言，要和不孝兒子斷絕父子關係。

長恭斷定，金福來絕非一般酒肆，背後必有名堂。他和鄭瑩、姜柱、蘇山反覆商量和權衡，決定讓姜、蘇也「失蹤」一回，深入虎穴，摸清真實情況。長恭說：「既是虎穴，風險極大。兩位姑父務要膽大心細，把安全放在第一位。」姜、蘇說：「沒問題。憑我倆的武功，即便是闖鬼門關，也能平安回來。」

高、鄭衣飾華貴，去金福來用膳，要了好酒好菜，慢慢品用。姜、蘇打扮成苦力模樣，也去金福來用膳，要了粗米飯大燴菜，狼吞虎嚥。膳後結帳。一個大塊頭夥計邊收拾碗筷邊低聲說：「二位想發財不？」

「發財誰不想？可光想有何用？」姜柱說。

「噓，低聲點！」大塊頭說。

「我都快四十了，還沒娶上老婆，老娘又多病，想發財都想瘋了。」蘇山說。

「二位想發財，那就跟我來。」大塊頭收拾了碗筷，走向廚房。

姜、蘇看另一張桌旁的長恭。長恭微微點頭。於是，姜、蘇起身，也緊隨著向廚房走去。大塊頭笑容可掬，說：「跟我來！」

他引姜、蘇進了另一間大房，大房裡又有小房。大塊頭說：「我家肆主在小房裡，二位請進，他有話說。」

姜、蘇疑疑惑惑，推開小房的門。房裡坐著一人，正是包仁。包仁招手，說：「過來！」姜、蘇邁步向前，哪知踩著一塊活動的木板，木板翻轉，二人直直地掉進了一個地窖。地窖深約一丈五尺，黑呼呼的，窖壁光滑，爬是爬不出來的。姜、蘇大叫：「你們要幹什麼？」

包仁起身，朝窖下說：「幹什麼？叫你倆發財呀！」

「不，放我倆出去，放我倆出去！」

包仁冷笑，說：「你倆一旦進來，就出不去了，也就是說，失蹤了。不久，你倆的家人也會發尋人告示尋人的。」

姜柱裝出很害怕的樣子，說：「你想怎樣？」

包仁說：「簡單，你倆先報上姓名。」

窖下報上姓名，一個叫姜二，一個叫蘇五。

地面亮起一支蠟燭。包仁取出兩份契約，填寫姓名，又朝窖下說：「姜二，蘇五，你倆聽好，我要念一份契約：『茲有姜二，因家貧，自願到金礦淘金，每年工錢黃金一兩，由礦主代管，本人病、傷、死，概與礦主無關，特立契為憑。立契人：姜二。』蘇五的契約，內容和姜二的一樣，只是姓名改成了蘇五。聽明白了嗎？現在，我把契約、印泥放下去，你倆需要摁個手印。」

姜柱說：「慢！那我不是給你白幹了？」

包仁說：「不白幹呀，我每年給你工錢黃金一兩呀！」

「黃金一兩，由你代管，我拿得到嗎？我病、傷、死，你全不管，萬一我死了呢？」

包仁聳了聳肩，攤手說：「那只能怪你命薄。」

蘇山說：「不，這個手印不能摁！」

包仁不氣不惱，說：「也行。我把木板蓋上，不給吃的喝的，讓你倆就死在地窖裡。來人，把木板蓋上！」

姜柱忙說：「別，別！手印，我摁我摁！」蘇山無奈地說：「那，我也摁！」

包仁大笑，說：「這不得了？識時務者為俊傑嘛！」

長恭、鄭瑩用膳，細嚼慢嚥，見兩個姑父久久沒出來，知道是「失蹤」了。二人結了帳，牽了馬，去金福來後門轉悠。傍晚時分，金福來後門打開，幾名大漢推推搡搡，把兩人推上一輛馬車。那兩人頭上蒙上黑罩，雙手被縛，從身形，一看就知是姜柱、蘇山。馬車啟動，疾馳而去。長恭、鄭瑩上馬，不經意地遠遠跟隨。馬車向北行了三十多里，折向西，那裡是高山深谷，古木參天，基本上沒有道路。忽見前方，左、右二山對峙，壁立千仞，二山間狹窄處有一道鐵門，又大又厚。鐵門打開，馬車馳了進去，鐵門又迅速關上了。長恭、鄭瑩不敢貿然靠近鐵門，準確判定了方位，然後驅馬順原路返回。二人默默祈禱：蒼天保佑，保佑姑父平平安安，盡快歸來！

高長恭有點後悔，悔不該讓兩個姑父去冒那個險，萬一有個閃失，他無法向兩個姑姑交代，也無法向母親交代。他把姜、蘇的「失蹤」告訴盧湘。盧湘也跟著緊張起來。不過，長恭相信兩個姑父，相信他倆能平安歸來。長恭、鄭瑩、盧湘及三名侍衛，每天都在麒麟鎮北面的山路上來來去去，貌似跑馬射獵，實是為了接應隨時都有可能逃出虎穴的姜柱、蘇山。

第五天下午，長恭、鄭瑩正在鐵門附近隱蔽，忽見鐵門上出現兩個身影，身影一躍，落在地上，向前跑動。不知為何，身影一搖一擺，跑得緩慢。長恭、鄭瑩同時驚呼：「姜、蘇姑父！」雙雙策馬，迎向前去。前方，鐵門打開，湧出十幾個彪形大漢，手執長棍短棒，追趕姜、蘇，大喊：「站住，站住！」姜、蘇仍是一搖一擺，跑得緩慢。鄭瑩驅馬，如飛一樣，叫一聲：「我來也！」瞬間，她已到了兩位姑父的身後，向著追趕的大漢，一揚手，投擲出三支穿喉鏢。立有三個大漢倒地，喉嚨洞穿，咕咕冒血。鄭瑩又一揚手，投擲出三支扎眼鏢。又立有三個大漢倒地，以手捂眼，痛苦慘叫。她又抓起三支斷筋鏢。其他大漢見狀，哪還敢追趕？匆忙後退，退進鐵門裡，鐵門又關上了。

長恭下馬，撲向姜、蘇，高叫姑父。他發現姑父的腳上鎖有鐵鍊，所以一搖一擺，跑得緩慢。他伸手將姑父緊緊抱住，看到僅幾天時間，兩個人都似脫了形一般憔悴，心裡內疚的無法言喻。

鄭瑩回身，說：「快離開這個地方。」恰好，盧湘及三名侍衛趕了來。兩名侍衛讓出兩匹馬，將姜、蘇扶上馬側身騎著。鄭瑩斷後。一行人再未遇到麻煩，平安回到了鎮上旅肆。盧湘命找來鐵匠，用鑿子鑿去姜、蘇腳上的鐵鍊。二人腳脖子處皮都沒了，露出鮮紅的血肉。長恭好生心疼，細心替二人包紮。姜、蘇直嚷嚷肚子餓，快餓死了。鄭瑩忙叫旅肆夥計上二斤牛肉、兩隻烤雞、一罎酒。姜、蘇猛吃猛喝，講述了了解到的情況。

原來，包仁在麒麟鎮開的金福來酒肆是個幌子，包天還在山中經營一個金福來金礦。包仁在酒肆設地窖，誘騙苦力，立下所謂的契約，隨後便送去金礦，充當勞工。金礦在深山裡，與世隔絕。金礦共有三十多個打手，一半守衛鐵門，一半在礦裡當監工。進了鐵門，有約三里長的山路，上方是懸崖峭壁，下方是萬丈深淵，只能一人通過，一夫當關，萬夫莫開。山路盡頭，卻是一片開闊的河谷地，四周全是大山，插翅也飛不出去。河谷地分兩部分，一部分是淘金地段，一部分是冶金地段。勞工共有四百多人，就是那些失蹤了的成年男子，腳上全都鎖上了鐵鍊。淘金的勞工，整天用鐵篩裝含金的沙子，立在河水中搖動，淘去沙子，留下微細的金粒。冶金的勞工，用鐵錘把礦石砸碎，放進坩鍋，通過皮囊鼓風，炭火熔煉，提取金粒。勞工幹活，不准停頓，不准互相說話。那些監工如狼似虎，手執皮鞭，可以隨便打人。勞工一天只吃兩頓飯，飯是黑麵餅，菜是鹹蘿蔔。夜晚，二三十個勞工擠在一間木板房裡睡覺，沒鋪的沒蓋的，枕頭只是一塊石頭。病了傷了，沒有人管。死了，把屍體扔到一處山崖下，算是了事。金礦開設快十年了，死者少說也有百餘人。

姜柱又吃了一塊牛肉，說：「唉，那裡就是個地獄！沒有武功或武功不高的人，進去了，絕對出不來，只有一死。」

姜柱又喝了一大口酒，說：「我倆今天裝要出工，騙過打手，才上了那條山路。在大門口，打倒兩名打手，強行躍上鐵門，才逃了出來。幸虧你等接應，不然還得被抓回去。」

長恭聽了兩個姑父的講述，眼中燃起憤怒的烈火。他問盧湘說：「澠池駐軍有多少人？」

盧湘答：「六百人。」

長恭說：「煩你下令，六百人明天天明時，必須趕到麒麟鎮。另外，讓澠池郡郡守、澠池縣縣令也來麒麟鎮。」

盧湘立刻派兩名侍衛，飛馬赴澠池，下達命令。傍晚，長恭、鄭瑩、盧湘還去金福來酒肆用膳，一副悠悠然的樣子。

次日天明，澠池駐軍六百人準時趕到麒麟鎮。盧湘調度，五百人去金礦，捉拿包天及打手，解救勞工；一百人去包家住所，捉拿包仁並抄家，尤其要抄得那些契約及黃金。澠池駐軍畢竟是官兵，對付包家打手，綽綽有餘。未時左右，兩路報捷：金礦一路，捉拿到打手三十人，解救勞工四百多人；包家住所一路，捉拿到包仁、包天父子，抄得契約五百五十份，黃金一萬八千兩。另外，在金福來酒肆地窖所在的小房裡，還抄得未填寫姓名的契約二十六份。

麒麟鎮爆炸了，四里八鄉沸騰了，兼及周圍的十鄉八寨。當四百多名勞工和家人見面的時候，爹娘喚兒，兒喚爹娘，妻子喚丈夫，丈夫喚妻子，抱作一團，哭作一團。有的爹娘未見兒子，有的妻子未見丈夫，那是因為他們的兒子、丈夫，早不在人世了。民眾這時才得知，包家還有個金礦，包仁、包天正是成年男子失蹤的元凶，其憤怒和仇恨，像火山爆發，一遍又一遍振臂高喊：「殺死包仁！殺死包天！」民眾又得知，是蘭陵王、新任司州牧高長恭，到了麒麟鎮，從尋人啟示入手，由淺及深，挖出了包仁、包天兩個大惡霸。人們希望蘭陵王替百姓作主，伸張正義，湧到旅肆門前，仍一遍又一遍振臂高喊：「殺死包仁！殺死包天！請大人懲處惡霸、為民作主！」

出面接待民眾的是澠池縣縣令范成。他說：「蘭陵王、司州牧高長恭大人已明示：明日公開審理此案，處斬包仁、包天，並撫恤所有勞工。」民眾發出歡呼，對蘭陵王感激涕零。

長恭並沒有參加第二天的公開審理，而是把善後事項交給了澠池郡守杜正和澠池縣縣令范成。他對兩位地方父母官，長期不察包家父子的惡跡，提出批評，但並未刁難。關於善後，他講了三條意見：一，包仁和包天，殺！這類貪財貪利、草菅人命的惡霸，不殺不足以平民憤，天理不容。二、抄得的一萬八千兩黃金，平分作三份：一份上交朝廷，一份用作司州駐軍軍費，一份用於撫卹勞工，特別是已死勞工的家庭。按抄得的五百五十份契約，一一核對落實，不得馬虎。三，金福來金礦，暫時關閉。那些打手，只要沒有人命，申誡後釋放，給一個棄惡從善的機會。

杜正、范成見頂頭上司這樣寬宏大量、善惡分明，一個勁地跪地磕頭，連聲說：「多謝大人，下官等一定辦好此事！」

第二天一早，長恭、盧湘等八人，騎馬離開麒麟鎮，迎著晨曦，向函谷關去了。一個多月後，司州牧高長恭、州丞解元、都督盧湘聯名上書朝廷，報告麒麟鎮包仁包天案件，並上交六千兩黃金。太上皇高湛只介意黃金，皺著眉頭，不悅地說：「一萬八千兩黃金，只給朝廷三分之一，這也太不像話！」

高長恭任司州牧，管政管軍，管民管財，每天忙忙碌碌，心情大好。在朝廷當官，他是「鳳尾」，諸事聽別人的；在地方當官，他是「雞頭」，諸事別人聽他的。誰聽誰的並不重要，重要的在於發號施令者的品德、水準和用心。朝廷那些人，包括皇帝在內，有幾人是正人君子？有幾人是棟樑精英？有幾人心中想著百姓？長恭很難說清。很難說清就不說，踏實做事就成。反正他在司州，用不著每天上朝，跪地叩頭，山呼萬歲；用不著看人臉色，或點頭哈腰；用不著和一幫老朽磨牙扯皮，耗時耗力。這樣挺好！

秋日的一天，長恭正在衙署批閱公文。一衙役報告，濟源縣一人叫胡尚，攜五百兩黃金前來拜訪，說有要事相求。胡尚？五百兩黃金？要事相求？長恭腦海裡跳出好幾個疑問，決定見一見來人。

那個叫胡尚的人，被領進房間，跪地叩頭，說：「小民胡尚，拜見蘭陵王、司州牧大人！」

長恭見他，五十歲左右，身高體瘦，山羊鬍鬚，背有點駝，說話聲音略略沙啞，說：「起身，請坐！」

「謝大人！」胡尚起身。門外還有一名隨從。他去門口，招呼隨從把一個木箱提進房內，放在地上。隨從退下。胡尚打開木箱，裡面全是金磚、金條，擺放得整整齊齊，金光燦燦。

胡尚落座，說：「小民胡尚，奉我家主人刁一霸之命，用五百兩黃金作為潤筆，懇求大人賞一幅墨寶。」

長恭說：「哦？你家主人刁一霸是誰？」

胡尚神色驕矜，說：「我家主人刁一霸，乃濟源第一豪紳，家有良田千頃，騾馬萬頭，方圓二百里內的土地，多半都是他家的。」

「天下書法大家甚多，刁一霸為何要花巨金，求本官寫字？」

「嗨，我家主人說了，他平生最愛結交父母官，父母官為民父母，大事小事，都得託父母官照應。所以近二十多年來，他都花錢，求歷任州牧大人賞墨寶，圖個官民親近。」

「哦？刁一霸家也有上任州牧的墨寶？」

「有呀！上任州牧河南王高孝瑜高大人，為我家主人寫了八個字：上善若水，大愛無聲。」

「什麼？你把八個字再說一遍。」

胡尚說：「上善若水，大愛無聲。我家主人最愛這八個字了，說那是他半生言行的真實寫照。他特命將八個字製作成大匾，懸掛在中堂最顯眼的位置。高孝瑜高大人因此和我家主人結為好友，常來常往，親如家人。」

長恭覺得好笑，想起六歲時寫「上善若水，大愛無聲」八個字的情景。當時，他只聽黃塾師講過八個字的大概意思，並不知八個字的出處。長大後讀老子的著作，方知「上善若水」是《道德經》裡的話，含義深邃。老子還說過「大愛無疆」的話，黃塾師改動一字，「大愛無疆」成了「大愛無聲」。這一改動，精巧而具新意。沒料想多少年後，他的大哥用上了「上善若水，大愛無聲」八個字，刁一霸又用這八個字標榜半生言行，豈不可笑？

長恭看了胡尚一眼，說：「那麼你是……」

胡尚說：「小民是刁家的總管家。刁家家大業大，光管家就有十五六人，小民拿總，所以是總管家，別人都叫我胡總管。」

「噢，原來如此。胡總管，我的字寫得不好，不值得你家主人花巨金索求。黃金，請拿回去。你家主人錢多，但沒有必要過於顯擺。」

胡尚急了，說：「哪能這樣？小民回去，沒法向主人交差呀！」

長恭冷冷地說：「請吧！」

胡尚眼珠子一轉，說：「那好，我讓隨從把黃金拿走。」他出了房間，直接奔出了衙署，招呼隨從，坐馬車回濟源去了。他硬是把黃金留下，心裡說：「哼，哪有不吃腥的貓？那麼多黃金，看你動不動心？」

長恭不見胡尚回來，知道上當了。他叫來州丞解元、都督盧湘，說明了情況，讓把黃金存進府庫，接著對盧湘說：「我們原計劃去軹關檢查關隘整修情況，現在看來還要加上個任務：會會那個『上善』、『大愛』的刁一霸，看看他是何方神聖？」

秋高氣爽，天空蔚藍。水稻和粟子成熟了，長穗彎彎，金黃金黃。高粱的穗子是紅色的，一片片宛若絢麗的紅霞。河流，池塘，碧水盈盈。大路旁，田埂上，眾多不知名的野花，開得爛漫。鳥聲啾啾，像是唱著金秋的讚歌。蜜蜂翩翩，蝴蝶款款，則是應著讚歌旋律而飛起的舞蹈。

長恭、盧湘等八人，不緊不慢，策馬前行，不一日進入濟源縣境。田地裡幹活的農民正在收割水稻、粟子、高粱，卻看不到豐收的喜悅，全都無精打采，垂頭喪氣的。收割來的穀物不是拉到各家各戶去，而是拉到一個大場地上，統一碾打。早有馬車在場地等候。碾打好了的穀物，裝進麻袋，過秤登記，再裝上馬車，全部拉走，剩下的只是稻草、粟草和高粱桿。長恭問一位農民，這是為何？農民歎氣說：「唉，這裡的土地都姓刁，我等都是刁家的佃戶，只管種地，不許碰收穫的糧食。」

「那你等吃糧怎麼辦？」

「刁家根據佃戶生產糧食多少，返還一些，那就是吃糧。」

「孤寡老人怎麼辦？」

「唉，全靠刁家施捨唄！」

長恭等一路觀察，一路詢問，大體上了解了刁家的一些情況。刁一霸的祖父刁縱、父親刁橫，就已是濟源縣的豪紳，利用各種手段，兼併了大量土地，積累了巨額家產。刁一霸原名刁良，繼承家業後決心獨霸濟源縣，所以改名為刁一霸。刁縱、刁橫兼併土地，多用「蠶食法」，即像蠶吃桑葉那樣，由點向外延伸。刁一霸嫌那樣速度太慢，採用「圍食法」，即先兼併一片土地周圍的土地，使那片土地成為孤島；農民到孤島耕種、收穫，必須經過刁家的土地。刁一霸說：「行，你得交買路錢。」他定的買路錢比那片土地的實際價格高得多，農民沒法，只得將土地拱手賣給刁一霸。賣地的價格，自然又比土地的的實際價格低得多。刁一霸採用此法，一吃就是一大片土地，以致數年間，濟源縣絕大多數農民都成了刁家的佃戶。家破人亡者有之，背井離鄉者亦有之。當地民謠說：「方圓二百里，土地都姓刁。刁下連一霸，萬民受煎熬。」

有些農民去縣衙告狀，狀告刁一霸霸佔他們的土地。縣令叫刁一德，恰是刁一霸的堂兄。刁一德審案，唯一憑證是看地契，地契在誰手中，誰即為土地的合法主人。農民賣了土地，地契都給了刁一霸，告狀哪能告贏？

刁一霸住在翔龍鎮附近，所住莊園像一個城堡，娶有妻妾十三房，養有保鏢、家丁、管家等百餘人；在家妻妾簇擁，出門侍從護衛，儼若土皇上。他常到翔龍鎮一家酒肆用膳。酒肆裡有他的專座和專用餐具，碗是金製的，盤碟是銀製的，筷子和湯勺是玉製的。他最愛吃兩道菜：一道「油炸龍鬚」，選一千隻活蝦（「龍」），每隻蝦剪取中間的兩根蝦鬚，洗淨，香油烹炸；一道「爆炒鳳舌」，選一百隻公雞（「鳳」），宰殺，取雞舌前端部分，洗淨，加蔥薑等調料，香油烹炒。兩道菜的價格，約合黃金二兩。酒肆掌櫃最希望刁一霸吃這兩道菜，因為一千隻活蝦和一百隻公雞成了下腳料，毫不影響為別的客人烹製菜肴。

這些情況見所未見過，聞所未聞過。眾人義憤填膺，說：「刁一霸，如此欺壓百姓，橫行鄉里，必須嚴懲！」長恭想了想，說：「刁一霸確實可恨，但好像還缺少一條過硬的證據。如何得到這條過硬的證據呢？對了，總管家胡尚是個線索，從他身上打開突破口！」

這一行八人在翔龍鎮一家旅肆住下。長恭、鄭瑩、姜柱、蘇山外出，為防急用，假面總是帶在身邊的。這次，假面在懲惡除霸中又派上了用場。

秋風習習，月明星稀。胡尚胡總管在姘頭蔣寡婦家過夜。忽有一股淡淡的幽香襲來，他便沉沉地睡去了。醒來時發現自己置身一處，燭光昏暗，涼風颼颼，氣氛陰森。抬頭看去，隱隱約約見有「閻羅殿」三字；一摸脖子，脖子上懸一鐵鍊。前面一張漆黑長桌，中央端坐一位黑臉長鬚、紅眉綠眼的威嚴人物，「啪」的一聲，拍響驚堂木，喝問：「牛頭、馬面二鬼，胡尚可曾拿到？」

牛頭鬼頭上長角，馬面鬼面醜如馬，二鬼皆巨口獠牙，眼放凶光，去拉鐵鍊，把胡尚拉至長桌前，推他跪下，大聲說：「回閻王爺話：胡尚已經拿到！」

閻羅殿？閻王爺？牛頭鬼？馬面鬼？天哪，這不是陰曹地府嗎？胡尚嚇得面無血色，渾身篩糠似的，瑟瑟發抖。閻王爺手握一枝大毛筆，翻看生死簿，說：「嗯，刁一霸總管家胡尚，壞事幹了不少，陽壽當五十一歲，今日便是死期，且將他的名字勾去罷了。」說著，以大毛筆蘸墨，準備勾名字。

胡尚聽說過閻王爺掌管生死簿，若將某人名字勾去，某人必死無疑。他不想死，忙哆嗦著趴在地上磕頭，說：「求閻王爺開、開恩，再賜小人幾年陽壽。小人的老娘尚在，七十多歲了，小人若死，老娘也就活、活不成了。閻王爺，開恩哪開恩哪！」

閻王爺停住手中大毛筆，說：「開恩？難道要本王爺徇私枉法不成？」

牛頭鬼說：「閻王爺，不是有這樣一條規定嗎？陽壽終了之人，只要立功，都可增壽。我看胡尚還有孝心，不妨給他一個機會，看他能否立功，再決定勾名與否不遲。」

馬面鬼催促胡尚說：「胡尚，快，你在刁家當總管家，知道的內情多，快說出幾件緊要的事來，便算立功。」

胡尚像小雞啄米似地磕頭，說：「是，小人要立功，立功。報告閻王爺，刁一霸心貪手黑，用『圍食法』，霸佔了千頃土地。」

閻王爺翻看另一種簿冊，說：「這，本王爺的功罪簿上有記載，不算立功。」

胡尚趕忙又說：「報告閻王爺，刁一霸揮金如土，餐具都是金、銀、玉製作的，吃兩道菜，花的錢就合黃金二兩。」

閻王爺手指功罪簿，說：「這，這裡也有記載，他吃的兩道菜叫油炸龍鬚、爆炒鳳舌不是？

這，也不算立功。」

馬面鬼又催促說：「胡尚，若要增壽，就說最緊要最緊要的事，別人不知情的事！」

胡尚急得頭上冒汗，說：「報告閻王爺，刁一霸的七夫人、九夫人、十一夫人都是強搶的民女，十一夫人的爹娘和哥哥，都是刁一霸命打手打死的。」

閻王爺看功罪簿，說：「你說打死三人？這裡怎麼只記了兩人哪？嗯，這算立小功，可增壽兩歲。」

胡尚似乎受到鼓舞，又說：「報告閻王爺，去年冬天，對，就是去年冬天，北周大軍進攻軹關，刁一霸出錢出糧，犒勞敵軍來著，還會見過敵軍副帥楊標哩！」

閻王爺翻看功罪簿，說：「哦？這樣一款大罪，功罪簿上怎麼沒有記載呀？刁一霸出錢出糧犒勞敵軍？還會見過敵軍副帥楊標？」

牛頭鬼說：「胡尚，快把這事說清楚，可立大功。」

馬面鬼說：「若立大功，可增壽十歲呢！」

胡尚說：「報告閻王爺，此事確確實實。去年冬天，周軍副帥楊標率兵進攻軹關，刁一霸擔心周軍踐踏他家的土地，劫掠他家的莊園，就去見楊標，提出願出黃金一萬兩，糧食三百石，犒勞周軍，條件是周軍不進入濟源縣。楊標加碼，提出要黃金一萬五千兩，糧食五百石。刁一霸最後答應了，如數給了。」

閻王爺鼓著喉嚨吐氣，呼呼地說：「此事何以為證？」

胡尚說：「刁一霸見楊標時小人在場，事後楊標還給刁一霸打了收條。」

「那個收條現在哪裡？」

「報告閻王爺，刁一霸的重要物件，都由他親自保管。他臥室裡有個鐵櫃，所有地契等都在鐵櫃裡，小人想，收條也該在鐵櫃裡。鐵櫃的鑰匙，他掛在腰間，從不離身。」

閻王爺又沉思片刻才說：「嗯，你立了大功，可增壽十歲，待本王爺將你的陽壽改一下：五十一加二，再加十，共六十三歲是也！」

胡尚搗蒜似的不住磕頭，說：「多謝閻王爺，多謝閻王爺！」牛頭鬼和馬面鬼強忍笑容，說：「啟稟閻王爺，現在拿胡尚怎麼辦？」

閻王爺說：「放他回家，十天之內，不許露面。他所說的，本王爺需要查證，如果有假，立即勾名，打入十八層地獄！」

胡尚拖著哭腔說：「閻王爺，小人所言，句句是實呀！」

這場惡作劇是由鄭瑩、姜柱、蘇山和盧湘的三名侍衛共同設計的，最大收穫是獲知刁一霸曾出錢出糧犒勞周軍。他們向長恭、盧湘彙報情況。長恭說：「豈有此理！刁一霸出錢出糧犒勞周軍，還私下會見楊標，這可是通敵叛國罪！」

長恭、盧湘決定，夜闖刁一霸家莊園，弄到那個收條，那是殺刁一霸最過硬的證據。還有那些地契，也要完好無損地弄回來，歸還給農民。姜柱說：「嗨，區區小事，何勞州牧、都督大駕？閻王爺、牛頭鬼、馬面鬼三人出動足矣！」於是在一天夜間，姜柱、蘇山和盧湘的一名侍衛，潛進莊園，用薰香薰迷刁一霸，取了鑰匙，開啟鐵櫃，把鐵櫃裡的所有物件，裝進一個大包，神不知鬼不覺地背回了旅肆。長恭檢查物件，除了地契外，果然有楊標給刁一霸打的黃金一萬五千兩、糧食五百石的收條，收條上還蓋有楊標的印章。他手持收條，抖了抖，說：「單憑這，刁一霸就殺定了！」

天明，長恭、盧湘等馳往濟源縣衙署，宣布免去縣令刁一德的職務，由縣丞田均任代理縣令。盧湘去軔關，點起五百兵馬，直撲刁一霸家莊園。刁家的家丁企圖抵抗，又哪敢招惹官兵？不一時，刁一霸、保鏢、家丁、管家等全被捆縛，押往縣衙。

當地民眾聽說，蘭陵王、司州牧高長恭到了濟源縣，要懲治惡霸刁一霸，還要把土地歸還給農民，興奮至極，扶老攜幼，趕往縣城。路上，他們見到刁一霸，刁一霸體肥腿短，像一堆肉，向前緩緩挪動。民眾用髒話罵他，用泥塊砸他，用唾沫唾他，猶難解心頭之恨。

縣衙門前，一張大案，案後端坐著高長恭、盧湘、田均。案前兩側，衙役和刀斧手威風凜凜，殺氣騰騰。民眾知道要審案殺人，要殺的人就是刁一霸，都趕來看熱鬧，站在遠處，擠得水洩不通。刁一霸等被押到，齊齊跪地。長恭一拍驚堂木，喝問道：「刁一霸，你可知罪？」

刁一霸近乎癱在地上，磕頭說：「小人知罪知罪。小人不該霸佔鄉親們的土地，小人不該建那樣大的莊園，小人不該娶十三房妻妾，小人……」

長恭又一拍驚堂木，高聲說：「刁一霸，你可曾通敵叛國？」

「這，這……」刁一霸心虛，不敢回答。

長恭命一衙役將一方白帛拿給刁一霸過目。刁一霸一看，魂飛魄散，肥臉上滾下豆大的汗珠。原來白帛正是楊標寫給他的收條。他弄不明白，收條是鎖在鐵櫃裡的，開啟鐵櫃的鑰匙還掛在自己腰間，它，它怎會落在別人手裡呢？

長恭再一拍驚堂木，厲聲說：「刁一霸，你霸佔土地，貪婪無厭，強搶民女，牽扯到多條人命。尤其是去年冬天，北周入侵，國難當頭，你竟私下會見敵軍副帥，出黃金一萬五千兩、糧食五百石，犒勞敵軍，實是民之敗類，國之敗類，罪大惡極，死有餘辜！來人，將這敗類斬首示眾！」

兩名刀斧手向前。刁一霸磕頭如搗蒜，說不出話來。刀斧手將他拖至行刑臺上，揮刀砍下頭顱。民眾發出歡呼：「殺得好，殺得好！」有人跑過去，用腳狠踢刁一霸的屍身和頭顱。

長恭起身，高聲對民眾說：「刁一德因和刁一霸關係密切，已被免去縣令職務，縣丞田均任代理縣令。刁家的保鏢、打手、管家，全部收監，凡犯有人命案的，嚴懲不貸。田均將組織專人，清理刁家的地產，凡被刁家霸佔的土地，審理後連同地契，一律物歸原主。刁家糧倉的糧食，也要分給農民，尤要照顧孤寡老人等。」

民眾聽得真切，全都跳了起來，接著是更欣喜更熱烈的歡呼，感謝蘭陵王，感謝司州牧，歡呼聲雷動，響徹街巷，響徹長空，傳向四面八方。

高長恭在司州任上，行使州牧職權，諸事都好，唯一不順心的是不能和母親在一起生活，不能照顧她和孝敬她。姜柱、蘇山每月回鄴城一次，鄭瑩每半年回鄴城一次，而他重任在身，不許擅離職守。他曾想把母親、裴雲、冉翠，包括岳父岳母，都遷至洛陽居住。蘭女讓鄭瑩轉告兒子說：「別傻了，你那個司州牧能當幾年？」

長恭一想也是。鐵打的營盤流水的兵。他的官職是皇帝任命的。皇帝一句話，他這個「流水的兵」還不知會流到哪裡去呢！

天統二年（五六六年）夏，長恭從政之餘，曾和鄭瑩、姜柱、蘇山遊覽名勝龍門石窟。龍門石窟位於洛陽西南方向，其地有香山和龍門山，兩山對峙，形若門闕，古稱伊闕。清澈的伊河從龍門山中間穿過，兩岸山上，在長約一公里的崖壁間，從北魏開始，開鑿有無數石窟，石窟內鑿有數萬尊精美的佛像，北齊時已很出名。龍門一帶景色秀美。山巒起伏，松柏蔥鬱。一座大跨度的石拱橋，橫架於伊水之上，猶如長虹臥波，挺拔俏麗。登橋俯看河水，波清流急，水流衝擊著光溜溜的石頭，激起銀白色的浪花，折射出陽光的金暉。過橋入山，碧泉恬靜，竹木扶疏，間或一聲鳥啼，果然是鳥鳴山更幽！

當時開鑿的石窟有賓陽洞、古陽洞、蓮花洞、藥方洞、萬佛洞、看經寺、潛溪寺、奉先寺、香山寺等。長恭等四人只能走馬看花，粗粗瀏覽幾個石窟。他們走進賓陽洞。該洞高、寬、深都在三丈開外，正面雕造五尊佛像，佛像高過人身，金光閃閃。長恭指點著說：「中間這位，就是釋迦牟尼，佛教的創始人，所以教徒稱他為佛。兩邊是他的兩個弟子，一叫迦葉，一叫阿難。恭敬侍立的兩位是菩薩，一叫文殊菩薩，一叫普賢菩薩。」

鄭瑩問：「佛和菩薩不一樣嗎？」

長恭答：「是的，不一樣。佛比菩薩的德行高，菩薩修行到了最高境界，才能成為佛。」

姜柱說：「我看這些佛像都一個樣，雕造何用？」

長恭說：「這是一種文化一種藝術？看，釋迦牟尼佛身上，穿的是寶衣博帶式袈裟，面部修長，鼻子垂直，眉毛呈月牙形，嘴角上翹，含著慈祥的微笑，雕工多細膩呀！佛像成千上萬，但各有各的體態和神情，高低胖瘦，喜怒哀樂，栩栩如生。瞧這迦葉面部，一看就知他是個嚴謹持重的人；這阿難面部，一看就知他是個開朗樂觀的人。」

蘇山有所發現，說：「瞧這壁上，還有浮雕畫哩！」

長恭向前察看，說：「這是《帝后禮佛圖》，畫的是北魏皇帝和皇后，帶領文武百官禮佛的場景。看，禮佛的佇列多長，場面多大！」

他們又走進奉先寺。該洞大得驚人，高、寬、深都在十丈開外，就像一座宮殿。洞裡共有九尊佛像，以大盧舍那佛為中心，兩側是二弟子、二菩薩、二天王、二力士，左右對稱。大盧舍那佛高五丈多，面部豐滿清秀，目光安詳寧靜，兩道細眉略略上挑，居高臨下呈俯視狀，嘴角微露笑意，雙手做出動作，似乎是在講解佛法，救苦救難，教化芸芸眾生。其他佛像也高一丈以上。文殊、普賢菩薩頭戴寶冠，身披瓔珞寶珠，雍容華貴；護法天王身著鎧甲，手托寶塔，腳踏夜叉，威風凜凜；力士赤膊袒胸，肌肉暴起，剛健雄壯。他們從佛像形象聯想到假面，假面若都能打製成佛像形象，那麼也就成了一種文化一種藝術了。

這次遊覽龍門石窟，對鄭瑩的思想觸動很大。她面對佛像，心靈深處有一種震撼、戰慄、莊嚴、肅穆的感覺。震撼過後，是絕對的靜和淨，是無我的悠然和超然。她第一次體會到什麼叫神聖，什麼叫虔誠，為此，特意買了一串佛珠戴在手腕上。

天統三年（西元五六七年）正月，朝廷通知：皇帝高緯於二月一日舉行加元服典禮，各州州牧和刺史悉數參加。這樣，長恭得以回鄴城，又見到了分別一年零九個月的母親。鄭啟明、許碧玉領著養女曹小惠，從黃橋鎮趕來了；姜魁和蘇萍，也從姜柱老家趕來了。令人驚喜的是蘇萍生了

個兒子剛剛滿月，兒子取名叫姜豪。這樣一來，就把長恭和鄭瑩給比下去了。長恭已二十六歲，鄭瑩已二十四歲，二人結婚已九年，為何還沒個孩子呢？蘭女私下問兒子。長恭紅著臉說：「我哪知道？」碧玉私下問女兒。鄭瑩也紅著臉說：「我哪知道？」

一大家人團聚，喜氣洋洋。他們雖然各有各的姓，各有各的家，但到了蘭女這裡，這裡才是眾人共同的家，是以蘭女為中心，彼此無法分離的家。郭奶奶過世了，卻增添了曹小惠和小姜豪，新陳代謝，人丁還是興旺發達的。

二月一日，長恭參加高緯加元服典禮，又不停地叩頭山呼萬歲。古代男子，一般十六歲算成年人，穿成年人衣服。高緯是皇帝，是天子，十歲就算成年人，穿成年人衣服，稱之為「加元服」，要舉行典禮，要大赦天下。少年皇帝加元服之後，便可親政，直接發號施令了。長恭看高坐在龍椅上的堂弟高緯，身矮體瘦，小臉小眼小鼻子，嶄新的冠冕好像有點肥大，越發襯托出他的矮和瘦。長恭想到自己，特別是七老八十的王公大臣，都要向此人跪拜，聽他號令，替他辦差，總覺得怪怪的，不可思議。

典禮結束，高緯專門會見高長恭，口口聲聲叫皇兄，異常親熱。在高緯心目中，高大、俊美的皇兄，是頂天立地的男子漢，是叱吒風雲的大英雄，他曾率五百名假面騎兵馳援洛陽，大勝北周軍隊，那是何等英勇，何等氣概！少年皇帝高緯是很崇拜高長恭的，說：「皇兄那年馳援洛陽，一支孤軍，入陣太深，萬一失利，悔無所及。」

一貫謹言慎行的高長恭，這時犯了個絕大的錯誤，不加斟酌，隨口說：「臣當時只想著國事即家事，家事即國事，只顧向前了，其他什麼也沒想。」他說完這話即知失言，一時又無法更正，窘迫不安。好在高緯好像並未聽出「國事即家事，家事即國事」一語的機巧，所以會見的氣氛還算和諧。

長恭離開皇宮。大將軍斛律光正在宮外等著他，並邀他去府中飲酒敘舊。斛律光告訴長恭說，皇甫綽訓練了好幾個蘭陵王演員，分赴軍中演出《蘭陵王入陣曲》，軍中反應強烈，眾口一詞，都稱讚這部樂舞是一部好樂舞。

長恭說：「我只擔心樂舞會引出麻煩。」

斛律光說：「我也擔心。聽說，太上皇已知道這件事，很不高興，說：『蘭陵王入陣？哼，入陣的只是他蘭陵王嗎？朕不決策，他入得了陣嗎？』太上皇知道是我批准在軍中演出樂舞的，所以免了我的太尉職務，只當徒有虛名而無實權的大將軍。」

「對不起，倒先讓大帥受牽累了。」

「這算什麼？歸根到底是權重功高震主啊！」

「唉，這次回來參加典禮，所見所聞，沒一樣順心的。我明天就回洛陽去，京城，我一天也不想待。」

斛律光搖手，說：「只怕你回不了洛陽了。你想，你在司州，懲惡除霸，先殺包仁包天，又殺刁一霸，可謂驚天動地，大得民心。這，恰恰也犯了震主的大忌啊！」

斛律光的分析正確無誤。就在斛律光和長恭談話的同時，太上皇高湛和兒子皇帝高緯也在談話。高湛說：「兒呀，父皇前年把皇位傳給你，就是為了把你扶上馬送一程，懂嗎？從今日起，你親政了，父皇也就放心了。你親政，最重要的事莫過於駕馭群臣。如何駕馭？訣竅在於兩個字：挪窩。一枝楊柳，插在那裡都可以成活。它若不挪窩，就會長成一株大樹；若挪窩，今天插這裡，明天插那裡，那麼它永遠只是一枝楊柳，成不了氣候。皇帝駕馭群臣也是這個理。你要記住：朝廷重臣，任職某個職務不可太久；地方大員，任職某個地方不可太久。要挪窩，不停地挪動。這樣，他就很難形成氣候，很難對皇權構成威脅，懂嗎？世界上什麼東西最重要？答曰：皇權。皇權威力無比，像一座大山，能把所有人壓死。所以，你要牢牢掌控皇權，並要學會利用皇權。」

高緯年齡不大，對父皇的「挪窩」論心領神會。高長恭尚未離開京城，便接到聖旨：免去司州牧職務，改任青州刺史。斛律光預言他回不了洛陽了，情況果然如此。

根據太上皇高湛的「挪窩」論，蘭陵王高長恭改任青州（今山東濰坊一帶）刺史。他帶領鄭瑩、姜柱、蘇山走馬上任，認識了州丞蒯富。蒯富也是挪窩，剛從定州（今河北保定）調過來的，他給長恭講述了高延宗在定州的事蹟。

高延宗即高澄老五陳氏的兒子，封安德王，曾中鄭瑩的斷筋鏢，成了跛子。此人任定州刺史，污辱和虐待衙役，達到駭人聽聞的程度。蒯富講，高延宗常將豬屎、人糞摻在一起，命衙役「品嘗」，一天竟在樓上大便，命衙役在樓下張口承接，承接不住，處以鞭刑。一次，他買了一把新刀，還要砍囚犯的脖子，以試刀鋒的利鈍。鄭瑩聽得咬牙切齒，說：「那年該用穿喉鏢，也不會留下這樣的禍害。」蒯富又講，蘭陵王率五百假面騎兵馳援洛陽，洛陽大捷，高延宗說：「四兄非大丈夫，何不乘勝直入關中？倘使我延宗當此勢，北周豈得復存！」姜柱、蘇山聽得也是咬牙切齒，說：「他倒是大言不慚！當時，段太宰和斛律大帥不發話，誰會乘勝直入關中？」

長恭笑著說：「別發怒別發火，我等還是管好辦好青州的事要緊。」他還是老習慣，輕車簡從，到各地去走走去看，盡可能地為民眾多辦些實事。

這年閏六月，咸陽王、左丞相斛律金病故，享年八十歲。長恭很想回京弔唁這位德高望重、戰功卓著的老王爺老將軍。但未得到朝廷允許，不敢擅離崗位，只好請姜、蘇姑父代勞。姜、蘇很快返回，說斛律大帥改任太保，襲父爵封咸陽王。一代名將斛律光，五十多歲才封王，而皇帝高緯的十一個弟弟，年齡不過十歲左右，有的睡覺還尿床，卻都封王了。

青州是個中等州，州下只設縣不設郡，地形複雜，山重水複，樹高林密，丘陵縱橫，溝溝壑壑。就在長恭任青州刺史不久，好幾個縣發生了假面歹徒劫掠行人、客商的惡性案件。發源地在嶧縣一個叫狼牙口的地方。當地地痞賈二，吃喝嫖賭，諸毒俱全，賭錢輸光家產，連老婆也輸掉了，身無分文，肌腸轆轆，抓耳皺眉，想出個假面劫掠的生財之道。他自稱「活閻羅」，戴閻羅王假面；糾集十個同夥，稱「十鬼」，戴鬼假面，分別是黑面鬼、白面鬼、青面鬼、紅面鬼、黃面鬼、藍面鬼、紫面鬼、赤髮鬼、獨眼鬼、長舌鬼。他們或全體行動，或兩三人行動，頭戴猙獰假面，手執長棍短棒之類，選擇在怪石嶙峋的險要山路埋伏，待行人、客商到達跟前時，突然躍出，封鎖道路，發出怪叫，要對方留下買路財。行人、客商以為遇到了妖魔鬼怪，嚇得半死，大多捨財保命，丟下錢物，倉皇逃跑。這種生財之道不費力，來錢快，其他地方的地痞、惡棍紛紛仿效。因此，假面劫掠成了青州的一大公害，弄得人心惶惶，雞犬不寧。更甚者，活閻羅賈二及其十鬼等，有恃無恐，變本加厲，竟戴著假面，夜闖民宅，搶掠財物，姦淫婦女，有的還弄出人命，犯下了令人切齒的累累罪行。

長恭和州丞蒯富、都督辛榮商量，決心嚴厲懲治公害。懲治公害的最好方法是殺一儆百，先拿賈二等歸案。

農曆七月，烈日當空，熱浪滾滾。長恭、辛榮、鄭瑩各騎一馬，扮作客商模樣。姜柱、蘇山和辛榮的四名侍衛，扮作苦力，兩人一輛獨輪手車，一推一拉。手車上滿載白布包裹著的綾羅綢緞，很沉很沉。

他們沿著崎嶇的山路，行進到狼牙口。三個騎馬的人下馬，招呼苦力，再加把勁。忽然，前面密林中躥出十一個人來，一人戴閻羅王假面，假面形象十分凶惡；十人戴鬼假面，假面形象怪誕，顏色各異。不用問，他們便是活閻羅賈二和十鬼了。賈二手持一支長矛，把矛柄往地上一戳，大聲說：「呔！此樹是我栽，此路是我開。若要從此過，留下買路財！」

長恭裝出害怕的樣子，說：「好漢，我等客商，小本經營，長途到此，實屬不易……」

賈二提了提矛柄，又往地上一戳，說：「少廢話，你等要財還是要命？」

長恭顯得驚恐、焦急、絕望，說：「眾位好漢，我等死也要死個明白，請向好漢姓什名誰？」

賈二發一聲「哇哇哇」的怪叫，說：「呔！報上姓名，你等別嚇得尿了褲子。聽好：本王乃堂堂蘭陵王、并州刺史高長恭是也！小鬼們，上，搶了貨物再說！」

長恭一聽，肺都要氣炸了，賈二假面劫掠，居然冒充蘭陵王、并州刺史高長恭，敗壞自己的名聲！十鬼張牙舞爪，衝上來要搶掠小車。姜柱、蘇山等六名苦力，以逸待勞，不費吹灰之力，便將他們擒獲。賈二一看形勢不妙，丟了長矛，轉身就跑。鄭瑩右手一揚，投擲出一支斷筋鏢。賈二右腿中鏢筋斷，跌倒在地，疼痛慘叫。辛榮的侍衛向前，將他摁住，捆了個結結實實。姜柱向前，把捆縛的繩索又緊了緊，還踢了賈二一腳，罵道：「你奶奶的，竟敢敗壞蘭陵王的名聲，看老子怎樣收拾你！」嶧縣衙役前來押解賈二和十鬼。路上，賈二一瘸一拐，腿上流血，流了一路。他從衙役口中，方知擒他的人正是蘭陵王高長恭，不過高長恭早就不是并州刺史，而是青州刺史了。

突擊審訊。賈二及黑面鬼、白面鬼、青面鬼四人，因殺人罪、劫掠罪、姦淫婦女罪併發，判處死刑。另外七鬼亦各判刑。長恭、辛榮下令，將判處死刑的四人，囚衣上寫一個大紅色的「殺」字，捆綁在一輛馬車上，遊街示眾，三天後斬首，棄屍荒野。此舉大大震懾了邪惡勢力，青州一帶，假面劫掠現象基本絕跡。

秋日菊花黃，冬日雪茫茫。長恭任青州刺史十個月，便到年底。越年為天統四年（五六八年），高緯忠實地實施「挪窩」術，又將堂兄蘭陵王挪動官職屬地，改而任命為瀛州（今河北河間）刺史。瀛州是個小州，騎馬跑大半天，便可沿州界線跑上一圈。正年富力強、文武雙全的高長恭，到這樣一個小州任職，實是屈才了。可又有什麼辦法呢？是臣子就得服從聖命，聖命不可違呀！倏忽又到了年底，鄴城傳來消息：太上皇高湛駕崩了。

高湛之死和高演之死有點相似。他在位期間，殺人太多，心虛心怯，以致為太上皇後睡不好覺，天天做惡夢，夢見高紹德、李祖娥（高湛不知此人未死）、高百年、高孝瑜、高孝琬等，提著或捧著血淋淋的人頭，乘陰風，吐鬼火，向他索命。他在斷氣前，仍牽掛著兒子的皇位，提醒高緯說：「滿朝文武中，尤要注意和防範兩個人：一是斛律光，一是高長恭。這兩人都有定國安邦之才，正因為如此，對皇位的威脅也就最大。你對他倆，能用則用，不能用當及早除之，切記切記！」

高湛死了，死年三十二歲，謚曰武成皇帝。

太尉苦衷

蘭陵王高長恭任瀛州刺史的時候，鄰近的定州，刺史早就不是高延宗，而是高濟。高濟是高歡的第十二個兒子，高緯和長恭的十二叔，封博陵王。這位王爺正如高湛所預料的那樣，不知天高地厚，也想過過當皇帝的癮。高湛上了西天，高濟喜形於色，扳著手指說：「二哥高洋、六哥高演、九哥高湛，都當了皇帝。我在兄弟排行中列第十二位，輪流，也該輪到我坐上皇帝大位了。」高濟說這話時，忘了一個基本事實，即高緯已在皇帝大位上坐了三年多，而且親政了，皇帝大位哪還輪得到他？高緯消息靈通，認定十二叔心存不軌，意欲謀反，於天統五年（五六九年）正月，高調地大張旗鼓地將高濟誅殺。這時距高湛之死，還不到一個月。另有一個高睿，是高歡的侄兒，封趙郡王，口無遮攔，竟說高緯和高殷一樣，年齡太小，肯定當不好皇帝，最好另立一個年齡大的皇帝。高緯大怒，又再次高調地大張旗鼓地將高睿誅殺。高緯通過殺高濟和高睿，明確無誤地告訴各位王公大臣：皇位只屬於我高緯一人，誰敢覬覦或反對，那麼高濟、高睿就是下場！

高緯秉承其父意志，貫徹執行官員「挪窩」論，朝廷重要官員以及各州刺史，任某個職務或任某地職務，大多是板凳尚未坐熱，就被挪動，改任新的職務。他遵從太上皇的遺囑，特別關注岳父斛律光和堂兄高長恭這兩個人。這年十一月，斛律光不再任太保，改任太傅、大司馬。太保、太傅、大司馬，都是沒有實權的虛職。十二月，高長恭被調進朝廷，任尚書令。高緯覺得，這個堂兄既然有定國安邦之才，那麼還是將他置於自己眼皮底下為好。

這是長恭第二次任尚書令。第一次任尚書令，因為出現飛書誣告事件，所以任職時間極短。現在復任，又成「鳳尾」，整天泡在繁瑣冗雜的事務中和無休無止的扯皮中，他仍是很不習慣很不適應。加之，見到的聽到的多是些醜惡、污穢現象，更使他心情抑鬱，悶悶不樂。

高緯畢竟還是個孩子，哪懂哪會那麼多的權術？這要歸功於太上皇高湛，他在死前已給兒子安排了兩個不是輔政大臣的輔政大臣：和士開和祖珽。這兩人三十七八歲，長相俊偉，能說會道，頗有智識，善出主意，所以被高湛看中，任命為尚書僕射，暗中賦予輔佐幼主的重任。高緯是吃乳母陸令萱的奶長大的，因而陸令萱長期住在皇宮裡，地位相當於皇太后。陸令萱的兒子叫穆提婆，不學無術，但高緯稱他為大兄，言聽計從。和、祖、陸、穆四人，包圍著皇帝，也左右著皇帝，殺高濟、高睿，挪動斛律光、高長恭的官職，其實都是他們合夥所為。

再看高緯的生母胡氏，生性好淫，寡廉鮮恥。她為皇后時，常和被閹割了的宦官褻狎，醜態百出。繼和大臣和士開通姦，宮人盡知。她和和士開通姦，源起於一種握槊的遊戲。高湛經常召和士開入宮議事。胡皇后見此人風流倜儻，一表人材，少不了眉來眼去，頻送秋波。一天，她主動提出要和和士開玩握槊遊戲：二人共坐一榻，面對面，各握短槊的一端，往自己懷裡拉。和士開力氣大，拉過短槊，胡皇后趁勢撲到他的身上，又是啃又是摸的，大笑不止。和士開明白了胡皇后的用心，故意讓她拉過短槊，他也趁勢撲到她的身上，動手動腳。很快，二人勾搭成奸。高湛情知此事，但他寵信和重用和士開，不管不問，裝聾作啞。

高湛死了，胡皇后被尊為皇太后。皇太后孀居，淫心越發蕩漾。她打聽到鄴城昭玄寺僧人曇獻年輕貌美，身強力壯，遂假裝去寺中禮佛，慷慨布施錢物，又和曇獻勾搭成奸。為了通姦方便，她乾脆住進寺中，又命人把高湛的七寶龍床也抬進寺中，安放在一個房間裡，隔壁就是曇獻的房間。二人在皇帝龍床上尋歡作樂，別有一番滋味，更是樂不可支。常住佛寺終究不是辦法。胡太后再乾脆，召包括曇獻在內的百餘名僧人，到她所住的昭陽殿講解佛經。這樣，她和曇獻朝夕相處，日夜宣淫，勝過夫妻。胡太后提升曇獻為昭玄寺主持。眾多僧人常開曇獻的玩笑，也稱他為太上皇。

胡太后另外還和好多少年美男通姦，知姓者有元、山、王三人，合稱「三郡君」。陸令萱神通廣大，偵察到胡太后的所有淫行，並告訴高緯。高緯不大相信。陸令萱附耳賜教，教他如此如此。於是，高緯去昭陽殿向太后請安，見太后身邊兩個小尼姑，美貌可愛。高緯命將小尼姑拿下，一檢查，原來是男子。再搜查昭陽殿，搜查出曇獻和三郡君。高緯見生母這樣淫穢，覺得臉面丟盡，命將曇獻、三郡君、冒充小尼姑的男子，統統斬首。高緯還將胡太后幽禁了一段日子，從此母子不和，勢若仇敵。

胡太后失勢，陸令萱最為高興，她似乎成了真正的皇太后，一言九鼎，威風八面。

俗話說：眼不見，心不煩；耳不聽，意不亂。長恭任尚書令，見到的聽到的都是這些亂七八糟的事情，天天心煩，時時意亂，直覺得當官好沒意思，味同嚼蠟。尚書署議事，一般由尚書令主持，左、右尚書僕射及多位太傅、司空、司徒錄尚書事者參加。和士開時任左尚書僕射兼中護軍，祖珽時任右尚書僕射，官職在長恭之下，表面上客客氣氣，骨子裡忌恨得要死，依仗高緯的寵信，常常拉虎皮作大旗，旁敲側擊蘭陵王。一次，尚書署議各州上交的賦稅事項。和士開陰陽怪氣地說：「蘭陵王這些年來歷任并州刺史、司州牧及青州、瀛州刺史，業績相當可觀，唯在徵收賦稅方面，差強人意呀！每年完成的賦稅任務，多在四五成左右，難怪孝昭皇帝（高演），當初只給王爺打五分呢！」

長恭倒不生氣，說：「本王無能。」

祖珽搬出皇帝高緯來，說：「皇上說了，蘭陵王是不為也，非不能也！」

皇上果真這樣說了嗎？鬼知道。長恭只能以轉移話題應對。

尚書令，是多少官員日夜夢想、畢生追逐的職務。但對長恭來說，它是個負擔，是個累贅。他任此職，有一種虛度年華、尸位素餐的感覺，只求早早解脫。武平元年（五七〇年）七月，他如願了，高緯任命和士開為尚書令，高長恭改錄尚書事。錄尚書事是可以參與尚書署決策，但不一定非參與不可。這樣，長恭自由、輕鬆了許多，連呼：「阿彌陀佛，謝天謝地！」其後，尚書署議事，他大多請假，很少到場。可是，他並沒有自由、輕鬆多久，武平二年（五七一年）二月，一個非常重要的官職加到了他的頭上，他需要去完成一項非常困難的使命。

皇帝年幼，奸佞當道，政治腐敗，社會黑暗，處於社會底層的廣大農民，飽受官府的壓迫和剝削，饑寒交迫，生活陷入絕境。他們要吃飯要穿衣，要生存要尊嚴，於是憤怒了，爆發了，紛紛揭竿而起，舉起造反大旗，抗擊官府，佔山奪城，劫富濟貧。其中，并州的農民武裝暴動尤為猛烈。就在晉陽西南二百里，出了兩個領袖人物，不知姓名，只知綽號，一叫沖天雷，一叫龍旋風。這兩人振臂一呼，萬眾回應，也就是兩個月的樣子，召集的隊伍發展到八千人，一舉攻佔栢谷（今山西祁縣）、定陽（今山西介休）兩座縣城，縣令、縣丞等均被殺死。沖天雷和龍旋風自稱「風雷

軍」，放話說，他們這支軍隊還要向東北方向進軍，攻佔晉陽。

并州警報飛送朝廷。高緯狗屁不懂，哪有應對之法？只能由和士開、祖珽等人調度。和、祖遍觀王公大臣，沒有幾人能統兵征戰的，因此想到高長恭，建議任命他為太尉，與平原王、左丞相段韶各率一支兵馬，征討並消滅栢谷、定陽的「賊匪」。

太尉職掌全國軍事，相當於後世的兵部尚書、國防部長。可是，高長恭這個太尉當得窩囊，只限於率并州二萬兵馬，任務也很單一：征討並消滅賊匪。他很想拒絕這一任命，但拒絕的話實在難以啟齒。他在朝廷當官，確實像是關在一個籠子裡，諸事都身不由己啊！

高緯專門召見高長恭和段韶，說不出個子丑寅卯來。和士開、祖珽擺出一副軍事統帥的架勢，指指點點，布置任務：高長恭率二萬兵馬，從晉陽出發，向西南進軍；段韶也率二萬兵馬，從洛陽出發，向西北進軍。兩軍夾擊，務要全殲栢谷、定陽的賊匪「風雷軍」。

段韶是在斛律金死後任左丞相的，時年已六十七八歲。召見結束，他和長恭離開皇宮，又是搖頭，又是歎氣，說：「幼主加小人佞人，我朝氣數盡矣！」他所說的小人佞人，明顯是指和士開與祖珽。

蘭女得知兒子改任太尉，要率兵馬去征討賊匪，一百個一千個反對。她說：「什麼是賊？什麼是匪？我看真是乾坤大亂。窮苦人，只要有一點活路，都會安分守己，守著爹娘和妻兒過日子。他們造反暴動，那是叫官府逼的！所以長恭，你趕快把那個太尉給我辭掉，我們不能幹傷天害理缺德的事！」

長恭無奈地說：「娘，你也不想想，那個太尉，我辭得了嗎？」

蘭女默然，許久才說：「那好，你就去吧！但要記住：切不可殺害窮苦人。那兩人叫什麼來著？噢，沖天雷和龍旋風。只要他倆不欺壓不殘害百姓，我看就不會是壞人。你率領兵馬去嚇唬嚇唬人家就行了，切莫當真，濫殺無辜。」

長恭說：「孩兒謹記母親的話。」

長恭當時還有一件事更為棘手，就是鄭瑩的思想情緒發生了很大的變化。自從那年遊覽了龍門石窟，鄭瑩好像信起佛來了，一串佛珠戴在手腕上，常常看著它撫摸它出神。近兩年來，她整天窩在家中，無所事事，無聊至極。她二十好幾了，可是還沒個孩子。她多麼渴望能為長恭生個兒子或者女兒呀，那麼作為一個女人，她就人生完滿，沒有缺憾了。然而，自己的肚子偏不爭氣，婚後十多年毫無動靜。她不禁懷疑起自己的平生作為來。她十一歲隨飛天老母學藝，想的全是為爹娘為姐姐報仇。十五歲刺殺高洋未果，卻嫁給了如意郎君高長恭，繼成為蘭陵王妃。其後，她女扮男妝，跟隨丈夫，東奔西顛，先後到過并州、恆州、司州、青州、瀛州，還上過戰場，用小小的飛鏢，殺了七八個人，傷了許多人。佛祖大概生氣，出於懲罰，所以才不讓自己懷孕生育的吧？

古人觀念，不孝有三，無後為大。蘭女、碧玉，包括裴雲、冉翠，都關注起長恭有沒有後這個大問題了。關注這個大問題，實際上是關注鄭瑩能不能懷孕生育，鄭瑩肚子一如以往。

裴雲、冉翠當著蘭女、碧玉的面，說了一句石破天驚的話：「我倆看，長恭應及早收曹小惠做偏房。」

曹小惠是高湛賞賜給長恭二十個宮女中一個，當時十一歲，孤苦伶仃。長恭不要賞賜。蘭女作主，由鄭啟明、許碧玉夫婦收為養女。曹小惠很懂事很勤快，侍奉養父養母，猶如親生父母。她也長大了，到十五歲時已亭亭玉立，瓜子臉紅潤，柳葉眉秀美，雙眼皮、長睫毛和兩個黑亮的眸子，楚楚動人。碧玉想要給她說個婆家。她像搖撥浪鼓一樣搖頭，說：「娘，我不嫁，不嫁！」其實，她心裡是這樣想的：自己是皇帝賞賜給蘭陵王的，那麼自己就已是蘭陵王的人，哪怕一輩子給他當侍女，也值。

當裴雲、冉翠說那句話的時候，長恭二十九歲，鄭瑩二十七歲，曹小惠十六歲。蘭女心中一動，覺得這也是個辦法。碧玉非常喜歡養女，最不希望她嫁給別人，遠走高飛，所以答應問問鄭瑩，鄭瑩的態度至為關鍵。

碧玉拐彎抹角，徵詢鄭瑩的意見。鄭瑩心中酸楚，但臉上掛滿笑容，說：「是，長恭是應該收個偏房。」

一天夜間，鄭瑩明確地告訴長恭說，她不反對他收偏房。長恭一聽，火冒三丈，說：「誰說我要收偏房了？你我當初有誓約：鳳凰齊飛，上邪共唱。相知相守，地久天長。我會遵守這誓約，永遠不變！」

長恭發火及「永遠不變」的話，使鄭瑩十分感動。她熱淚盈眶，緊緊抱住丈夫，說：「我也不想有人橫插在你我中間，可也不想讓你斷後啊！」兩個「不想」，又使她陷入巨大的矛盾和痛苦中，千腸百結，不能自拔。

屋漏偏逢連陰雨。鄭瑩騎的那匹紅馬，在沒有任何徵兆的情況下突然死了，死得靜靜悄悄，死得無聲無息。那匹紅馬是她和長恭訂婚時蘭女給買的，是她的腳力她的夥伴，曾馱著她走南闖北，跨越千山萬水。而今，它未打一聲招呼，就永遠地離她而去了，人生無常，馬生更無常啊！

鄭瑩再也回不到以前那樣的狀態和境界了。她基本上不再習武，不再女扮男妝，很少笑，多數時間是靜坐，是沉思，是傷感，是落寞。長恭把這一切看在眼裡，急在心裡，卻又無計可施。顯然，這次赴晉陽，鄭瑩是去不成了，只能由兩個姑父同去。姜柱、蘇山和長恭長期在一起生活、戰鬥，彼此早就不是姑父和侄兒的關係，更像兄弟和戰友，患難與共，誰也離不開誰。

長恭赴晉陽前，還需拜訪一個人：斛律光。這是長恭多年來養成的習慣，每遇大事，他都要聽聽斛律光的意見，那樣才會心明眼亮，似乎站得更高，望得更遠。

斛律光是眾多高官中官職變動頻率最快的一位高官。短短數年間，歷任太尉、太保、太傅，大司馬、右丞相，并州刺史等，都是虛名掛名，沒有實權。比如，他任右丞相，丞相署裡卻沒有他的辦公場所；他任并州刺史，卻從未進過并州刺史的衙署。皇帝和朝廷交給他一項差事：北方巡邊，監修城戍。當高長恭帶著姜柱、蘇山登門訪的時候，斛律光剛剛巡邊歸來三天。他笑著對長恭說：「我已知你升任太尉，也料定你會前來拜訪，所以酒菜都備好了。走，飲酒去，邊飲酒邊說話。」

斛律光引領三人進入一個雅致的房間，那裡果然備好了一桌酒菜。斛律光說：「到這裡，一切隨意隨便，別講任何客套和規矩。」

長恭落座，飲了一口酒，說：「大帥，我這個太尉，當也不是，不當也不是，辭還辭不掉，滿腔苦衷，跟誰說去？你說，我該怎麼辦呀？」

「湊合著當唄！」斛律光說，「我也當過太尉，只當了一年多。太尉職掌全國軍事，可我朝怪，另設個中護軍職務，不屬太尉管轄。那個和士開，對軍事一竅不通，卻任中護軍，統領皇家禁

軍，還對太尉指手劃腳。我對此提出過反對意見，加上我批准在軍中演出《蘭陵王入陣曲》，結果，他們就把我的太尉職務給撤了。你這回當太尉，恐怕還不如我那個太尉。和士開、祖珽是不是說了？你這個太尉只率并州二萬兵馬，任務只是征討、殲滅賊匪。這叫什麼太尉？也就是個普通將軍罷了。」

「太尉也罷，將軍也罷，我倒不在乎，在乎的是要征討並消滅賊匪。」長恭說，「我娘說，那些人不是賊也不是匪，因為沒有活路才造反的，所以要我率領兵馬嚇唬嚇唬他們就行了，切莫當真，濫殺無辜。」

斛律光豎起大拇指，說：「太夫人好見識！大凡農民造反，如陳勝、吳廣起事暴動，綠林、赤眉起兵叛亂，都有緣由，那就是水深火熱，沒有活路。有人稱他們是賊寇土匪，但也有人稱他們是綠林好漢和草莽英雄哩！所以，你這次去栢谷、定陽，一定要把沖天雷、龍旋風這支「風雷軍」的身分、背景、意圖弄清楚。如果是地痞、流氓、無賴滋事，那就堅決鎮壓；如果是陳勝、吳廣一類人物，那則另當別論。」

「大帥，你為人大忠大義，大武大勇，卻始終不受重用，我想不通。」姜杜說。

「誰說我不受重用了？右丞相，多高的職位呀！」斛律光苦笑說。

「但他們不給大帥權力，哪有右丞相不在朝廷輔政，卻去北方巡邊，監修城戍的？」蘇山說。

斛律光大笑，說：「嗯，你們兩個有長進，看問題也能看出點門道來了。是的，皇上以及皇上的近臣看似重用我，其實是在畏忌我排斥我，歸根到底還是那個老話題：權重震主，功高震主。自古以來，戰爭造就將帥。將帥們統領千軍萬馬，馳騁疆場，或運籌帷幄，決勝千里，或逞勇猛，衝鋒陷陣，用血與火寫下了威武雄壯而又殘酷血腥的篇章。將帥可以有權力有功勞，但他的權力和功勞，若被認為有可能威脅到王權、皇權的話，那麼他的麻煩和厄運就來了。」

斛律光飲了一大口酒，繼續說：「舉幾個例子。戰國時秦國名將白起，輔佐秦昭王，南征北戰，建立戰功無數，僅長平（今山西高平）之戰，就殲滅趙國軍隊四十多萬人，史稱『料敵合變，出奇無窮，聲震天下』。然而，正是這個『聲震天下』，給他帶來了災禍。秦昭王擔心駕馭不了白起，聽信讒言，將他廢為庶人，進而將他殺害。秦代名將蒙恬，參加秦始皇兼併六國，統一天下的戰爭，功勳卓著。隨後又北擊匈奴，修築長城和直道，率三十萬兵馬戍邊，執掌全國一半軍權。秦始皇死，奸佞宦官趙高夥同丞相李斯，欲立秦始皇幼子胡亥為皇帝，視秦始皇長子扶蘇與蒙恬為最大障礙，故篡改秦始皇遺詔，賜二人死。扶蘇自殺。蒙恬在胡亥登基後被毒死於獄中，死前喟然歎道：『我何罪於天，無過而死乎？』他的『罪過』，就在於他的軍權過重。」

斛律光夾一粒花生米放進嘴裡，又說：「前漢周勃、周亞夫父子的遭遇，更能說明權重震主、功高震主的道理。漢高祖劉邦死後，皇后呂雉專權十餘年，精心培植了呂氏外戚集團。呂雉死，呂氏集團密謀作亂，妄圖以呂氏天下取代劉氏天下。關鍵時刻，老將周勃、老臣陳平等採取『安劉』行動，一舉消滅了呂氏集團，迎立劉邦之子劉恆為帝，即漢文帝。可以說，若沒有周勃等人，劉漢江山就不會延續，漢文帝也當不了皇帝。可是，漢文帝坐穩皇位後，卻疑忌起周勃來。有人誣告周勃謀反，漢文帝居然相信，將其逮捕下獄，廷尉審訊。事實證明，周勃沒有謀反，出獄不久，就憂鬱而死。漢景帝時，爆發吳、楚『七國之亂』，全國震動。周勃之子周亞夫，勇敢地擔負起了平叛的重任。歷時三個多月，叛亂平定。漢景帝從中看到了周亞夫傑出的軍事才幹，不以為喜，反以為

憂，一次竟說：『此人非朕所能駕馭也！』後來，周亞夫整修父親周勃的墳墓，買了幾件木製甲盾埋於墓中。有人告發此事。漢景帝立命將其逮捕下獄，廷尉審訊。廷尉說：『你想謀反嗎？』周亞夫說：『我所買寶器，乃葬器也，何謂反乎？』廷尉說：『你不欲反地上，即欲反地下耳！』周亞夫面對這樣荒謬的指控，悲憤至極，五日不食，嘔血而死。」

姜柱咬著牙說：「豈有此理！」蘇山攥著拳說：「功臣屈死，令人寒心！」

「功臣屈死，還有死後算帳的。」斛律光說，「後漢光武帝劉秀開國之初，名將馬援投奔他，輔佐平定了隴西隗囂和蜀地公孫述兩個土皇帝，天下才歸於統一。馬援任伏波將軍，六十多歲仍率兵四處征戰，後染病猝死於前線軍中，留下一句名言：馬革裹屍還葬。然而，一貫貪生怕死的小人，卻向馬援身上大潑污水。劉秀作為皇帝，不問青紅皂白，竟下令收回馬援所有的官爵印綬，還不許馬援家屬安葬馬援。皇帝無情絕情，激起公憤。百官上書，聲援馬援家屬。眾怒難犯。劉秀這才同意馬援家屬按禮安葬了馬援。」

這些史事，長恭都是知道的，今天聽斛律大帥從權重震主、功高震主的角度講來，很受震撼。秦昭王、漢文帝、漢景帝、後漢光武帝等，都算是賢明的帝王。對待功臣，賢明的帝王尚且如此，更何況像高緯這樣被奸佞群小包圍著的小皇帝？他大口大口飲酒，心想功臣難當，眼下，我這個太尉更難當啊！他忽然記起一事，說：「大帥，這次去栢谷、定陽的，還有平原王、左丞相段韶率領的二萬兵馬。前幾天，皇上召見我和段丞相，召見結束，段丞相又是搖頭又是歎氣，說：『幼主加小人佞人，我朝氣數盡矣！』你說，我朝氣數果真盡了麼？」

斛律光又端起酒杯飲酒，想了想，說：「我看，段丞相說了句大實話。一個國家，君不君，臣不臣，焉有不亡之理？」

長恭、姜柱、蘇山專注地看著斛律光，嘴巴張大，驚訝得說不出話來。斛律光搖頭苦笑，說：「長恭，你還記得多年前我跟你說過的話嗎？我說，北齊三面臨敵，最大的威脅可能會來自西方。今天我要說，北齊三面臨敵，亡北齊者，必是西方，即北周。北周和北齊最大的不同處在於，北周奉行的是鮮卑人漢化的政策，而北齊奉行的是漢人鮮卑化的政策。北周皇帝宇文邕自登基以來，文韜武略，勵精圖治，致力於漢化改革，幹了三件大事：一是釋放奴婢，增加了大批生產勞力；二是廢佛，拆毀寺院道觀，強迫三百萬僧尼、道士還俗；三是制定刑書要制，以法治國。這樣做的結果，必然是國力增強，人心團結，對外用兵，可以調動十萬，乃至二十萬、三十萬兵馬。尉遲炯、獨孤信、韋孝寬、楊堅等，都是天下一流的驍將與統帥。反觀北齊，皇帝們在做什麼？佞臣們在做什麼？唉，沒法比呀！我敢說，和士開、祖珽之流對北周情況一無所知，眼睛只盯著沖天雷、龍旋風以及斛律光、高長恭等人，所以北齊亡於北周，只是個時間早晚問題。」

房間裡，空氣快要凝固了，幾個人同時想到一個詞語：亡國奴。

斛律光感覺到了話題的沉重和氣氛的沉悶，故意朝長恭笑了笑，說：「長恭呀，你常說你沾了『皇』字的邊，活得誠惶誠恐。我呀，不也沾了『皇』字的邊了？我的長女，嫁已故太子高百年，曾是太子妃，高百年遭殺害，她也死了，死時才十四歲。我的小女，是當今皇上高緯的皇后，我也算是皇親國戚不是？沾了『皇』字的邊，我也活得不輕鬆啊！小女歸家，說到宮中那些亂七八糟的事情，總是流淚。我見了，心中很不好受。唉，我的女兒為何偏偏成為皇后呢？」

酒逢知己千杯少。長恭、姜柱、蘇山也不知飲了多少酒，深夜告別斛律光時都有些醉意。夜風

颼颼，春寒料峭。三人迎風站立，遙望晉陽方向，那裡月暗星稀，迷迷朦朦。

四月，風和日麗，桃紅柳綠。高長恭、姜柱、蘇山三人三馬，直奔并州治所晉陽。斛律光掛名并州刺史，但從未到任過，由州丞華欣任代理刺史。華欣原任恆州刺史，長恭在恆州擊胡時和他合作過，是老熟人。華欣也被多次挪窩，上年才挪到并州，任州丞。刺史是正職，州丞是副職，華欣是不是降職了？不！因為并州是大州，包含晉陽，地位極其重要，所以并州的州丞，和其他州的刺史，屬於同一級別。負責軍事和社會治安的都督叫相願，年齡比長恭略大些，老成持重，足智多謀。華欣和相願以為，太尉高長恭這次到晉陽，肯定會住某個宮殿；沒料想見面後，長恭提出仍住州治衙署，仍住以前住的那個院落。那個院落除樹木長高長粗了外，沒有什麼變化。長恭不由想到鄭瑩，院落曾留下鄭瑩的倩影、足跡和笑聲，而這次她未能同來，光陰荏苒，物是人非，多麼令人感慨和憂傷啊！

長恭和華州丞、相都督商談形勢。華、相告訴長恭說，并州二萬兵馬已經集結，隨時可以出發，征討賊匪。長恭說：「別急，先說說賊寇和風雷軍的情況，好嗎？」

華、相對賊寇的情況，知道的也不是很多，只知風雷軍兩個頭領叫沖天雷和龍旋風，年前造反，隊伍迅速發展到八千人，除夕之夜，突然發難，攻佔了栢谷、定陽兩座縣城，殺死縣令、縣丞等十多人。開春後，風雷軍掌管兩個縣，專門懲治土豪劣紳，不劫掠百姓，所以廣受百姓們的歡迎。

長恭問：「沖天雷和龍旋風本名叫什麼？」

相願答：「沖天雷本名叫雷武，龍旋風本名叫龍威，好像都從過軍。」

雷武？龍威？長恭沉吟，覺得這兩個名字很熟，忙叫來兩個姑父，問：「你倆可知雷武、龍威這兩個人？」

「知道呀，他倆是五百名敢死隊中的兩員。」姜柱說。

「那年馳援洛陽，進了金墉城，雷武胳膊受傷，你還給敷藥、包紮來著。」蘇山說。

「沖天雷就是雷武，龍旋風就是龍威！」長恭加重語氣說。

「啊？」姜柱、蘇山驚訝，眼睛瞪圓，難以相信。

長恭當即決定：二萬兵馬且莫進軍，他要去栢谷、定陽走一趟，看一看、查一查雷武和龍威到底為何要造反，造反後又幹了些什麼？華欣、相願慌忙阻攔，說太尉大人哪能冒那個險？姜柱、蘇山也阻攔，說：「不行不行，你去，萬一有個閃失，我倆無法向蘭女姐交代，也無法向鄭瑩交代。」幾經商量，最終達成一致意見：長恭、相願扮作販賣皮革的客商，姜柱、蘇山以及相願挑選的六名軍士充當苦力，先到栢谷，由姜柱、蘇山去見雷武、龍威，相機行事。

長恭、相願騎馬，苦力推車拉車，車上裝載皮革，進入栢谷境內。迎面一座青山，峰巒秀美，樹木蔥蘢。相願告訴長恭說：那座山原叫綿山，現叫介山，是為了紀念忠臣孝子介子推而改名的。春秋時晉國內亂，公子姬重耳逃難，流亡國外，栢谷一帶的賢士介子推，是隨行人員之一。姬重耳在逃難途中，一次生病，又斷糧數日，病餓交加，氣息奄奄。介子推割下大腿上一塊肉，做成肉羹讓姬重耳吃了，救了姬重耳一命。姬重耳流亡十九年後回國，當上國君，就是春秋五霸之一晉文公。晉文公封賞功臣，偏偏忘了介子推。介子推看透世事人情，遂奉母親進入綿山，隱居起來。晉文公覺察到自己無情無義，意欲封賞介子推，於是下令放火燒山，逼迫介子推下山。大火燒了三天，介子推和介母均被燒死。晉文公事後悔恨，命將綿山改名為介山，又命將燒山的那一天定為寒食節，以後每年這一天，從宮廷到民間都禁止煙火，人們只能吃冷食……

長恭聽了相願的講述，心情激動，說：「我就不信，介子推的故鄉會出那麼多賊匪！」

這一行人進入栢谷縣城。城內各業興旺，秩序井然。他們尋了一家旅肆住下，旅肆不僅管住宿，而且管吃管喝，管餵牲口和看管貨物，實行全套服務。旅肆掌櫃和夥計說起沖天雷和龍旋風來，那是神采飛揚，讚不絕口。他們說：「皇帝、朝廷瞎了眼，放著好人能人不用，偏用貪官贓官，真他娘的混帳！」

第二天，姜杜、蘇山寬服大袖打扮，去縣衙拜訪雷武、龍威。縣衙門前守衛前去通報。不一時，兩個大漢出來迎接。姜杜、蘇山大叫：「沖天雷，龍旋風！」

兩個大漢亦大喊起來：「姜校領，蘇校領！」四雙大手緊緊相握，四人緊緊擁抱在一起。

沖天雷雷武和龍旋風龍威，四十五六歲，身材高大，一個方臉，一個圓臉，說話聲音宏亮，眉宇間都有一種爽朗、英武、豪邁的氣概。數年前在并州，姜杜、蘇山奉長恭之命，任校領，負責訓練一千名勇士，然後從中挑選五百人，組成敢死隊，隨長恭馳援洛陽。雷、龍二人是一千名勇士和五百人敢死隊的成員，所以叫姜、蘇為校領。

雷、龍引領姜、蘇進入一個房間，落座。雷武開門見山，說：「兩位校領是興師問罪來的吧？蘭陵王高太尉呢？他為何未來？」

姜杜說：「少廢話，先說你倆，為何造反？」

龍威說：「這還用問嗎？官府逼的唄！」

蘇山說：「官府怎麼逼了？」

接下來，雷武和龍威滿懷憤慨，講述了他們造反的前前後後。

雷武是栢谷人，龍威是定陽人，二人當了二十年的兵，在高緯登基的那一年退伍，回家務農。按規定，軍齡滿二十年的軍人，退伍後應由地方官府發給一次性撫卹費，約合黃金二兩。可是栢谷縣令譚得關，定陽縣令巫本利，聲稱縣裡財政困難，拒絕發放撫卹費。雷武、龍威腿都快跑斷了，就是拿不到該拿的錢。這期間，譚得關、巫本利為了沽名釣譽，討好朝廷，拼命徵收租稅，將十二、十稅三的賦稅率猛提到十稅五、十稅六。農民辛苦勞作，收穫的糧食大多交了賦稅，不得溫飽，怨聲載道，大罵譚得關叫「貪官」，巫本利叫「汙吏」。很多農民出賣土地。譚、巫趁機壓價吃進，在兩個縣各購買了三四百頃土地。農民有的賣兒賣女，有的背井離鄉。雷武、龍威怒不可遏，忍無可忍，一稱沖天雷，一稱龍旋風，斬木為兵，揭竿為旗，率眾造反，上了介山，召集的青壯年農民隊伍猛地發展至八千人。若不加控制，有可能發展到兩三萬人了。雷、龍成為頭領，給這支隊伍起名「風雷軍」，規定了嚴格的紀律，學蘭陵王治軍的方法，也實行「三禁」。他們的「三禁」與蘭陵王的「三禁」又有所不同，把禁酒改為禁嫖，即禁賭、禁嫖、禁劫（劫掠百姓）。禁劫一條尤為嚴厲，規定凡劫掠百姓一升糧食一隻雞者，即處死。

時值寒冬，介山上很冷。雷武、龍威謀劃，準備奪取一兩座縣城。恰好年前除夕，栢谷縣令譚得關娶第七房姨太太，大宴賓客。定陽縣令巫本利，長孫過滿月，賀喜送禮的，也是賓客盈門。雷武、龍威當機立斷，分別在栢谷、定陽採取行動。栢谷、定陽二縣在晉陽的西南方向，沒有正規軍

駐紮。當大量風雷軍手執棍棒斧叉，呼喊著攻城的時候，猶如山呼海嘯，銳不可當。栢谷方面，雷武攻進縣衙，殺死譚得關及縣丞等八人；定陽方面，龍威攻進縣衙，殺死巫本利及縣丞等六人。抄查兩個縣的庫藏和譚得關、巫本利的家產，共抄得黃金三萬多兩，糧食二十多萬石，布帛七萬匹。雷武、龍威宣布：栢谷、定陽二縣的百姓，兩年內免交賦稅，免服徭役。這是破天荒之舉。兩個縣的百姓奔相走告，萬眾歡騰，風雷軍深入人心。

姜柱說：「我到栢谷，怎麼不見你們的風雷軍？」

雷武說：「我們風雷軍是軍民合一，平時是民，戰時是軍。但有戰事，一聲號令，數百人數千人便可集結。」

蘇山說：「聽說你們專門懲治土豪劣紳，兩個縣就這麼大，土豪劣紳懲治完了，下一步怎麼辦？」

龍威說：「那就懲治鄰近縣的土豪劣紳。」

姜柱起身，在房裡走了走，又落座，說：「兩位好兄弟，你倆造反的勇氣和膽量，令人欽佩。栢谷、定陽二縣，因為沒有正規軍駐紮，所以你倆輕易得手，攻佔了縣城。一個沖天雷，一個龍旋風，沖到旋到皇帝跟前了，他會不管嗎？所以命蘭陵王、太尉高長恭和平原王、左丞相段韶，各率二萬兵馬，兵分兩路，征討賊匪來了。蘭陵王原先不知沖天雷、龍旋風是誰，到晉陽後才知是兩位兄弟。他好生作難，一面他是王爺和太尉，言行須聽皇帝和朝廷的；一面他不相信你們是賊寇土匪，造反必有原因，不忍心動刀動槍，殘殺自家兄弟。你們兩個人說說，造反之事該怎麼了結呀？實話告訴你們，蘭陵王已經到了栢谷，我倆就是他派來的，任務是看看你倆的想法和態度。你們說，我倆該如何向他回話呀？」

「蘭陵王到栢谷了？」雷武、龍威臉上露出驚喜的神色。

「這還能有假嗎？」蘇山說。

「那好，我倆這就去見蘭陵王，說明我倆的想法和態度。」

於是，姜柱、蘇山引領雷武、龍威去見蘭陵王。一場驚天動地的大事變，兵不血刃，在心平氣靜的商談中圓滿解決。

栢谷縣城旅肆。雷武、龍威一見蘭陵王高長恭，立刻單腿跪地，抱拳說：「請大帥恕罪，我倆給大帥添麻煩了！」他倆當年稱長恭為大帥，現在仍用這一稱謂。

長恭慌忙向前扶起二人，左右打量，說：「嗯，模樣沒變，只是更精神了。你倆，一個沖天，一個旋風，都沖到旋到皇上那兒了，能不給我添麻煩嗎？」

這話說得所有人都大笑起來。

長恭向雷、龍介紹相願，向相願介紹雷、龍。相願看雷、龍，也就是兩個彪形大漢，誰知他倆竟能把栢谷、定陽一帶攪得天翻地覆，能耐太大啦！而他倆對蘭陵王卻很恭敬，足見蘭陵王多麼具有人望！

長恭招呼眾人落座。姜柱、蘇山簡要敘說雷、龍造反的經過，雷、龍略加補充。最後，雷武說：「我們明知造反是對抗朝廷對抗官府，是要誅家滅族的，但栢谷、定陽縣令貪贓枉法，作惡多端，我們迫不得已，才鋌而走險走上這條路啊！」龍威說：「大帥不妨到栢谷、定陽兩個縣走走，看誰家沒有一本血淚帳血淚史？」

長恭搖頭，說：「古語：官逼民反。這話在栢谷、定陽又得到了印證。事情已經出了，朝廷派出兩路兵馬共四萬人，前來征討，你倆說怎麼收場呀？」

「男子漢大丈夫，一人做事一人當。」雷武說，「造反是我發起的，攻克縣城，殺死縣令縣丞，抄查庫藏，都是我幹的，與八千風雷軍無關。」

龍威說：「不，我也是造反的發起人，我和雷武，同為風雷軍的頭領，雷武的罪名，我都有份。」

雷武衝龍威笑了笑，又說：「現在，朝廷四萬兵馬前來征討，我們不想抵抗，因為一抵抗，還不知要死多少人！大帥，朝廷兵馬壓境，我只想提兩條要求，可以嗎？」

長恭說：「可以。」

雷武說：「謝大帥。一，我和龍威自首，要殺要剮，任由朝廷和官府，但請不要連累八千風雷軍及其家屬，特別不要搞秋後算帳。他們是無辜的，跟隨我倆造反，只是為了爭一個活路而已。二，我和龍威宣布過，栢谷、定陽二縣的百姓，兩年內免交賦稅，免服徭役。這一條，但請能夠兌現。廣大百姓太苦太苦了，應當給他們一個休養生息的機會。」

龍威說：「雷武的態度就是我的態度。」

長恭的眼角有些濕潤。龍威和雷武，敢作敢為，勇於擔當，不為自己，只為風雷軍和百姓著想，多麼剛正、坦蕩和無私的好漢哪！他想了想，說：「行，兩條要求，我答應。給你倆一個月時間，解決所有善後問題。下個月，你倆自首，栢谷、定陽二縣回歸朝廷。」

雷武告辭的時候，動情地說：「大帥，我很懷念在你率領下，五百假面騎兵馳援洛陽，激戰周軍的那些日子，金戈鐵馬，衝鋒陷陣，真痛快！以後，但有異國異族入侵，大帥若用得著我，招呼一聲，我雷武第一個向你報到！」

龍威說：「還有我龍威！」

長恭拱起雙手：「多謝！」

雷武、龍威離去。相願說：「他二人到時候果真會自首嗎？」

長恭說：「會的。我相信這兩個和我共過生死的弟兄，他倆絕不欺我。」

相願說：「你給他倆一個月時間，解決所有善後問題，但你忘了還有段韶那一路兵馬，那一路兵馬驅兵大進，不日可抵定陽，怎麼辦？」

長恭用手一拍腦門，說：「哎呀，我確實把那一路兵馬給忘了。段丞相不一定會同意我不戰和解的方法，那一路兵馬長驅直入，這可怎麼好？」

長恭正發愁間，恰好州丞華欣派人送來一份朝廷急件，指名蘭陵王、太尉高長恭親收。長恭看了急件，嘴角上揚，笑了。原來段韶率二萬兵馬，從洛陽出發，北渡黃河，忽然病倒了。朝廷別無將帥可派，只好命高長恭兼統那一路兵馬。也就是說，洛陽和并州兩路兵馬，皆由高長恭指揮和調度，諸多難題也就不成其為難題了。

次日，相願回晉陽。長恭和姜柱、蘇山去小滄口。洛陽兵馬渡過黃河，正駐紮在那裡。臨時率洛陽兵馬的將軍，原來是司州都督盧湘。盧湘在長恭任司州牧時就是都督，連挪好幾個州，上年又挪回司州，仍任都督。長恭把沖天雷、龍旋風造反的真實情況和自己解決此事的方法，告訴盧湘。

盧湘說：「我完全同意你的做法。民眾為何造反？還不是走投無路！動用軍隊，屠殺百姓，說實話，我下不了那個手。」

長恭說：「我來小滄口，就是為了告訴你，兵馬就在這裡駐紮，不必興師勞頓。下個月，等我命令，你率千餘人進駐定陽縣城，就算完成任務。」

長恭在小滄口住了三天，就又返回晉陽。他很牽掛家中的鄭瑩，鄭瑩是他生命的一部分，鄭瑩的喜怒哀樂就是他的喜怒哀樂。不過當前，他更牽掛雷武、龍威。一個月後，二人自首，肯定會要押解鄴城，由皇帝下令梟首示眾，甚至滅族。雷武、龍威被逼造反，卻落得此下場，情何以堪？自己能為雷、龍做些什麼呢？

五月下旬的一天，長恭、相願率千餘兵馬，進駐栢谷縣城。盧湘也率千餘兵馬，進駐定陽縣城。華欣挑選的兩個新縣令，一個姓楊，一個姓袁，獲得朝廷批准，亦隨兵馬到任。長恭、相願的帥帳設在縣衙。

第二天，雷武、龍威便到縣衙自首。長恭升堂，拍響驚堂木，命將賊匪頭領打入死牢，擇日押解京城，交由皇上和朝廷發落。雷、龍料到會是這樣的結果，昂然入獄，神態自若。

雷武、龍威歸案，長恭心情大好。兩天後，他和相願趕赴定陽，看望盧湘所率的兵馬。盧湘說：「大部隊仍在小滄口駐紮，我只率千餘人前來，方便快捷，還不擾民。」

長恭說：「你等在此可住三天，然後仍回小滄口去。征討賊匪的任務告一段落，司州軍務轉入正常狀態。」

長恭和相願在盧湘軍中住了一夜，次日到定陽縣衙轉了轉。在縣衙大堂，長恭見案上有一隻小小的青銅麒麟，形象生動，工藝精湛，拿在手裡觀賞許久，笑著對新任袁縣令說：「這隻青銅麒麟像是古物，當今少見，它就歸本王了，怎樣？」

袁縣令說：「王爺大人喜愛，儘管拿走就是。」

「謝了！」長恭遂把青銅麒麟裝進衣袋裡。

相願親眼看到這一幕，不由皺起眉頭，心想堂堂蘭陵王怎能這樣？未免太貪財了吧？

忽然，栢谷縣衙一名衙役前來報告說：「雷武、龍威二賊匪，夜間越獄逃跑了！」

長恭、相願大驚，說：「怎會這樣？」二人立即騎馬，風風火火返回栢谷。

新任楊縣令拖著哭腔，報告雷武、龍威越獄逃跑，罪在自己。長恭說：「你剛到任，這跟你沒有關係。」他再次升堂，派出衙役，捉拿雷武、龍威的家屬。衙役空手而回，說：「雷武、龍威的家屬，多日前就遷居了，去向不明。」長恭搓手，說：「雷武、龍威二賊匪太狡猾，本太尉疏忽了，疏忽了！」

其實，所有這些都是長恭導演的一齣戲。他心有善念，不忍看到雷武、龍威白送性命，所以讓姜柱、蘇山暗中幫助二人，安頓好八千風雷軍的生計，在黃河邊尋到一處極其隱蔽的地方，二人家屬先行遷居，然後自首，姜、蘇再幫雷、龍越獄。從此，雷武、龍威及其家屬便在栢谷、定陽消失了，直到北齊滅亡後才又出現。

長恭一面大張旗鼓宣布要捉拿沖天雷、龍旋風歸案，一面召集楊、袁縣令，變相申明雷武、龍威提出的兩條要求：一、雷、龍發起造反，屬於首惡，應予嚴懲；八千風雷軍追隨，屬於盲從性質，既往不咎。二、為安撫栢谷、定陽二縣的百姓，兩年內免交賦稅，免服傜役。楊、袁縣令把這兩條廣加宣傳。栢谷、定陽的形勢迅速穩定下來，諸事步上正軌。

七月，長恭把征討賊匪的情況，書面報告皇上和朝廷。高緯說不出個頭頭道道來，還得由和士開、祖珽品頭論足。和、祖認為高長恭功過相當：功，未大動干戈便平定了造反的賊匪，恢復了栢谷、定陽的秩序；過，賊匪之首沖天雷、龍旋風越獄逃跑，還有可能死灰復燃，東山再起。和、祖指示，高長恭暫住晉陽三個月，觀察形勢再說。

長恭住在晉陽，牽掛家中的鄭瑩，心情鬱悶，只能用睡覺和讀書來打發時光。姜柱、蘇山還是每月休假一次，每次回來都說，家中一切正常。都督相願一天和州丞華欣閒談，說起高長恭在定陽縣衙把一隻青銅麒麟據為己有之事，鄙夷地說：「堂堂蘭陵王，哪能那樣貪財呢？」

華欣搖手，說：「不，你不了解蘭陵王。他封郡公多年，但未收過邑戶一斤糧一文錢，邑戶打了欠條，他讓把欠條全燒了，你說他貪財嗎？他封王蘭陵，蘭陵郡遭災，他先免去邑戶三年賦稅，三年後仍讓邑戶只打欠條，不交納錢糧，他貪嗎？他任并州刺史時，預見到北齊與北周將有一戰，用他俸祿的錢，打製了五百副假面，後來馳援洛陽，假面發揮了大作用，這是貪財嗎？」

相願恍然大悟，說：「噢，我明白了，蘭陵王實是假裝貪財，自汙自穢。」

華欣說：「正是這樣。你知道前漢丞相蕭何，為劉邦打天下坐天下，出了多大的力，立了多大的功！可是，劉邦對這樣的大忠臣大功臣也疑忌起來。蕭何為官，兩袖清風，一塵不染，為了減少劉邦的疑忌，不得不自汙自穢，故意壓低土地價格，購買百姓的土地。百姓告狀，告到劉邦那裡。劉邦很高興，說：『他蕭何也貪財，朕不必疑忌矣！』他把百姓告狀的信扔給蕭何，說：『你自個兒去向百姓解釋吧！』而今的蘭陵王，各個方面都出類拔萃，若不自汙自穢，能在朝廷立足嗎？

他說過，舉世皆濁你得跟著濁，眾人皆醉你得跟著醉，巧妙的同流合污，也是做人的一門學問。聽聽，這話說得多麼無奈，又多麼深刻！」

相願點頭，說：「確實如此。」

華欣又說：「聽說蘭陵王任瀛州刺史時，也曾把一件小玉器據為己有。有個叫陽士深的人，把這事寫成奏書，報告朝廷。朝廷據此大作文章，斥責蘭陵王貪財。蘭陵王不但不惱，反而暗喜。陽士深感到過意不去，承認奏書是他寫的，請蘭陵王責罰。蘭陵王說：『我並未怪你呀！』陽士深更感到過意不去，非請蘭陵王責罰不可。蘭陵王沒法，只好另外找了個理由，將陽士深杖擊二十，叮囑擊杖人：『做做樣子，輕輕打。』陽士深挨了杖擊，這才心安。」

相願撓頭，悻悻地說：「我誤會了蘭陵王，也該自請責罰。」

華欣用憤世嫉俗的語氣總結說：「這世道，你清廉正派，那就別在官場上混！」

從夏天到秋天，栢谷、定陽的形勢一直很穩定。十月初，皇上和朝廷想起高長恭，將他召回鄴城。回到鄴城，他的太尉職務也就廢止了。

悲情冤魂

高長恭和姜柱、蘇山三人三馬，風塵僕僕回到鄴城家中。蘭女、裴雲、冉翠自是心喜。長恭未見鄭瑩，忙問原由。蘭女臉上掠過陰雲，說：「鄭啟明鄭大哥病了，好像很重。鄭瑩十天前去黃橋鎮伺候她爹，尚未回來。」

「那我也去黃橋鎮。」長恭到家，未擦一把臉，未喝一口水，就又騎馬，馳向黃橋鎮。

裴雲催促姜柱，冉翠催促蘇山，說：「快跟著去呀！」姜柱、蘇山這才反應過來，忙也騎馬，追上前去。

曹小惠看到長恭和兩個姑父，忙報告娘和鄭瑩。許碧玉、鄭瑩迎了出來，眼睛紅紅的，像是剛剛哭過。長恭叫了一聲娘，拉了拉鄭瑩的手，直奔正房東房，大聲說：「爹，我來了！」

鄭啟明半躺在炕上，聽見長恭聲音，想坐起來，猛一陣咳嗽。長恭忙將他扶住，說：「爹，別動，我坐到你跟前就是。」

鄭啟明仍半躺著。長恭坐在一個圓杌上，一雙大手緊緊握住他一隻乾巴巴的手。碧玉坐在炕沿上，鄭瑩站在長恭身後，雙雙垂淚。姜柱、蘇山問候過鄭啟明，餵了馬，坐在堂屋喝茶。

這時，天色已黑。曹小惠點亮一盞油燈，放在炕桌邊上。長恭在燈下細看岳父，確實病得很重，面色蠟黃，眼窩深陷，異常消瘦，瘦得只剩皮包骨頭，不時咳嗽，咳嗽完便大口大口喘氣。鄭啟明看著長恭，想笑一笑，但沒笑出來，說：「長恭，我遲遲沒有閉眼，就是在等你，等著再見你一面，看你一眼，不然死後難以瞑目。今日見你，我把你岳母及瑩兒託付給你，我便可安心地離開這個世界了。」

長恭眼中含淚，輕喚說：「爹！」

鄭啟明依然看著長恭，說：「長恭，我等你，是要跟你說兩件事：一件，世道艱難，官場險惡，前景迷茫，當退則退。春秋末越國的范蠡和文種，輔佐勾踐興越滅吳，創建了蓋世功業。范蠡激流勇退，隱姓易名，後來成為富賈陶朱公；文種貪戀權勢，結果被勾踐賜死，身敗名裂。你呀，出身於皇族之家，尤應從中得到啟示。」他一陣咳嗽，又說：「你娘，曾想在蘭陵郡購幾畝地建幾間房，作為長久安身之所，可惜未能如願。這件事，我一直放在心上。大前年，我的一個學生當了磁縣縣令，姓梁。磁縣在黃橋鎮西面，距離鄴城一百多里。梁縣令為人正派，我把歷年來的積蓄以及你娘給瑩兒的部分聘禮，交給他，託他在磁縣幫助置些田地建些房舍。他很快把事辦成了，買了三十畝地，建了一個院落共二十多間房。上年，我去看過，很不錯，雇了一個姓徐的老漢看房、種地。地產、房產用的都是你的名字，你和瑩兒抽空去看一看，就算我這個窮塾師留給女婿女兒的一點遺產吧！有朝一日，你從官場上退下來，一家人住到磁縣去，有房有地，生活得安穩、踏實。」

鄭啟明家境並不寬裕，卻為女婿女兒辦了這樣一件大事。長恭淚水奪眶而出，緊緊握住鄭啟明的手，無法言語。

鄭啟明說：「二件，這二件……」他猶豫著，似乎不大好說。

長恭說：「爹，你說。」

鄭啟明終於說：「這二件，就是要你收曹小惠做偏房。我知道你和瑩兒感情深厚，當初有過誓約。可是，不孝有三，無後為大，我們這些俗人，誰也擺脫不了這古老的觀念呀！現在，全家人都在操這個心，包括瑩兒在內，她未能生個一男半女，她的心裡的壓力比誰都大得多，你懂嗎？為了有後，瑩兒並不反對你收偏房，只要你誓約對她好，她就滿足了。曹小惠這孩子，原本就是皇上賞賜給你的。她十一歲到我們家，一眨眼十七歲了。她容貌秀麗，心地純善，外嫁別人，我和你岳母既捨不得，又不放心。肥水不流外人田。所以，我要你收曹小惠做偏房，讓她趕快給你生兒育女。」

長恭心情複雜，既不能讓鄭瑩傷心，又不能讓岳父失望。他強裝笑臉，拉過鄭瑩一隻手，也緊貼鄭啟明手心，說：「爹，你先治病，等病痊癒，再商量這事，好嗎？」

曹小惠得知長恭和兩個姑父，一整天騎馬趕路，沒顧上吃飯，早煮了小米粥，烙了蔥花餅，炒出幾個菜來。碧玉招呼三人吃飯。三人吃飯的樣子，那才叫狼吞虎嚥，風捲殘雲。飯後，碧玉安排各人住處，眾人早早安歇了。第二天一早，長恭和鄭瑩又去東房看爹。鄭啟明經昨日見到了長恭，說明了兩件事情，精氣神一鬆，這時已無牽掛，安詳地嚥了氣。鄭瑩撲倒在炕邊上，放聲大哭。碧玉傷心至極，暈厥了過去。曹小惠跪地磕頭，痛哭著說：「爹！你怎麼說走就走了呀！」

這是一個悲傷、沉痛的一天。幸虧有姜柱、蘇山在，替鄭啟明淨了身，穿了壽衣，移於堂屋兩塊木板拼搭的屍床上，點了長明燈，插了招魂幡。碧玉、長恭、鄭瑩、曹小惠換穿孝服。長恭孝服上還披了幾根麻，那叫披麻戴孝。姜柱回鄴城通知蘭女。蘇山置辦棺木，雇請仵作。中午，蘭女、裴雲、冉翠隨姜柱到來。蘭女和碧玉，四手相握，淚眼相對，久久無言。

鄭啟明只是個普通的塾師，留有遺言：喪事從簡。所以停屍三日就大殮出殯。黃橋鎮外一個土丘旁，新壘起一個墳頭。碧玉、長恭、鄭瑩、曹小惠在墳前擺幾樣祭品，焚三炷香，默默坐著流淚，直到夜月掛中天，夜深人靜時才回到家中。

蘭女已知鄭啟明生前為長恭在磁縣買了地建了房，心情激動，說：「鄭大哥做了我多年來想做而沒有做成的事啊！」她提出方案，碧玉把黃橋鎮這個小院落賣了，帶著曹小惠去鄴城住，過些年全家就搬去磁縣住，那時把鄭大哥的墳墓也遷過去。碧玉同意，但要為丈夫過完「七七」再去鄴城。蘭女一想也是，決定讓長恭留下，陪碧玉、鄭瑩、曹小惠住些日子，第二天和姜柱、蘇山、裴雲、冉翠，先回了鄴城。

長恭每天都陪碧玉、鄭瑩、曹小惠去鄭啟明墳前拜祭。收曹小惠做偏房的事已經說破，這使長恭很不自在。他時時刻刻都能感覺到曹小惠就在身邊，感覺到她的年輕、美貌、勤快、溫存，甚至感覺到她常用一雙秀美的大眼睛，深情地注視著自己。他呢？因為很愛鄭瑩，並和鄭瑩早有誓約，所以堅持兩條原則：絕不主動和曹小惠說話，絕不和曹小惠單獨相處。那些日子，他可以說是度日如年哪！

長恭和碧玉、鄭瑩、曹小惠回到鄴城，已經接近年底了。長恭進宮拜見皇帝高緯。高緯引用和士開、祖珽的話，說皇兄高長恭平定栢谷、定陽賊匪，功過相當。

長恭還是太尉嗎？沒有人說是，也沒有人說不是。不過在他看來，征討賊匪的差事己經結束，自己自然也就不是什麼太尉了。

從武平三年（五七二年）元旦起，蘭陵王高長恭又正式參加朝會。他見到的和聽到的是比以前更加亂七八糟、污穢不堪的景象，非常後悔回了鄴城。

皇帝高緯已十五歲，對於治國方略一竅不通，所有軍政大事，統統交給和士開等處理，他只管尋歡作樂。高緯愛馬愛狗愛鷹。御馬、御狗、御鷹皆封名號，如「赤彪儀同」、「逍遙郡君」、「凌霄郡君」等。御馬身披錦繡為「衣」，食物多達十餘種。御狗、御鷹吃的都是上好的精肉。他愛玩，在皇宮裡開闢一塊地方，命宦官穿上黑衣當羌兵，手持棍棒，鼓譟毆鬥，他亦摻雜其中，間或用箭射人，中箭者必須倒地裝死。這一玩法膩味了，換個玩法，在皇宮裡開闢一個貧窮村舍，宦官和宮女當村民，他當乞丐，穿得破衣爛衫，手持破碗和打狗棒，沿村乞討，討得牛羊肉和白米飯，用來餵狗。他不信佛，卻命在晉陽西山鑿一尊大佛像，高三丈，佛像前點燃萬盞油燈，一夜耗油上千斤。他不懂音樂，卻總愛抱一把琵琶，自彈自唱，彈唱的據說是一支《無愁曲》，因此人稱他為無愁天子。

高緯也很凶殘，凡他看得不順眼的人必殺之。把人殺死後，常命人把面皮剝下來，觀察良久才扔掉。

高緯寵信和士開、祖珽、陸令萱、穆提婆四人。這四人各引親黨，又有高阿那肱、韓長鸞、陳德信、鄧長顒、何洪珍等趨附到皇帝周圍。這些佞幸之徒，依仗皇帝的寵信，大幹賣官鬻爵的勾當，一時官由財進，爵以賄成成為風氣。有人統計過，靠買官買爵而大富大貴者約有萬人，其中非高姓而封王者百餘人。從上到下的貪官污吏亂政害人，通過沉重的賦稅、徭役壓榨和盤剝百姓，百姓生活在水深火熱之中。史籍概括當時的社會情況是：「賦斂日重，徭役日繁，人力既殫，幣藏空竭。」

皇帝是這樣的皇帝，朝廷是這樣的朝廷，長恭哪還有心思參加什麼朝會？春暖花開之時，他和姜杜、蘇山去了一趟磁縣。他本想讓鄭瑩也去的。怎奈鄭瑩自鄭啟明去世後，更加憂傷和慵懶，對什麼也提不起興趣，不願出門。長恭沒法，只得和兩個姑父同行。

磁縣因境內一座磁石山盛產磁石而得名。鄭啟明為女婿女兒買的三十畝地在磁縣的東面，長恭一下子就找到了。看房、種地的徐老漢得知來者正是房產、地產主人高長恭，滿臉含笑，熱情接待。他不知高長恭封蘭陵王，只稱高公子。徐老漢引高公子看這院落，約三畝大小，夯土圍牆，南向開門。院落內一個大四合院，共十間房。大四合院外，另有十幾間房。所有房屋都是磚瓦結構，堅固美觀。院落後面有水井和馬廄，還栽有很多樹木。徐老漢又引高公子看地。地很平坦，綠油油的麥子正在拔節生長，金黃色的油菜花開得正盛。前面一塊地高高隆起。長恭登上這塊地，眼睛為之一亮。地的東側是院落，西側恰臨一條南北向的河流，河水流淌，波光粼粼；向南向北遠眺，蒼蒼茫茫，霧氣氤氳。他不禁脫口說道：「啊，好地方！這裡就是我日後的葬身之地！」

姜杜、蘇山聽得真切，失色對視。徐老漢也聽見了，心想這個高公子，年紀輕輕，怎會說出這樣不吉利的話？

這年的夏天特別炎熱，烈日酷暑，若有一粒火星，空氣就會爆炸似的，所有人都感到鬱悶和窒息。七月發生一件匪夷所思的大事：一代名將斛律光被殺害了。

高緯八歲登基時即立斛律光次女斛律氏為皇后。高緯生母胡太后失勢，為取悅於兒子，將自家侄女胡氏精心打扮一番，送給高緯。高緯喜歡，封其為弘德夫人，進位左昭儀。陸令萱唯恐胡太后東山再起，也為高緯物色了一名美女。她原是斛律皇后的一個侍女，名叫黃花，姿色美豔，更解風情。陸令萱將此女認作養女，命其隨亡夫姓穆。陸令萱兒子穆提婆花天酒地，暗中與黃花偷情，黃花懷了身孕。陸令萱忙將此女也送給高緯。高緯喜歡，封為穆夫人。武平元年（五七〇年），穆夫人生了個男孩。高緯大喜，以為這個男孩是自己的兒子，取名高恆，並立為皇太子。

左丞相段韶上年染病後不治身亡。斛律光從右丞相轉任左丞相。左丞相名義上為百官之首，但當時有不是輔政大臣的輔政大臣和士開、祖珽等人，段韶、斛律光這樣的左丞相可有可無，有，也只是個榮譽職務，不掌實權。武平三年元月，斛律皇后生了個女兒。高緯當面告訴岳父，謊稱皇后生了個皇子。斛律光自然高興。可是，斛律皇后親口告訴父親，說自己生的實是個女兒。斛律光勃然大怒，說：「皇帝金口玉言，卻說假話，太不地道！」這話傳到高緯耳中，高緯因而忌恨起岳父來。

斛律光性情耿直，嫉惡如仇。他另有個庶女，十五六歲，花容月貌。那個穆提婆癩蛤蟆想吃天鵝肉，派人說媒，要娶斛律光庶女做妻子。斛律光一聽，火冒三丈，怒斥媒人說：「滾！穆提婆是個什麼東西？天下男人死光，我也不會把女兒嫁給那號丑類！」一天，斛律光在朝堂當值，垂簾而坐，祖珽居然騎著馬從朝堂前經過，旁若無人。斛律光見狀，怒不可遏，揭簾斥責說：「你好大膽，朝堂聖地，也敢玷污！快給我滾下馬來！」

祖珽乖乖下馬。斛律光又鄙夷地補充了一句：「你等在朝，盲人用權，國必破矣！」

穆提婆跑到皇帝跟前告狀，祖珽也跑到皇帝跟前告狀，大罵斛律光。高緯很看重穆提婆和祖珽，因而更加忌恨起岳父來。穆提婆、祖珽，加上陸令萱，立刻祕密謀劃，搜集、羅織斛律光的罪狀，伺機置他於死地。

北周將進攻北齊，視斛律光為最大的障礙。周將韋孝寬實施反間計，派出細作，在鄴城散布流言，說：「百升飛上天，明月照長安。高山不推自崩，槲樹不扶自豎。」「百升」為一斛，是斛律光的姓；「明月」，是斛律光的字；「高山」，隱喻高齊王朝；「槲樹」，隱喻斛律光。這謠言暗示，斛律光懷有野心，想當天子，以取代高齊的天下。祖珽用心險惡，又續了兩名流言：「盲老公背上下大斧，饒舌老母不得語。」「盲老公」，指祖珽；「饒舌老母」，指陸令萱。意思是說，斛律光隨時都有可能殺害大臣祖珽和皇帝乳母陸令萱。

流言廣泛傳播，小兒爭相傳唱。祖珽、穆提婆、陸令萱等積極行動起來，包圍著高緯，煽動說：「斛律一家累世大將，斛律光聲震關西，斛律羨（斛律光之兄）威行突厥，女為皇后，男尚公主。眼下傳播的流言，真是可畏呀！」

高緯將信將疑。接著，高緯將京城的風景勝地清風園賞賜給穆提婆，並重賞後宮嬪妃和宮女，一個鏡臺值千金，一條裙子值萬金。斛律光反對這種做法，直言不諱地說：「現在軍人連衣服都穿不上，而後宮奢侈，一賜就是數萬匹布帛，府庫空竭，此是何理？」

陸令萱馬上鼓動穆夫人等，向皇帝進言，說斛律光反對皇帝賞賜後宮嬪妃和宮女，因為他心目中根本就沒有皇帝。祖珽最為歹毒，用重金收買兩個證人，捏造事實，「證明」斛律光「心蓄異志，將謀不軌」。祖珽又唆使方士上書，胡說「上將星盛」，「若不早圖，恐事不可測」。

謊言重複多遍就會成為真理。高緯完全相信了傳播的流言和佞幸的誣陷，說：「人心亦大聖，我前疑其欲反，果然。」他命祖珽設計，殺害岳父斛律光。

祖珽大喜，假傳聖旨，賜給斛律光一匹駿馬，命他戊辰日到東山遊覽，當面謝恩。斛律光不知是計，欣然前往。祖珽將他引進涼風堂。武士劉桃枝等早在那裡埋伏，猛地躥出，欲拿斛律光。斛律光勇力過人，搏鬥劉桃枝，厲聲說：「劉桃枝怎敢放肆！我斛律光不負國家！」劉桃枝是祖珽的心腹，又喚來幾名力士。幾名力士用繩子套住斛律光的脖頸，一使力，可憐斛律光被活活勒死。同日，祖珽還派人殺害了斛律光兄長斛律羨及其五個兒子。

祖珽收買的證人，誣稱斛律光家中藏有大量金銀珍寶和兵器。高緯命侍中邢祖信率兵前去抄家。結果，只抄得斛律光使用過的弓十五張、箭一百支、刀七把、長矛兩隻，以及棗樹枝二十束，此外沒有任何值錢之物。邢祖信感歎說：「好宰相尚死，我何惜餘生！」他由此看清了朝廷的黑暗，遂辭官歸隱山林。

高長恭是在第二天得到消息，知道斛律光遭殺害的。他一股熱血，直衝腦門，直覺得天旋地轉，天坍地陷，天昏地暗。斛律光是他的忘年交，他的師長，他的兄長，他的知心，他的摯友，胸襟寬闊，功勳赫赫，為何竟落得如此下場！他緊咬嘴唇，雙眼冒火，向蘭女要了二十兩黃金，騎馬直奔斛律光府。蘭女很不放心，忙讓姜柱、蘇山騎馬跟了去。

斛律光遺體已由管家運回，停殯在堂屋裡。斛律光沒有兒子，夫人和女兒等身穿孝服，跪在屍床邊哭泣。處處都有抄過家的痕跡，弓、箭、棗樹枝等被扔在地上，一片狼藉。斛律光因是「罪臣」，沒有官員敢來弔唁。前來弔唁的只有斛律光的部下，十幾名校官和尉官。他們的拳頭是緊攥著的，胸中明顯湧動著仇恨的波濤。長恭來到屍床前，雙膝跪地，恭敬地叩了三個頭，叩完第三個頭時，熱淚滂沱，伏在地上，許久不能起身。管家趕忙將蘭陵王扶起。長恭將管家拉至一邊，交予二十兩黃金，作為喪葬費用。管家感激，嗚咽著說：「不瞞王爺，斛律大帥平生節儉，家無積蓄，昨天又被抄了家，我等正為喪葬費用發愁哩！」

長恭鼻子一酸，淚又流了下來，說：「有筆墨、白布嗎？我要為斛律大帥寫一輓帳。」

管家取來筆墨、白布。長恭提筆濡墨，龍章鳳篆，在白布上寫下銅盆大的八個大字：「忠義武勇，浩氣長存」。落款：「斛律大帥摯友、蘭陵王高長恭」。

管家忙把輓帳懸掛在堂屋中央。白布黑字，那樣醒目鮮明，大氣滂沱。它是高長恭對斛律光的崇高評價，同時又是高長恭對皇帝對朝廷發出的憤怒吼聲！

高長恭回到家中，未說一句話，倒頭便睡。可他根本睡不著，斛律光的面影在眼前浮現，斛律光的聲音在耳畔響起。一位國家棟樑，一位軍隊砥柱，居然被殘酷殺害，還抄了家，近乎滅族，這到底是為什麼？長恭記起斛律光上年說過的權重震主、功高震主的話，舉過名將白起、蒙恬、周勃、周亞夫、馬援等人的例子，心中翻江倒海，左想右想都是一個「冤」字，直欲登上一座高山，面向茫茫長天，怒吼咆嘯，把那個「冤」字呼喊出來。可是，他的身分，他的處境，又怎能容得他這樣做呢？

蘭女最不放心兒子，詢問長恭去斛律府的情況。姜柱、蘇山說，長恭為斛律大帥寫了輓帳：「忠義武勇，浩氣長存」。蘭女點頭，說：「我一直教育長恭要收斂鋒芒，低調做人。他今天為斛律大帥寫了這樣的輓帳，也算是鋒芒畢露。遇到這樣的情況，我也認可他這樣做，不需要遮掩了！」

長恭睡不著，乾脆不睡了，取了刀劍、長矛、弓箭去後院練武。開始還穿著上衣、長褲，不一時便汗流浹背。他脫去衣衫，只穿一條短褲，練了刀又練劍。那把劍，正是他第一次拜訪斛律光時，斛律光贈給他的，倏忽十五年過去，依舊青鋒鋥亮，寒氣逼人。長恭見劍，如見故人，練來全神貫注，一招一式，呼呼生風。他要用高超的劍技，來為斛律大帥鳴不平！再練長矛。長矛是長恭率五百名假面騎兵，馳援洛陽時使用的兵器。因此，樂舞《蘭陵王入陣曲》裡的蘭陵王，手執的兵器就是長矛。他從長矛想到樂舞，從樂舞想到斛律大帥，斛律大帥為了樂舞的創作和演出，花費了多少心血呀！一支長矛，在他手中舞得出神入化，其技藝，比樂舞裡的蘭陵王嫻熟、精彩得多。

長恭練武，動作的幅度大、頻率快，時時發出「呵」、「嗨」的喊聲，大汗淋漓，氣喘吁吁，但沒有停止、休息的意思。蘭女、碧玉、鄭瑩、姜柱、蘇山、裴雲、冉翠、曹小惠站在遠處，靜靜地看著他，神色焦急。姜、蘇想向前勸止。蘭女說：「別！他心中有太多的悲情、怒氣和憤恨，就讓他通過練武發洩出來吧！若老憋著，那太傷身體了。」

長恭練武，也不知練了多長時間。後來，他取了弓，搭上箭，仰面向天，猛拉弓弦，射出一箭。那箭直直地穿向高空，好像鑽進雲層裡，忽又直直地往下墜落，深深紮進菜畦泥土中。「哦——！」長恭仰天發一聲長嘯，抓著弓的一端，猛擊一株老槐樹的樹幹，弓斷了，弦斷了，他也倒在地上。

「啊！」蘭女等發出驚呼，跑了過去。長恭從地上爬起，笑了笑，說：「娘，沒事。」他又對姜柱、蘇山說：「姑父，走，飲酒去！」

長恭用涼水洗了洗，換上一身乾淨衣服，和兩個姑父飲酒。大四合院天井裡，擺下方桌。裴雲、冉翠炒了幾個菜，鄭瑩、曹小惠取來酒罈、酒杯。皓月當空，蘭花香溢。三個男人分坐方桌三邊，推杯換盞，暢飲開來。他們邊飲酒邊說話，說起恆州擊胡，說起馳援洛陽，說起擒拿包仁、包天，說起斬殺刁一霸、賈二，說起沖天雷和龍旋風，說起斛律大帥……長恭看似興致勃勃，其實內心苦悶哀傷。斛律大帥冤死了，他可是他最欽佩最崇敬的人哪！二人從此陰陽兩隔，今後他的煩惱哀愁，跟誰傾訴？他一杯接著一杯，大口大口飲酒，心想舉世皆濁，眾人皆醉，我也來個大濁大醉，如果真能醉生夢死，那樣也好。

長恭醉了，而且是酩酊大醉，不省人事。姜柱、蘇山也醉了，哼哼唧唧，說著醉話。鄭瑩、裴雲、冉翠三個女人，好不容易把各自的男人扶進房扶上床，脫去衣衫，讓他們睡得舒服些。曹小惠正收拾方桌上的碗筷杯碟。裴雲靈機一動，附在冉翠耳邊低語。冉翠頻頻點頭，說：「行，快跟姐姐說去。」

自從碧玉、曹小惠住到蘭女家以後，住房格局是這樣的：大四合院，蘭女、碧玉分別住正房的東房、西房，姜柱、裴雲夫婦和蘇山、冉翠夫婦分別住前房的東房、西房，曹小惠住西面廂房。小四合院，長恭和鄭瑩住正房，南房成了長恭的書房。裴雲、冉翠進了蘭女房間，碧玉也在那裡。她倆直話直說，意思是趁長恭醉酒，當夜即收曹小惠做偏房。

事實上，這個問題，四個女人已經商量很久了，而且意見一致，為了使長恭有後，他必須遵從鄭啟明的遺願。鄭瑩心中發苦，但嘴上說的卻是「同意」。曹小惠早把自己當作是蘭陵王的人，只要鄭瑩不反對，她隨時都可以把少女的貞操，獻給蘭陵王。關鍵在於長恭，堅守他和鄭瑩的誓約，一直迴避著曹小惠。幾個女人都急呀，曹小惠已經十八歲，還讓人家等到猴年馬月去？

蘭女看碧玉，碧玉看蘭女，覺得裴雲、冉翠的提議不無道理。話既然已說到這個份上，那麼就得立刻行動，事不宜遲。蘭女、碧玉叫來鄭瑩，徵詢意見。鄭瑩心中不願，但卻是連連點頭。蘭女、碧玉再叫來曹小惠，由碧玉說明，要她當夜和長恭圓房。男女雙方早就確定婚姻關係，多年後成為夫妻，稱作圓房。長恭和曹小惠從來就沒有確定過婚姻關係，何來的「圓房」？碧玉之所以這樣說，是為了避開「收做偏房」一語。

曹小惠腰間還繫著圍裙，聽娘一說，這樣突兀倉促，不禁面飛紅霞，羞羞答答。她低著頭，輕聲說：「瑩姐呢？瑩姐同意嗎？」

碧玉說：「她當然同意，不然，娘怎會跟你說這事呢？」

事已至此，曹小惠又能說什麼呢？只能點頭。蘭女一把拉住曹小惠雙手，眼角閃著淚花，說：「好小惠，委屈你了。姨，不，應改叫娘，娘會好好待你的。」

裴雲、冉翠領了曹小惠，去沐浴梳妝更衣。蘭女取出好多金銀首飾，說都是給曹小惠的。午夜，月宮嫦娥一樣的曹小惠，被送進長恭的房間。長恭仰躺在寬大的床上，睡得正香。恍惚朦朧間，他覺得身邊有個女人，肌膚光滑，乳房豐滿，渾身散發著撩人的幽香。他以為她是鄭瑩，緊緊抱著她，熱吻她撫摸她，他將她壓在身下，一陣瘋狂，激情澎湃，酣暢淋漓……

那一夜，好幾個女人都沒有睡著覺。蘭女，想起三十多年前的自己，沒有父母之命，沒有媒妁之言，沒有六禮程序，更沒有花轎，沒有拜堂，沒有洞房花燭，就被高澄佔有，不明不白地成了高澄的女人。而今，曹小惠不也是這樣嗎？不也是不明不白地成了長恭的女人嗎？所不同的是，曹小惠不是長恭搶的，而是皇帝賞賜，她和碧玉等促成的。蘭女覺得自己太過自私，對不起曹小惠，心裡說：「小惠，娘只能用好好待你，來補償你回報你。」

碧玉，撫養曹小惠七年，看著她從一個黃毛丫頭成長為風姿綽約的大姑娘。鄭瑩和曹小惠都不是自己親生，卻都把自己叫娘，母女之間，情深意重。鄭瑩大婚，還算像模像樣；而今曹小惠沒有大婚，只有美其名曰的圓房，而且是趁長恭醉酒時的臨時動議，真太難為她和委屈她了。曹小惠圓房後會幸福能懷孕嗎？碧玉毫無把握，心裡是十五個吊桶打水，七上八下。

鄭瑩，擠到了碧玉的床上。她不懷疑，長恭是愛她的，碧玉娘、蘭女娘，裴雲和冉翠姑姑也愛她的。但是，她的肚子不爭氣，十多年不懷孕，致使長恭有可能蒙受不孝有三，無後為大的罪名。她們決定讓長恭收曹小惠做偏房沒有錯，錯在自己枉為女人，未能懷孕生子。她相信長恭對她的真情，也不怨恨曹小惠取代她的位置，但一想到那兩人正纏纏綿綿、卿卿我我的情景，她控制不住自己，任由淚水洶湧，流落在繡有花鳥的枕頭上。

曹小惠，倏忽間已從姑娘變成女人。她就睡在長恭懷中，長恭的一隻手還緊按著她堅挺的乳房。曹小惠十一歲時失去父母家庭，進了皇宮，成了賜物，自小養成自卑的性格。七年前，她就把自己當作是蘭陵王的人。這個「人」，她的理解是傭人是侍女，根本不是什麼妾什麼偏房。直到養父養母把話挑明，她才明白，養父養母要自己做蘭陵王的偏房，為他生個兒子，傳宗接代。說實話，她是很樂意的。蘭陵王那樣高大俊美，雄壯威武，哪個女孩見了不動心？轉而一想，又很猶疑和迷茫，蘭陵王高官顯爵，優秀傑出，又怎會看上自己這個身份卑微的鄉下女子呢？自卑，使她從未說過「高長恭」這三個字，她叫他，多用蘭陵王、王爺或大人的稱謂。她不敢正面看他，只是在他不注意的時候，才會飛快地投過去深情的一瞥，如此而已。想不到今夜，今夜發生的事情太突然了。自己和蘭陵王相擁而睡，成了蘭陵王的女人，身體內有了蘭陵王播下的種子，這種子會發芽成長，結出果實麼？曹小惠慶幸，自己的終身有了歸宿；同時又很哀傷，自己是在鄭瑩的房間，鄭瑩的床上，成了蘭陵王的女人的，女孩子婚嫁應有的禮儀、喜慶、風光，她一概沒有。

金雞長啼，東方破曉。長恭伸了個懶腰，睜開眼睛，細看身邊的女人。這一看，嚇得他魂飛魄散，六神出竅，原來那女人不是鄭瑩，而是曹小惠。他隱約記起夜間的事，羞窘愧恨，無地自容，忙下床穿衣，奪門而出。曹小惠也起床，把床鋪整了整，回了自己的廂房。所有人都起床了，各忙各的，絕口不提夜間的事，好像根本沒有發生過似的。從這一天起，蘭女讓曹小惠改叫自己為娘，她要給曹小惠更多的關愛和更多的溫暖。

一次歡情，使曹小惠成了高長恭的偏房，高長恭、鄭瑩、曹小惠三人之間的關係發生了微妙的變化，親熱、隨意的成分少了，陌生、客氣的成分多了。尤其是長恭，不敢正面面對鄭瑩，也不敢正面面對曹小惠，做賊被人發現了似的，尷尬鬱悶，無所適從。

皇宮裡又有了新的情況。斛律光既然是「罪臣」，他的女兒也就當不成皇后了。於是，高緯廢斛律皇后為庶人，改立胡昭儀為皇后。陸令萱老大不快，說：「胡昭儀是胡太后的侄女，胡太后那樣淫蕩，有失母儀，她的侄女哪配當皇后？」

高緯諸事都聽乳母的，隨即又廢了新立的胡皇后，改立穆夫人為皇后。這樣一來，陸令萱笑得眉飛色舞。因為穆夫人是她兒子穆提婆的情婦，穆夫人生的兒子高恆已是皇太子，而高恆又是穆提婆的骨血。日後，高恆若繼承皇位，那麼天下其實就姓穆而不姓高了。陸令萱常把自己比作前漢的呂雉，吹噓她偷天換日的手段，遠在呂雉之上。

那些日子裡，朝廷最大的新聞不是皇后的廢立，而是蘭陵王高長恭去弔唁了「罪臣」斛律光，並寫下了「忠義武勇，浩氣長存」的輓帳。對此，有人稱讚，有人反對，更多的人是擔心，說：「蘭陵王素來謹慎，這次怕是要倒大楣了！」

人們的擔心是有道理的。和士開、祖珽、穆提婆三人，早把此事報告了高緯。高緯說：「不就是弔唁、輓帳嘛，人之常情，何必大驚小怪？」

和士開說：「不，這事非同小可。陛下別忘記，斛律光是罪臣，蘭陵王前往弔唁，還寫了輓帳，說明他和罪臣是同夥。」

祖珽說：「臣以為，蘭陵王實是在挑釁皇上。斛律光是皇上下令斬殺的，他去弔唁，等於說皇上錯了，斛律光不該斬殺。斛律光有罪，他卻寫了那樣的輓帳，等於說皇上昏庸，殺了一個大忠臣大功臣。」

穆提婆一無官二無爵，卻能和「輔政大臣」平起平坐，商討、決定軍國大事。他說：「蘭陵王和斛律光早就關係親密，我看是同黨無疑。前幾年出了部樂舞，叫《蘭陵王入陣曲》，聽這名稱，就知是突出蘭陵王個人的。據說樂舞是斛律光找人創作並批准在軍中演出的，影響極壞。」

和士開捋了捋修剪得很整齊的鬍鬚，說：「對了，臣記得陛下加元服典禮那天，曾會見蘭陵王，說起馳援洛陽戰事。他怎麼說來著？他說：『臣當時只想著國事即家事，家事即國事，只顧向前了，其他什麼也沒想。』他把國事與家事混為一談，什麼意思？無非是說，他是陛下的堂兄，他和陛下是一家人，那麼至高無上的皇位，他也有份。」

祖珽愛用手捏耳垂，又捏了捏，說：「自古以來，國家的性質就是家天下。北齊是文宣皇帝（高洋）家系，陛下是第五任皇帝。他蘭陵王以國事即家事、家事即國事為藉口，硬往這個家系裡擠，顯然是為了跟陛下套近乎，進而實現不可告人的目的。」

穆提婆眼睛一眨一眨的，鼻翼一張一張的，說：「陛下不是常說高氏家族中，論相貌和才幹，高長恭是第一人麼？他不算陛下的家人，卻要往家人的行列裡擠，那麼這第一人就最危險可怕。」

高緯時年十五歲，聽三個佞幸巧舌如簧，此唱彼和，沒了主意，說：「那怎麼辦？」

穆提婆惡狠狠地說：「像對待斛律光一樣，殺了他！」

和士開擺手，說：「不，我們剛殺了斛律光，再殺高長恭，那樣會激起公憤。我意，先別打草驚蛇，不妨來個欲擒故縱。」

高緯說：「何謂欲擒故縱？」

祖珽說：「好比老虎，故意放開它，再捉拿它，放是為了捉。」

一個皇帝，三個佞臣，謀劃一番，實施欲擒故縱之策，於八月任命高長恭為大司馬。大司馬與大將軍合稱「二大」，原是軍界的最高職務，官階在太尉之上；但在高緯時，它只是個榮譽性職務，領取高額俸祿，並無實權。長恭有了正式官銜，每天五更時又得上朝。朝廷規定，丞相、太宰、太師、太傅、太保、大司馬、大將軍等高官，上朝下朝都由侍衛接送，兼作儀仗，以顯示身分和威風。大司馬高長恭也享受這一禮遇，一輛馬車，十二名侍衛，每天接送。他這個大司馬毫無權勢，又過於清廉，侍衛們見沒有油水可撈，人人心生懈怠。最後只剩下一名侍衛，接送他上朝下朝，一時傳為笑柄。

長恭任大司馬，先後有三位客人來訪。一是新任蘭陵郡守任庚，抱來一個木箱。任庚說，蘭陵王剛封王那一年，去過一趟蘭陵郡，鑒於蘭陵郡遭災，宣布二千戶邑戶免交三年賦稅。當時的郡守叫陶恆，從第四年起，讓邑戶交納賦稅，但不交實物，只打欠條。從那以後，郡守換了好幾任，都用這個方法，以致欠條越積越多，木箱都快裝滿了。任庚說：「蘭陵郡的百姓，至今還記著王爺那年開設粥廠，救人性命的善舉。邑戶說，他們打的欠條他們認帳，只要王爺去收，他們定會如數交納。」

長恭打開木箱看了看，又合上，說：「任大人，這木箱，麻煩你還得帶回去。我封蘭陵王，食邑二千戶，那是皇上的旨意。十多年來，我未為蘭陵郡百姓做過任何事情，收取邑戶的賦稅，問心有愧。大人回去後，請召集一些邑戶，把所有欠條當眾燒掉，明確告訴他們，他們不欠蘭陵王一兩糧一文錢。拜託拜託。」

任庚異常感動，說：「王爺如此淡泊錢財，下官敬佩。」

長恭苦笑，說：「大人還可告訴蘭陵郡鄉親，就說有朝一日，蘭陵王討飯討到蘭陵郡的時候，還請多多關照。」

任庚聽這話，看是調侃，實是有苦澀，還有憂慮感傷。他不明白堂堂蘭陵王、大司馬為何說這樣的話，也不便再接話茬，只好說了句「王爺保重，後會有期」，抱了木箱，告辭離去。

第二位是司州都督盧湘。盧湘告訴長恭，一個姓胡的人，自稱奉和士開、祖珽之命，約他談話，讓揭發蘭陵王的「罪行」。盧湘非常氣憤，說：「蘭陵王何罪之有？」姓胡的說：「他和斛律光是同黨，對皇上和朝廷有異心。」盧湘說：「胡扯！蘭陵王若對皇上和朝廷有異心，他會恆州擊胡、馳援洛陽嗎？他會懲惡除霸、征討賊匪嗎？當蘭陵王出生入死，抗擊異族異國入侵，懲治奸惡的時候，你們這些人在幹什麼？躲在陰暗的角落，醉生夢死，嫉賢妒能，放冷箭，擲黑槍，卑劣至極，可惡至極！」姓胡的啞口無言，許久又說：「在麒麟鎮，蘭陵王抄查包仁、包天的家產，抄得一萬八千兩黃金，平分三份不是？其中一份上交朝廷，其他兩份呢？蘭陵王拿了多少？」盧湘氣得渾身發抖，說：「你們這是以小人之心，度君子之腹。告訴你，包家的黃金是我盧湘率兵抄得的，蘭陵王提出平分三份的意見，其他兩份，一份用作司州駐軍軍費，一份用於撫卹勞工，特別是已死勞工的家眷。具體事務交由澠池郡守杜正和澠池縣縣令范成經辦，蘭陵王根本沒見過黃金的面，又何來他『拿了多少』之說？你們稱蘭陵王拿了多少黃金，是不是說我盧某也拿了黃金？這是血口噴人！」

盧湘秉性剛正，敘說了他和姓胡的人的交鋒，歎氣說：「唉，那些人無事生非，空穴來風，王爺你可得小心哪！」

長恭搖頭，說：「明槍易躲，暗箭難防。我在明處，人家在暗處，我縱然一千個一萬個小心，又有何用？是福不是禍，是禍躲不過，那就任其自然吧！」

長恭接待的第三位客人是并州都督相願。相願也是姓胡的奉和士開、祖珽之命，約來談話，讓揭發蘭陵王的「罪行」的。姓胡的著重詢問蘭陵王任太尉，征討賊匪沖天雷、龍旋風的情況，提出一系列尖銳的問題，如蘭陵王和沖天雷、龍旋風是什麼關係？蘭陵王為何能讓沖天雷、龍旋風自首？沖天雷、龍旋風果真是越獄逃跑的嗎？兩個賊匪現在藏身何處，會不會捲土重來？等等。相願沒好氣地斬釘截鐵地回答姓胡的，說沖天雷、龍旋風也曾是尉級軍官，和蘭陵王認識，參加過馳援洛陽、抗擊周軍的戰爭，退伍後受官府所逼才造反的。蘭陵王說服二人同意自首，解散風雷軍，用的是謀略智慧和人格魅力。這一點，只有蘭陵王能夠做到，其他人包括和士開，包括祖珽，包括皇上，做得到嗎？想也不用想！沖天雷、龍旋風越獄逃跑，那是確確實實的，若要追究責任，應當追究我相願。因為看守死牢的，都是我手下的士兵。至於沖天雷、龍旋風現在藏身何處，會不會捲土重來？只有天知道！

相願最後憤憤地說：「王爺，和士開、祖珽一夥，明顯是在暗中調查你，而且是在調查所謂的罪行。那些人心毒手狠，已經害死斛律大帥，現在又要對你下手，我們這些地方大員寒心哪！這世道，黑白顛倒，是非混淆，一個鳥官，不當也罷！」

長恭說：「天要下雨，娘要嫁人。那些人幹什麼，怎麼幹，誰也阻擋不住啊！斛律大帥不是死了嗎？再死一個高長恭，又有何妨？」

相願特意起身、拱手，說：「王爺，我相願有一事對不起你：上年在定陽，見你拿了縣衙一隻青銅麒麟，便妄言你是貪財。後來，州丞華欣華大人批評了我，說那是你自汙自穢，故意那樣做的。我恍然大悟，並為誤會了王爺而自愧。這裡，謹向王爺致歉。」相願說著，面向長恭，深深鞠了一躬。

長恭慌忙起身，說：「瞧相大人說的，芝麻粒大的小事，何必這樣認真？」

「王爺之所以遭人忌恨，原因在於功巨勳顯，威聲太重，眼下當求安身之術才是。」

長恭抱拳，說：「安身之術？但請相大人提示。」

相願想了想，說：「王爺當以免禍為第一要務，最好報疾在家，離朝廷遠遠的，別介入任何事情。」

長恭也向相願深深鞠了一躬，說：「多謝金玉良言，我當銘記。」

長恭當時的處境，可以說是山雨欲來風滿樓。他不想讓母親、妻子、岳母為他擔心、操心，所以盡量裝出輕鬆、灑脫的樣子，把種種憂慮埋藏在心底。

姜柱、蘇山參加接待盧湘、相願兩位都督，從他們的談話中，隱隱感到了事態的嚴重性。他倆是直性子，常會說出一些莫名其妙的話，有時還會大罵和士開、祖珽等人。姜、蘇的思想情緒不能不影響幾個女人。因此，這個庭院裡每個人的心頭，都籠罩著一種無形的壓抑和沉悶，好像將會有什麼不祥的事情發生似的。

入冬時節，一件喜事降臨，沖淡了籠罩著的壓抑和沉悶氣氛：曹小惠懷孕了。蘭女、碧玉喜極而泣，阿彌陀佛，長恭總算有後了。裴雲、冉翠拍手歡呼，事實證明，她倆當初的提議是正確的。長恭哭笑不得，說不清是喜是悲，是窘是愧。鄭瑩木然，她想不通，長恭在自己身體內播下那麼多種子，一無所獲，而在曹小惠身體內僅播種一次，竟然發芽、生長、結果了，不可思議，莫非造化有意捉弄人不成？

曹小惠對自己懷孕深感突然，也有點緊張。肚子漸漸隆起，兩個娘兩個姑姑喜形於色，給她做好吃的，不再讓她幹任何重活，證明她確實懷孕了，而且懷的是蘭陵王的骨血。一方面，她感到欣喜，因為她孩子的爹是王爺，是公認的美男子，堂堂正正，文武雙全；另一方面，她也感到悲哀，因為她的孩子並非什麼愛情的結晶，只是為了傳宗接代，需要這麼個小生命而已；自己的任務就是為蘭陵王生個兒子或女兒，要蘭陵王真正愛自己，那是不可能的。夜間，曹小惠每想到自己充當的產婆角色，總會淒然而笑，美麗的大眼睛裡滾下晶瑩的淚珠。

時間進入武平四年（五七三年）。雖說已經開春，但朔風凜冽、滴水成冰的寒冬，遲遲不肯退出節令舞臺，照樣肆虐。最顯眼的跡象是厚厚的積雪，怎麼也不融化；房簷下懸掛的冰淩，天天在延長，像是巨人獠牙，隨時準備把世界萬物嚼得粉碎。太陽光芒也是冷的，照在人的身上，直覺得透心徹骨的寒，沒有絲毫暖意。

蘭陵王、大司馬高長恭的心情，跟這節令相似，也是朔風凜冽，滴水成冰。他聽從并州都督相願的建議，以免禍為第一要務，托病在家，不介入朝廷的任何事情，連一年一度的元旦朝會也沒有參加。和士開、祖珽、穆提婆之流，正在磨刀霍霍，調查他陷害他，意欲將他置於死地。他呢？聽之任之，毫無辦法，只能用「沒做虧心事，不怕鬼敲門」一語，來聊以自嘲和自慰。他唯一寄希望於堂弟皇帝高緯，高緯應該能識別和、祖、穆的奸佞呀！然而，他一想到斛律光之死，就又寒上加慄。高緯是昏庸的，是無知的，和、祖、穆正是利用皇帝的昏庸、無知，結黨營私，迫害忠良，為他們以及他們所在的集團謀取最大的利益。

長恭的婚姻生活也出了問題。他和鄭瑩之間那種恩愛、甜蜜，已成了遙遠的夢，再也尋不回來了。他對鄭瑩說，他對不起她，是他違背了「相知相守，地久天長」的誓約。鄭瑩說：「我並未怪你呀！現在你不是有後了？」這話使長恭面紅耳赤，無地自容。他又想起曹小惠，曹小惠正懷著他的孩子。曹小惠名義上已是他的偏房，可是他又為她做過什麼呢？他和她沒說過幾句話，她懷了孕，他沒看過她，沒問過她，沒關心過她沒照顧過她，不是不想，而是擔心鄭瑩多心。唉，曹小惠也是個女人，她為自己作出了多麼巨大的犧牲！

蘭女、碧玉、裴雲、冉翠的注意力，多半集中在曹小惠身上。曹小惠肚子越來越大。她們忙著縫製小孩的衣服，並猜測起小孩是男是女來。從「不孝有三，無後為大」的角度講，她們希望小人是男孩。因為男孩繼承香火，那才是長恭名副其實的後人。

皇宮太極殿後殿，整個冬季和春季，都是爐火熊熊，春意盎然。高緯除了穆皇后外，陸續封了十五六個嬪妃，后妃們驕奢淫逸，爭風吃醋，那也是宮廷的一道景觀。每天舉行罷朝會，和士開、祖珽、穆提婆必和皇帝議事，議來議去，總會自覺不自覺地扯出蘭陵王高長恭來。和、祖、穆說，他們經過調查，基本查實了高長恭的「罪行」，主要是：他妄言國事即家事，家事即國事，力圖擠進文宣皇帝家系行列；他確系罪臣斛律光同黨，為斛律光寫輓帳，頌揚罪臣，對抗皇上和朝廷；他慫恿、支持賊匪沖天雷、龍旋風造反，征討中假意勸二賊匪自首，又讓二賊匪越獄逃跑；他偽裝清廉，沽名釣譽，收買人心，其實貪婪，在司州、定州、瀛州任職，肯定撈了不少錢財；他家藏五百副假面，隨時隨刻都有可能謀反……

一條一條，條條都是死罪。高緯有些疑惑，說：「你等說查實了，有證據嗎？」

和士開說：「證據，說有就有，說沒有也沒有。沒有證據，可以想像嘛。比如沖天雷、龍旋風，原是高長恭部下，高長恭若不慫恿、支持，他倆會造反嗎？」

祖珽附和說：「和大人說的沒錯。再比如五百副假面，北周再未入侵，高長恭卻一直珍藏在家，幹什麼？還不是為了謀反嗎？再比如他除掉當地惡霸時，接觸到那麼多錢財，能不撈嗎？」

穆提婆說：「我等就是證據。我等說斛律光將要謀反，皇上不就下旨把他殺了？」

高緯被這夥丑類說得暈頭轉向，默不吭聲。和士開乾乾地咳嗽幾聲，說：「皇上，高長恭跟陛下跟朝廷是不是一條心，用一簡單的方法便可測試出來。」

高緯大感興趣，說：「什麼方法？」

和士開神神祕祕，說出方法。高緯大喜，說：「行，就這麼辦！」

原來，從上年起，淮河流域各郡縣爆發多起農民暴動，少則數百人，多則千餘人，佔領山寨，攻城掠地，殺土豪劣紳，殺貪官污吏，燒庫藏，分錢糧，轟轟烈烈。高緯按照和士開的設計，派人召高長恭入宮議事。

皇帝宣召，長恭不能不去。行前，特意在臉上抹了些黃蠟，顯示病容。長恭見高緯，行跪拜大禮。高緯稱長恭為皇兄，賜坐，分外親熱。長恭詢問事由。高緯聳了聳肩，說：「這樣的：淮河流域一些郡縣，農民不是造反嗎？鬧得很凶。朕考慮皇兄征討過沖天雷、龍旋風，對付賊匪很有經驗，所以想仍任用皇兄為太尉，率兵馬三萬，前往征討，皇兄以為如何？」

長恭耳畔響起相願的話：「王爺當以免禍為第一要務，最好報疾在家，離朝廷遠遠的，別介入任何事情。」再則他知道，那些造反的農民，根本不是什麼賊匪，自己上次任那個太尉窩囊透頂，現在哪會再蹚渾水？他忙起身，恭敬地說：「農民造反，朝廷有事，臣本當挺身而出，為皇上和朝廷分憂解難。怎奈臣近來身體染病，腿腳浮腫，動輒還頭暈眼花，什麼也看不清。因此，皇上所言，臣不敢從命，無法領命，懇請體諒。」

高緯氣得牙根都癢癢，心想這個高長恭，果然跟朕跟朝廷不一條心，遂冷冷地說：「那好，你就養病治病去，朕當任用他人。」

長恭告退。和士開、祖珽、穆提婆從帷幕後面踱了出來，說：「這一測試，陛下明白了吧？」

高緯恨恨地說：「罷，罷，如何處治高長恭，你等看著辦吧！」

皇帝一句話，死神張牙舞爪，一步步向高長恭走來。

欲擒故縱的遊戲仍在繼續。四月戊午日，和士開、祖珽、穆提婆利用聖旨，宣布高長恭不再任大司馬，改任太保。太保是高級官員附加的官職，完全是榮譽性的，沒有實權。聖旨中還有一句話：「著高長恭居家養病治病，非經允許，不得擅離府第。欽此。」就是說，蘭陵王、太保高長恭，遭軟禁了，失去自由了。府門外面，時時可見皇家禁軍來去走動，明顯是監視高長恭的。這使全家人都緊張不安都憤慨起來。

長恭意識到下一步將會發生什麼，請兩位母親、兩個姑姑、兩個姑父和鄭瑩端坐，講述了和士開、祖珽、穆提婆一夥對自己的調查，講述了自己托病在家的原因，講述了高緯前幾日的召見，進而說：「岳父告誡我：世道黑暗，官場險惡，前景迷茫，當退則退。我原本想早早隱退的，但一直未找到合適的機會。上年，斛律大帥冤死，給我上了一課，從那以後，我算是半退，只是未明確宣布而已。但是，和士開、祖珽、穆提婆一夥，包括皇帝，是不會放過我的，必然會像對待斛律大帥那樣對待我。為什麼？因為我建有勳業，威聲太重。他們寧願你是個庸才蠢才，而不願你是個英才賢才呀！我今年三十二歲，回想此生，覺得有三大恨：一恨出身皇族。我沾了個『皇』字的邊，先封郡公，再封王。『皇』字，就像無形的繩索和枷鎖，捆縛著我，鎖死著我，掙脫不了，擺脫不了，言行不得自由，還老擔驚受怕。二恨生不逢時。北齊至今，共有五個皇帝（高洋、高殷、高演、高湛、高緯），這五個皇帝，我都親身經歷了。他們除了追求享樂，猜忌、殘殺、淫亂外，還幹過什麼？君不君，臣不臣，忠義之士，欲創建功業不能，欲獨善其身亦不能，多麼可悲！三恨有負於親人。我娘含辛茹苦，忍辱負重，把我養大，教我怎樣做人，三十多年來，總是她關心我照料我，而我對她，從未盡過孝道。鄭瑩和我有過誓約，而我卻違背了誓約，使她受了很大的傷害。對曹小惠，我更有一種負罪感，實在不知該怎樣面對她呀！」長恭說到這裡，起身，叫岳母，叫裴雲、冉翠姑姑，叫姜柱、蘇山姑父，眼角含淚，聲音哽咽，說：「你們幾人，也是我的親人。親人關照親人。長恭若有什麼不測，那麼，我娘、鄭瑩、曹小惠以及她肚裡的孩子，就只能拜託你們關照了，謝謝了，謝謝了，謝謝了。」

這番話說得人人心酸，蘭女和鄭瑩心中，更是五味雜陳，淚如雨下。碧玉故意裝出笑臉，說：「幹什麼？像交代後事似的。事態有那麼嚴重嗎？」

裴雲、冉翠也說：「是啊，別想太多了。當今皇上是長恭的堂弟，找他說說，他能把長恭怎樣？」

鄭瑩又顯露出俠義豪情，說：「我潛進皇宮，用穿喉鏢，把他高緯、和士開、祖珽、穆提婆一夥，都殺了！」

姜柱、蘇山說：「我倆找沖天雷、龍旋風去，拉起一支隊伍，先攻晉陽，再攻鄴城！」

長恭忙打躬作揖，說：「千萬別那樣。我高長恭不是陳勝、吳廣，不是綠林、赤眉，也不是雷武、龍威，一個『忠』字還是要講的。曹操有言：『寧我負人，毋人負我。』我反其道：『寧人負我，毋我負人。』再說，他們欲治我罪，僅限我一人，若事情鬧大，那就是滿門抄斬，誰也逃脫不了呀！」

鄭瑩低頭無語。姜柱、蘇山把拳頭重重砸在桌上，長長歎氣：「唉——！」

蘭女、碧玉、裴雲、冉翠去看曹小惠。曹小惠的肚子滾圓，預產期就在下月中旬。幾個女人想到即將出生的小生命，心頭濃重的陰霾略略減輕些。夜深人靜之時，蘭女跪在正房堂屋條桌前，向著點燃的兩支白色蠟燭磕頭，祈求爺爺和藍京哥亡靈保佑長恭平平安安，保佑曹小惠生個男孩。

這年的倒春寒一直延續到四月。進入五月，天氣又驟然炎熱起來，好像一年當中只有寒冬和炎夏兩個季節似的。欲擒故縱的遊戲進入「擒」的階段。五月癸巳日，穆提婆也想弄個官職當當。高緯偏愛這個大兄，當天就任命他為尚書左僕射。次日即甲午日，和士開、祖珽、穆提婆交頭接耳密議一番，跟高緯打個招呼，決定將高長恭賜死，結束遊戲。

他們挑選高緯身邊第一宦官徐之範充當傳旨使者，備好聖旨和鴆酒。和士開問徐之範說：「公公打算帶多少人去執行任務？」

徐之範說：「十人或二十人足矣！」

和士開說：「不，我撥付三百名皇家禁軍，由公公調遣，也讓你出出鋒頭。」

「當真？」徐之範大喜，笑得雙眼成了兩條細線，圓頭圓臉大放光彩。

徐之範儼然像個將軍，騎馬，率領全副武裝的三百名禁軍及幾名親信宦官，直奔蘭陵王府。他們進入庭院，立即呼喇喇包圍了兩個四合院，三十名禁軍如狼似虎，橫立在兩個四合院中間。蘭女、碧玉正在西廂房，因為曹小惠喊肚痛，似乎快要分娩了。裴雲、冉翠急急進房報告，說來了好多官兵。蘭女、碧玉急急出房，要去小四合院。禁軍用刀劍阻攔，呵斥道：「所有人員不許走動！」蘭女一聽，嚇癱在地。裴雲、冉翠忙將她扶起，扶坐到一張圓杌上。姜柱、蘇山急得團團亂轉，牙齒咬得嘴唇出血，毫無辦法。

徐之範由十餘名禁軍護衛，神氣十足，昂頭進入小四合院，拖著長腔，高聲說：「聖旨下，蘭陵王、太保高長恭接旨！」

長恭和鄭瑩正在小四合院前房，整理讀過的一些書籍。長恭聞聲，來到天井，一看是徐之範及眾多禁軍，明白了一切，從容跪地。徐之範抖開聖旨，雙手捧著，宣讀道：「蘭陵王、太保高長恭，與罪臣斛律光同黨，異心於朕，異心於朝廷，著賜死（附鴆酒一瓶）。欽此。」

「賜死」二字猶如炸雷。大四合院天井裡，蘭女、碧玉聽得真切，放聲大喊：「不，不！」裴雲、冉翠、姜柱、蘇山也聽得真切，亦大聲嚎叫哭喊，六人撲向禁軍，要去小四合院，要去保護長恭。禁軍凶神惡煞，亮出刀劍，厲聲喝道：「敢防礙公務者，立殺勿論！」小四合院前房裡的鄭瑩也聽得真切，兩眼冒火，隨手抓起十餘支飛鏢，恨不得把它們都投擲出去。

徐之範居高臨下，催促說：「高長恭，接旨呀！」另一名宦官，手捧一個小小的藍瓶站在徐之範身邊。藍瓶裡裝的就是鴆酒，毒性無比，一兩滴便可致死人命。

長恭深知君叫臣死，臣不得不死的道理，跪在天井裡，把臉轉向大四合院，叩三個頭，說：「兩位母親啊，長恭不孝，先二老而去了！」繼又叩三個頭，說：「兩位姑姑兩位姑父啊，長恭無能，惹下很多麻煩，只得求你們去處理善後了！」然後，他接過聖旨和鴆酒，起身，步入前房。蘭女、碧玉、裴雲、冉翠、姜柱、蘇山發出撕心裂肺的呼喊：「長恭，不要，不要啊！」蘭女一口氣沒接上，暈死過去。碧玉、裴雲忙把蘭女扶住，又是撫胸，又是捶背。冉翠去廚房取水，猛聽得西廂房有動靜。她去西廂房一看，原來曹小惠快生了，肚痛一陣緊似一陣，額上滿是豆大的汗珠。冉翠忙去悄聲告訴裴雲。裴雲說：「這裡有我，你就在西廂房守著，無法找接生婆，接生，只能靠你了，準備一把剪刀，好剪臍帶。」

小四合院前房，長恭把聖旨、鴆酒放在案上，緊緊擁抱鄭瑩，說：

「我這一生，忠心事上報國，何辜於天，而遭鴆也？」

鄭瑩說：「事情還有沒有迴旋餘地？」

長恭搖頭，說：「沒有！昏君佞臣，蓄謀已久，哪會放過我？鄭瑩，你我夫妻一場，今生是我對不起你，但願來生你我還是夫妻，我要加倍愛你疼你報答你。請聽我話，我死後，不要衝動，莫做傻事，要好好活著，照顧好我們的娘。」

鄭瑩淚水嘩嘩，哪還說得出話來？徐之範又催促說：「高長恭，快請呀！」長恭放開鄭瑩，整了整長髮和衣服，走向案邊，取了藍瓶，打開瓶蓋。他依戀地深情地看著鄭瑩，緩緩飲下鴆酒。鄭瑩撲向丈夫，一聲絕望痛苦的呼喊：「長恭——！」長恭倒地。鄭瑩瘋狂了，憑她的個性，是完全可以投擲飛鏢，取徐之範及眾多禁軍性命的。但她聽從丈夫最後的叮囑，硬是忍住了。她「呀，呀」一地呼喊著，取出數十支飛鏢，來到天井，當著徐之範的面，「簌簌簌」投擲在地上。徐之範嚇得心驚肉跳，面如死灰，看那些飛鏢，組合成一個大大的「冤」字。鄭瑩又回到前房，把藍瓶裡剩下的鴆酒倒進口中，倒在丈夫身邊，輕聲念出她和長恭的愛情誓約：「鳳凰齊飛，上邪共唱。相知相守，地久天長……」

徐之範進入前房察看，確定高長恭已死，另外還搭上了蘭陵王妃一條命。他忠實地完成了任務，招呼禁軍撤退，回宮覆命。蘭女、碧玉、裴雲、姜柱、蘇山撲向小四合院，撲向前房，見到的只是長恭和鄭瑩並躺著的屍身。蘭女、碧玉撲在屍身上，放聲痛哭，呼天搶地。就在同時，曹小惠分娩，生了個男孩。男孩大聲啼哭，哭得很委屈很悲涼，好像是在哭訴：爹呀，為何不看我一眼就走了？為何不給我取個名字？

人悲痛到極點，心已死，淚已乾，反而不悲痛了。姜柱、蘇山把蘭女、碧玉扶回大四合院正房堂屋，說當前急務是辦理喪事。蘭女說：「我方寸已亂，諸事就由兩位姑父經辦吧！一條原則：從簡。長恭不是什麼蘭陵王，鄭瑩也不是什麼蘭陵王妃，以平民之禮下葬，以示我們跟皇族跟高家劃清了界限。墓地就定在磁縣吧，幸虧鄭啟明大哥有先見之明，在那裡買下了三十畝地。」

蘇山說：「去年春，我和姜柱隨長恭去過磁縣，三十畝地西面有一塊高地，長恭喜歡，當時就說：『啊，好地方！這裡就是我日後的葬身之地！』」

蘭女、碧玉又是淚水婆娑，說：「長恭原來早有了死的思想準備呀！」

曹小惠終於知道了當天發生的事情，掩面而哭。她掙扎著，要去看看長恭和鄭瑩，磕一個頭。冉翠強行將她摁住，說：「不行呀，你身體這樣虛弱，哪能折騰？」冉翠找來一件白色孝服，讓曹小惠穿上；並臨時給男孩縫了個白帽，白帽上縫三根麻線，算是披麻戴孝。高長恭的兒子，在出生之日就披麻戴孝，因此可以說是世界上最年幼的孝子。

蘭女、碧玉由裴雲攙扶，來看曹小惠母子。她們除了相對垂淚外，一句話也說不出來。

姜柱、蘇山承擔起辦理喪事的所有事項。幾名仵作前來小殮，將長恭和鄭瑩停屍於小四合院正房堂屋，點兩盞長明燈，插兩支招魂幡。

蘭女、碧玉夜間守靈。次日早晨，裴雲、冉翠一見蘭女，驚呼起來。原來一夜間，蘭女的頭髮全白了，像銀絲玉絲，晶瑩透亮。裴雲、冉翠失聲痛哭，說：「蘭女姐，你可要挺住啊！」

上午，仵作抬來兩具棺材，松木的，黑色，很厚，據說用黑漆漆了二十多遍。忽然，那個圓頭圓臉的宦官徐之範又前來宣旨，大意是說：蘭陵王府第，原為西關渤海王府第，產權屬文襄皇帝高澄所有；蘭陵王高長恭繼承父皇遺產，現已亡故，沒有子嗣，故由朝廷收回產業，改作他用，限其家屬在十日內騰出府第，欽此。

姜柱、蘇山牙齒咬得格格響，拳頭攥得緊緊的，剛想說蘭陵王已有子嗣。蘭女趕忙擺手制止，冷冷地對徐之範說：「是，我們十日內騰出府第就是。」

朝廷收回蘭陵王府第產業，改作他用，什麼「他用」？原來，新任尚書左僕射穆提婆需要建個鬥雞場，看中了這個地方。高緯有求必應，便將這個地方賞賜給了大兄。

天氣太熱，屍體不能久放。姜柱、蘇山告訴蘭女、碧玉，擬於丙申日大殮，丁酉日下葬。磁縣那邊還有些事情要做，蘇山提前一日去了磁縣。蘭女叫來裴雲、冉翠，說：「把最要緊的物件收拾收拾，我們一去磁縣，就不再回來了。」

丙申日大殮。仵作把長恭、鄭瑩遺體分別置於棺內。棺內放了很多盛開的蘭花，兩人遺體是仰臥在鮮花叢中的。蘭女、碧玉、裴雲、冉翠，姜柱扶棺凝視死者，沒有淒淒慘慘的哭泣，只有深藏在內心的哀痛、憤怒和悲愴。曹小惠懷抱兒子，踉踉蹌蹌走來。冉翠忙向前將她扶住。曹小惠凝視棺內的長恭，淚水簌簌，並把兒子向高處舉了舉，大概是想表示：看，他就是你的兒子！

仵作示意眾人讓開，蓋上棺蓋，釘釘。釘釘發出刺耳的聲響，那尖銳的釘子，像是釘在每個人的心上。

丁酉日寅末卯初（凌晨五時），一支喪葬隊伍趁著早涼，離開鄴城西關，前往磁縣。姜柱騎馬在前面引路。後面兩輛靈車，靈車上置長恭、鄭瑩靈柩，各用三匹馬牽引，白色的招魂幡飄飄搖搖。蘭女、碧玉、裴雲、冉翠，曹小惠及其兒子，共乘坐一輛馬車。裴雲臨時給蘭女、碧玉各找了一隻拐杖。曹小惠分娩才第四天，身體仍很虛弱，怕風。冉翠用棉被將她包裹，並讓她半躺在車廂裡。另外還有幾輛馬車，裝的是柴米油鹽，鍋碗瓢盆，以及吃的穿的用的等重要物件，居家過日子，它們必不可少。蘭女祭奠爺爺和藍京哥的兩支白色蠟燭，頭天晚上，她讓它們熄滅了。爺爺和藍京哥亡靈並未能保佑長恭平平安安，這使她很失望很傷感。

申正（下午四時），喪葬隊伍到達磁縣，到達新家。蘇山雇請二十多名仵作，已在那塊高地挖好了墓穴。兩輛靈車和蘭女等乘坐的馬車，直接馳往墓地。蘭女等下車後，鄴城和磁縣的仵作，共抬靈車上的靈柩，大頭在北，小頭在南，並排置於墓穴內。沒有禮儀，沒有哭泣，有的只是淡淡的夕陽和輕輕的風聲。仵作開始往墓穴裡填土。蘭女手拄拐杖，凝神而望，滿頭白髮，儼若一位女神。曹小惠擁被跪在一邊，懷抱兒子，面色雪白，神情哀傷，儼若一尊玉石雕像。

黃土掩埋了靈柩，黃土與地面持平，黃土高出地面，漸漸壘起一個半圓形的的墓塚。這時，天色已晚，喪葬事項基本結束。曹小惠懷抱的兒子，忽然放聲大哭，哭得聲嘶力竭、驚心動魄。他，大概是為他未見過面的爹的冤死，從此長眠地下而啼哭吧？

姜柱、蘇山感謝鄴城和磁縣的仵作、車夫，招呼他們到家中喝水，付給每人雙倍的工錢。不想那些仵作、車夫，拒絕接受工錢，說：「我等知道蘭陵王是個好人，是冤死的，樂意為安葬他出點力流點汗。」他們說不收就不收，扛著工具、趕著馬車自去。姜杜、蘇山感動得熱淚盈眶，躬身施禮，說：「多謝多謝！蘭陵王地下有靈，會永記鄉親們的恩情的。」

蘭女、碧玉等在磁縣新家住了下來。當夜，天黑地暗，電閃雷鳴，風狂雨驟，似有地動山搖、世界末日之勢。這是蒼天用一種特有的方式，為蘭陵王高長恭舉行的一場葬禮，演唱的一曲悲歌！

高緯殺害斛律光和蘭陵王，等於自毀長城。高長恭死後第三年（五七六年），北周皇帝宇文邕統兵進攻北齊。北齊挑選不出一位將帥，敗得一踏糊塗。和士開、祖珽、穆提婆等，紛紛叛國投降。十九歲的高緯焦頭爛額，慌忙把皇位傳給八歲的太子高恆。第四年（五七七年），宇文邕大軍攻佔鄴城，高緯、高恆、文武百官及皇家成員皆成俘虜，北齊滅亡。宇文邕親到斛律光、蘭陵王墓前祭奠，感慨地說：「此二人若在一人，朕豈得至鄴城？」

北齊滅亡的這一年，蘭女五十三歲，碧玉六十三歲，裴雲、冉翠、姜杜、蘇山四十九至五十二歲，曹小惠十九歲，長恭兒子五歲。長恭兒子長得虎頭虎腦，活潑調皮，還沒有大名，或叫寶寶，或叫大寶、小寶。五月，又將是長恭和鄭瑩的忌日。碧玉說：「這些年來，世道太黑暗污濁，我等生活得太壓抑太沉重。現在北齊亡了，我等應向前想向前看不是？前面還是有希望的。所以我提議，我們家寶寶的大名叫高望，希望的望，登高望遠的望。」

這一提議，眾人贊同。曹小惠抹淚點頭。蘭女眼中淚光閃閃，說：「長恭，你聽到了嗎？你的兒子，我的孫子，大名叫高望，希望的望，登高望遠的望。」

蘭陵王和鄭瑩墓上，青松翠柏蓊鬱，盛開的蘭花鮮豔芬芳……

蘭陵王傳奇／張雲風著. -- 一版. --
臺北市：大地, 2013.08
面： 公分. --（歷史小說：32）

ISBN 978-986-5800-02-4（平裝）

857.7　　102014015

蘭陵王傳奇

歷史小說 032

作　　者	張雲風
創 辦 人	姚宜瑛
發 行 人	吳錫清
主　　編	陳玟玟
出 版 者	大地出版社
社　　址	114台北市內湖區瑞光路358巷38弄36號4樓之2
劃撥帳號	50031946（戶名　大地出版社有限公司）
電　　話	02-26277749
傳　　真	02-26270895
E - mail	vastplai@ms45.hinet.net
網　　址	www.vasplain.com.tw
美術設計	普林特斯資訊股份有限公司
印 刷 者	普林特斯資訊股份有限公司
一版一刷	2013年 8 月

定　　價：280元

Printed in Taiwan